KB158421

버드걸

BIRDGIRL
by Mya-Rose Craig

BIRDGIRL

버드걸

마이아로즈 크레이그 지음

신혜빈 옮김

최순규 감수

문학동네

일러두기

1. 주석은 모두 옮긴이주다.
2. 본문 중 고딕체는 원서에서 이탤릭체나 대문자로 강조한 부분이다.
3. 새 이름은 정식 국명이 없는 경우 감수자가 직역하거나 형태적 특징, 학술적으로 근접한 종을 참고해 이름을 붙이고 영문 병기했다. 영어 이름이 고유명사인 경우 음차해 표기했다.

이 모든 걸 가능하게 해준

엄마와 아빠께

차례

들어가며

언제부터 새에 빠지게 됐는지는 기억나지 않는다. 탐조는 날 때부터 해온 것처럼 느껴진다. 태어난 지 구 일 만에 부모님이 나를 첫 탐조 여행에 데려갔으니, 그렇게 느낄 만도 하다. 우뚝 솟은 우리집 책장마다 『때까치』 『태양새』 『딱따구리』 『쏙독새』 같은, 세계 곳곳의 새들을 아름다운 그림으로 담은 조류 도감이 빼곡히 들어차 있다. 어린 시절, 글을 읽을 줄 모르던 때부터 이 책들을 무릎 위에 쌓아두고서 그림을 들여다보고 손끝으로 따라가며 상상했다. 내가 벌새의 부드러운 깃털을 쓰다듬고 있다고, 그늘진 우림 안의 팔색조에게 시선이 닿았다고, 리젠트바우어새Regent Bowerbird의 황금색 깃털에 반사된 햇볕을 쬐고 있다고. 나중에는 그 그림들을 내 공책에 따라 그렸고, 가족과 함께 전 세계를 도는 대대적인 탐조 여행을 계획하기도 했다.

내가 태어날 때쯤 엄마와 아빠, 언니 아이샤는 이미 잘 알려진 탐조 가족이었고, 당시 지극히도 폐쇄적인 탐조 커뮤니티의 주류였던 중년 백인 남성 사이에서 젊고 쿨한 가족으로 유명했다. 엄마는 다른 방면에서도 튀는 존재였다—엄마는 방글라데시 실헤트계◆이고, 탐조 커뮤니티는 인종적 다양성으로 알아주는 세계는 아니었다. 우리는 이 '별스러움' 덕분에 2010년 BBC 다큐멘터리 〈트위처◆◆: 지극히 영국적인 취미〉에 출연하기도 했다.

새들은 나를 영국의 전원지대로, 더 나아가 부모님과 함께 일곱 대륙을 여행하도록 이끌었고, 나는 그곳에서 새롭고 멋진 희귀종과 고유종뿐 아니라 서식지 파괴가 인간과 야생동물에게 미치는 영향을 목격했다. 기후변화, 벌목, 팜유 농장, 그리고 다양한 형태의 토지 과잉 개발로 인한 생물다양성 감소를 목도했다.

정치적인 목소리를 내는 환경운동가가 된 것은 자연스러운 행보였고, 실제로 내가 운동에 첫 발걸음을 내디딘 계기도 놀랍지 않지만 새 때문이었다. 작은 몸집의 넓적부리도요는 번

◆ 방글라데시 동북부 실헤트 지역 기반의 인도아리아계 민족. 인구 대다수가 이슬람교도로, 벵골인으로서의 정체성과 함께 고유의 언어와 문화를 지니며 영국, 미국, 캐나다 등지에 디아스포라를 이루고 있다.

◆◆ twitcher. 영국에서 '탐조인'을 일컫는 말로 널리 쓰이나 정확히는 희귀종을 보러 먼 곳까지 탐조 여행을 떠나는 사람을 특정해서 가리키는 단어다.

식지인 시베리아의 서식지가 파괴되며 급격하게 그 숫자가 줄고 있었다. 지구온난화가 원인이었고, 새들이 남쪽으로 이동하는 도중 잠시 들러 먹이를 먹는 중국과 한국의 갯벌 파괴도 한몫했다. 덫을 이용한 사냥도 큰 문제였는데, 도요새들의 월동지인 미얀마와 방글라데시 남부에서 생계에 쪼들린 사람들이 더 몸집이 큰 섭금류를 식량으로 삼으려고 덫을 놓을 때 함께 포획당하는 수가 어마어마했다. 이는 간단히 말하자면 세계가 직면한 환경문제의 축소판이었다.

2011년 여름, 전 세계 도요새 개체수 이백 마리의 무게가 백조 한 마리보다 적게 나가는 상황에까지 이르렀다. 과학자들은 인간의 개입 없이는 도요새가 십 년 안에 멸종될 가능성이 매우 크다고 판단했다. 예비 개체군을 만들기 위해—예컨대 방주랄까—환경보전 활동가들이 어린 도요새 열세 마리를 시베리아 툰드라에서 포획해 영국 글로스터셔의 슬림브리지습지센터로, 브리스틀 부근의 우리집에서 한 시간밖에 안 걸리는 곳으로 데려왔다. 이들 포획 개체는 이듬해 러시아에서 공수해온 도요새 알 열네 개가 슬림브리지센터에서 부화에 성공하며 더 불어났다. 그 소식을 듣던 순간이 기억난다. 세계의 환경보전 단체들이 힘을 합하면 어떤 성취를 이룰 수 있는지 보여주는 특별하고도 뭉클한 순간이었다.

이처럼 포획 개체를 육성해서 얻은 지식으로 '헤드스타트'라고 불리는 기술이 탄생했다. 환경보전 활동가들이 번식지에서 알을 채집하고 인큐베이터에서 부화시킨 뒤 어린 새들을 손수 키워 때가 되면 안전하게 방사하는 것이다. 이러한 과정 덕에 생존에 성공한 어린 새의 개체수가 연간 20퍼센트 늘었고, 2015년부터 넓적부리도요 총 백팔십 마리가 야생으로 돌아갔다. 오늘날 이들의 개체수는 천여 마리로 추산된다.

2015년, 나는 운좋게도 국제 프로젝트팀의 일원으로서 철을 따라 이동하는 넓적부리도요 개체수를 세기 위해 방글라데시 소나디아섬에 방문했다. 매년 겨울 도요새는 저 먼 러시아 북동부 번식지에서 출발해 러시아, 중국, 한국 해안을 거쳐 미얀마와 방글라데시까지 8천 킬로미터를 이동한다. 몸 전체는 겨우 14센티미터고, 주걱 같은 재밌는 생김새의 부리는 이 새의 독특한 정체성이자 해변과 갯벌을 비롯한 다른 얕은 습지대의 물웅덩이에서 진흙과 토사를 걸러내 먹이인 작은 무척추동물들을 찾아내는 도구이다.

엄마와 내가 모터보트를 타고 도요새 개체수를 세러 소나디아섬의 갯벌로 향했을 때, 우리 머릿속에는 단 한 가지 질문만 맴돌았다. 이 겨울철 방문객의 수는 늘었을까, 줄었을까? 무더운 날이었고, 지면 위로 아지랑이가 이글거렸다. 저멀리 보이는 게 도요새가 맞나? 맞았다! 기묘하게 생긴 부리와 하얀 솜털이 보송한 배, 갈색과 회색이 섞여 얼룩덜룩한 날개까지. 대장정을 성공적으로 마친 도요새가 실제로 내 눈앞에서 살아 움직이는 모습을 보니 기분이 이상했다.

이는 내가 당연히 지지해야 할 프로젝트였다. 그 전해에 나는 '버드걸'이라는 이름의 블로그를 시작해 전 세계를 돌며 봤던 수많은 새를 기록하기 시작했다. 이 블로그에 넓적부리도요가 처한 절망적인 상황을 올렸고, 방글라데시 다카에서는 성장중인 내 SNS 플랫폼을 이용해 도요새가 처한 상황을 텔레비전 방송과 전국지를 통해, 방글라데시는 물론이고 영국 내 방글라데시인 디아스포라에까지 알릴 수 있었다. 이렇게 나는 일생을 헌신할 캠페인에, 기후 붕괴와 인간이 저지르는 파괴가 자연환경, 조류, 대지, 그리고 인류에게 어떤 영향을 미치는지 알리는 운동에 착수하게 되었다.

새들은 기후변화에 있어 '탄광 속 카나리아'◆ 같은 존재다. 넓적부리도요를 살리기 위한 국제적 노력은, 2050년까지 해수면이 1미터 상승하면 소나디아섬뿐 아니라 세계에서 가장 인구밀도가 높은 국가 중 하나인 방글라데시의 국토 20퍼센트가 물에 잠길 것이라는 예측을 생각할 때 더더욱 사무치게 다가온다. 이는 도요새와 인간 모두에게 재앙이다. 그러나 우리가 넓적부리도요를 구한다면, 그 새들과 위태로운 서식지를 공유하는 포유류, 어류, 곤충류 전체를 구할 수 있을 것이다.

2020년 열일곱 살이 되던 해, 나는 '기후를 위한 브리스틀

◆ 곧 닥칠 위험을 미리 알려주는 존재, 혹은 그런 신호를 일컫는 말.

청소년 파업' 집회에 초청받아 스웨덴의 기후정의 운동가 그레타 둔베리와 함께 목소리를 낼 수 있었다. 소나디아섬의 갯벌에서부터 먼길을 걸어와, 사회운동을 향한 내 메시지와 접근 방식을 수년 동안 갈고 닦은 참이었다. 새들과 야생동물을 보전하는 프로젝트가 내겐 여전히 최우선이었지만, 4만 명의 참가자들 앞에서, 나는 목소리를 내지 못하는 사람들의 이야기를 꺼냈다. 환경보전이라는 명목 아래 조상 대대로 살아온 땅에서 쫓겨난 원주민을 위해, 기후변화 저지라는 기치 아래 남반구의 저개발국이 겪는 부당함에 관해 이야기했다. 어린 십대로서 나는 내 목소리를 찾았고, 이 여정은 단순히 몇 년 정도가 아니라 훨씬 더 긴 시간이 걸릴 테지만, 내가 계속해서 나아가려고 마음먹은 길이다.

우리집을 들여다보면, 내가 활동가로서 성장하던 시기에도 가정생활이 순탄치만은 않았다. 내 유년기 대부분에 엄마는 심각한 정신질환에 시달리며 우울증과 조증을 오갔고, 아빠는 엄마의 상태를 호전시킬 방안을 찾느라 정신이 없었다. 그럴 때마다 새들이 우리의 구원자이자 치유의 매개체로서 싱그러운 색채와 생기 넘치는 경이를 내뿜으며 우리를 삶에서 끄집어냈고, 다가올 어떤 역경에도 맞설 힘을 주었다.

성년으로 이동하는 과정이 쉽지만은 않았지만, 이 책을 통해 내 삶의 모든 것이 어떻게 새들로부터 시작되었는지를 전하고 싶다. 목표로 한 새가 마침내 나타나는 순간만큼 경이로운 것은 없다. 스산한 하늘을 응시하면서 뼛속 깊이 스며드는 바람을 맞거나, 정글의 숨막히는 더위에 땀흘리며 자칫 새를 쫓을까봐 달려드는 모기마저도 때려잡지 못한 채 몇 시간이고 숨죽여 기다리게 될 수도 있다. 그 끝에서 '우와', '저것 봐'가 터져나오는 순간은 언제나 기쁨과 축하로 가득할 것이다.

게다가 뜻이 맞는 사람들과 그런 순간을 함께한다면 그보다 더 기쁜 일은 없다. 응원하는 축구팀이 대회 결승전에서 우승골을 터뜨리는 순간과도 같다고 할까. 등을 툭툭 때리고 환호하고 입이 귀에 걸려 웃음을 터뜨린다. 그때의 기분은 온종일은 물론 그다음날과 이후까지도 이어진다. 희박한 확률을 뚫고 이동 경로에서 벗어나 낯설고 새로운 땅에 잠깐의 시간을 보내러 날아오는 한 마리 새를 바라보는 일은 둘도 없는 경험이자 희열의 극치이며, 아름다운 생명체가 기억 속에 영원히 각인되는 순간이다.

1장 우리 가족과 다른 새들

금계

중국 서부의 울창한 산림지대가 원산지인 금계는 예로부터 아름다움으로 명성이 높아 전 세계에 전해졌다. 이탈하거나 방출된 야생 개체가 세계 전역에 터전을 잡아, 영국, 미국, 캐나다, 멕시코, 유럽 및 남미 국가, 호주와 뉴질랜드에 서식한다. 일찍이 1740년의 기록에 따르면 금계가 북미로 전해진 최초의 꿩과 조류라고 한다. 일부 역사가들은 조지 워싱턴이 마운트버넌에서 몇 마리를 키웠을 거라고도 주장한다.

우리 부모님은 영국 브리스틀에 있는 '튜브'◆라는 이름의 지하 클럽에서 처음 만났는데, 1960년대 사이키델릭을 오마주한 곳이었다. 때는 1995년 3월, 지하 천장에서 아치형으로 이어지는 벽면을 타고 물방울이 뚝뚝 떨어지던 클럽, 두 사람은 몸을 흔드는 인파 속에서 눈을 마주쳤다. 클럽은 쇼킹블루의 〈비너스〉에 맞춰 흔들렸고, 오리지널 밴드 영상을 반복 재생하며 나오는 현란한 빛이 두 사람의 얼굴에 비쳐 깜박이는 이미지로 어른거렸다. 어느 후미진 구석에서 대화가 시작됐다. 우리 아빠 크리스는 엄마 헬레나에게 자기를 닭고기 공장에서 일하는 전기 기사라고 소개했다. 엄마는 아빠가 대학 교육을 받은 아빠 친구들 사이에서 다듬어지지 않은 원석 같은 존재일 거

◆ 둥근 터널 구조의 런던 지하철을 부르는 별칭이기도 하다.

라 짐작했다. 나중에야 안 사실이지만 아빠는 스페셜스의 어떤 노래 가사를 따와서 그렇게 말하고 다니는 거였고, 사실 아직도 그러신다. 아빠는 사냥 방해 활동, 동물권 및 환경운동 이력이 있는 스물일곱이었다. 그리고 가장 중요하게는, 탐조인이었다.

아빠에게 엄마의 어떤 점에 끌렸는지 물어보면 아빠는 이렇게 말한다. "그 나이 때 너희 엄마 사진 본 적 있니?" 엄마의 젊은 시절 사진은 내게도 많은데, 사진 속의 호리호리한 엄마는 짙은 색 눈동자와 길고 곧은 검은 머리칼을 뽐낸다. 아빠 사진도 있는데, 주로 검정 터틀넥 스웨터에 검정 재킷 차림이고 잘생긴 얼굴 양옆을 긴 금발이 덮고 있다. 엄마의 눈길을 사로잡은 건 아빠의 이런 '외모'만이 아니었다. 엄마는 아빠의 자신감, 그리고 말을 걸어올 때 눈을 맞추던 모습이 마음에 들었다.

첫 만남부터 두 사람 사이엔 불꽃이 튀었지만, 이후 여정은 쉬운 길이 아니었다.

십대 시절부터 엄마는 정신질환과 싸워왔지만, 공식적으로 양극성장애를 진단받은 건 사십대가 되어서였다. 엄마는 열다섯의 나이에 처음으로 약물을 과다복용했고 대학에 진학할 시기엔 이미 상태가 몹시 안 좋았다. 조증과 우울 삽화를 오가며 몇 주 동안이나 밤마다 클럽에 놀러 나가다가 며칠씩 침대에서 꼼짝도 안 하곤 했다.

엄마가 첫 남편을 만난 건 조증 삽화가 진행중일 때였다. 조증 삽화가 또 한차례 찾아왔을 때 엄마는 그 남자와 비밀리에 셰필드에서 결혼했다.

상당히 엄한 이슬람 가정에서 태어난 엄마는 처음엔 대학 진학으로 얻은 독립생활을 한껏 즐겼지만, 새로 맛본 자유와 조증의 조합은 해로웠다. 엄마는 파티광이 되었다. 외할아버지는 방글라데시 커뮤니티의 다른 사람들과 달리 교육의 필요성을 믿었고 딸 셋을 포함한 자식 다섯을 모두 고등교육을 받게 했다. 할아버지는 엄마가 성공하기를 바랐지만, 마찬가지로 '적당한' 남자를 만나 결혼하기를 바랐고, 이는 곧 중매결혼을 의미했다. 다른 많은 십대 이슬람교도 여자들처럼 엄마도 이런 식의 문화충돌을 겪었다. 1학년이 끝나갈 무렵, 엄마는 처참한 성적을 받았고, 영국 남자와 사랑에 빠져 있었으며, 조증은 깊은 우울증으로 가라앉아 있었다.

2학년이 되자 학교에서 쫓겨나 모르는 남자와 결혼하게 되리라는 게 불 보듯 뻔했다. 결국 엄마는 절망 끝에 약 한줌을 삼키고 다시는 깨어나지 않을 작정으로 긴 잠에 빠졌다. 위세척으로 살아남은 엄마는 회복 후 비밀리에 그 영국 남자와 결혼했다.

이 사실을 알게 된 엄마의 부모님은 당연히 노발대발했지만, 이미 엎질러진 물이었다. 엄마는 수학과 철학 학위를 포기하고 법학으로 진로를 바꿀 마음을 먹었다. 언니 아이샤를 임신했다는 사실을 알았을 때, 엄마는 인근 대학에 등록했고, A레벨 시험 두 과목(법과 정치)을 치르고 통과했으며, 좋은 결과로 무장한 채—새로 태어난 아기까지 떠안고—사무변호사 사무실 오십 군데에 일일이 이력서를 돌려 결국 법률 사무 보조원으로 취업에 성공했다. 그후 법학 학위 과정에 진학했다. 이 짤막한 설명은 엄마 인생의 축약판이다. 엄마는 일단 어떤 목표를 세우면 원하는 것을 얻을 때까지 멈추지 않고 마구 내달리는 사람이다. 엄마가 이 시기에 조증이었냐고? 아니었을 리가.

엄마가 결혼이 실수였다는 걸 깨달았을 땐 법학 공부에 한창 매진하던 시기였다. 엄마는 싱글맘으로서 자기 자신과 아이샤를 부양하기로 마음먹고 부모님 집으로 돌아갔다.

1994년, 엄마와 네 살짜리 언니는 외가에서 나와 브리스틀의 젊고 감각적인 동네인 클리프턴으로 이사했다. 전일제로 일하면서 저녁시간 대부분은 공부에 할애하고 아이를 돌보면서도, 클럽에 대한 엄마의 열정은 식지 않았다. 어쨌든 조증이 엄마의 에너지를 채워주었고 엄마의 부모님은 여전히 육아를 부탁할 수 있을 만큼 가까이 살았다.

엄마와 아빠가 만났을 때 엄마는 여전히 힘든 싸움을 하던 중이었고, 무모한 파티광과 외톨이 늑대 사이를 주기적으로 왔다갔다하며 깊은 우울증의 늪에 빠져 있었다.

아빠가 엄마의 인생에 들어왔을 때 엄마는 이 남자가 어두컴컴하고 땀내 나는 60년대풍 나이트클럽 너머의 어떤 세계로 자기를 인도할 거라고는 상상하지 못했다. 자기 자신과 자연과의 관계를 완전히 바꿔놓을 생명체를 만나게 되리라고는.

하지만 그건 이후의 일이다. 일단 여기는 아직 지하 클럽이고, 엄마의 친구들은 이 남자가 탐조라는 이상한 취미에 빠져 있다는 얘길 들었다고 했다. "조심해." 친구들은 엄마에게 경고했다. "크리스는 **트위처야**." 물론 엄마는 트위처가 뭔지 전혀 몰랐다. (마약중독자를 가리키는 은어일 수도 있겠다고 생각했으나 나중에 진짜 뜻을 알게 됐을 때, 적어도 엄마가 보기엔, 새 관찰 쪽이 더 최악이었다.) 그 사실이 두 사람의 관계 진전을 크게 방해하지는 않았지만, 처음부터 엄마는 아빠에게 새를 보러 가려면 혼자 가야 할 거라고 못을 박았다. "나는 방글라데시 사람이야. 우린 새 같은 거 보러 안 가!" 엄마가 말했다.

언뜻 보기에는 우리 부모님의 삶이 이보다 더 다를 수 있나 싶을 것이다.

방글라데시계인 엄마는 브리스틀에서 태어나고 자랐으며, 엄마의 유년 시절에는 탐조, 산비탈 걷기, 하이킹, 산책을 비롯해 이른바 '위대한 대자연'과 연관되는 어떤 활동도 존재하지 않았다.

1955년 실헤트족 방글라데시인이었던 외할아버지, 우리 '나나바이'는 열아홉의 나이에 돈 한푼 없이 영국으로 와 이민생활을 시작했다. 할아버지는 부유한 학생들로 가득한 도시 옥

스퍼드에서 어느 잘나가는 인도 식당의 웨이터로 일했다. 마침내 홀로서기를 할 준비가 됐을 때, 할아버지는 마찬가지로 부유한 학생들은 많으나 인도 식당은 없는 브리스틀을 택했다. 삼 년 후에는 사우스웨스트 잉글랜드 최초의 인도 식당 '타지마할'을 열었다.

1961년 할아버지는 동벵골로 돌아가 외할머니, 우리 '나누'와 결혼했다. 두 사람은 결혼식 전에는 서로 얼굴도 못 본 사이였지만 영국에 올 땐 남편과 아내가 되어 있었다. 나누는 영국이 근래 들어 가장 추웠던 겨울, 발이 푹푹 빠질 정도로 눈이 쌓였던 날 얇은 면 사리와 카디건 차림으로 이곳에 왔다.

두 사람이 꾸린 가정은 서구 기준에서 보면 상당히 전통적인 이슬람 집안이었지만, 남아시아 기준에서는 진보적이었다. 조부모님은 딸들의 교육에 열의가 넘쳤는데, 인디라 간디◆가 1930년대 브리스틀의 배드민턴스쿨에 다녔던 데에 깊이 감화된 덕이었다. 교육에 대한 갈증은 1980년대까지만 해도 벵골 출신 가정에서는 당연한 일이 아니었다. 할아버지는 새벽같이 일어나 청과 시장에서 식재료를 수급해와서 온종일 식당에서 일했다. 이민자 계층에게 학업에서의 성공이 얼마나 중요한지 알았던 할아버지는 다섯 명의 자식 모두를 사립학교에 보냈다. 할아버지는 이스트런던의 벵골인 커뮤니티에서, 아들들은

◆ 인도의 첫 여성 총리로, 영국에 살던 당시 명문 사립 여학교를 다녔다.

열다섯 살에 학교를 그만두고는 가족 식당에서 일하고, 딸들은 십대의 나이에 남편감을 찾으러 방글라데시로 짐 싸들고 떠나는 경우를 너무나도 많이 봤다. 조부모님에게도 순탄한 삶은 아니었다. 두 사람의 야심은 자식들이 나고 자란 시대의 적대적인 정치 지형에 의해 끊임없이 견제받았다.

1950년대에 인종차별은 불법이 아니었고 숙박업소를 비롯해 술집과 셋방에 '흑인, 아일랜드인, 개 출입 금지' 같은 팻말이 흔히 붙어 있었다. 나나바이도 주말에 식당에 들어와 시비를 걸던 인종차별주의자들의 조롱을 숱하게 겪었다. 하지만 할아버지는 인종차별에 저항하는 방법으로 거리에서 주먹다짐을 하는 대신 시위를 택했다. 1963년 브리스틀 버스 보이콧 행진에 참가한 할아버지의 사진도 내게 있다. 믿기지 않지만 불과 우리 부모님 시절까지도 기업에서—이 경우에는 브리스틀시 버스 운영 업체가—흑인과 아시아인 고용을 거부할 수 있었다. 시민들은 합심하여 해당 업체의 버스 승차를 거부했고 그 고용 방침은 폐기되었다. 이 시위는 1965년 인종관계법 통과에 영향을 미쳤다고 알려져 있으며, 공공장소에서의 인종차별을 불법화한 이 법안은 일 년 후 고용과 주거 차별도 금지하는 방향으로 확대되었다.

1970년대 후반에는 극우 파시즘 정당 국민전선 당원들이 할아버지 집 앞을 행진하며 '백인이면 문제없다'라는 구호를 외쳤다. 온 가족이 두려움에 떨었고, 할아버지 할머니는 아이들이 창가에 가까이 가지 못하도록 주의시켜야 했다. 이런 일화들과 차별을 향한 나나바이의 공적인 싸움이 나의 엄마와 이모들의 정치의식을 쑥 자라게 한 밑거름이 되었다. 십대 초반부터 자매들은 남아프리카의 유색인을 억압하는 아파르트헤이트 정책에 강경한 반대의 목소리를 냈다.

그래서 마침내 사무변호사 자격을 취득했을 때, 엄마는 이런 경험을 바탕으로 업계 내부의 인종차별적 편견에 목소리를 내기 시작했다. 1996년 로펌에 들어갔을 당시 엄마는 단 두 명인 비백인 직원 중 한 사람이었다. 이후 수년간 엄마는 회사 내에서 인종 다양성을 높이는 데 중요한 역할을 했다. 과거에는 직원을 뽑을 때 러셀 그룹◆ 대학의 최우등 졸업 학위가 없거나 이름이 '특이'하면 서류부터 탈락이었다. 회사에는 정장 입은 백인 남자만 가득했다. 엄마는 다양한 배경의 법률 사무 보조원을 고용했고, 인종이나 학벌이 업계 내에서 능력을 평가하는 절대적인 기준이 될 수 없음을 파트너들에게 입증해 보였다.

아빠는 1968년 영국 머지사이드의 레인힐에서 태어났다. 할아버지는 당시 노스웨스트 잉글랜드의 최대 고용주였던 화학회사 임페리얼케미컬인더스트리스(ICI)의 연구실에서 일했다.

◆ 1994년 영국 내 주요 대학이 모여 결성한 협력체로, 케임브리지나 옥스퍼드 등 명문으로 평가받는 대학이 다수 포진해 있다.

학업과 운동에서 모두 두각을 보였던 할아버지는 다재다능한 사람이었다. 할머니는 노동계급 출신이었고 학업 능력에 자신이 넘치진 않았지만 그래머 스쿨[◆◆]에 들어갈 만큼 똑똑했다. 한동안 할머니는 보험회사에 다녔지만, 동료들이 그랬듯 임신했을 때 일을 그만두고 주부가 되었다. 아빠의 여동생 페니 고모는 말을 좋아했고 가족과 함께 길게 산책하는 걸 좋아했지만, 아빠는 혼자 시간을 보내는 걸 더 좋아하는 편이었다.

어린 시절부터 아빠는 언제나 집안보다는 바깥에 있는 걸 더 편하게 여겼다. 아빠의 집에는 큰 정원이 있었는데 아빠는 정원을 둘러싼 1.8미터짜리 울타리를 기어코 넘어 근처 숲으로 놀러다녔다. 정원에는 새 모이판과 둥지 상자를 뒀는데, 둥지 상자는 끝까지 채워지지 못했다. 어느 해인가 수컷 굴뚝새 한 마리가 수일에 걸쳐 그 안에 반구형 둥지를 지었지만 결국 암컷에게 거절당했던 때 빼고는.

아빠는 일곱 살 생일에 유럽의 새들을 동정同定[◆◆◆]하는 법에 관한 책을 선물 받았고, 이웃집 앞마당에서 생애 처음으로 본 리닛linnet의 이름을 정확히 맞혔다. 탐조를 향한 열정이 싹튼

◆◆ 영국 공립 중등학교의 한 유형으로, 우수 학생 중심의 엘리트 교육기관이며 시험을 통해 학생을 선발한다. 중세 시기에 라틴어를 가르치려는 목적으로 설립되었기에 '그래머 스쿨'이라는 이름이 붙었다.

◆◆◆ 생물종을 구별하는 행위. 탐조인들이 새를 발견했을 때 어느 종인지 식별한다는 뜻으로 많이 쓰는 용어.

순간이었다.

노스웨스트 잉글랜드 호수 지역인 레이크 디스트릭트, 웨일스와 사우스웨스트 잉글랜드에서 가족들과 보낸 캠핑 휴가 덕분에 자연은 엄마에게 정치 집회가 그랬던 것처럼 아빠의 유년기와 청소년기의 일부가 되었다.

열 살 때 가족이 노스요크셔로 이사한 후로, 아빠의 자연 사랑은 활짝 꽃피기 시작했다. 이제 가족들은 주말마다 황야지대를 걷고, 웨인스톤스의 멋진 사암 구간이나, 클리블랜드평원이 눈앞에 파노라마처럼 펼쳐지는 언덕 로즈베리 토핑의 독특한 반쪽짜리 원뿔 모양 정상을 오르내렸다. 런즈윅만과 스테이즈 마을 사이 그림 같은 요크셔 해안으로 당일치기 여행을 떠나 험준한 절벽과 작은 만과 해변에 자리잡은 어촌들을 쏘다녔다. 아빠는 쌍안경을 독차지하고 황야, 삼림, 들판, 고지, 강, 호수를 샅샅이 살피며 기억에 단단히 새겨둔 조류도감 속 새들을 탐색했다.

새로운 새들이 잇따라 대거 등장했다. 붉은뇌조Red Grouse는 헤더 관목이 무성한 황야지대에서 흔히 볼 수 있는 종으로, 특유의 날개 터는 소리와 날아오를 때 '꼬댁, 꼬댁, 꼬댁' 하는 울음소리가 특징이다. 이 통통한 몸집의 새는 포식자 조류나 더 흔하게는 인간의 총부리를 피할 때 놀랍게도 시속 100킬로미터 이상 속력을 낼 수 있다. 붉은뇌조는 사냥용 새로 분류되어, 영국에서 매년 약 오십만 마리가 총에 맞아 죽는다. 황야지대는 손을 타지 않은 자연처럼 보이지만, 많은 곳이 뇌조의 수를 늘리기 위해 집중적으로 관리되며, 뇌조를 잡아먹는 조류나 기타 포식자들이 제거되고, 일부 지역에서는 법을 위반하면서까지 맹금류를 박해하기도 한다.

점점이 금빛으로 물든 여름 깃을 맵시 좋게 달고 나타난 검은가슴물떼새들이 작은 언덕 위 헤더 관목 사이에서 '삑삑' 피리 소리를 낸다.

풀마갈매기의 '풀마fulmar'는 고대 스칸디나비아어로 냄새 따위가 '고약하다foul'라는 뜻의 단어와, 이들과 생김새가 닮은 '갈매기'의 조합이다. 이들은 해안에서 날개를 빳빳이 편 채 절벽을 박차고 날아다니는데, 순진무구한 커다란 눈망울 뒤에는 냄새 고약한 액체를 분수처럼 토해내는 능력이 감춰져 있어, 사람이든 동물이든 둥지 쪽으로 너무 가까이 다가가면 가차없이 여기에 당하고 만다. 이들의 서식지 주변으로 해안지대의 가파른 바위 표면에서 자기 이름을 우짖는 키티웨이크(세가락갈매기)도 볼 수 있다.

아빠의 첫 탐조 목록은 열 살 때 98종의 새를 발견하고 손으로 기록한 것이었다! 하지만 아빠의 야심이 한껏 고조된 계기는 그리스 코르푸섬으로 떠난 가족 휴가였다. 아빠는 꿈에서만 그리던 종들을 즉각 발견하고 동정할 수 있었다. 빨간 눈의 사르디니아흰턱딱새Sardinian Warbler, 짙푸른색의 바다직박구리, 그리고 호텔 발코니에 둥지를 튼 귀제비까지 봤는데, 얼핏 일반적인 흰털발제비와 제비의 교배종처럼 보였지만 더 자세히 관찰하니 확실히 구별됐다. 아빠에겐 짜릿한 여행이었고, 새롭고 색다른 경험이었다. 목록에 새로운 새들을 추가해가면서 아빠는 틈만 나면 새를 볼 생각만 하게 되었다.

엄마와 언니는 아빠를 만나기 전까지는 탐조나 심지어 대자연에조차 전혀 관심이 없었다. 브리스틀에서 자란 방글라데시계 이민 2세대로서 엄마는 늘 자기를 도시 사람이라고 생각했다. 엄마가 조금이나마 탐조 비슷한 걸 했던 경험은 어린 시절 가족과 함께 크리켓을 하러 공원에 가서 비둘기떼를 봤을 때나, 해변으로 여행 가서 과자 봉지를 향해 달려드는 갈매기들을 쫓아냈을 때뿐이었다(물론 지금에야 엄마는 어릴 적 나누가 정원에 뿌린 밥 찌꺼기에 몰려들었던 작은 참새들에 매료되긴 했다고 인정한다).

탐조인을 사귄다는 게 둘의 관계에서 어떤 의미인지 엄마가 파악하기 시작했을 때쯤엔 이미 늦은 뒤였다. 엄마는 사랑에 빠져 있었다. 그래도 무선호출이 울리는 대로 해도 뜨기 전에 어디로든 떠나는 탐조 여정에는 전혀 동행하지 않을 작정이었다. 엄마 머릿속에서 탐조란 원래의 이동 경로를 이탈해 날아온 새 한 마리를 보려고 빗속에서 몇 시간을 서 있는 일이었으니까. 그 상상은 틀리지 않았다.

이제 주말마다 아이샤와 아빠는 추밸리호수나 근처 언덕으로 함께 사라지곤 했다. 두 사람의 첫 여행은 체더저수지로 붉은배지느러미발도요를 보러 갔던 것인데, 폭풍우에 떠밀려온 이 새는 회색과 흰색이 섞인 자그마한 섭금류로 얼굴엔 작은 검은색 가면을 썼다. 북극 툰드라지대에서 번식하고 다른 계절에는 먼바다에 서식하는데, 가끔 의도치 않게 내륙 저수지로 흘러드는 개체들은 대부분 인간을 한 번도 마주친 적이 없기에 매우 온순하다. 아이샤는 이 작은 새가 수면에서 팽이처럼 돌고, 진흙을 걸러내 그 속에 있는 무척추동물들을 잡아 포식하는 모습을 보고 사랑에 빠졌다.

이쯤 되자 엄마도 약간은 소외된 듯한 기분을 느끼기 시작했다. 새로 사귄 남자친구와 딸이 합심해서 엄마를 버리자, 엄마는 결국 두 사람의 다음 모험에 따라가기로 했다. "진짜 이번 딱 한 번만이야. 대체 뭐 때문에 그렇게 호들갑인지 보자고."

첫 가족 탐조 여행은 1997년 3월 노퍽에 있는 웰니습지센터에 큰흰죽지를 보러 간 것이었다. 아메리카에 분포하는 이 잠수성오리는 영국에선 이전에 한 번도 발견된 적이 없었다. 한밤중에 알람 시계가 울렸다. (불과 육 개월 전만 해도 이 시각이면 엄마가 나이트클럽에서 귀가할 때였다.) 그리고 모험이 시작됐다. 차를 타고 가는 내내 엄마는 잤고 심지어는 조류 관찰소에서도 졸았다. 그렇다고 엄청나게 열악한 환경은 아니었다. 관찰소에는 카펫과 유리창도 있었다. 전국에서 제일 호사스러운 관찰소야, 아빠는 평했다. 첫 탐조 여행에 이보다 더 좋은 곳이 또 있을까?

아빠와 언니, 다른 탐조인들도 이 탐조 회당에 모여 쌍안경으로 주변 습지대를 살폈다. 군데군데 물이 고인 침수지대가 펼쳐진 곳으로, 올드베드퍼드강과 뉴베드퍼드강 사이에 있는 더 큰 범람원인 우스워시스의 일부였다. 이쯤 되니 엄마는 점점 좀이 쑤셨다. 이런 게 탐조라는 건가? 새는 어딨는데? 큰흰죽지는 코빼기도 보이지 않았다. 이 사람들은 모두 한밤중에 일어나 차를 몰고 국토의 절반을 가로질러와서는 몇 시간 동안 질척한 늪지대나 뚫어져라 쳐다보고 있었다. 아무것도 없는데도. 어쩌면 그 새는 이제 정신을 차려서 원래 고향인 북미로 발길을 돌렸을 수도 있지 않을까, 엄마는 중얼거렸다.

하지만 엄마의 짐작은 틀렸다. 큰흰죽지는 호수 건너편에서 모습을 드러냈다. 특유의 길고 검은 부리와 밤색 머리 아래, 옅은 회색 몸통이 검은색 가슴깃과 꽁지깃으로 마감되어 있었다. 이 위엄 있는 오리를 유럽에 서식하는 사촌지간인 흰죽지 무리가 유유히 호위했다.

큰흰죽지를 처음 발견한 건 아이샤 언니였다. 언니는 영국 해안에 처음 나타난 이 방문객을 보기만을 간절히 바라며 모인 다른 탐조인들에게 방향을 짚어주었다. 큰흰죽지가 흰죽지 무리 사이를 지나가는 동안 언니가 새의 움직임을 실시간으로 중계해주자, 마침내 거기 있던 모두가 그 새를 보았다.

엄마는 이제 모든 게 이해가 가기 시작했다. 다른 탐조인들의 흥분과 처음 새를 발견한 아이샤의 환호, 그리고 숨길 수 없는 아빠의 자랑스러움까지.

몇 시간 뒤 또다른 새로운 새를 보고 나서, 엄마는 많이들 오해하고 많이들 미쳐 사는 이 취미생활의 완전한 일원이 되었다.

집에 가는 길에 아빠는 노퍽에 서식하는 다른 새 한 종을 보러 가기로 마음먹었다. 금계Golden Pheasant였다. 중국 중부 산악지대가 원산이지만, 사냥 지구에서 야생으로 방출되면서 영국에서도 자리를 잡았다. 아주 희귀하고 극도로 겁이 많아, 아빠처럼 경험 많은 탐조인도 마주치기가 쉽지 않았다.

해가 지평선 아래로 떨어지려 할 무렵, 가족은 웨일랜드우드에 도착했다. 언니는 아직도 발밑에서 마른잎들이 바스락거리던 소리, 고요하고 차갑던 공기, 문착 사슴이 가까이에서 왁왁 울던 소리를 기억한다. 이 갑작스러운 결정은 엄마를 탐조의 세계로 완전히 끌고 들어오려는 시도라기보다는, 금계를 향해 줄곧 끓어오르던 아빠의 간절한 마음 때문이었다. 아빠는 이미 열 번도 넘게 금계를 보러 나섰으나 매번 허탕이었다.

길을 앞장서가며 아빠는 금빛 깃털을 찾아 덤불을 샅샅이 살폈지만, 동트기 전부터 시작된 긴 여정에 완전히 지쳐버린 언니는 발을 질질 끌기 시작했다. 숲을 한 바퀴 도는 것만으로도 버거웠다. 엄마도 마찬가지였다. 숲은 으스스할 정도로 고요했고, 발밑의 잎들이 바스락거리는 바람에 아빠는 신경이

곤두섰다. 그 소리 때문에 꼭꼭 숨어 있는 금계는 물론 근방의 생물이란 생물은 다 달아날 것 같았다. 불안했던 아빠는 결국 엄마와 언니를 먼저 보내고 혼자서 새를 찾으러 갔다.

엄마와 언니는 아빠가 돌아오기를 기다렸다. 몇 분간 거의 완전한 적막이 흐르다, 두 사람 뒤쪽에서 무언가 바스락했다. 엄마는 천천히 돌아봤고, 그 순간 눈에 들어온 생명체에 숨이 턱 막혀버렸다.

금계는 원색을 탐구할 수 있는 완벽한 예시다. 샛노란 깃털이 등과 머리를 덮고 있고, 등 위쪽은 무지갯빛을 내는 짙은 녹색이다. 소방차처럼 빨간 가슴 깃털은 파란 날개깃과 선명한 대비를 이룬다. 강렬한 색의 향연에 더해, 몸통 길이의 두 배나 되는 화려한 꼬리를 자랑한다. 숲속을 활보하며 열매나 유충을 찾아 나뭇잎을 긁어대던 금계는, 노을빛을 받아 영롱하게 빛나는 자기 모습을 넋이 나간 채 바라보던 엄마와 언니의 시선을 눈치채지 못했다.

엄마가 아빠보다 먼저 금계를 봤다는 사실 때문에 이 귀한 만남은 더더욱 달콤했다. 이제 엄마는 모든 걸 보고 싶었다. 엄마 말로는 이 매료의 순간이 엄마를 탐조인으로 만든 계기이자, 아빠와 함께 오늘날까지도 '즐기며' 서로 경쟁하도록 불을 붙인 시발점이다.

엄마는 영국 전역으로 탐조 여행을 다녔다. 셰틀랜드, 페어아일, 실리제도의 탐조 명소를 돌아다니며 아빠를 따라잡으려

열의를 불태웠다. 아빠는 새를 향한 사랑을 엄마와 공유하면서 어느덧 탐조를 처음 다니던 시절로 돌아가, 엄마에게 동정하는 법부터 날씨가 어떻든 인내심 있게 기다리는 법까지 탐조에 관한 모든 걸 가르쳐주었다.

뒤이어 아이샤는 열두 살의 나이에 영국 최연소로 관찰 조류 400종을 채운 믿을 수 없는 대기록을 세웠다.

아빠가 평범한 백인 중산층인 가족들에게 크리스마스에 방글라데시계 여자친구를, 애인의 여섯 살짜리 딸아이와 함께 데려간다고 했을 때 가족들은 눈 하나 깜짝하지 않았다.

하지만 엄마는 달랐다. 엄마는 십대 초반부터 이중생활을 해왔고, 집밖에 몰래 나가 파티를 다니고 인종과 상관없이 원하는 사람과 만났다. 외조부모님은 아주 엄격한 이슬람교도는 아니었지만, 클럽에 다니는 것과 남자를 만나고 다니는 건—적어도 사람들이 보는 앞에서라면—커뮤니티 내에서 용인되지 않았다. 아빠와 만났을 때 엄마는 이혼한 싱글맘이었지만 여전히 둘이 함께 다니는 걸 사람들이 볼까봐 편하게 거리를 걸어다니지도 못했다. 바람직한 방글라데시 여자라면 그렇게 행동해선 안 됐으니까. 암묵적인 규칙은 '그러고 다니면 안 된다'라기보다는 '아무도 네가 그러고 다니는 걸 보면 안 된다'에 가까웠다.

아이러니하게도 엄마의 첫 남편도 백인에 비이슬람교도였

는데, 엄마는 하루아침에 그 남자와 사랑의 도피를 감행해 부모님이 반대할 겨를조차 주지 않았다. 후에 그 남자는 본인 뜻에 따라 이슬람으로 개종했다.

아빠는 처음부터 관계를 비밀로 하는 게 건강하지 못하다고 생각했고, 이중의 삶을 살아야 할 필요성을 납득하지 못했다. 물론 자신의 존재를 비밀로 해야 한다는 점에도 적잖이 상처를 받았다. 아빠의 부모님은 사귀기 시작한 지 불과 두어 달도 안 됐을 때 엄마와 아이샤를 우리 가족으로 받아들여주지 않았는가? 아빠도 엄마가 가족에 느끼는 두려움을 어느 정도는 이해했지만, 한편으로는 문화적으로 무지했던 부분도 있었다. 아빠는 다른 문화권이나 종교의 영향 아래 살아온 사람과 한 번도 만나본 적이 없었다. 마침내 엄마의 가족과 만나게 됐을 땐 면접이라도 보는 것 같았다.

아빠는 친구들과 파티를 즐기다가 엄마 부모님이 곧 오신다는 이유로 엄마의 집에서 나가야 했다. 엄마는 몰랐지만 두 분은 딸의 새 영국인 남자친구에 관한 소문을 듣고 이제는 직접 얼굴을 봐야겠다고 판단한 터였다. 아빠가 이미 늦은데다 약간은 취한 상태로 엄마의 아파트에 다시 왔을 때 두 분은 아빠가 돌아오기를 진득이 기다리고 있었다.

학력과 직업에 관한 형식적인 질문과 답변이 오가고 나서, 나나바이는 진정으로 중요한 단 하나의 질문을 던졌다. "내 손녀딸을 잘 돌봐줄 수 있겠나?"

아빠가 언니 인생에 등장했을 때 언니는 다섯 살이었다. 언니는 처음 정식으로 아빠를 만나고 나서 엄마에게 선언했다. "몸에 피어싱이 있는 거 빼곤 잘생긴 것 같아. [아빠는 아직도 코에 피어싱이 있다.] 남자친구 해." 언니의 친부는 당시 언니 곁에 거의 있어주지 않았기 때문에 언니에게 지지대 역할을 해준 사람은 아빠였다.

만남이 있고 나서 이 주 후, 할아버지 할머니는 엄마와 아빠의 이슬람식 결혼식을 추진했다. 엄마가 공식적으로 인정받지 않은 '남자친구'와 동네를 활보하고 다니는 건 있을 수 없는 일이었다.

결혼식은 클리프턴에 있는 엄마의 다세대주택 셋집에서 일요일 저녁에 치르기로 했다. 엄마의 가족이 결혼식을 준비하는 동안 엄마와 아빠는 쇠덤불해오라기Little Bittern를 보러 사우스서머싯 하이브리지에 가 있었다. 엄마와 아이샤 언니에겐 새로운 종이었고 엄마는 결혼식이 임박했다는 이유로 모처럼의 탐조 기회를 놓칠 수 없었다. 갈대밭에 몸을 숨긴 채 기다리는 동안 시간은 계속 흘러갔다. 결국 엄마는 집에 전화를 걸어 결혼식을 한 시간 늦춰달라고 사정했다. 새를 보지 않고서는 떠날 수 없었다.

그날은 아빠에게 여러모로 처음인 날이었다. 아빠는 그날 밤 이전에는 이슬람식 결혼식에 가본 적도 없었고 엄마 형제들을 본 적도 없었는데, 정신을 차리고 보니 본인의 이슬람식 결혼식에서 긴장으로 셔츠 목깃에 땀방울을 적시며 쿠란 구절을 읽고 있었던 것이다. 물론 아빠는 아랍어를 전혀 몰랐으므로 엄마 형제들이 아빠에게 불러주는 복잡한 문장들을 반복해서 따라 하며 하나하나 제대로 된 억양을 내려고 노력했다. 식을 치르고 나서, 순백색 살와르 카미즈◆를 입은 엄마와 가족들은 다 함께 식사하러 나갔다. 두 사람의 '정식' 결혼식은 칠 개월 후에 치러졌다.

우리 가족은 멘딥힐스의 북쪽 경사면에 자리한, 오래전에는 광부들이 살던 작은 시골집에 산다. 이백오십 년 전에는 내 침실에 어쩌면 열 명쯤 되는 가족들이 기울어진 마룻바닥 위에서 몸을 웅크리고 잤을 거라 상상하면 놀라울 따름이다. 우리 집은 막다른 길에 있는데, 길 끝은 봄철마다 산마늘향을 풍기는 무성한 숲으로 이어진다. 창문으로는 굽이지는 언덕과 커다란 호수가 보인다. 여름이면 들장미와 등나무가 벽을 타고 오른다.

나는 브리스틀 남쪽의 추밸리에서 전원지대와 멘딥힐스의 들판이 주는 자유를 만끽하며 자랐다. 새들이 우리집 모이통에 날아오거나 수반에서 날개를 퍼덕이는 모습을 보며 컸고, 그러면서 흔히 보는 작은 갈색 새들까지도 구분할 수 있게 되

◆ 남아시아와 중앙아시아에서 여성들이 입는 투피스형 전통 복식.

었다. 따뜻한 오후엔 말똥가리, 저녁에는 큰까마귀의 울음소리를 귀기울여 들었다. 침대에 누워 잠 못 이룰 때면 숲속 올빼미들의 울음소리가 '후우후우' 메아리쳤다.

어릴 때부터 나는 집 앞 길목과 숲속을 친구들과 돌아다니며 동물들이 다니는 길과 오소리 굴, 험준한 옛 황토 광산을 탐험했다. 야생 연못에 손을 집어넣고 신기한 생물이 있나 휘저어보다가 무언가 걸리면 비명을 지르며 재빨리 손을 빼곤 했다. 정원을 날아다니는 나비와 벌을 쫓아다녔고, 전등빛에 몰려드는 나방을 관찰했고, 어둠 속에서 머리 위로 희미하게 들리는 박쥐의 날갯짓 소리를 들었다. 봄이면 블루벨 꽃이 융단처럼 깔린 숲에 드러누웠고, 겨울이면 썰매에 올라타 숲속 산비탈을 타고 집까지 내려왔다.

나는 탐조인 가족에서 태어나 자랐고, 주말을 전부 바쳐 우리집 근처에, 혹은 더 먼 곳에 어떤 새가 나타났는지, 어떤 희귀종이 영국의 추운 해안에 들러도 좋겠다고 판단했는지 가서 확인하곤 했다. 서머싯에서 오크니까지 이틀을 꼬박 운전해 갔다 오는 일은 우리 가족에겐 일상이었다. 여정이 길어져도, 날씨가 아무리 궂어도 우리를 막을 순 없었다. 탐조 여행은 극단적으로 보이지만, 대개는 '해야 한다면 하는 거'라는 느낌에 가깝다.

텔레비전 시리즈 〈사나운 녀석들〉은 내 유년 시절에 배경음악처럼 함께한 프로그램으로, 영국 동식물 연구가 스티브 백

셜이 출연해 백상아리, 검은맘바뱀, 북극곰 등 세계에서 가장 치명적인 포식자들을 추적한다. 열 살 때 나는 스티브가 브리스틀에서 진행한 생방송을 보러 갔다. 그는 한쪽 다리가 부러진 상태였는데, 이것이 그의 광적인 모험에 짜릿함을 더했다. 스티브는 어린 관중에게, 자기처럼 텔레비전에 나오는 자연 탐험가가 되고 싶다면 학교에서 열심히 공부해서 동물학 학위를 받아야 하지만, 그러면서도 바깥으로 나와 야생과 대자연에 관해 배울 수 있는 모든 걸 배워야 한다고 말했다. 그의 말은 내게 울림을 주었고 후에 나는 걸가이드와 보이스카우트◆에 둘 다 입단했으며, 등반, 자일 타기, 동굴 탐험, 수직 동굴 하강, 영화 제작, 야생 동식물 스케치, 야영 및 야간 쉼터 만들기 같은 활동에 나섰다.

그러는 틈틈이 책장에서 조류도감을 꺼내 머리에 담을 수 있을 만큼 최대한 많은 종의 색채와 습성을 스펀지처럼 빨아들였다. 여섯 살 때는 제럴드 더럴의 책 『우리 가족과 다른 동물들』을 읽었고, 자연과 깊이 얽힌 뒤죽박죽 가족사를 접하며 거기서 나의 삶 또한 보았다.

데이비드 애튼버러의 다큐멘터리 시리즈 〈새들의 삶〉을 봤을 땐 마치 고향에 온 느낌이었다. 매, 말똥가리, 벌새, 앵무새,

◆ 1910년 보이스카우트와 별개의 조직인 걸가이드가 설립되었고, 1976년 영국 보이스카우트는 여성 입단을 허용했다.

제비갈매기 들이 화면을 채웠다. 내겐 단순히 시각적 즐거움의 향연이 아니라 소원 목록과 같았다. 나는 점점 새들의 매력에 빠져들었다.

열정적인 음악 애호가를 예로 들어보자. 그는 어디에 있든 음악을 들을 것이다. 거실이든, 침실이든, 차 안에서든. 춤을 출 때도, 편히 쉴 때도, 힘을 얻고 싶을 때도, 기분에 따라서 음악을 틀 것이다. 음악은 이미 삶의 너무도 큰 일부가 되어버려서 음악을 '듣는다'는 행위 자체도 인지하지 못한다. 내게 새를 사랑하는 일은 그런 느낌이다. 나는 새들을 의식한다기보다 있는 그대로 흡수한다. 정원 모이통에 모여든 새든, 집 근처 호수나 안데스산맥에서 만나는 새든. 그리고 새들은 언제나 정확히 내가 필요로 하는 걸 준다.

탐조는 한 번도 취미처럼 느껴진 적이 없다. 원할 때 집어들었다가 다시 내려놓을 수 있는 여가 활동이라기보다는, 내 삶의 무늬를 이루는 실과 같다. 너무도 단단히 엮여 있기에, 나머지 내 삶을 건드리지 않고 그것만 뽑아낼 수는 없는 것이다.

2장 마이 리틀 빅 이어

검은눈썹앨버트로스

검은눈썹앨버트로스는 평생 하나의 상대와 짝을 이루어 일웅일자를 유지하며, 암컷이 한 개의 알을 낳아 수컷과 함께 약 칠십 일간 품는다. 어린 새들은 3세부터 번식지로 돌아오기 시작해 구애 의식을 연습하는데, 전 세계 개체수의 75퍼센트가 사우스조지아섬과 포클랜드제도에서 발견되며, 7세가 되어서야 번식을 시작한다. 수명이 길며, 야생에서 70세까지 산다.

내가 여섯 살 때 엄마와 아빠는 둘 다 일이 바빴고, 특히 엄마는 저녁 늦게까지 일하는 날이 많았다. 방과후에 집에 오면 나는 대개 열두 살 많은 아이샤 언니 손에 맡겨졌다. 오랫동안 나는 버스 정류장에서 언니와 함께 집에 와 부모님이 퇴근해 돌아오기 전까지 보내는 시간을 하루 중 가장 좋아했다.

텔레비전 앞에서 우리는 슈퍼 누들, 베지 너깃과 감자튀김을 먹으며 〈뱀파이어 해결사〉 〈마법의 미녀 삼총사〉, 심지어 〈CSI: 과학수사대〉까지도 즐겁게 시청했다. 세번째 드라마는 당연히 비밀에 부쳐야만 했지만, 그랬기에 더욱더 짜릿했다. 열여덟 살의 아이샤 언니는 더는 새에 열렬한 관심을 보이지 않았지만 그래도 쿨했다. 마치 언니가 내게 바통을 넘겨주고 내가 그걸 받아서 뛰는 것 같았다.

몇 년 후 부모님과 나는 가족 상담에 참여해 엄마의 정신질환이 가족에게 미친 영향을 살피기로 했고, 상담을 시작하기 전 부모님은 엄마의 병력을 포함해 삶의 주요 사건을 목록으로 작성하도록 권고받았다. 이 목록은 상담 시간을 상당히 절약해줄 뿐 아니라 엄마가 새로운 정신과의사를 만날 때면 과거 이력 자료로도 쓰인다. 노련한 탐조인인 엄마는 목록을 꼼꼼히 작성할 줄 안다. 모든 일이 '주요 사건: 크리스 & 헬레나' 스프레드시트에 정리되어 있는데, 2002년 12월 항목에는 이렇게 적혀 있다. 이제 열세 살이 되는 아이샤. 점점 더 우리를 힘들게 한다. 언니는 엄마만큼은 아니었는지 모르겠지만 어쨌든 자유분방한 자식이었고, 확실히 파티를 좋아하긴 했다.

겨우 열여덟의 나이에, 언니는 임신 소식을 알렸다.

당시 아빠는 미국에 출장을 가 있었다. 사냥 방해 활동가로 싸우던 날을 뒤로하고 다국적기업의 프로그램 매니저로서 일하던 때였다. 사실 아빠의 직종 전환은 들리는 것만큼 극단적이지는 않았다. 아빠는 대학에서 공학을 전공했고 석사를 졸업하자마자 가전회사 후버에서 일했다. 이 년 후 여행을 떠날 돈이 충분히 모이자 일을 그만뒀다. 아빠는 머리를 기르기 시작했고, 일해서 돈을 모으고 여행을 떠나는 것을 삶의 새로운 패턴으로 삼았다. 이제는 머리를 자르고 아홉시부터 다섯시까지 일하는 삶으로 돌아온 아빠는 일과 승진에서 즐거움을 찾았다. 엄마를 만났을 때, 아빠가 이 새로운 일상에 내리고 있던 뿌리는 점점 단단히 자리를 잡고 있었다.

업무상 해외 출장이 잦았던 아빠는 언니가 자신의 반응이 두려워서 출장 간 틈을 노려 폭탄선언을 한 게 아닐까 의심했다. 아빠는 '놀라지 말고 들어'로 시작되는 엄마의 전화를 워싱턴 DC의 한 호텔방에서 받았고 곧장 다음 비행기로 집에 돌아왔다.

아빠는 토요일에 집에 도착했고, 일요일에 여전히 충격에 사로잡힌 채 우리를 모두 데리고 노퍽으로 흰정수리멧새를 보러 갔다. 아빠에겐 소식을 '받아들일' 시간이 필요했고, 탐조가 도움이 되었다.

아빠는 '마음챙김'이라는 것이 '발명'되기 전 혹은 적어도 대중화되기 전부터 '마음을 챙기는' 탐조인이었다. 떼 지어 다니는 새들을 샅샅이 살펴보면서 대개 비슷하게 생겼지만 서로 다른 종들을 구분하는 복잡하고 집중력이 필요한 과정을 즐겼다. 반쯤 몸을 숨긴 새의 존재를 드러내는 미세한 움직임이나 소리에 집중하고, 발견한 새의 수를 세고 기록하며, 그들의 익살스러운 몸짓과 아름다움에 감탄하는 일은 아빠를 현재에, 지금 이곳에 붙잡아두었고, 과거와 미래의 걱정은 멀어져갔다. 아빠 말로는 굳이 '노력'하지 않아도 얻게 되는 효과라고 했다. 아빠는 아이샤 언니의 소식을 받아들일 더 큰 정신적인 공간이 필요했고, 일단 자연으로 나가기만 하면 그 공간에 어떠한 의식적인 노력 없이도 닿을 수 있다는 걸 알았다. 그건 아빠가 탐조에서 얻는 자연스러운 산물이었다.

다시 멧새로 돌아가서, 흰정수리멧새는 미국에서 흔히 볼 수 있으나 영국에서는 단 세 번만 목격되었다. 그런데 그 새가 지금 클레이에, 영국 탐조인들의 성지인 그곳의 유명 조류보호구역이 아니라, 근처 마을의 한 은퇴한 성직자의 정원에 나타난 것이었다. 집주인들은 친절하게도 집 옆으로 나 있는 긴 자갈길에 새 모이를 놓아두었고, 흰정수리멧새는 너도밤나무 산울타리에 몸을 숨기고 있다가 이따금 쌩 하고 내려와 먹이를 먹으면서도, 같이 다니는 볼품없는 사촌뻘 영국 멧새들에게 정수리의 화려한 흰 줄무늬를 뽐냈다. 몰려든 탐조인들의 인파가 진입로 끝에서 다음 공연을 기대하며 대기중이었다.

이 여행은 아이샤 언니가 떨어뜨린 폭탄과 앞으로 찾아올 스트레스와 결정을 내려야 할 수천 가지 문제로부터 잠깐의 휴식을 주었다.

하지만 나는 충격을 받기는커녕 조카가 생긴다는 생각에 매우 들떠 있었다. 잔뜩 우쭐해진 나는 학교에서 '보여주고 말하기' 시간에 이 소식을 공유하기로 결심했다. 이 시간에는 보통 반 아이들이 집에서 어떤 물건을 가져와서 그것과 관련된 이야기를 나눈다. 다른 아이들은 조개껍데기와 생일 선물을 가져와 짧게 떠난 휴가나 생일 파티 이야기를 나눴지만—어떤 여자애는 새 가족이 된 새끼 고양이를 데려오기도 했다—나는 엄청난 소식을 가져왔다!

"우리 언니가 임신했어요!" 나는 활짝 웃었다. "나는 이제 이

모가 돼요!" 반 친구들은 환호했지만, 선생님은 혼란스러워 보였고 약간은 질겁하는 듯했다. 언니는 나와 같은 초등학교를 나왔기 때문에 선생님은 아이샤를 알았다.

"정말?" 선생님이 물었다. "확실한 거니?"

우리집이 언쟁과 짜증이 오가는 전쟁터가 되고 나서야 선생님의 회의적인 태도가 제대로 이해되었다. 아이샤는 다가오는 여름 A레벨 시험을 치르고 대학에 진학할 예정이었지만, 그러는 대신 출산 예정일을 한 달 앞두고 집을 떠나 남자친구와 동거를 시작했다. 엄마와 아빠는 두 사람에게 질문을 퍼부었고(어떻게 자립할 건데? 아기는 어떻게 키울 건데? 너희 시험은 언제 볼 건데?), 얼버무리는 듯한 둘의 대답을 그다지 진지하게 듣지 않았다.

엄마 아빠 둘 다 마흔 살 생일을 맞은 지 몇 주 지나지 않아 손주를 보게 되었다는 사실이 크게 달갑진 않았지만, 다른 선택의 여지는 없었다.

독립해서 나가기 전까지 언니는 나에게 제2의 엄마나 마찬가지였는데 매일 아침 날 깨워주고, 식사를 챙겨준 뒤 통학 버스 타는 곳까지 데려다주고, 같은 버스 정류장으로 매일 저녁 데리러 온 사람이었다. 밤마다 나를 재워준 사람도 대개는 언니였다. 언니 뱃속에 있는 아기에게 질투심을 느껴 속이 상하기 시작한 것도 이상한 일이 아니었다. 이 아기는 언니의 관심을 얻기 위해 나와 경쟁할 필요도 없었다. 이미 나는 경쟁 상대도 아니었으니까. 이제부턴 언제나 이 아기가 최우선이 될 것이었다. 그래도 언니의 기억 속에서 내가 질투를 드러낸 적은 단 한 순간도 없다니 기쁠 따름이다.

그해에는 우리 가족의 탐조 여행에도 혼란이 가득했다. 아이샤가 집을 떠나자 우리의 주말여행도 잠깐 중단되었다. 새를 보러 다니며 재충전할 시간이 없었다. 아이샤가 인생의 큰일을 준비하는 동안 옆에서 돕는 게 최우선이었고, 곧이어 아기를 보살피는 일을 돕는 게 그만큼 막중해졌다. 언니는 탐조에 대한 열정이 다소 식은 상태였지만, 그래도 가끔 가는 가족 탐조 여행을 여전히 좋아하긴 했는데, 언니의 불안정한 미래가 탐조가 지닌 마력을 얼마간은 가져가버린 것도 사실이었다.

이때 당시 엄마는 초조한 기운으로 가득차 있었다. 나는 엄마가 겪는 고충을 전혀 눈치채지 못했지만, 직장을 다니면서 아이샤를 챙기는 건 엄마에게 무척 힘든 일이었다. 아이샤의 상황이 가족의 모든 대화를 잠식했고 부모님의 기력을 빨아들였으며, 그해 연말쯤엔 나를 포함한 모두가 기진맥진해 있었다.

“나를 위해 무언가 해야겠어.” 아빠가 선언했다. 우리는 거실에서 캄캄한 창문을 두드리는 빗소리를 배경으로 텔레비전을 보고 있었다.

“어떤 거요?” 내가 물었다.

“빅 이어.” 아빠가 엄마를 쳐다보면서 대답했다.

"1월에?" 엄마는 의아한 표정으로 물었다. "내년?"

"응." 아빠는 턱에 꽉 힘을 주고 있었다. 대화에서 어딘가 묘한 기류가 느껴졌으나, 나는 그 정체를 몰랐다.

"라일라가 아직 너무 어리잖아." 엄마는 맞받아쳤다. "이제 겨우 사 개월인데."

"달나라에 간다는 게 아니잖아, 헬레나." 아빠는 목소리를 높였다. "그냥 빅 이어일 뿐이야."

이 선언은 이후 우리 가족의 인생 행로를 바꾸게 된다.

'빅 이어'는 1월 1일부터 12월 31일까지 정해진 지역 안에서 최대한 많은 종류의 새를 보러 다니는 해를 뜻한다. 우리의 경우 그 지역은 영국이 될 것이었다. 아빠는 별일 아닌 것처럼 말했지만, 빅 이어는 극기 스포츠와 견줄 정도로 대단한 일이다.

'올해의 목록'을 만들어서 1월부터 12월까지 관찰한 모든 새의 종류를 기록하는데, 언제 어디에서 봤는지를 적어야 한다. 각 종은 한 번씩만 인정되며 모든 종이 동등하다. 예를 들어 내가 본 새가 흔한 울새라고 해도 영국에서 한 번도 관찰되지 않은 새와 똑같은 가치를 지닌다.

올해의 목록으로 관찰한 새가 300종이 넘어가는 정도면, 기록을 깰 순 없어도 영국 안에서는 성공적인 수치다. 물론 힘든 일이지만, 여느 극기 스포츠처럼 중도에 포기하지 않고 끝까지 나아가면 달성할 수 있다. 영국은 올해의 목록을 채워나가기에 굉장히 독특한 입지에 있는 나라다. 위치상 길 잃은 새들—예컨대 유럽, 아프리카, 아시아, 아메리카대륙에서 온 새들—을 다른 나라와 비교가 안 될 정도로 많이 보게 된다. 영국에서 일반적으로 목격담이 기록되지 않는 종들이 언제 어디서든 나타날 수 있다. 물론 어느 정도 패턴은 있고 연중 관찰하기 좋은 특정 시기와 장소도 알려져 있는데 대개 나라의 양끝으로 보러 가야 한다. 주기적으로 등장하는 새들도 전부 보러 다녀야 할 텐데, 일부는 겨울이나 여름에만, 혹은 봄가을 이동시기에만, 또 영국의 특정 지역에서만 발견된다. 그러면서도 희귀종이 떴다는 소식에 즉각 반응할 수 있어야 한다. 탐조인들은 새 알림을 대부분 예외 없이 무선호출기로 받아보았고, 호출기가 스마트폰 앱이나 트위터 같은 SNS로 대체된 건 비교적 최근의 일이다. 동료 탐조인들이 보낸 메시지와 트위터의 레어버드얼러트Rare Bird Alert 같은 계정은 희귀종을 보고픈 욕망을 자극하며 열렬한 탐조인들을 행동에 나서도록 부추긴다.

새들은 인간들의 빅 이어에 신경도 쓰지 않으며, 대개는 전혀 도움이 안 된다. 푸드덕 날아가버리고, 찾아다니면 숨어버리고, 가장 불편한 시간대에 제일 먼 곳에서 짠 나타난다. 가끔은 인터넷에 뜬 사진에서 뒤늦게 식별되기도 한다. 불편한 교통으로 먼 곳까지 가는 일이 힘들기도 하거니와 악명 높은 영국 날씨도 걸림돌이다. 정리하자면 아빠처럼 집착적인 수준이 아닌 이상 열두 달 동안 새를 찾아 전국을 쏘다니겠다는 결정은 좀처럼 내리기 힘들다.

아빠는 매년 올해의 목록을 만들었지만, 본격적인 것은 아니었고 간단하게 그해에 본 새를 전부 기록하는 정도였다. 그러나 2009년, 아빠는 볼 수 있는 새들은 전부 보겠다고 마음먹었고, 그러려면 주말마다 여행을 떠나야 했다.

아빠는 이 프로젝트를 통해 다시 '일상'을 느끼고 싶다고 설명했다. 자기는 마흔 살이지 예순이 아니라고, 아직 할아버지가 되거나 온종일 라일라를 돌볼 준비가 되어 있지 않다고 강조했다. 힘든 한 해였고, 아빠는 최악의 고비를 맞이한 상태였다.

"당신이 하든 안 하든 나는 할 거야. 나는 꼭 할 거라고." 아빠는 엄마한테 말했다. 그 옆에서 나는 아빠가 우리를 떼어놓고 혼자서 새를 보러 가는 모습을 떠올려보았지만 좀처럼 상상이 가지 않았다.

12월에 아빠는 보게 될 가능성이 있는 새를 전부 다 써보았는데, 대륙검은지빠귀, 울새, 찌르레기 같은 흔한 새부터 더 이국적이고 희귀한 종, 이동 경로를 벗어나 영국에 이르러 길 잃고 떠도는 새들까지 포함했다. 아빠의 목표는 이른바 '황금 기준'으로 통하는 최소 300종 달성이었다. 야심 찬 포부였으며, 여가의 대부분을 탐조에 쏟아야만 이룰 수 있는 목표였다.

아빠는 준비성이 철저한 사람이라, 적절한 장비를 갖추었는지, 장소가 안전한지, 우천을 대비해 따뜻한 옷과 보온병에 담긴 차가 충분한지 늘 꼼꼼히 점검한다. 아빠가 미처 대비하지 못한 건, 밤이든 낮이든 아빠가 떠날 때 나도 따라가겠다는 내

고집이었다.

일 년 내내 주말마나 탐조 여행하기? 섭수 완료.

엄마는 달가워하지 않았다. 당시 나는 겨우 여섯 살이었다. 내가 어떻게 그 모든 이동과 방과후 탐조 여행과 친구들과 놀지 못하는 주말을 견딜 수 있겠는가? 하지만 나는 아빠만큼이나 결의가 확고했다. 결국 엄마는 거의 손을 들었다. “다는 말고, 정도껏 따라가면 되지, 마이아. ‘리틀 빅 이어’라고 하면 어때?”

엄마는 아빠만큼이나 자기도 지쳤다고 인정했고 우리의 빅 이어에 함께하고 싶다고 했다.

그럼 아이샤는 어떻게 하고? 빅 이어라는 게 상당히 빡빡한 프로젝트처럼 들리겠지만, 일 년 내내 새로운 새들이 들어왔다 나갔다 하다보면 아무 새도 볼 일이 없는 주말과 저녁도 많을 테고, 그럴 때면 아이샤도 가족의 관심을 한몸에 받게 될 것이었다. 부모님은 언니를 버려두려는 의도는 전혀 없었지만, 일단 탐조를 우선시하기로 했다. 적어도 당분간은.

새해 전야 파티가 한창일 때 아빠는 자정을 넘기자마자 새해 첫 탐조를 준비하며 길을 나섰다. 엄마와 나는 둘 다 그렇게까지 일찍 시작하고 싶지는 않아 따라가지 않기로 했다. 그런데 점심때쯤 집에 온 아빠가 이미 50여 종의 새에 체크 표시를 했을 때 엄마의 뚜껑이 열렸다. 일단 탐조를 시작하면 머지않아 엄마도 이 새들을 전부 볼 수 있을 테지만, 그게 핵심이 아니었다. 엄마의 경쟁심에 불이 붙은 것이다.

나의 리틀 빅 이어는 2009년 1월 1일 오후에 시작되었다. 파란 하늘에서 눈부시게 하얀 눈이 내리던 날이었다. 우리는 첫날을 집 근처 몇 킬로미터 반경 안에서 새를 관찰하며 보냈고, 흔한 종들을 발견했다. 나는 눈밭에 발자국을 쿵쿵 찍고 얼어붙은 웅덩이를 깨며 몹시 즐거워했고, 차가운 바람에 불어넣은 내 따뜻한 입김은 구름처럼 피어올랐다. 우리는 멘딥힐스의 그린오어에서 농지를 지나며 들판과 산울타리를 살피고, 회색머리지빠귀떼를 쫓았다. 이들은 번식지인 스칸디나비아의 혹독한 추위를 피해 영국으로 향하는 일반적인 지빠귀류보다 더 알록달록한 편이다. 한때는 농경지에서 흔히 보였지만 이제는 현대식 농경법으로 터전에서 밀려난 참새와 노랑멧새도 한 마리씩 모습을 드러냈다.

우리는 삼림지대의 얼어붙어 서로 얽힌 나뭇가지 사이로 떼까마귀, 푸른머리되새, 새매를 보았다. 추밸리호수 근처를 맴돌며 흑고니, 캐나다기러기, 쇠물닭을 기록하고 나서 또다른 기러기를 찾으러 블래그던호수로 건너가기까지 했다. 캐나다기러기는 북미가 원산지지만 무려 17세기 말, 제임스 2세가 수집하던 물새 무리에 추가되어 런던의 세인트제임스공원에 들어오면서 영국에 유입되었고, 현재는 시내와 도심 공원의 호수 곳곳을 비롯해 영국 시골 전역의 수역에서 흔히 보인다.

나는 이 새들을 그전에도 여러 번 봤지만, 그 새들도 내 빅 이어의 일부라고 생각하니 마치 처음 보는 듯한 기분이었다. 내가 기억하는 한 아주 먼 옛날부터 우리가 자주 다녔던 지역에 단골로 출몰했던 이 익숙한 방문객들이 갑자기 극락조나 서부요정굴뚝새Splendid Fairywren라도 된 것처럼 짜릿하게 느껴졌다.

수십 종의 새를 기록에 추가할 수 있었지만, 이건 단순히 '체크 완료'를 위한 활동은 아니었다. 내 목록은 특별한 경험의 모음집이었고, 나의 '빅 이어 다이어리'였다. 그 첫날에, 나는 관찰한 새 20여 종과 함께 날씨도 기록했다. 모든 게 얼어붙은 날. 나는 들판 위에, 겨울 왕국에 앉아 있다. 목록이 점점 길어지면서 더 많은 걸 더하고픈 내 열망도 점점 커졌다. 얼마나 지쳤든, 바람이 얼마나 차가웠든, 눈비가 얼마나 내렸든.

흔한 새들도 새로운 시선으로 보게 되었다. 각각의 새들을 동정하고 구분 지으면서 나는 어느 때보다도 더 깨어 있었고 호기심이 넘쳤으며 매 순간을 자각하며 집중할 수 있었다. 어떤 새를 목격하든 고유한 기쁨을 느꼈다. 추적에 따르는 짜릿함과 좌절마저도 그해 내내 이어진 여행의 원동력이 되었다. 그러는 동안 내 지식도 풍부해졌다. 늘 볼 수 있다고 생각했던 종들도 1월의 서머싯에선 그다지 흔하지 않다는 사실을 알았다. 새해 첫날 정원에서 흔히 보곤 했던 유럽방울새Greenfinch는 이제 추밸리 어느 곳에서도 찾아보기 힘들었다. 추밸리호에 주기적으로 찾아오던 흰비오리는 이제 마음먹고 찾아야 볼 수 있었지만, 십오 년 전만 해도 부모님이 국토의 절반을 횡단해서 보러 가야 했던 대백로와 황로가 이제는 우리집 반경 2킬로미터 안에서 보이기도 했다.

아주 흔한 새—예컨대 푸른머리되새—를 볼 때면 이렇게 생각했다. 만약 이 새가 대륙을 건너온 희귀종이라면? 우린 아마 그 놀랍도록 아름다운 색채에 탄성을 터뜨릴 것이다. 하지만 실상은 제대로 눈길을 주지도 않는다. 이 새로운 인식이 빅 이어가 선사한 단연코 가장 놀라운 효과였다. 나는 일상에서 흔히 보이는 새들도 감사히 감상하며, 한 마리 한 마리가 영국에서 처음 발견된 새인 양 깃털의 털끝만한 특징과 색채의 미묘한 차이까지 모든 것을 자세히 관찰하고 기록하면서, 새로운 새를 동정할 때마다 감탄하고 놀라워했다. 이 새로운 새들은 다이어리를 스케치와 사진, 세세한 기록, 무엇보다도 나의 사랑과 경외로 빼곡히 채웠다.

아빠가 다음날 흰올빼미를 보러 갈 거라고 말했을 때 나는 흥분을 주체할 수 없었다. 정말 흰올빼미를 보러 갈 수 있다고? 그게 사실이라면 이 새는 이동 경로에서 한참 벗어나 있었다. 흰올빼미의 원래 서식지는 북극 툰드라다. 간혹 남쪽으로 모험을 떠날 때도 스코틀랜드 북부 이남의 내륙으로는 내려오는 일이 거의 없으며, 그런 모험마저도 아주 희귀한 경우다. 그런데 이 올빼미가 지난가을 실리제도에서 발견되었고, 지금은 마침 본토로, 콘월의 남쪽 끝으로 이동했다는 거였다. 긴말할 필요도 없었다. 1월 2일의 목표 종은 무조건 흰올빼미였다.

나는 태어나면서부터 탐조 여행을 다녔다. 탐조가 내게 준 '가르침' 중 일부는 자연스레 흡수한 것이지만, 다른 모든 것은 전문가인 아빠에게서 배웠다. 아빠는 엄마를 만나기 전부터 탐조 커뮤니티에서 유명했고, 아이샤와 나까지 합세한 우리 가족은 중요한 탐조 여행에는 언제나 나타나는 사람들이 되었다. 역사와 정보를 비롯해 탐조 세계의 '구전 지식'을 문외한이 모두 섭렵하려면 수년이 걸리지만, 나는 아빠 덕분에 이 과정을 조기 졸업했다. 여느 커뮤니티와 마찬가지로 탐조 커뮤니티에도 고유의 문화가 있다. 박물관이나 미술관에 처음 가본 어린아이가 있다고 가정해보자. 아이는 건물 안에서 소리지르며 뛰어다니다가도 이런 장소에선 다른 행동 양식이 요구된다는 사실을 배울 것이다. 탐조 세계에도 마찬가지로 에티켓이 존재한다. 참을성 있게 기다리는 법을 배우는 게 중요하고, 피곤하거나 배고파서 기분이 안 좋아진 어린아이가 짜증내는 것은 누구도 원치 않는다.

나는 대단했던 탐조 여행과 특이한 인물들, 그들의 기벽과 성취를 이야기로 전해들었다. 탐조 세계의 전설들도 알게 되었다. "저 네 사람이 새를 보러 페어아일에서 실리제도까지 하루 만에 이동한 사람들이야." 아빠는 나를 조심스레 쿡 찌르며 말하곤 했다. 때로는 경외에 찬 목소리였다. "저기 저 남자가 영국에서 최다 관찰 종 기록을 세운 사람이야." 아니면, "저 남자, 트레스코섬에서 헬기 타고 랜즈엔드까지 새 보러 갔던 열네 명 중 한 사람이야."

물론 실용적인 기술도 배웠다. 쌍안경을 정확히 쓰는 법을, 눈에 렌즈를 갖다대는 순간 중앙에 생기는 커다란 검은색 구간을 없애는 법을, 초점 맞추는 법을, 쌍안경 시야각 안에서 새의 위치를 파악하는 법을, 망원경 사용 방법과 삼각대 설치법을 배웠다. 두 살 때 나는 '피슈' 소리를 내는 법을 배웠는데, '피슈, 피슈, 피슈' 하는 소리를 내며 키 큰 풀숲에서 새를 끌어내 탁 트인 곳으로 나오게 하는 방법이다. 신기한 소리를 듣고 호기심이 동한 새들이 누군지 보려고 나타나기만을 기다리며.

아빠가 내게 가르쳐준 건 무엇보다도, 새들이 대자연을 받아들이는 삶의 일부라는 점이었다.

한편 흰올빼미가 우릴 부르고 있었다.

아빠가 나를 깨운 건 아직도 하늘이 캄캄할 때였다. 새벽 탐조가 처음이 아니었기에, 나는 준비성을 발휘해 전날 보온 내의를 입고 잠자리에 들었다. 잠이 덜 깬 상태로 차에 실려갔다가, 얼굴에 찬 기운이 느껴지자마자 잠에서 완전히 깼다. 엄마는 다시 잠을 좀 자두라고 했지만, 나는 탐조 여행에서 한 번도 다시 잠에 빠져든 적이 없다. 이른 시각 어슴푸레하게 잠든 풍경이 창밖으로 흘러가는 걸 보는 게 좋다.

하늘이 창백한 회색이 될 무렵 도착해 콘월의 마을인 제너의 바깥 주도로에 차를 세우고 내륙으로 향했다. 골짜기에서 출발해 쭉 올라가는 길을 따라 비탈로 향하자 여기저기 바위가 흩어져 있고 강풍에 쓰러져 죽은 키 큰 풀들 사이로 가시금작화 덤불이 군데군데 보였다. 몹시 추운 날이었다. 그곳에 가까이 가자 이미 탐조인들이 작게 무리 지어 망원경을 들여다보고 있었다. 탐조인 무리를 일컫는 집합명사가 있다면? 바로 '아노락'*이다. 그리고 이 무리는, 우리까지 포함해서, 마치 놀 줄 모른다고 광고하는 사람들처럼 보인다. 파카로 몸을 꽁꽁 싸매고 나타날지 안 나타날지 모르는 새 한 마리를 보려고 덜덜 떨면서 기다리는 모양새란.

하지만 흰올빼미는 정말 거기 있었다. 수컷보다 크고 우람하고 전체적으로 더 튼튼해 보이는, 키가 50센티미터는 거뜬히 넘을 암컷 흰올빼미 한 마리가, 언덕 위에 앉아 면도날같이 날카로운 발톱으로 땅을 움켜쥔 채 노란색 눈동자로 우리를 매섭게 쏘아보고 있었다. 이 멋진 새를 보니 이곳과 완전히 동떨어진 존재라는 느낌이 들 수밖에 없었다. 해리포터 영화 세트장에서 곧장 날아온 것만 같았다. 새하얀 깃털이 굵고 까만

---

* 원래는 후드가 달린 방한용 상의를 의미하지만, 영국에서 일반적으로 특이하다고 간주되는 취미에 몰두하는 이들을 조롱하듯 칭할 때도 쓰는 표현이다.

줄무늬와 대조를 이루어 새벽 햇살을 받아 반짝이는 듯 보였다. 풍성한 흰 깃털은 발까지 내려와 고향인 북극에 적합하게도 눈 장화를 신은 듯한 모습이었지만, 눈송이 하나 없는 이곳의 풀밭에서는 어쩐지 뜬금없어 보였다. 올빼미가 날아올라 허공을 가로지르자, 드넓은 날개가 머리 위에서 진동하는 게 느껴지는 것만 같았다. 나는 다이어리에 올빼미 그림을 그리고 이렇게 썼다. **올빼미는 아름다웠다.** 우리는 몇 시간이든 올빼미를 볼 수도 있었고, 그러다 다른 새들을 보러 콘월의 전원지대를 또 몇 시간씩 돌아다닐 수도 있었지만, 갑자기 거기 있던 탐조인들의 호출기에서 '메가' 알림이 차례로 울렸다. 희귀종 중에서도 정말 희귀종이 나타났을 때만 울리는 알림이었다. 아득한 침묵이 흘렀다. 우리 중 아무도 본 적 없는 새가 잉글랜드 북부에서 발견된 것이었다.

그날 밤 집으로 돌아와서도 모험이 걸어준 마법은 깨지지 않았다. 우리의 작은 집이 어쩐지 다르게 느껴졌다. 더 흥미진진한 곳으로 향하는 여정에서 잠깐 쉬어가는 휴게소 같았다고 할까. 짧은 휴식 후 우리는 차로 노스이스트 잉글랜드의 티사이드까지 먼길을 나섰다. 수리갈매기가 클리블랜드의 황폐해진 산업지대에서 휴식을 취하고 있을 그곳으로.

아빠의 엄마, 실비아 할머니가 티사이드 남쪽의 노스요크셔주에 살아서, 우리는 일단 할머니 집으로 갔다. 우리가 할머니 집에 도착했을 때는 한밤중이었지만, 할머니는 우리의 이상한 패턴에 너무도 익숙했고 근처에서 희귀종 소식이 뜰 때마다 우리의 즉흥적인 방문을 예상했다. 내게는 일거양득이었다. 할머니도 보고 희귀종도 보고.

아빠는 십대 초반 시절을 이 지역에서 탐조하며 보냈고, 쇠락해가는 중공업이 남긴 파이프라인과 반쯤 버려진 공업 용지를 집처럼 편안히 여겼다. 내겐 그리 익숙하지 않은 풍경이었다. 콘월 남부의 아름다운 정경과는 상당히 대조되었지만, 아빠 말이 맞다. "새를 보려면 못할 게 뭐가 있어!"

수리갈매기는 조류 퇴치 총에 한 번 겁을 먹고 날아간 뒤였다. 이 총은 농경지에서 흔히 쓰이는데, 가스를 넣고 격발해 농사에 방해가 되는 새들에게 겁을 줘 달아나게 한다. 갈매기들이 우르르 몰려와 쓰레기터를 뒤지는 통에 골칫거리가 된 모양이었다. 우리가 도착했을 땐 수리갈매기의 흔적이 보이지 않아, 두어 시간 동안 갈매기떼가 쓰레기터에서 폐기물을 뒤지는 모습을 지켜보며 우리가 찾는 바로 그 갈매기가 나타나기만을 기다렸다.

드디어 그 갈매기가 다시 모습을 드러냈다! 우리의 목표 종 수리갈매기가 무채색 깃털과 대비되는 풍선껌 같은 분홍색 다리를 뽐내며 날아들어왔다. 우리는 일제히 숨을 헉 들이쉬었다. 기쁨과 안도감이 섞인 채로. 영국에서 수리갈매기가 발견된 건 이때가 두번째였다.

아이샤는 우리를 그리워하고 있었다. 언니는 아빠가 되는 걸 힘겨워하는 남자친구 때문에 힘겨워했다. 언니의 남자친구는 친구들과 어울려 축구를 하고 술 마시고 싶어했고, 아이샤는 남자친구를 책망할 수만은 없었다. 그래 봤자 겨우 스물한 살이었으니까. 언니도 종종 같은 기분이라고 했다. 한두 번인가 언니는 주말마다 우리에게 조금은 버림받은 느낌이 든다고 고백하기도 했다. 엄마와 아빠는 아이샤에게 그해 말에 오크니에 함께 가자고, 그때 다시 탐조 가족으로 뭉쳐보자고 설득했다.

이후 몇 달은 새를 보러 영국의 구석구석을 쏘다니며 일종의 목가적인 광란 속에 보냈다. 차를 타고 장거리를 달릴 때면, 나는 가족이 돌려보며 손때 묻고 슬슬 해지기 시작한 『콜린스 조류도감』을 넘겨보면서 영국과 유럽의 새들에 몰두했다.

봄에 우리는 잉글랜드의 유일한 검독수리를 보러 레이크 디스트릭트의 호스워터 저수지 일대를 반쯤 올라갔다. 이곳은 아빠에겐 더없이 특별한 장소다. 아빠가 어렸을 때 매년 가족과 함께 캠핑했던 장소이자, 잉글랜드에 딱 한 쌍 있던 검독수리들이 새로 자리를 잡았을 때 그 새들을 본 곳이었다. 할아버지가 돌아가시고 나서, 아빠와 나는 할아버지를 기리고 싶을 때마다 브러더스워터호수에서 할아버지의 유골을 뿌렸던 바위를 기억해 찾아갔다. 이번 여행이 우리가 암컷 검독수리를 마지막으로 볼 기회 중 하나가 될 것이었다. 거대하지만 좀처럼 보기 힘든 이 새가 보금자리로 삼은 험악한 절벽에서 홀로 꿋꿋이 앉아 있는 모습을.

우리는 8월 말의 한 주를 실리제도의 휴타운에서 캠핑하며 지냈는데, 세 사람이 함께 2.5인용 텐트에서 비좁게 잤다. 우리는 펜잰스에서 실로니언 페리를 타고 출발해 바다 위를 코르크처럼 떠다녔다. 균형을 잡아줄 용골 없이 아랫바닥이 평평한 배였고, 그 덕에 조수와 상관없이 실리제도의 얕은 바다까지 진입할 수 있었다. 갑판 위에서 새들을 보는 동안, 우리는 맨크스슴새Manx Shearwater 한 마리와 발레아레스슴새Balearic Shearwater 두 마리를 만나 보람을 느꼈다.

캠프 첫날밤, 우리의 자그마한 텐트 포치에서 어떤 소리가 들려 잠에서 깼다. 배낭을 거기에 보관했는데, 안쪽 텐트의 얇은 천 바로 바깥에서 요란하게 무언가를 부스럭부스럭 뒤적이는 소리가 나서 엄마가 바짝 긴장했다. 설치류 공포증이 있는 엄마는 큰 쥐가 들어오려 한다고 확신했다. 아빠도 그렇게 느꼈을지 모르지만 적어도 티는 안 냈다. 아빠가 텐트 바깥쪽으로 숨죽여 쉬익 하는 소리를 내거나 신중하게 위치를 골라 텐트 천을 발로 차봐도 그 동물은 물러서지 않았다. 결국 아빠는 머뭇머뭇 입구 지퍼를 열었다. 누가 더 놀랐는지는 모르겠다. 아빠인지, 아니면 그 거대한 고슴도치였는지. 아빠는 뒤로 펄쩍 물러났고 고슴도치는 허둥지둥 어둠 속으로 사라졌다.

우리는 저녁과 하루 코스 보트 여행을 예약해 바닷새를 보러 가기로 했는데, 희귀종 중의 희귀종 윌슨바다제비Wilson's Storm Petrel도 우리의 목표 새였다. 이 바닷새는 먹이 활동을 하는 대서양에서 매년 여름을 보내며 작은 삼각 지역에 자주 들르는데, 이번이 우리가 이 새를 볼 수 있는 유일한 기회였다. 선원들이 고약한 냄새가 나는 기름진 생선 찌꺼기를 뿌리자 위엄 넘치는 바닷새들이 배를 따라 쫓아왔다. 바다로 나간 둘째 날, 우리는 윌슨바다제비 두 마리를 만났다. 작은 몸집의 새들은 바람에 붙잡혀 날개를 퍼덕거리고 있었다. 그후 본 새들은 죄다 덤이었다.

그해 우리는 비가 부슬부슬 오는 스코틀랜드의 섬에서 많은 주말을 보냈고—다이어리를 보면 너무 춥다, 비가 온다 같은 말이 적혀 있다—가는 도중에 어디라도, 아무 곳이라도 들렀다. 스코틀랜드의 칼레도니아소나무 숲을 살피며 뿔박새Crested Tit와 영국의 유일한 고유종인 스코틀랜드솔잣새Scottish Crossbill를 찾으러 다녔다. 록가튼의 왕립조류보호협회 새 관찰소에서 짝짓기 춤을 추던 수컷 유럽멧닭Capercaillie, 물수리 한 쌍과 새끼들을 본 것은 여행의 하이라이트였다.

'마이 리틀 빅 이어'는 재밌었고, 나는 어린 시절 최고의 날들을 보내고 있었다.

그해의 가장 흥미진진한 발견은 7월에 일어났다. 우리는 다시 콘월로 돌아가 바다 탐조에 나섰는데, 실은 정말 내키지 않는 일이다. 말 그대로 바다에서 새를 찾아야 하니까. 바다 탐조는 한 번 나설 때마다 몇 시간씩 작은 곶이나 절벽을 돌아다니면서 뭔가 흥미로운 일이 벌어질 때까지 바람과 추위를 온몸으로 맞으며 무작정 기다리는 일이다. 잿빛 하늘과 더 잿빛인 바다를 망원경이나 쌍안경으로 들여다보며 희귀 새를 기다리는 일은 특수한 집중력을 요구하고, 정말로 뭔가 나타날 때조차 대개는 찰나인데다, 렌즈에서 점으로밖에 보이지 않는 수준이다. 그 작은 점을 보고 새를 동정하기란 사실상 불가능에 가깝다. 동행인이 있을 땐 주로 이런 외침이 들려오기 마련이다. "저기! 저기 봐! 저 파도 바로 옆에—아니, 그거 말고 더 큰 파도. 흰색 부표 오른쪽에……" 이럴 때면 좌절감이 드는데, 일 분도 지나지 않아 그 새가 십중팔구 사라질 거라는 사실을 고려하면 더더욱 그렇다.

그러나 사나운 날씨 덕분에 희귀한 새를 보게 될 확률이 급격히 올라가기도 한다. 강한 바람이 바닷새들을 해안으로 밀어내기 때문이다. 그러니 흥미로운 광경을 볼 가능성이 커질 때는 매서운 바람을 맞게 되고, 대개 빗줄기도 함께 맞는다.

우리는 콘월 해안의 남서쪽 끝에 있는 그웬냅헤드곶에서 해안가 오솔길을 따라 올라가며, 코리슴새Cory's Shearwater가 활모양 날개를 펼치고 활공하는 모습을 볼 수 있길 기대했다. 엄마와 나는 생전 처음 보는 광경이 될 터였지만, 그래도 나는 지루했다. 바다를 응시하며 잿빛 먹구름을 바라보는 건 내가 기대하는 탐조가 아니었다. 나는 들과 숲을, 언덕과 호숫가와 강가를 쏘다니며—비바람 없이—새를 보고 싶었다.

하지만 아빠는 내게 어떤 '가르침'을 주기로 결심한 듯했다.

"자, 마이아. 다시 위치를 잡아보자. 저기 러널스톤이 보이니?"

러널스톤은 그웬냅헤드에서 남쪽으로 약 1.6킬로미터 떨어진 곳에 있는 화강암 봉우리로, 1923년 한 증기선과 부딪히기 전에는 수면 위로 드러나 있었다. 현재는 부표로 그 위치를 표시해두었으며, 탐조인 사이에선 방향을 알려주는 표지로 널리 쓰인다. '러널스톤 세시 방향 왼쪽에서 세번째 새' 같은 설명은 새가 하늘에서 그저 점으로만 보일 때 없어서는 안 될 귀중한 정보다.

아빠가 내 어깨를 잡고 위치를 잡아주었다. 아빠는 내가 바다 탐조를 어떻게 생각하는지 잘 알았고 내게 흥미를 찾아주려면 새로운 걸 알려줘야 한다는 것도 알았다. 푸르죽죽한 잿빛 풍경 속에서 회색 새들의 위치를 파악하기란 만만치 않으며, 인내심과 연습이 필요하다. 다른 새들 사이에서 코리슴새를 찾는 건 까다로웠다. 수년간 나는 서로 다른 바닷새 종을 비행하는 자세로 구별하는 법을 익혔다. 흔한 새들을 동정하는데 점점 더 익숙해질수록, 그런 새들 사이에 숨어 있는 특이한 새를 찾아내는 실력도 점점 늘었다.

결국 나는 아빠와 다른 여남은 탐조인 무리에서 빠져나와 절벽에 군데군데 자리한 커다란 바위를 오르며 탐험에 나섰다. 그것마저 지루해졌을 때 다시 탐조인 무리로 돌아왔고, 부모님에게 배가 고프니까 차에 가서 보온병에 담아온 수프를 먹자고 말하려던 참이었다. 그때 한 사람이 차분히 입을 열었다. "앨버트로스." 그 남자는 경험 많은 콘월 출신 바다 탐조인이었는데, 나중에 알게 된 사실이지만 지난 삼십 년간 콘월 지역의 해안선을 관찰해온 경력자였다. 그런 사람이었으니 놀라지 않는 것도 무리는 아니었다.

하지만…… 앨버트로스는 북대서양에선 극히 보기 드문 새다. 탐조 세계의 설화에선 전설의 동물이나 마찬가지인데, 남극대륙을 둘러싼 남대양에서 출발해 믿기 힘든 대단한 여정을 떠나기 때문이다. 1만 6천 킬로미터를 쉬지 않고 비행한다는 건 기념비적인 대업이다. 그리고 이 탐조인이 정말로 앨버트로스를 본 거라면, 자리에서 펄쩍펄쩍 뛰면서 공중에 쌍안경을 흔들어야 마땅할 일이었다!

"저기!" 그가 우리에게 알렸다. 몇 초간 어리둥절한 정적이 흐른 뒤 모두가 허둥지둥 망원경을 잡기 시작했다. 해상에서 위치를 알려주는 일은 어렵기로 악명 높은데, 대개 "저기 열한 시 방향" 혹은 "배 옆에! 아니, 그 배 말고!" 하며 난장판이 벌어진다. 다행히도 이번은 그런 경우가 아니었다. 이제 지루함은 온데간데없었고, 나는 입을 떡 벌린 채 검은눈썹앨버트로스Black-browed Albatross가 우리를 향해 여유롭게 날아오는 모습을 봤다.

이 아름다운 새는 2미터가 넘는 길고 얇은 날개 덕분에 날갯짓 한번 없이 바람을 타고 대양을 건너 먼 거리를 이동할 수 있는데, 놀랍도록 효율적인 여행 방식이다. 콘월의 한 절벽에서 달랑 행글라이더 하나에 몸을 맡긴 채 뛰어내린 후 몇 주 뒤에 남극대륙의 남대양에 도착한다고 상상해보자. 그게 가능한 새가 앨버트로스다. 부서지는 파도 위를 날아오르며, 천천히, 하지만 확실히, 앨버트로스는 망원경에서 눈을 뗄 줄 모르는 우리 열네 명의 탐조인을 향해 날아오고 있었다.

이보다 더 가까이서 볼 순 없겠다는 생각이 들 때마다 새는 더 가까이 다가왔고, 더 많은 것이 보였다. 마침내 불과 몇백 미터 거리에서, 나는 앨버트로스를 낱낱이 관찰할 수 있었다. 앨버트로스는 더 가까이, 천천히 포스과라를 향해 날아왔다. 망원경으로 또렷이 보다가 쌍안경으로 봤고 마침내 육안으로 볼 수 있었다. 새는 절벽 바로 옆 허공에서 원을 그리며 날다가 거대한 날개 아래로 바람을 가르며 단 한 번의 몸짓으로 바다를 향해 우아하게 돌진해 내려갔다. 곧 다시 솟구쳐오른 새는 이 모든 동작을 처음부터 두 번 반복한 뒤 절벽 경사면과 평행선을 그리며 날아가 다음 곳으로 향했다. 그곳에선 두 탐조인이 각각 홀로 먼바다를 관찰하고 있었다. 우리는 그들의 주의를 끌려고 손을 흔들고 펄쩍펄쩍 뛰면서 바람에 대고 소리를 질렀다.

앨버트로스가 차츰 멀어지자 탐조인들은 즉각 행동에 나서 기록을 남겼고 현지 탐조인들에게 긴급 알림을 보냈지만, 방금 우리가 본 것이 그날과 이후 며칠 사이의 유일한 관찰이었다. 우리 열여섯 명만이 그 일을 증명할 수 있는 사람이 된 것이다.

온라인 개인 기록에 앨버트로스를 추가하자, 어떤 사람이 내가 거짓말을 한다고 신고를 넣었다. 일곱 살짜리 아이가 바다에서 앨버트로스를 봤다는 건 그만큼 말도 안 되는 일이었다.

8월 말이 되자 우리는 햄프셔주 포츠머스 근처 한 웅덩이에서 발견한 북미 출신의 작고 앙증맞은 푸른날개쇠오리Blue-winged Teal를 기점으로 마법의 300종을 달성했다. 어떤 탐조인은 이때쯤 주춤하기도 하는데, 탐조 세계에선 이 시기를 '권태기'라고 부른다. 초기의 목표를 달성했고 욕구도 어느 정도 충족된 이상 더 이어나가고픈 의지도 사라지는 것이다. 하지만 우리는 아니었다.

9월이 되자, 빅 이어 전이나 조카 라일라가 태어나기 전엔 어떻게 주말을 보냈는지 기억이 안 나는 지경에 이르렀다. 금요일에 학교에서 집에 오면 아빠는 엄마와 나에게 다음날 아침 몇시에 일어나야 하는지 정해줬다. 어느 일요일 아침, 우리는 웨일스의 카마던셔에 적갈색따오기를 보러 와 있었다. 해가 흘러가면서 새로운 새를 발견하는 주기가 점점 길어졌고, 본격적인 철새 이동 철이 시작되기 전인 9월 초는 그다지 다양한 새를 볼 수 있는 시기는 아니었다. 빅 이어 초반의 더 분주했던 날들과는 사뭇 달랐다. 따오기를 보러 갔던 이 여행은 유달리 긴박했는데, 그날 오후에 여덟 살 생일을 맞이한 친구의 생일 파티에 갈 예정이었기 때문이다.

우리는 새벽에 작은 해안 도시 버리포트의 외곽에 도착했는데, 이곳은 팔십여 년 전에 비행기를 타고 대서양을 횡단한 최초의 여성 비행사 어밀리아 에어하트가 착륙한 곳으로 주로 알려져 있다. (에어하트는 몇 년 후 세계일주 비행에 나섰다가 알 수 없는 이유로 실종되었고, 이 미스터리는 아직도 풀리지 않았다.) 짙은 안개에 파묻혀 질척한 들판을 살펴봤지만, 새는 단 한 마리도 보이지 않았다. 이제 곧 출발해야 할 시간이었고 엄마 아빠가 초조해하는 게 느껴졌다. 파티에 데려가주겠다고 약속했지만, 적갈색따오기를 몹시도 보고 싶었던 것이다.

마침내 태양이 하늘 높이 떠올라 안개를 충분히 거둬가자 적갈색따오기 두 마리가 보였다. 이 커다란 새는 깃털이 대부분 검은색에 살짝 에메랄드빛 녹색을 띠고, 아랫배는 짙은 갈색이다. 새들은 들판 한가운데서 구부러진 긴 부리로 흙탕물을 뒤적이며 평화롭게 먹이를 잡고 있었다. 본래 유랑생활을 하는 적갈색따오기는 심각해지는 기후변화의 영향으로, 서식지를 바싹 말려버릴 긴 여름철을 피해 스페인 남부의 번식지에서 흩어진다. 이들은 새로운 환경을 찾아 북쪽으로 향하는데, 스페인의 손실은 영국의 이득이 된다. 적갈색따오기는 더는 희귀종으로 분류되지 않지만, 영국 해안에선 흔하게 볼 수 있는 새가 아니기에 이들을 보는 건 특별한 일이었다.

나를 파티에 데려다주기 위해 고속도로를 내달리던 중, 또 다른 적갈색따오기 한 마리가 추밸리의 우리집에서 3킬로미터도 안 떨어진 동네 호수 추밸리호에 나타났다는 알림이 떴다. 엄마는 한숨을 내쉬었고, 아빠와 나는 눈을 희번덕거렸다. 하지만 정해진 규칙도 시간표도 없고, 길 잃은 새처럼 예상할 수도 없는 게 바로 탐조였다.

9월 말, 우리는 그해의 가장 긴 여행을 떠나게 된다. 북미에서 온 캐나다두루미가 스코틀랜드 본토 너머 북쪽 끝 오크니 제도에서 발견된 것이다. 내가 학교에 있고 부모님은 일하고 있을 때, 열정 넘치는 다른 탐조인들은 일찌감치 북쪽으로 순례를 떠났다. 우린 주말까지 기다려야 했다. 캐나다두루미가 영국에서 발견되어 보고된 건 이번이 겨우 세번째였고, 우리 세 사람 모두 처음 보게 될 새였지만, 주말 동안 그런 장거리 여행이 과연 가능할까?

엄마와 아빠는 가능하다고 판단했다. 이 시기 나는 빌 오디의 『리틀 블랙 버드 북』을 읽고 있었는데, 탐조 커뮤니티와 하드코어 탐조인들의 기벽과 집착을 재미있게 그려낸 책이다. 나는 탐조인끼리만 아는 농담도 모두 알아들었고, 심지어는 빅 이어 여정중에 있지 않던가? 이게 바로 나 또한 그들의 일원이라는 걸 증명하지 않는가?

우리는 계획을 세웠다. 캐나다두루미는 금요일 아침에도 거기 그대로 있었고, 준비를 다 마쳐둔 우리는 엄마와 아빠가 퇴근하자마자 북쪽을 향해 긴 여정에 나섰다. 아빠의 운전을 어떻게든 힘들게 만들고야 말겠다는 각오라도 다진 것처럼, 아이샤와 십삼 개월짜리 라일라도 함께 차에 태웠다. 뒷좌석은 따뜻하고 아늑했고, 우린 모두 휴식을 위해 잠을 청했다. 열두 시간 뒤 차는 스코틀랜드 본토의 최북단에 있는 존오그로츠의 작은 부두에 도착했다. 역동적인 바위투성이 해안선이 펜틀랜드퍼스해협의 짙은 바다를 굽어보는 곳이었고, 그 너머에 우리의 최종 목적지 오크니가 있었다.

기력 회복이 절실했던 아빠는 낮잠을 청했지만 길게 잘 순 없었다. 이제 완전히 잠에서 깨 유아용 의자에서 풀려난 라일라는 차 안을 기어다니는 일에 재미를 붙였고, 할아버지의 엎드린 몸 위도 예외는 아니었다. 아빠는 잠깐 눈을 붙이겠다는 생각은 철회하고 차라리 새를 보러 나가자고 했고, 우리는 잠깐 사이에 그 작은 부두에서 검은바다오리Black Guillemot와 북방오리Eider를 볼 수 있었다.

곧 페리를 타고 오크니제도의 최남단 사우스로널지섬의 버윅으로 향할 시간이 되었다. 아빠는 우리가 북쪽으로 향하는 동안 두루미가 남쪽으로 날아올지도 모른다는 생각에 점점 가까워지는 섬의 남쪽 끝을 집중적으로 살펴봤다. 두루미는 이미 지난 며칠간 두어 번 시험삼아 파도를 넘어 짧은 여정에 나섰나가 생각을 고쳐먹고 좋았던 원래 들판으로 돌아온 듯했다. 정박과 하선에 한참이 걸리는 동안 배에 탄 탐조인 사이에선 불안감이 물결처럼 퍼졌다. 늘 그렇지만 거의 다 왔을 때가 제일 힘들다. 코앞까지 왔는데 여기까지 와서 결국 새를 놓치는—탐조 은어로 '떨어뜨리는'—건 상상만 해도 끔찍하다. 하지만 섬의 반대편으로 차를 타고 잠깐 이동하자, 겨풀이 자란 들판 한가운데 캐나다두루미가 서 있었다.

키가 1미터 남짓인 이 새를 발견하는 데는 망원경이나 쌍안경조차 필요치 않다. 숨을 길게 내쉬고 침착하기만 하면 된다. 이제 모두 여유를 갖고 다리가 길고 목도 긴, 갈색이 섞인 오묘한 회색 깃털과 선홍색 이마가 대비되는 새를 지켜볼 수 있었다. 해도 났고 모두가 만족했다. 어느덧 돌아갈 시간이 되었지만—시간 맞춰 페리를 타야 했다—우린 기어코 근처에서 미국검은가슴물떼새American Golden Plover도 봤는데, 아마도 캐나다두루미와 같은 바람에 떠밀려 여기까지 온 것 같았다. 올해의 목록에 두 가지 종을 더 추가하고 나서, 아빠는 기진맥진한 채 운전대를 잡고 남쪽으로 다시 긴 여정을 떠났다.

사실 우리의 계획은 단순했다. 차로 몇 시간 동안 이동한 뒤 적당한 숙소를 찾아서 모두 한숨 푹 자고 집으로 향하는 거였다. 숙소 여러 군데에 전화를 돌렸지만 어쩐지 모두 예약이 꽉 차 있었는데, 9월 말 스코틀랜드에선 좀처럼 없는 일이었다.

몇 번 더 시도했지만 전부 실패로 끝나고 어느덧 한 시간이 또 지나자, 엄마는 예약이 다 찼다고 대답한 마지막 호텔에 이게 대체 무슨 일인지 물었다. 알고 보니 그 지역에서 대형 음악 페스티벌이 한창이었다. 아빠는 탄식했지만, 그래도 생각해둔 게 있었다.

실비아 할머니는 레이크 디스트릭트 북쪽 끝에 캠핑카를 한 대 두고 있었다. 그리고 아빠는 생각만 한 게 아니라 열쇠도 가지고 있었다. 우리는 새벽 세시에 그곳에 도착했다. 우리가 유일하게 고려하지 못한 변수는 문득 마음이 동한 할머니가 그 캠핑카 안에서 주말을 보내고 있을 가능성이었다. 할머니는 한밤중에 예기치 못하게 잠에서 깨 화들짝 놀랐지만 이내 우리를 반갑게 맞이했고, 아기 라일라도 일을 성사시키는 데 한몫했다. 우리는 우리가 쫓던 새들만큼이나 바람에 시달리고 굶주린 부랑자들이었다. 캠핑카는 커다란 침대 하나가 되었고, 아이샤와 내 어린 조카가 또 한번 가족 탐조 모험에 함께할 수 있었기에 나 또한 행복했다.

우리는 일요일 저녁 늦게 집에 도착했고 나는 평소와 다름없이 다음날 학교에 갔다. 월요일 아침에 선생님이 으레 그러듯 "주말에 뭐 특별한 일 없었니?"라고 물었을 때 나는 늘 내놓는 답을 말했다.

"딱히 없었어요." 어디서부터 얘기를 꺼내야 할지 몰라서였다.

그렇게 나의 두 세계에 분열이 생기기 시작했다. 가족과 함께 탐조 여행을 다니는 삶과 학교에서 친구들과 지내는 삶. 나는 이 점진적인 분리를 알아차리지 못했지만, 왜 엄마와 아빠와 내가 호출기가 울리자마자 모든 걸 내려놓고 어디론가 떠나는지 남들에게 설명해야 한다는 것이 어쩐지 부담스럽게 느껴지기 시작했다.

이건 확실히 말해둬야 할 것 같다. 탐조인 사이에서도 2009년 우리의 여행은 상당히 극단적인 편에 속했다. 호출기가 울리자마자 만사를 제쳐두고 새를 보러 달려가느라 차에서 보낸 시간만 계산해도 그랬다. 아드레날린이 우릴 지배했던, 광기에 사로잡힌 해였다. 우리가 늘 함께하던 탐조 커뮤니티 바깥 사람들의 이목을 끌 정도로.

그해 가을, 한 텔레비전 방송 제작사가 BBC 4에서 방영할 다큐멘터리 〈트위처: 지극히 영국적인 취미〉에 우리 부모님을 섭외하고 싶어했다. 엄마와 아빠는 탐조 커뮤니티 안에서는 유명 인사였는데, 제작진이 레어버드얼러트팀에 연락해 유명한 탐조인을 추천해달라고 했을 때, 그쪽에서 우리 가족 얘기를 꺼냈다. 부보 리스팅BUBO Listing(관찰한 새를 실시간으로 기록하는 웹사이트)을 보자, 우리 가족이 그해 영국에서 가장 많은 새를 본 탐조인 5위 안에 들어 있었다.

아빠는 본능적으로 이 출연 제의를 거절하려 했다. 아빠는 특이한 취미를 가진 광적인 사람으로 텔레비전에 나오고 싶지 않았다. 탐조 세계에 오래 있었기 때문에 미디어에서 어떤 그림을 그리고 싶어하는지 익히 알았다. "그 사람들은 이야깃거리를 만들기 위해서라면 미묘한 디테일은 물론이고 명백한 사실조차 무시해버릴 거야." 아빠는 말했다. "'탐조인 몰려들어' 어쩌고 하는 헤드라인을 한 번만 더 봤다간……!" 게다가 아빠에게 빅 이어란 순수하게 현실에서 벗어나는 일이었고, 정말 아무한테도 자신만의 탐조를 방해받고 싶지 않았다.

이십대 초반의 아빠에게는 주말마다 파티에서 정신없이 놀고 평일엔 야근이 일상이던 짧은 시기가 있었다. 물론 탐조 여행도 나갔지만, 한동안 탐조는 아빠에게 청춘을 모두 바치던 취미가 아니었다. 어느 일요일 아침, 숙취에 약간 시달리다가 갑자기 대자연에 나가고 싶다는 욕구에 사로잡혀, 아빠는 서머싯에 있는 체더저수지로 향했다. 과거도 미래도 생각하지 않고 거기 앉아 망원경의 접안렌즈를 통해 새들을 응시하며, 숙취가 가시는 걸 느꼈고 가슴이 벅차올랐다. 이곳이 내가 있어야 할 곳이구나. 바로 이것이 인생에서 놓치고 있던 것이었음을, 근래 왜 유독 이상한 위화감을 느꼈는지 그 이유를 깨달았다. 아빠는 그곳에서 몇 시간을 머무르며 옛 열정을 되찾고 대자연을 향한 새로운 에너지를 얻었다. 그때 아빠는 처음으로 탐조와 건강한 삶의 연결점을 찾았고, 그후로는 절대 한눈팔지 않았다.

애초에 아빠의 정신 건강이 빅 이어를 시작한 주된 이유였던데다, 아빠 말로는 텔레비전 방송이 경쟁심에 불이 붙은 탐조인 사이에서 '이야기'를 만들어내는 데나 집중하지, 동지애나 새로운 새를 함께 관찰하며 공유하는 짜릿함 같은 건 안중에도 없을 거라고 했다.

"그 잘난 촬영팀을 뒤에 달고 어떻게 내가 탐조를 즐길 수 있겠어?" 이것이 아빠의 마지막 발언이었고, 엄마와 아빠는 제안을 거절했다. 하지만 제작진은 포기를 몰랐고, 방송에서 우리를 집착적인 탐조 가족으로 조명하는 게 아니라 가을 철새 이동 시기를 담는 데 집중하겠다고 약속했다. 결국 부모님은 승낙했다.

몇 주 뒤 우리는 구 일짜리 촬영에 돌입했다. 엄마는 마지막으로 찬성표를 던지면서 이 촬영으로 특별한 해를 멋지게 기억할 수 있을 거라고 결론 내렸는데, 아빠는 결국 굴복했으면서도 촬영팀의 누군가가 가까이 올 때마다 하기 싫다는 티를 팍팍 냈다.

촬영은 우리 각자와 함께한 긴 인터뷰로 시작됐다. 부모님은 카메라 앞에서 얘기할 때 완벽하게 이성적인 태도로 임했고 기이한 탐조인의 전형으로 비치지 않기 위해 최선을 다했다. 하지만 그 모든 카메라와 인터뷰와 쏟아지는 관심에 나는 넋이 나가버렸다. 그때껏 일어난 가장 흥미진진한 일이었다.

첫날 저녁 나는 집에서 늦게까지 촬영을 하면서 올해 내가 왜 그렇게 많은 새를 보려고 하는지 구구절절 설명했는데, 사실 이미 자야 할 시간이었다. 다음날 아침 우리는 동트기 전에 일어났고, 목적지에 도착했을 때 나는 졸리고 짜증이 나 있었다. 하필 그곳은 첫 탐조 촬영지로 그다지 적합하지 않은 장소였다. 웨스트미들랜즈의 자갈 채취 작업장이었는데, 전날 저녁까지만 해도 거기 한 습지개개비Aquatic Warbler가 머무르고 있었다. 그런데 우리가 도착하니 흔적도 없이 사라진 것이다. 나는 앓는 소리를 내기 시작했다. 피곤했고, 배가 고팠고, 지루했다. 일반적인 일곱 살짜리의 투정이었지만, 제작진은 이야깃거리의 냄새를 맡기 시작했다. 어느새 나는 진심으로 탐조를 좋아하는 게 아닌, 그저 지나치게 열성적인 부모님에게 끌려다니는 어린애가 되어 있었다. 그런 설정이 방송에서 흥미를 끌어내는 지점이었을 것이다. 그들은 서사의 주인공을 원했고, 내가 그 주인공이 되어준 것이다. 지쳤든 아니든, 내가 여전히 신나게 즐기고 있었음에도.

늦가을이 되자 볼 수 있는 새가 점점 줄어들었다. 철새 이동도 서서히 줄었고, 우리도 서서히 여행을 줄였다. 기록을 채우려 새벽같이 일어나 전국을 쏘다니는 일은 더는 없었다. 하지만 탐조인들 사이에선 '진짜는 늘 혼자 다닌다'는 말이 있는데, 정말 희귀한 새들은 다른 종과 함께 이동하지 않는다는 뜻이다. 이들은 다른 새들이 이미 왔다 가고 난 뒤에 나타난다. 변칙적인 바람에 실려온 이런 새들이야말로 해가 다 가기 전 꼭

볼만한 새다.

10월 말의 어느 목요일 밤, 요란한 사이렌이 우리집의 정적을 찢었다. 아빠는 이제 막 내게 읽어주던 책을 내려놓고 불을 끄려던 참이었는데, 그 순간 우리 둘 다 펄쩍 뛰었다. 그 집요한 신호음은 다른 의미일 수 없었다. '메가' 알림이었다.

그날 오전, 한 탐조인이 지역 온라인 탐조 게시판에 노랑눈썹솔새라고 사진 하나를 올렸다. 좋은 기록이었으며 훌륭한 사진을 찍은 것에 한껏 기뻐할 만했다. 그는 다른 탐조인 친구와 솔새 사진을 두고 온라인 채팅을 이어가다가, 어느샌가 한부엉이 동정에 관한 토론으로 넘어갔다. 칡부엉이인가 쇠부엉이인가? 지역적 맥락에선 상당히 흥미로운 내용이었지만, 탐조 커뮤니티를 난리 나게 할 정도의 얘기는 아니었다. 그러나 그 이후에 일어난 일은 달랐다.

해당 주의 지역 조류 기록관이 그날의 발견을 기록하려고 지역 뉴스 사이트를 마지막으로 둘러보다가 이 '노랑눈썹솔새'를 발견했다. 아빠가 그 글을 소리 내 읽어주길, "이 새는 사실 산솔새인데, 영국에서는 최초로 발견된 개체다". 아빠는 덧붙였다. "말도 안 돼."

게시판은 그 새와 위치 정보를 알아내려는 탐조인 수백 명의 댓글로 폭발할 지경이었다. 문제의 사진을 찍은 사람은 몇 시간이 흘러서 컴퓨터 앞에 다시 앉아서야 자기 '발견'의 실체가 무엇인지 깨달았다. 소식이 퍼지자 영국 전역의 탐조인이 열광했다.

그러는 동안 아빠는 머리를 쥐어뜯고 있었다. 엄마는 집에 없었고 전화도 받지 않았는데, 촬영팀이 마지막 가족 탐조 여행으로 촬영을 마무리하고 싶다고 연락해온 참이었다. 아빠는 온라인에서 계속 추가되는 상황을 따라가려 애쓰면서 우리 셋을 위한 따뜻한 옷과 차가운 간식을 쌌고, 탐조 장비를 죄다 챙겨 다음날 새벽 일찍 더럼으로 떠날 채비를 했다. (다행히 금요일은 교사 연수일이어서 학교에 안 가는 날이었다.) 촬영팀이 우리가 북쪽으로 이동하는 장면도 담고 싶다며 아빠에게 잠깐 런던에 들러 자기들을 태우고 가달라고 요청했을 때 아빠는 한계에 도달했다. "안 됩니다." 아빠가 말했다. "우릴 찍고 싶다면 곧장 거기로 오세요."

다음날 새벽 우리는 허겁지겁 차에 올라타 다섯 시간짜리 대이동에 나섰다. 목적지에 도착하자 해가 막 떠오르기 시작했다. 사우스실즈 해안의 오래된 채석장이었는데, 이른 시각에도 탐조인으로 북적였다. 다들 어떻게든 탐조 장소와 최대한 가까이 차를 대려고 용을 쓰고 있었다.

채석장은 새를 보기에 완벽한 곳이었다. 자연적인 원형극장 형태를 이루며, 자라다 만 덤불과 나무에 둘러싸여 있었는데, 이곳에 솔새가 숨어 있었다. 우리는 기다렸다.

어느덧 탐조인 수백 명이 병가나 휴가를 내고 이 자리에 모여 있었다. 나보다 몇 살 많아 보이는 남자애도 하나 있었는데,

보나마나 학교를 빠지고 여기 온 모양이었고, 촬영팀이 등장하자 후드를 뒤집어쓰고 군중 속으로 숨어들었다. 현명한 판단이었다.

동이 텄고 정적 속에서 몇 분이 흘렀다. 일 분이 한 시간처럼 느껴지다, 마침내 외침이 들려오기 시작했다. 채석장 위에 자리잡은 사람들은 덤불이 시야에 확실히 들어오는 모양이었다. 우리는 이곳저곳 몸을 돌려 주의깊게 살피면서 쌍안경을 들이밀었다. 그 순간 새가 나타났다. 극동에서부터 사우스실즈까지 날아온 녹색과 노란색을 띤 작은 새가 나무의 가장 높은 가지 사이에서 돌아다니기 시작했다. 특유의 눈썹 선과 매끈한 흰색 배를 보니 틀림없이 산솔새였다. 이 작은 춤꾼은 공중에서 방향을 전환하며 넋을 놓고 바라보는 관중에게 공연을 선사했다. 모두가 기다려온 이 새는 마치 우리에게 인내심의 보상을 주는 것 같았다. 새는 나무들 사이에서 계속 맴돌다가 덤불을 향해 아래로 돌진하며 더욱 극적인 장면을 연출했다. 수많은 군중이 일제히 안도와 기쁨의 한숨을 내쉬는 소리가 들리는 것만 같았다. 사람들은 새가 모습을 보일 때마다 망원경으로 최고의 시야를 확보하려 조심스레 서로를 비집고 자리를 잡았다. 어떤 유명 탐조인은 기념 시가를 태웠다. 희열로 가득한 탐조였다. 여기 있는 모두 희귀종을 충분히 감상할 수 있었다.

“날아가는 걸 봤어요!” 내가 카메라를 향해 소리쳤다.

바로 이런 것이 탐조 커뮤니티의 좋은 점이다. 특별한 새를 모두가 함께 봤을 때 나누는 이 기쁨이. 탐조 커뮤니티는 매우 사교적인 집단이다. 탐조 명소에선 익숙한 얼굴들을 자주 마주치고 결국 서로 친구가 되기도 한다. 요즘은 꼭 탐조 여행에서 마주치지 않더라도 SNS나 온라인 탐조 게시판을 통해 서로 간의 소통이 더욱 쉬워졌다.

탐조인은 다양한 단계로 구분된다. 시간과 비용 상관없이 모든 걸 내려놓고 탐조에 나서는 이들이 있다. 대략 백 명 정도의 하드코어하고 헌신적인 전업 탐조인인데, 그보다 덜한 사람들은 수천 명에 이른다. 우린 하드코어는 아니었다. 물론 탐조 커뮤니티 밖의 일부 사람들의 눈에는 우리가 굉장히 열성적인 사람들로 보이겠지만, 우린 호출기에서 알림이 울릴 때마다 만사 제쳐두고 떠날 수 있는 삶을 살고 있지는 않았다.

이 작은 산솔새는 그야말로 완벽한 새였다. 그해의 탐조 여행의 대미를 장식하기에도 완벽했고, 다큐멘터리에도 대단한 성과였다.

일 년 뒤, BBC 다큐멘터리에 대한 반응은 대체로 긍정적이었지만 약간의 악의도 뒤따라왔다. 제작진이 언급한 원래 목적은 새들의 가을 이동에 집중해 수백만의 새가 영국 해안을 떠나 겨울을 나기 위해 더 쾌적한 남쪽 서식지로 이동하는 장면을 담는 것이었다. 하지만 그들이 실제로 집중한 건 그 새들을 보러 간 사람들이었고, 탐조인 사이에서 일말의 경쟁이라도 벌어지면 그걸 최대한으로 써먹으려 했다. 누가 어떤 새를 언제 봤고, 무엇보다도 최초로 봤는지 신경쓰는 것 말이다.

다큐멘터리가 공개되었을 때 나는 SNS의 유해성을 처음으로 경험했다. 대형 탐조 게시판은 지루하고 불행해 보이는 일곱 살짜리 여자애의 안녕을 걱정하는 댓글로 가득했다. 이들은 부모님이 광적인 취미에 빠져 나를 영국 곳곳으로 끌고 다니는 동안 내가 '평범한' 유년기를 박탈당하는 게 아닌지 걱정했다. 결국 그들은 내가 열 살쯤 되면 '다른 무언가'에 빠질 거라고 결론 내렸다.

엄마는 내가 남자애였다면 반응이 덜 비판적이었을까 싶다고 했다. 남자애였다면 열성적인 남성 탐조인들이 나를 보고 자신의 유년 시절을 떠올렸을 테니까. 아마 그래서였는지도 모른다. 어린 여자애가 진심으로 탐조에 빠질 수 있다는 사실이 받아들여지기가 그토록 어려웠던 것이. 다행히도 이런 부정적인 반응은 온라인 세계 안에서만 존재했다. 어느덧 영국에서 새를 보러 다닌다는 사람들은 전부 이 다큐멘터리를 보게 되었는데, 실제 현장에서 만나는 탐조 커뮤니티 사람들은 다들 상냥하고 따뜻한 반응을 보여주었다.

다큐멘터리는 우리 학교 선생님들의 관심도 끌었다. 선생님들은 반 아이들과 함께 보자며 기어코 교실에서 영상을 틀었다. 나는 교실에 앉아 몸을 움찔거리며 내 깩깩거리는 목소리가 텔레비전에서 흘러나오는 걸 들어야 했다. 물론 친구들은 내가 새를 보러 다닌다는 걸 알긴 했지만, 커다란 화면에서 탐조 이야기를 하는 내 모습을 보는 건 전혀 다른 문제였다. 나는 반 친구들을 흘끗흘끗 훔쳐보며 친구들도 나만큼이나 경악스러울지 살폈다. 어느새 아이들은 내가 차 안에서 잠든 장면을 보며 웃고 있었다. 창피했다. 새롭고도 불편한 감정이었다.

나는 일곱 살 나이에 조류 325종을 관찰했고 여전히 세계에서 빅 이어를 완수한 유일한 어린이로 남아 있다. 물론 이 모든 일은 나의 '광적인' 부모님 없이는 가능하지 않았을 테지만, 나의 빅 이어는 무슨 수를 써서라도 최대한 많은 새를 보고 싶다는 나의 갈증에 불을 지핀 해였다.

우리의 승리와 성취감은 달콤하고도 씁쓸했다. 11월이 되자 엄마는 지쳐버렸다. 빅 이어를 위해 모든 걸 쏟아낸 탓이었다. 아빠는 엄마의 신경쇠약이 전업 직장인과 전업 탐조인을 병행하면서 할머니 역할까지 수행한 결과라고 생각했지만, 엄마가 힘들어하는 원인은 단순한 피로 이상이라는 점이 곧 명백해졌다. 빅 이어는 끝이 났고, 우리의 삶도 평범한 일상으로 되돌아가야 했지만, 다가올 2010년이 우리에게 더 큰 고난을 안겨주리라고는 누구도 예상하지 못했다.

3장 샤키라

칼부리벌새

칼부리벌새는 부리가 유달리 길어 다른 새들과는 다르게 깃털을 단장할 때 부리가 아닌 발을 쓴다. 시계꽃과의 특정한 종들과 함께 공진화했는데, 이 시계꽃의 화관통부 길이가 칼부리벌새의 부리 길이와 비슷하다. 이 꽃은 수분을 칼부리벌새에게 전적으로 의존하며 새는 그 보상으로 자기만 접근할 수 있는 고품질의 꿀을 얻는다.

엄마는 무너지는 대신 다시 일어섰다. 새해가 시작되던 무렵 엄마는 바쁘고 부산스러운, 행복한 엄마 그 자체였다. 아침에 제일 먼저 일어나 식탁 위 아침식사로 우리를 맞이하며 환한 미소와 애정을 퍼붓고 차에 올라타 사무실로 향했다. 사실 과거의 나는 엄마의 기분 변화를 크게 의식한 적이 없었지만—언덕 위에 올라 쌍안경을 든 채 황홀해할 때도, 침대에 누워 천장을 슬프게 바라볼 때도 엄마는 언제나 그냥 엄마였다—이젠 나도 더 커서 집안 분위기의 변화를 어느 정도 감지할 수 있었다. 아빠는 엄마가 피곤해하지 않을 때 더 행복해 보였고, 이는 우리 가족이 주말 탐조에 더 자주 나설 수 있음을 의미했다.

한동안 엄마는 아무도 말릴 수 없어 보였다. 담당 사건에 몰입해서 퇴근 시간은 점점 더 늦어졌고, 저녁에도 다시 컴퓨터를 켜 이어서 일을 하곤 했다. 늦게 자고 일찍 일어나 재충전할 시간이 별로 없었고, 곧 엄마가 잠을 제대로 안 잔다는 게 명확해졌다. 아빠는 이것이 엄마가 무너지기 전에 늘 드러내는 첫 징후라는 사실을 알고 있었다. 수면 부족은 공황발작으로 이어졌고 엄마의 광분을 더욱 부채질했다. 하지만 엄마는 딸에 대한 사랑을 표현할 줄 알았고, 아주 늦게 퇴근하는 날이면 내 방에 몰래 들어오곤 했으며, 가끔은 작은 선물을 들고 와 나를 깨우기도 했다. 많은 시간을 함께하진 못했지만, 나는 한 번도 방치되었다는 기분을 느낀 적이 없었다.

한계를 모르는 것 같던 엄마의 에너지는 2010년 2월에 바닥이 났다. 엄마는 어느 날 아침엔 한껏 기쁨에 차올랐다가, 다음 날이면 갑자기 무기력해져, 베개에서 고개를 들어 학교에 잘 갔다 오라고 말하는 것도 겨우 해냈다. 어렸을 때 나는 긴 머리를 하나로 땋고 다녔는데, 가끔은 머리를 땋아달라고 엄마를 흔들어 깨워야만 했다. 엄마를 깨우지 못하면 서툰 손으로 절대 안 멋진 포니테일 머리를 해야만 했다. 엄마에게 뭔가 문제가 있다고 내가 알아차린 것은 이런 사소한 사건 때문이었다.

내가 여덟 살이었던 어느 날, 버스 정류장까지 데리러 온 아빠를 따라 집에 돌아오니 엄마는 침대에 누워 있었다. 어느덧 2010년 초여름이었고, 엄마는 스트레스와 불안, 우울로 직장에 병가를 낸 참이었다.

평소처럼 나는 아빠가 저녁을 준비하는 동안 엄마와 같이 있으려 방에 들어갔다. 그 시기 내 기억 속에 새겨진 하나의 장면이 있다면, 태양이 방안을 황금빛으로 물들이는 동안 침대에 누워 고개를 창가 쪽으로 돌리고 있던 엄마의 모습이다. 그때 난 생각했다. 볼 것도 할 것도 너무나 많은데 어떻게 저렇게 누워만 있을 수 있지? 엄마는 계속 이럴까? 어떤 주나 달이나 해에는 활기 넘치고 행복한 본래의 엄마이다가, 그다음엔 멍하게 실의와 절망에 빠져 지내게 될까?

처음엔 이해가 갔다. 우리는 이제 막 빅 이어를 끝낸 뒤였고 아이샤의 임신과 새로 태어난 아기가 엄마를 신체적으로나 정신적으로 피로하게 했을 테니 지치는 것도 당연했다. 엄마는 약간의 휴식이 필요할 뿐이고 곧 다시 직장에 복귀할 거라고 계속 말했다. 혼란스러웠지만, 점점 이 또한 일상이 되어갔다.

'주요 사건' 목록의 2010년 7월 항목은 이렇게 기술한다. 헬레나 병가 내다. 항우울제 복용 시작. 시탈로프람 20밀리그램.

이런 말도 있다. 아이샤와 앨릭스 결혼.

내 기억 속 결혼식은 즐거웠다. 수많은 사촌과 어울리며 언니가 아내가 되는 모습을 지켜볼 수 있었다. 이제 거의 두 살이 다 된 라일라는 행복한 꼬마 들러리로 함께했다. 하지만 엄마는 그날을 거의 기억하지 못한다. 발륨을 많이 복용한 탓에 정신이 혼미해져 그 누구에게도 어떤 것에도 집중하지 못했기 때문이다. 엄마는 혀 꼬부라진 소리로 대화했고, 자기가 무슨 말을 하는지도 제대로 몰랐다.

이 잠깐의 외출이 끝나자 엄마는 다시 온종일 침대에만 누워 있었고, 그러면서도 이번주 아니면 다음주에, 아니면 그다음주엔 사무실로 복귀할 거라고 호언장담했다. 엄마 문제가 아니어도 우리집 사정은 좋지 못했다. 두 달 전 아빠가 직장에서 정리해고를 당했다. 우리는 지난 몇 년간 엄마 수입으로 생활하면서 아빠 수입으로는 담보대출을 갚고 있었다. 경제적으로 크게 걱정은 없었다. 부모님은 성실하게 저축해왔고, 아빠가 받은 고액의 퇴직금과 엄마의 병가중 급여로 당분간은 버틸 수 있었다.

어쨌든 아빠도 몇 년은 일에서 잠깐 '손을 놓을' 계획이었다. 프로그램 매니저로서 아빠가 맡은 직무는 엄마의 일처럼 에너지를 전부 쏟아야 하는 일이었고, 아빠는 휴가를 보낸 후에 다른 방식으로 일에 접근하고자 했다. 새와 자연과 환경과 관련된 일을 맡아 더 유연하게 일하고 싶어했다.

아빠의 휴식—아빠가 오래전부터 계획하고 고대해왔던 그 휴식—은 엄마와 나를 둘 다 전담으로 돌보는 역할을 떠맡게 되면서 보류되고 말았다. 몇 년이 지나서야 아빠는 당시 얼마나 원통했는지 내게 고백했다. 그토록 기다려온 인생의 '막간'이 그런 식으로 끝장나버린 것이다.

이제 아빠는 온종일 우리 곁을 지키며 나를 학교까지 배웅하고 오후에는 버스 정류장으로 데리러 왔다. 아이샤 언니가 그립긴 했지만, 아빠는 엄마에게 무슨 일이 일어나고 있는지 아는 것처럼 보이던 유일한 사람이었다. 마침내 아빠는 내게 엄마가 아프다고 말함과 동시에 숨도 쉬지 않고 바로 엄만 곧 괜찮아질 거라고 나를 안심시켰다. 나는 아빠의 말을, 그리고 엄마를 믿었다. 고작 여덟 살짜리에게 그 외에 다른 생각을 품을 근거는 없었다. 부모님이 다 괜찮아질 거라고 말한 이상 그 말을 믿지 않을 이유가 어딨겠는가? 엄마는 괜찮아질 거고, 다시 일하러 나갈 거고, 우리의 탐조 여행에 동참할 것이며, 점점 더 엄마처럼 행동할 것이었다.

아빠는 내가 부족함 없이 지낼 수 있도록 힘쓰는 와중에도 엄마가 침대 밖으로 나와 씻고 옷을 갈아입도록, 뭐라도 먹도록, 스스로를 해치지 않도록 신경써야 했다. 거기엔 분명 대가가 따랐다. 얼마 지나지 않아 아빠는 지쳐버렸고 그 상황에서 내가 할 수 있는 건 없었다.

여름의 추밸리는 자연 애호가에겐 안식처 같은 곳이다. 이 시기에는 부엌 창밖만 바라봐도 언덕이 우리를 부르는 걸 느낄 수 있다. 이 무렵 나는 학교를 마치고 집에 올 때면 아빠와 함께 부츠를 신고 밖에서 한 시간 정도 새를 보거나 아니면 길 끝의 숲속에서 놀았다. 아빠 생각에 엄마를 혼자 두면 안 될 것 같은 날엔 함께 정원의 모이통을 채웠다.

나는 생각했다. 엄마가 창밖만 쳐다봐도 울새, 굴뚝새, 심지어 매력적인 금방울새Goldfinch 무리charm◆까지도 볼 수 있을 텐데. (분명 매력적인charming 새이긴 하지만, 실은 금방울새를 지칭하는 집합명사는 고대 영어의 단어 c'irm에서 유래했는데, 이 새가 지저귀는 소리를 묘사한 것이다.) 생동감 넘치는 노란색과 빨간색 깃털을 뽐내는 이 아름다운 새들은 오늘날 많은 정원 모이통의 단골손님이지만 늘 그랬던 건 아니다. 과거에는 어마어마한 수의 야생조류가 포획되어, 새장에 새를 가둬 키우는 취미를 즐기던 빅토리아시대 영국인들의 손에 넘어갔다. 예쁜 외모와 고운 소리를 둘 다 갖췄다는 건 꼭 좋지만은 않았다! 영국 왕립조류보호협회에서 가장 일찍이 벌인 캠페인 중 하나가 야생조류 거래를 겨냥한 것이었다. 어쩌면 이 작고 완벽한 생명체들이 엄마에게 새로운 영감을 불어넣어 우리와 함께하도록 이끌 수도 있지 않을까?

하지만 아빠의 장담에도 엄마는 좀처럼 괜찮아지지 않았고, 엄마와 아빠 모두 이제 어떻게 해야 할지 몰랐다. 당시 두 사람은 그저 엄마가 번아웃을 겪고 있다고, 일 때문에 지친 거라고 믿고 싶었던 것 같다.

여름휴가가 우릴 부르고 있었다. 연초에 예약해 이미 돈까지 다 낸 에콰도르 여행이었다. 여행을 계획할 당시 엄마는 일

◆ 영어에서는 무리 지어 있는 새를 가리킬 때 쓰는 명사가 종별로 달라서, 금방울새는 'a charm of Goldfinches'로 표현한다.

을 다니고 있었고 해외로 탐조 여행을 떠날 생각에 기대에 부풀어 있었다. 하지만 엄마가 아프고 아빠는 지친 상황에서 여행이 여전히 좋은 생각인지 고민하지 않을 수 없었다.

하지만 두 사람 다 딱히 다른 대안이 없었다.

이 여행은 나의 첫 남미 여행이 될 것이었고, 애초에 치유를 위한 여행으로 계획한 건 아니었지만, 이제 아빠는 이 여행이 엄마가 집중할 수 있고 붙잡을 수 있는 긍정적인 어떤 것, 엄마의 주의를 잠깐만이라도 자기 자신과 우울에서 돌릴 수 있는 어떤 것이 될 수는 없을지 희망을 품게 됐다. 엄마가 고비를 넘길 수 있게 추진력을 줄지도 몰랐다. 아빠 생각에 빅 이어는 대성공이었다. 엄마와 처음 만났을 때부터, 틈만 나면 밖으로 나가 대자연 속에서 새들과 함께하며 엄마도 같은 경험을 할 수 있게 이끌지 않았던가? 그 시간은 엄마에게 대단한 효과를 냈었고, 아빠는 이번에도 그럴지 모른다고 생각했다.

"뭐든 해볼게." 엄마가 말했다. "뭐든."

고민해야 할 것이 이미 산더미인 상황에서 부모님은 내 걱정까지 해야 했다. 아빠가 그토록 치밀하게 짜놓은 힘겨운 탐조 일정을 여덟 살짜리가 어떻게 감당할 수 있을까? 안데스산맥 기슭의 작은 언덕을 가볍게 오르는 수준이 아니었다. 여기저기 산장을 옮겨다니며 에콰도르 북부를 돌 예정이었다. 사실 내가 관심 있는 건 엄마 아빠와 함께 쏘다니며 아무런 방해도 받지 않고 희귀한 새들을 찾아 헤매는 거였다.

"새들이 눈에 들어오는 순간 이 모든 건 아득히 멀게 느껴질 거야." 아빠는 엄마에게 말했다.

부모님은 새를 보는 동안 서로를 더 잘 이해했고, 이는 그때도 지금도 사실이다. 두 사람은 특별한 언어를 공유했고, "와, 저 새 좀 봐, 정말 멋지지 않아?" 같은 말을 할 필요도 없었다. 말하지 않아도 알았다. 아빠는 이런 마법 같은 일이 에콰도르의 우림까지도 두 사람을 따라와주길 바랐을 것이다.

여행이 확정되자 엄마도 어딘가 바뀌었다. 우리는 삼 주간 쉬지 않고 탐조에 나설 예정이었고, 빅 이어가 다시 시작되는 느낌이었다. 엄마가 침대 밖으로 나와서 옷을 챙겨 입고 내 옆에 앉아 로버트 리질리와 폴 그린필드가 쓴 『에콰도르의 새』를 들춰보고 우리의 목표 리스트를 작성하는 모습을 보며 나는 그저 좋았다. 아빠는 탐조 장소들에 관해 살펴보고 제일 보고 싶은 이국적인 희귀종들을 기억에 새기며 예전 모습을 거의 되찾았다. 마침내 '휴식'을 즐길 수 있게 된 것이다.

엄마는 우리가 여행을 갈 때마다 미련할 정도로 물건을 많이 챙기는데, 어떤 상황이 닥쳐도 정면으로 대응하기 위해서다. 더운 지방이지만 보온 내의—체크. 조류 200종 식별 도감—이것도 체크. 그런데 이번엔 책도 한가득 챙겨야 했다. 엄마 아빠가 이 여행을 진정 '즐길' 수 있으려면 이동하는 동안 차 안에 꼼짝없이 틀어박힌 여덟 살짜리 딸이 지루하다고 징

징거리는 것만은 막아야 했기에, 내 짐가방의 적어도 절반을 문고본 책으로 가득 채워야만 했다. (그리고 입맛까지 까탈스러운 딸을 위한 비상용 슈퍼 누들도.)

"이번 여행은 최고의 경험이 될 거야." 아빠는 짐가방을 차에 실으며 낙관적으로 말했다.

"아니면 재앙이 될 수도 있지." 엄마는 한숨을 쉬며 말했다.

"어느 쪽이든," 아빠가 트렁크 문을 힘주어 닫았다. "재앙에 대비할 짐은 충분히 싼 것 같네."

열두 시간을 비행하면서 나는 한숨도 자지 않았다. 조류도감에서 눈을 떼지 못한 채 열대의 새들을 들여다보았고, 텔레비전에서 봤던 울창한 정글의 나무 꼭대기에 그 새들이 앉아 있는 모습을 상상했다. 에콰도르에는 대략 1600종의 새가 서식하는데, 전 세계 조류 개체수의 15퍼센트 수준이다. 안데스산맥에서 아마존에 이르기까지, 에콰도르는 전 세계 탐조인들의 주요 목적지 중 하나다. 희귀하고 특색 있는 새들뿐 아니라 산맥과 우림과 화산지대를 갖춘, 적도 부근의 따뜻한 해역에 걸쳐 있는 나라. 마치 지상낙원으로 향하는 것 같은 기분이었다.

이 여행을 위해 특별히 갖고 온 작은 공책을 꺼내 또다른 목록을 작성하기로 했다. '에콰도르에서 꼭 봐야 할 새.' 이 새들을 위해 나는 먹는 것도 자는 것도 포기하리라 다짐했다. 엄마와 아빠가 양옆에서 조는 동안 가슴속에 색다른 감정을 불꽃처럼 일으키는 세 종을 골랐다. 흥분과 동경이 섞인 이 감정은 향후 몇 년간 낯선 새를 새로이 마주칠 때마다 그 순간의 경이로움을 결정짓는 척도가 되었다.

칼부리벌새Sword-billed Hummingbird는 무지갯빛 녹색 날개가 환상적인 새다. 자연에서 그런 금속 느낌의 광채는 다른 어디서도 찾아볼 수 없을 것만 같다. 우스꽝스럽게 길고 가느다란 칼처럼 생긴 부리는 먹이를 더 쉽게 먹을 수 있도록 뒤늦게 생각나서 갖다붙인 듯 보였다. 그리고 세계에서 가장 큰 맹금류에 속하는 거대한 하피수리Harpy Eagle는 발톱이 몹시 날카롭고 날개를 전부 펼쳤을 때 그 폭이 2미터나 된다. 섬뜩하고 창백한 얼굴과 더불어, 키가 1미터 가까이 되는 몸집만 떠올려도 두려움에 몸서리가 났다. 마지막으로 안데스바위새Andean Cock-of-the-Rock는 머리와 가슴 깃털이 너무도 강렬한 주황색이라, 부릅뜬 두 기묘한 눈동자 외에 다른 이목구비는 전부 압도당한다. 이 새들은 완전히 새로운 종류였다. 이름에 밑줄을 긋고, 세부정보를 덧붙인 뒤, 스케치까지 시도해봤다. 혹시라도 조류도감을 잃어버리게 된다면, 이 환상적인 생명체들을 내 스케치에만 의존해서 동정해야 할 것이었다.

키토공항에 도착해 밖으로 나왔을 때는 정오가 갓 지난 시각이었다. 마침내 에콰도르에 도착하자 갑자기 피곤이 밀려오기 시작했다. 엄마는 비행기가 뜨자마자 기절해서 착륙해서야 일어났다. 아빠는 식사 때와 화장실 갈 때를 챙기면서 짧게 효율적으로 잤다. 완전히 본격적인 태세에 돌입해서, 갑자기 늘어져버린 딸도 가뿐히 무시했다. 이럴 게 아니라 새를 보러 가야지! 아빠는 남미에서의 시차가 우리에게 유리할 거라고 주장했다. 생체 시계 덕에 이제부터 더 일찍 눈을 뜰 테니 새벽에 출발하기 딱 좋다고. 곧장 산맥으로 향해 탐조를 시작할 계획이었으므로 내게 따로 내어줄 낮잠 시간은 없었다.

대개 탐조 그룹 투어를 이용하면 거금을 쓰거나 낯선 나라에서 스스로 일정을 짜서 다녀야 하는 부담 없이 많은 새를 볼 수 있다. 하지만 우리는 우리끼리만, 현지 가이드 안드레스의 안내를 받아 다니기로 했다. 엄마가 많은 사람과 함께 다니는 여행을 그다지 편하게 느끼지 않을 거라고 판단했기에 부모님에겐 최선의 선택지였다. 하지만 안드레스는 공항에서 처음 날 보자마자 표정이 굳어졌다. 나는 피곤했고, 더워서 짜증이 났고, 엄마도 아빠도 내게 관심을 주지 않아서 심통이 나 있었다. 아빠는 조류도감에 아예 코를 박고 있었고, 엄마는 안드레스와 얘기하느라 정신이 없었다. 하필 안드레스가 전에 맡은 여행팀에도 내 나이 또래의 아이가 있었는데, 여행 내내 지루해하며 투덜거렸다고 했다. 우리가 영국에서 출발하기 전, 아빠는 안드레스에게 나도 세계를 돌아다니는 여느 탐조인 못지않게 새들에 미쳐 있으니 걱정하지 말라며 확신에 차 말했다. 이제 안드레스는 아빠 말이 틀렸다고 확신하는 듯했다.

에콰도르의 면적은 영국보다 약간 크며 국토의 20퍼센트가 국립공원과 보호구역으로 지정되어 있다. 국토 크기에 비해 에콰도르는 서반구의 다른 어떤 나라보다 삼림 벌채 비율이 높다. 전문가들의 의견에 따르면 삼림 벌채 속도를 늦추고 수자원 관리 체계를 개선하는 것이 에콰도르가 국가적 차원에서 해결해야 할 시급한 과제다. 오늘날 에콰도르에서는 풍부한 고유종을 보유해 생물다양성이 높은 지역과 원주민들의 터전에서 거대 채광 사업이 점점 더 규모를 키우고 있다. 지속되는 경제 위기와 높은 화석 연료 의존도 때문에, 자신들의 땅을 지키고자 하는 이들과의 갈등은 불씨가 꺼지지 않을 것이다.

에콰도르에서도 여러 자연보호 비정부기구가 활동중이다—예를 들어 버드라이프 인터내셔널, 레인포리스트트러스트 환경보전운동기금, FCAT 에콰도르 같은 기구가 있다. 특히 FCAT 에콰도르는 지역 주민과 과학자로 구성된 기구로, 세계에서 가장 다양한 생물종을 보유하고 있지만 동시에 가장 위협받는 서식지이기도 한 열대 안데스의 생물다양성 보전을 위해 힘쓰고 있다.

안데스는 광활한 풍경을 자랑한다. 모든 풍경이 엄청난 규모로 펼쳐진다. 산맥, 숲, 강, 골짜기, 하늘까지. 누구든 처음 에콰도르에 갈 계획을 짠다면—에콰도르라는 국가명 자체가 '적도equator'에서 유래했는데, 실제로 적도를 기준으로 나라가 두 개로 '쪼개진다'—추운 낮, 그보다 더 추운 저녁, 얼음장 같은 빗줄기나 바람을 기대하지는 않을 것이다. 사실 날씨를 그 정도로 극한까지 몰아붙이는 건 고도 때문이고, 아름답고 화창하게 맑은 날도 물론 있다. 고지에 올라가면 희박한 공기를 맛볼 수 있고, 가끔은 그보다 덜 유쾌한 기분을, 대개 은은하게 울리는 듯한 두통과 함께 폐가 산소를 갈구하는 감각을 느낄 수 있다.

풍경 또한 고도에 따라 극과 극을 오가는데, 탁 트인 척박한 산꼭대기에서부터 경사를 따라 내려오는 동안, 또 특정 고도 사이사이에서 다양한 유형의 삼림을 만날 수 있다. 그중에서도 최적의 장소가 있는데—예를 들어 동쪽 산기슭에 있는 산장 와일드수마코 로지 근방이라든지—대략 고도 2700미터 정도가 최대로 다양한 조류종을 관찰할 수 있는 높이다. 여기선 풍금새tanager와 다양한 종류의 개미잡이굴뚝새antwren, 화덕딱새spinetail와 심지어 나무발발이woodcreeper까지 섞인 새들의 무리를 보게 될 수도 있다. 물론 생태 조건마다 서로 다른 조류종이 자리를 채우고 있으므로 다양한 높이와 서식지를 꼭 방문해야 한다. 안데스산맥의 경사를 따라 내려오다보면 날씨는 점점 더 따뜻해지고 습해진다.

착륙한 지 몇 시간 만에 어느새 우린 대여한 사륜구동차를 타고 산길을 따라 구불구불 올라가고 있었다. 에콰도르를 통과하는 안데스산맥은 동쪽 경사와 서쪽 경사로 이루어져 있으며 키토의 중앙 고원 주위로 자리한다. 수많은 조류종이 양쪽 경사를 따라 분포한다. 안데스는 특유의 미기후는 물론이고, 고지내가 수많은 삭은 동불송에게 자연 방벽이 되어주어 종분화를 일으키는데, 이때 조류 개체군이 양쪽 경사면에서 서로 다른 아종으로 진화한다.

눈발이 구름 아래로 흩날렸다. 하늘은 갈색 새들로 가득했다. 조류도감에서 보고 머릿속에 새겨둔 화려한 깃털의 남미 새들은 다 어디로 갔을까?

차창 밖으로 날아가는 구별도 안 되는 커피색 새들에 지치고 약간은 실망했지만, 마침내 파파약타에 도착했을 때 나는 불평하지 않기로 다짐했다. 이 마을은 3300미터 고도의 척박하고 뾰족뾰족한 산맥에 자리하고 있었다. 에어컨을 튼 차 안에서 바깥 풍경은 마치 달궈진 사막처럼 보였지만, 청명하게 푸른 하늘에서 햇볕이 쨍쨍 내리쬐는 동안에도 스웨터 두 벌은 껴입어야 할 만큼 추웠다.

먼지와 바위는 아랑곳하지 않고 엄마와 아빠와 가이드는 차에서 서둘러 내려 곧장 그 갈색 새들을 식별하기 시작했다. 엄마의 피로는 온데간데없었고, 에콰도르의 국조 안데스콘도르 Andean Condor도 코빼기도 보이지 않았다. 안데스콘도르는 신세계독수리New World vulture의 일종으로 어마어마한 날개폭을 자랑하는 또다른 새인데, 내 주요 목록에 있는 새 중에서 우리가 그날 볼 가능성이 조금이나마 있는 유일한 새였다. 몇 시간이 흐른 뒤 늦은 오후의 햇살 아래서 온몸에 흙먼지를 뒤집어쓴 채 굶주린 우리는 무거운 다리를 이끌고 차로 터벅터벅 돌아갔다. 몇 시간을 망원경만 들여다보느라 눈은 건조하고 뻑뻑했지만, 결국 콘도르는 나타나지 않았다.

사륜구동차로 돌아간 우리는 이른 저녁에 숙소에 도착했고 바깥은 아직 밝았다. 하늘은 깍깍 울며 마지막으로 정신없이 먹이를 찾는 새들로 가득했다. 새들은 곧 쉬러 가기 전 밤을 보내는 데 필요할 열량을 채우는 중이었다.

숙소인 광고 로지는 파파약타보다 훨씬 저지대에 있어서, 불과 몇 시간 만에 주변 풍경이 확 변했다. 아까는 척박한 산악지대였는데 이제는 울창한 삼림에 둘러싸여 있었다. 그래도 귀가 먹먹한 고산병 증세를 겪을 만큼 여전히 고지대였다. 밤이면 추워질 테니 아래위로 보온 내의를 입어야 했다. 이 울창한 삼림지대 한가운데 자리한 광고 로지는 소박한 산장으로, 나무 오두막 여러 채 가운데에는 식당이 있었다. 알록달록한 벌새 먹이통으로 둘러싸인 이 식당에선 앞으로 묵을 며칠 동안 에콰도르 안데스의 주식인 뜨거운 수프와 핫초콜릿을 먹게 될 것이었다.

나는 간절히 침대에 눕고 싶었다. 부드러운 베개를 끌어안고 적어도 여덟 시간은, 아니면 동틀 때까지, 하여간 둘 중 더 긴 시간만큼 자고 싶었다. 하지만 엄마는 일단 식사부터 하라고 했다. 엄마가 나를 식당으로 이끌어서 나는 발을 질질 끌며 따라갔다. 목록에 있는 새는 한 마리도 보지 못했는데, 어차피 그땐 새가 어찌됐든 신경도 안 쓰일 정도로 피곤했다. 엄마에게 천천히 가자고, 기다려달라고 입을 연 순간, 움직이는 색채의 향연이 내 시선을 끌었다.

이쯤 되면 내가 이미 열성적인 탐조인이었던 것처럼 보일지도 모르겠지만, 나는 이제 겨우 내 첫 빅 이어를 끝낸 참이었다. 물론 태어난 지 구 일 만에 탐조를 시작하긴 했지만, 새들이 내 세계의 절대적인 중심이 된 계기는 따로 있었고, 그 순간이 바로 지금이었다. 이 마법 같던 순간은 여행 첫날, 내가 가장 무방비 상태일 때 찾아왔다.

내 발길을 멈춘 건 근처 나뭇가지에 걸려 있던 선명한 빨강과 초록의 먹이통이 아니라 벌새들이었다. 먹이를 조금이라도 더 차지하려고 먹이통을 정신없이 오가던 벌새들. 숨이 멎는 것 같았다.

기울어가는 태양 아래, 벌새들은 휘황한 터키색과 에메랄드 그린, 벨벳 같은 짙은 보라색으로 반짝였다. 나는 어안이 벙벙해져 어떻게 그런 색채가 자연에 존재할 수 있는지 감탄했다. 그 날개는 또 어떻고! 벌새들은 잘 보이지도 않을 정도로 빠르게 날갯짓을 하며 희미하게 윙윙 소리를 냈다. 여름날 데이지 들판 위를 날아다니는 벌들 같았다. 조류도감에 나오는 어떤 사진도 이들이 지닌 색의 깊이나 날개의 속도, 매력을 온전히 담지 못했다. 사진 한 장으로 어떻게 이 작은 생명체가 지닌 천상의 매력을, 마치 이쪽 세계는 의식하지도 않고 다른 차원에 존재하는 것만 같은 이들의 열광적인 진동을 포착할 수 있겠는가?

벌새들은 안드레스가 나타나 수반에서 물을 마시는 자기들의 부드러운 등 깃털을 쓰다듬어도, 엄마 아빠가 똑같이 따라 해봐도 신경쓰지 않는 듯했다. 나는 피곤함도 저녁식사도 잊고 침대로 거의 끌려가다시피 할 때까지 벌새들을 관찰했고, 그들의 다채로운 색으로 가득한 꿈을 꿨다.

다음날 아침에 일어나자마자 먹이통으로 향해 벌새 동정에 돌입했다. 핫초콜릿을 홀짝이며 기록을 남기던 그날 아침은 천국 같았다. 남은 에콰도르 여행이 어떻게 흘러가든 이젠 상관없었다. 내게 필요한 건 여기 다 있었으니까. 새들이 햇살 아래 열띤 몸짓으로 환한 빛줄기를 내뿜는 광경을 보는데, 전에 못 본 새로운 색채가 느닷없이 터져나와 눈길을 사로잡았다. 나는 가까이 다가갔다. 작은 새 한 마리가 한 점 얼룩처럼 무지갯빛 녹색으로 번지며 움직이고 있었다. 새는 자기 머리 위 지붕처럼 우거진 잎사귀 사이로 환히 내리쬐는 햇살을 받으며 빛을 뿜어냈다. 칼부리벌새가 나만을 위한 작은 공연을 펼치고 있었다.

이 새는 대체 어떻게 날 수 있는 걸까? 칼부리벌새는 몸통보다도 그 가느다란 부리가 더 길었지만, 태엽 장난감처럼 윙윙 날갯짓하며 공중에 우아하게 떠올랐다. 이 새도 벌새였지만, 단연 독보적이었다. 유달리 긴 부리 때문에 다른 벌새들과는 전혀 다른 자세를 취해야 했는데, 그러면서도 우아하게 공중에서 균형을 잡는 모습은 다른 사촌뻘 벌새만큼이나 품위가 있었다.

바로 이 순간, 칼부리벌새가 다른 새들로부터 자기 영역을 지키려 애쓰는 모습을 보면서 나는 벌새와 사랑에 빠지기로 마음먹었다.

결국 칼부리벌새는 날아갔고 내겐 차갑게 식은 초콜릿만 남았지만 자리에서 꼼짝도 할 수 없었다. 어떤 결심이 내 안에서 솟아올랐다. 나중에 나는 엄마와 아빠에게 전 세계 벌새 374종을 모두 보겠다고 선언했다. 여덟 살 치고는 대담한 선언이었고, 훗날 이 다짐은 벌새에서 모든 새로 확대되어 언제든 어디로든 새들을 보러 가겠다는 결심으로 커졌다. 부모님은 열광적으로 호응했고, 나는 그렇게 시작한 탐조의 여정을 꺾이지 않은 열정으로 계속해오게 되었다.

푹 쉬면서 배를 채우고 영감도 얻었으니, 우리는 본격적인 여행에 돌입했다. 새로운 새들을 보겠다는 내 의욕은 하늘을 찔렀고, 새로운 종을 만날 때마다 더욱 박차를 가해 더 많은 새를 보려고 노력했다. 내가 고작 여덟 살짜리 아이라는 건 문제가 되지 않았다. 내 체력은 부모님의 체력과 맞먹었고 가끔은 부모님보다도 팔팔했다. 안드레스는 내가 입을 열 때마다 못마땅하게 보던 시선을 거두고 한두 번은 내 바보 같은 농담에 웃기까지 했다.

여행 이튿날 엄마, 아빠, 안드레스와 숲에 들어갔던 건 쉽지 않은 모험이었다. 엄청난 수의 새들이 나무 안팎을 신나게 날아다니는 모습에 나는 곧바로 압도당했다. 어디서부터 시작해야 할까? 한 마리씩 동정하기엔 너무 많은 새들이 정신없이 날아다녔다. 나무 위든 땅이든 공중이든, 어느 한 마리를 정하면 또다른 새가 날아와 그 자릴 차지하는 통에 도저히 집중할 수가 없었다.

"괜찮아, 마이아." 아빠가 머리 위 불협화음 속에서 잠깐 빠져나와 내게 말을 걸었다. "우리가 떠날 때쯤이면 여기 있는 새를 전부 알게 될 거야. 지금은 일단 제일 흔한 새부터 찾아보자. 저기 저 새는 뭐지?"

아빠 말이 맞았다. 우선 차근차근 시도해보기로 했다. "풍금새?" 내가 말했다. 아빠는 고개를 끄덕였다. 풍금새는 열두 마리였다.

"이제 여기 이 녀석으로 넘어가보자." 이런 식으로 마구 뒤엉켜 날아다니던 새들을 하나씩 천천히, 꼼꼼히 동정해 같은 종끼리 묶고 다음 새로 넘어갔다.

그날 이후로 나는 우리의 낮잠 시간에도 잠을 청하지 않았다. 해가 떠 있는데 잠을 자는 게 말도 안 되는 일 같았다. 대신 그 시간을 독서에 썼는데, 리처드 애덤스의 『워터십 다운』과 재클린 윌슨, 마이클 모퍼고가 쓴 책들처럼 인간이 아니라 동물이 영웅이 되는 이야기에 흠뻑 빠졌다. 책을 읽지 않을 때면 벌새 먹이통 근처를 어슬렁거리며 안드레스를 따라 새를 쓰다듬으려 했지만 새는 늘 손가락 사이를 잽싸게 빠져나갔다. 끈적끈적한 손으로 감히 자길 만지려고 하는 어떤 건방진 어린애의 손길에 질색하면서.

며칠 지나지 않아 엄마의 집중력에 문제가 생겼음이 분명해졌다. 엄마는 다들 손쉽게 찾는 새들을 발견하는 데도 한참이 걸렸다. 아빠와 안드레스는 나무들 사이에서 정확한 지점을 설명하느라 소중한 시간을 써야 했는데, 정글에선 쉬운 일이 아니었다. "저기 저 희멀건 나뭇가지 왼쪽 초록 잎…… 저쪽 허연 가지가 아니라, 그 위쪽" 같은 대화가 끊임없이 이어졌다. 엄마의 좌절은 작은 우리 팀의 순조롭던 리듬을 깨기 시작했고, 심지어 성인군자 같던 아빠의 인내심조차 시험에 들게 했다.

그러나 안드레스는 평정심을 유지했다. 그는 온갖 부류의 탐조인에 익숙했다. 희귀종이 나타나도 "꽤 멋진 새로군" 정도로만 반응하며 조용히 감상하는 영국인이든, "우와!" "엄청난데!"같이 더 적극적으로 경탄을 내지르는 미국인이든.

그 와중에도 엄마는 멈추지 않았다. 짜증이 점점 치고 올라와도 볼 수 있는 새들은 꼭 보고 말겠다는 의지가 여전히 투철했다. 우리는 줄곧 새벽 탐조에 나섰는데, 엄마의 상황이 반전된 계기는 어느 늦은 밤의 야간 탐조였다. 아빠는 안드레스와 함께 한밤중에 숲으로 들어가 안데스소쩍새Foothill Screech Owl를 볼 계획을 세웠다. 나는 원래 엄마와 함께 숙소에 남아 있을 예정이었다. 아빠는 해리포터의 헤드위그만큼이나 전설에 가까운 소쩍새를 찾으려 하룻밤을 꼬박 새운다면 아무 소득 없이 다음날을 통으로 날리게 될지도 모른다고 경고했다. 하지만 누구도 모험의 냄새를 맡은 나를 막을 수 없었다.

안데스소쩍새는 극도로 희귀하고 발견하기 힘든 종이라 안드레스도 한 번도 보지 못한 새였다. 하지만 그는 희망을 놓지 않았다. 어쩌면 오늘이 그날일지도 모른다! 그래서 한밤중에 우린 다시 사륜구동차를 타고 숙소를 떠나 울창한 삼림지대로 향했다.

이때까지만 해도 소쩍새 찾기는 바다 탐조만큼이나 내 취향에서 먼 탐조 활동에 속했다. 낮잠 시간에 눈을 붙이지 않았던 나는 야간 탐조에 쓸 에너지가 거의 없었지만, 아빠의 반대가—"여덟 살짜리 어린애를 안 재울 순 없어"—내 반항심을 부추겼다. 나 또한 탐조인이었고, 탐조 가족의 일원이었고, 우린 함께해야만 했다.

숙소에서 몇 킬로미터 떨어진 곳에 도착한 우리는 길가에 차를 세우고 삼림지대로 걸어들어갔다. 하늘엔 달도 별도 없었다. 칠흑같이 어두운 숲속에서 희귀 새를 발견할 가능성은 얼마 없어 보였다. 푹신한 베개 생각이 간절해질 때쯤, 멀리서 들려오는 안데스소쩍새 특유의 경쾌한 지저귐에(비명screech이 아니었다!) 우리는 화들짝 놀랐다.

아빠와 안드레스는 그 즉시 손전등을 나무 쪽으로 비추며 높은 나뭇가지 사이를 샅샅이 살폈다. 소쩍새는 밝은 빛을 보면 자동차 전조등 앞의 사슴처럼 행동하는 경향이 있어, 도망가기보다는 그대로 얼어붙는 편이다. 나무 사이에서 환상적인 위장술로 몸을 숨기고 있다가도, 눈이 불빛을 받아 빛나면 찾기가 더 쉬워진다. 엄마와 나는 한참을 기다렸다. 소쩍새는 나타나지 않았다. 울음소리는 점점 희미해져 개구리와 곤충들이 내는 어지러운 배경음과 섞여들어갔고, 우리의 흥분은 좌절로 바뀌어갔다. 여전히 울음소리가 들리긴 했으나, 모습은 전혀 보이지 않았다. 아빠는 계속 나무 사이를 살폈고, 나는 2미터 정도 떨어진 차로 다시 돌아가서 다른 사람들이 이제 포기하고 집으로 가자고 할 때까지 기다려야겠다고 생각했다. 어느새 하늘에 달이 떠올라, 길 반대편 나무 꼭대기에 빛을 드리우고 텅 빈 도로 위를 비추고 있었다.

"마이아! 이리 와." 엄마는 아빠와 안드레스를 뒤에 달고 나를 따라 달려오며 속삭였다. 안데스소쩍새의 소심한 울음소리가 이 작은 인간 무리와 조금씩 가까워지자, 내가 새를 놓칠까봐 걱정했던 것이다. 소쩍새의 울음소리는 점점 더 커지며 도로를 향해, 나를 향해 가까워졌다.

바로 그 순간, 대형 트럭 하나가 전조등을 맹렬히 비추며 그 자리에 얼어붙은 우리를 향해 느릿느릿 다가왔다. 내가 돌아섰을 때 아빠와 안드레스는 이마에 손을 올려 쏟아지는 불빛을 가리고 있었다. 그들 너머로, 위쪽으로, 뭔가가 나무 사이에서 날아왔다. 나는 천천히 손을 들어 고요한 흰색 형체가 트럭 위로 하늘을 가로지르는 광경을 가리켰다. 엄마는 내 팔을 잡으며 헉 숨을 들이켰다. 하지만 아빠와 안드레스는 빛 속에서 눈을 가리느라 보지 못했다.

한편 트럭은 꾸물거리며, 이제는 절박해진 아빠가 다시 소쩍새를 찾으러 길을 건너려는 걸 방해했다. 어느새 소쩍새는 울음을 그쳤고, 이젠 아무리 손전등으로 어둠 속 나뭇가지와 우거진 관목을 비춰봐도 모습을 드러내지 않을 터였다. 안데스소쩍새는 이미 날아가버렸다.

결국 우리는 차로 돌아왔고—아빠와 안드레스는 절망적인 심정으로 터벅거리며, 엄마와 나는 애써 미소를 숨기며—남자들은 패배를 인정할 수밖에 없었다. 아빠는 숨어 있는 새를 기이할 정도로 잘 찾아내는 대단한 탐조인이었으나, 난생처음으로, 내가 본 엄청난 광경을 아빠는 보지 못했다. 엄마의 씩 웃는 얼굴을 보니 엄마도 나만큼이나 우쭐한 모양이었다. 그렇게 엄마의 짜증도 걷혔다.

에콰도르 여행에서 내 기억에 가장 선명하게 남은 일정은 아마존 우림 탐조였다. 마치 인디아나 존스 영화 속에 들어와 있는 듯한 기분을 느끼며 배를 타고 나포강을 따라 우리가 묵을 야생동물 보호센터로 향했다. 이 센터는 생태관광 프로젝트를 통해 자연경관을 보호하면서도 동시에 학교나 병원 같은 시설을 건립할 기금을 마련하기 위해 현지 원주민들이 세운 것이다. 환경보전을 위한 대대적인 노력을 기울이면서, 이들은 새와 야생동물에게 더욱 친화적인 서식지를 제공하고자 부족 땅에서 사냥을 중단했다. 많은 아마존 원주민들이 벌목이나 채유, 혹은 생태관광으로 생계를 이어간다. 이것이 그들에게 주어진 선택지다. 생태관광을 선택한 이들은 여행하러 온 외국인들에게 수입을 의존한다. 사람들이 더는 오지 않는다면 그들은 벌목에 의존할 수밖에 없는데, 일각의 주장에 따르면 벌목이 기후변화에 항공기보다도 훨씬 더 치명적인 악영향을 준다고 한다.

쌍안경으로 빽빽한 초목 사이, 드넓은 강을 가로지르는 나뭇가지 사이사이를 살펴봤다. 전에는 아마존 열대우림이 이렇게나 방대할지, 무성하게 벽을 이룬 잎들 사이로 야생동물의 소리가 이렇게나 넘쳐흐를지 상상도 못했다.

우리는 물총새와 왜가리 떼가 강둑 위에 서 있다가 강물로 뛰어들어, 평온하게 헤엄치던 작은 물고기들을 잡아먹는 광경을 지켜봤다.

야생동물 보호센터는 아냥구호수의 잔잔한 푸른 물가에 터를 잡아, 숲의 울창한 초목 한가운데 서 있었다. 매달린집새oropendola 무리가 이엉으로 엮은 숙소 지붕에 자리를 잡고 우리를 반겼다. 새들이 바삐 엮고 있는 긴 바구니 모양 둥지가 길게 뻗어나온 나뭇가지 끝에서 위태롭게 달랑거렸다.

엄마와 아빠는 낮잠을 자러 갔다—이쯤 되자 우리 생체 시계도 새들의 리듬에 맞춰져갔다. 아마존의 새들은 오전 다섯 시에서 열시 사이 가장 활발하게 활동하는데, 열량을 충분히 채운 다음 태양빛을 피해 낮잠을 자러 들어간다. 그러고는 늦은 오후에 다시 나와 잠깐 활개를 펴고 다니다 밤이 되면 안식을 찾아간다.

부모님이 잠깐 눈을 붙이는 동안 나는 탐험에 나서, 매번 발견에 실패하는 하피수리를 찾아보려 했다. 그 대신 내가 만난 건 호애친 무리가 강변 나무 사이를 시끄럽게 돌아다니며 낮게 우거진 초목의 지붕을 뚫고 꽥꽥거리는 모습이었다. 잃어버린 공룡시대를 다시 발견한 기분이었다. 십오억 년 전 시조새가 꼭 이렇게 생겼을까? 기다란 목이 지탱하는 작고 털 없는 파란 얼굴에는 밤색 눈동자가 부리부리하고, 그 위로는 뾰족뾰족한 빨간 볏이 달려 있었다. 새끼 호애친은 날개에 앞다리 발톱이 두 개 있는데, 나무를 타고 기어다니는 용도다. 사실 호애친은 그다지 비행에 소질이 없는 새다. 축축하고 찌는 듯한 공기를 타고 불쾌한 냄새가 실려왔다. 나중에 가이드의 설명을 들으니, 현지인 사이에서 호애친은 '냄새나는 칠면조'로 통한다고 했다. 이는 유난히 큰 이들의 소낭, 즉 소화되기 전 모이를 저장해놓는 기관 때문이라고 한다. 소낭 안의 박테리아가 이들의 주식인 나뭇잎을 발효시키는데, 여기서 아주 고약한 냄새가 배출된다. 되새김질하는 소화기관까지 가졌으니 호애친을 날개 달린 작은 소라고 해도 과언이 아니다.

어느덧 여행 마지막 주인 삼 주 차에 접어들었지만, 하피수리는 여전히 모습을 보이지 않았다. 아빠는 지금도 늦지 않았다고 계속 말했지만, 낙담할 수밖에 없었다. 우리는 파스데라스아베스 조류보호구역으로 가는 길이었고, 그곳은 확실히 하피수리로 유명한 곳은 아니었다. 탐조 여행객을 위한 산장 탄다야파버드 로지는 안데스산맥의 운무림에 자리해 있는데, 안개 자욱한 구름이 삼림지대와 산꼭대기 위쪽 지붕을 덮고 있어 전반적으로 우리 지구보다는 '가운데땅'◆에 더 가까워 보이는 곳이다.

개미새Antpitta는 땅딸막하게 생긴 새로, 탐조인 사이에선 '숨기 신동'으로 불린다. 대개 갈색을 띠고 마찬가지로 갈색인 서식지에서 숨어다니는 걸 좋아해 관찰과 동정이 몹시 어려운 새다. 우리가 묵는 숙소에서 매우 가까운 곳에 앙헬 파스라는 사람이 개미새 보호구역을 운영하고 있었다. 물론 개미새로 유명한 곳이지 하피수리로 유명한 곳은 아니기에, 우리 여행

◆ middle earth. 톨킨의 판타지소설 『반지의 제왕』의 배경이 되는 허구의 공간.

의 다음 목적지에 대한 기대는 없었다.

앙헬 파스의 조류보호구역은 탐조 명소가 되기 전에는 그가 형제들과 함께 물려받은 사유 농장이었다. 자기 땅에 모여든 개미새와 사랑에 빠지게 된 그는 농지를 밀고 소를 키우기로 한 형제들과 달리 자기가 소유한 부지를 자연보호구역이자 조류보호구역으로 탈바꿈시켰다. 그의 보호구역은 전 세계 탐조인 사이에서 인기를 끌기 시작했고, 축산업보다 훨씬 큰 성공을 거뒀다.

고대의 삼림지대를 돌아다니며 우리는 서로 다른 개미새 여섯 종을 발견했다. 그중에는 제일 희귀한 큰개미새Giant Antpitta도 있었는데, 극도로 보기 힘들어 전설에 가까운 새다. 이름이 말해주듯 큰개미새는 개미새과 가운데서도 몸집이 큰 새로, 길이가 24에서 28센티미터에 이른다.

앙헬 파스는 수년간 이 새들을 돌보는 데 정성을 다해왔고 심지어 이름을 지어주기까지 했다. 신기한 건 새들이 자기 이름에 반응한다는 거였다. 큰개미새 이름은 마리아였다. 우리가 지켜보는 가운데 앙헬이 마리아를 부르자 마리아는 몇 초 만에 덤불 밖으로 빠져나와 우리 앞 길목으로 나왔다. 전체적으로 갈색 몸에 아랫배가 밝은 구릿빛을 띠는 그 새는 고개를 숙이고 앙헬에게서 꿈틀거리는 벌레들을 받아먹었다.

하지만 내가 제일 보고 싶었던 건 비늘가슴개미새Ochre-breasted Antpitta였고, 이 새는 마지막으로 모습을 드러냈다. 숲속 깊은 곳에서 수시간째 기다리고 지켜보던 끝에, 새끼 울새와 비슷한 모습의 새 한 마리가 어느 키 큰 나무의 아래쪽 가지로 날아들었는데, 위쪽 가지는 이곳의 변화무쌍하지만 걷힐 줄 모르는 안개에 젖어 있었다. 앙헬이 아주 조용히 "샤키라" 하고 부르자, 깃털로 덮인 탁구공에 머리가 달린 것처럼 생긴 조그마한 새가 앙헬이 내민 손에 조심스레 접근해 벌레를 받아먹었다. 황갈색 목덜미부터 창백한 배까지 마치 작은 구슬 같았다. 움직이는 모습이 어딘가 매혹적이었는데, 먹이를 먹는 동안에는 몸을 양옆으로 씰룩거렸다. 손가락으로 몸통을 감싸 심장 뛰는 소리를 느껴보고 싶었지만, 나머지 우리한테는 가까이 오지 않았다. 새는 오직 앙헬만 바라봤다.

앙헬은 이 비늘가슴개미새에게 샤키라라는 이름을, 〈힙스 돈트 라이〉◆로 유명한 바로 그 콜롬비아 가수 이름을 붙여줬는데, 물론 엉덩이를 흔드는 듯한 그 몸짓 때문이었다.

샤키라가 여행의 하이라이트를 장식하긴 했지만, 결국 하피수리는 우리에게 패배를 안겼다. 우리가 묵은 산장마다 혹시나 하는 마음으로 지붕 달린 관찰탑에 앉아 몇 시간씩 기다렸지만 하피수리와는 인연이 닿지 않았다. 게다가 관찰탑은 대개 밧줄과 걸을 때마다 삐걱거리는 나무로 지은 위험한 곳이었다. 이 드높은 망루에서 썩은 판자 하나가 내려앉아 발아래

◆ Hips Don't Lie. '엉덩이는 거짓말하지 않아'라는 뜻.

까마득한 운무림으로 나를 떨어뜨릴까봐 무서웠다. 인생 첫 하피수리를 볼 때까지는 이후 구 년을 기다리게 된다.

에콰도르 여행이라는 하이라이트가 있긴 했지만, 2010년은 힘든 한 해였다. 물론 여행은 전반적으로 엄마에게 좋은 영향을 줬고, 여행 막바지가 되자 엄마는 다시 일하러 나가겠다는 얘기를 꺼낼 정도였다. 여러 산장을 오가며 목표 새를 관찰하는 동안 엄마는 슬픔을, 아빠는 버거움을 잊을 수 있었다. 가정생활에서의 압박감은 사라졌다—적어도 한동안은.

여행의 마력은 우리가 돌아오고 나서도 곧바로 사라지진 않았다. 여행을 떠나 있는 동안만큼은 엄마의 기력도 되살아났다. 아름다운 새들을 향한 욕구가 엄마의 정신을 어느 정도 맑게 해줬고 이 맑은 정신이 여행이 끝난 뒤까지 남아 있었다. 아빠는 엄마의 상태가 훨씬 나아진 걸 보고 한 가지 선언을 했다. 이제부터 우리는 삶의 방식을 바꿀 것이다. 불필요한 지출은 더는 없을 것이다. 여행으로 우리 가족이 하나가 될 수 있다면, 우리가 소유하거나 벌어들이는 건 전부 에콰도르 탐조 같은 여행을 위해 쓸 것이다. 여행을 떠나 있는 동안 상태가 좋아진 건 엄마뿐이 아니었다. 아빠도 엄마만큼이나 휴식이 필요했다. 그렇다면, 날 떼어놓고 갈 수는 없지 않은가?

아빠는 소유보다는 경험을 중시하기로 했고, 결국 이것이 아빠의 신조가 되었다. 아빠는 고통에 빠져 있기보다는 마음을 챙기는 탐조를 선택했다. 세계 탐조 여행은 신경쓸 게 너무도 많은 일이고, 열대우림이든 사바나든 경계하고 집중하고 기다려야 할 것들이 수도 없어서, 다른 어떤 걸 생각할 시간이 말 그대로 전혀 없었다. 이런 방식으로 엄마도 조금씩 회복할 수 있을지 몰랐고, 아빠는 엄마를 돕는 데 필요한 정신적 여유를 되찾을 수 있을 것이었다.

에콰도르 여행 이후, 우리는 아주 단순한 삶을 살면서 한푼이라도 아껴 여행 자금을 모았다. 어린 나이였지만 나도 알았다. 크든 작든, 갈색이든 무늬가 있든 보석 같은 장식이 있든 깃털이 없든, 비록 찰나의 순간일지라도 새들에게는 우리의 삶에서 시선을 돌려 하늘을 바라보게 하는 무언가가 있다는 것을.

4장 초대받지 않은 손님

노랑머리바위새

노랑머리바위새는 서아프리카 해안을 따라 열대우림에 서식한다. '대머리까마귀'라고도 부르는데, 깃털 없이 노랗고 까만 머리의 기이한 생김새에서 유래한 이름이다. 또다른 이름인 '흰목바위새'는 바위 돌출부와 동굴 벽에 컵 모양의 진흙 둥지를 틀어 공동체를 이루는 습성에서 따온 명칭이다. 이들은 주로 곤충을 먹고 산다. 사냥 방식 중 하나는 군대개미 군집을 따라 숲을 통과하며, 진격하는 개미떼들을 피해 달아나는 곤충을 잡아먹는 것이다.

이들이 사는 아프리카의 삼림지대는 지속 불가능할 정도로 파괴되고 있으며 개체수도 급감하고 있다. 가나에서는 노랑머리바위새가 사십 년간 보이지 않다가 2003년에야 다시 발견되었다. 이후 지역사회와 함께 노력한 덕분에 서식지가 보호받으며 개체수가 점점 늘어났고, 지역사회 또한 입장료와 가이드 이용료, 환경보전 기금을 통한 학교 건립 등의 혜택을 보고 있다.

아빠의 낙관주의는 엄마에게 꼭 필요했지만, 엄마의 현재 기분에는 별다른 변화를 주지 못했다. 2011년 초반의 겨울, 엄마는 두 사람 다 일을 쉬고 있다는 사실에 걱정이 많았다. '주요 사건' 목록에는 지난 11월에 엄마의 시탈로프람 복용량이 40밀리그램으로 늘었다고 적혀 있다. 엄마는 로펌에선 계속 휴직 상태였다. 그러는 동안 아빠는 엄마와 나의 주 보호자 역할을 떠맡아 그전까진 엄마와 공유했던 실무를 전부 혼자 처리하면서, 두 사람 다 이해할 수 없었던 정신 건강 위기를 엄마가 버텨나가도록 지원해야 했다. 그러면서도 상황이 안 좋게 흘러갈 때마다 그 최악의 여파로부터 나를 보호하려 애썼고 내 일상의 균형을 최대한 지키려고 노력했다. 나는 상황이 얼마나 심각한지 모르고 있었다.

1월의 어느 날 유독 활기가 넘치던 아침, 엄마는 자신에게 필요한 건 가족을 보러 방글라데시에 가는 거라고 말했다. 환경의 변화, 이모 삼촌들의 애정, 충분한 햇볕이 머릿속 스위치를 올려주면 엄마가 생기를 되찾고 기운을 차린 채 우리 품으로 돌아올 수 있을지도 몰랐다. 아빠와 나는 일주일 뒤 엄마와 합류하기로 했다. 엄마와 내가 돌아오고 나서도 아빠는 한동안 더 그곳에 머물 예정이었는데, 멸종이 눈앞까지 닥친 넓적부리도요를 구하는 프로젝트에 참여중이었고, 그 새들이 방글라데시에서 겨울을 나고 있었기 때문이다.

아빠와 내가 엄마의 상태가 나아졌기를 바라며 다카에 도착했을 때, 엄마는 꽤 행복해 보였지만 엄마의 가족은 다른 얘기를 들려줬다. 엄마는 형제자매에게 무례하고 공격적인 태도를 보였고 이제 엄마 가족들도 엄마의 상태를 대단히 걱정스러워했다. 잠을 제대로 자지 못해 거의 망상에 빠진 듯, 툭하면 자기가 세상에서 제일가는 변호사라고 떠벌렸다. 엄마는 어느 친척의 유언 작성을 도우면서 아빠가 오면 들을 벵골어 수업을 알아보던 중이었는데, 둘 다 성과는 없었다. 아빠는 텅 빈 교실과 맞닥뜨렸고, 유언은 작성되지도 못했다.

엄마가 주말에 비행기에 오를 수 있을까? 다들 아빠가 엄마 문제를 해결해주길 바라고 있었다. 그리고 어느 정도는 아빠의 존재가, 우리의 존재가 변화를 가져오기도 했다. 적어도 엄마는 이제 잠은 그럭저럭 잤다.

우리 셋은 며칠 동안 함께 관광했고 당연히 새도 봤다. 아빠는 엄마가 혼자 집으로 돌아가기에 충분히 괜찮은 상태라고 판단했다. 이제 남은 며칠은 아빠 혼자서 지낼 예정이었다. "넓적부리도요는 당신이 필요해." 엄마가 아빠에게 말했다.

그렇게 엄마와 나는 아빠 없이 둘만 귀국했다.

처음 하루이틀은 모든 게 괜찮았다. 나는 매일 저녁 여덟시에 잤고, 아침에 일어나면 엄마는 분주히 집안을 돌아다니고 있었다. 엄마가 잠을 아예 안 잤을 거라는 생각은 미처 못했다. 하지만 아이샤가 라일라를 데리고 "그냥 엄마를 좀 지켜보려고" 본가로 들어왔을 때, 그제야 무슨 일이 있다는 걸 깨달았다.

어느 날 학교에서 돌아왔더니 엄마가 종잇조각을 돌돌 말아 채운 작은 쇠붙이들로 저글링을 하고 있었다. 그건 타비즈로, 이슬람권에서는 가지고 있으면 사악한 마법이나 마귀로부터 보호해준다고 믿는 일종의 부적이다. 엄마는 하나를 자기 베개 밑에, 다른 하나를 가느다란 금줄에 꿰어 목에 걸었다.

"너희 나누가 주신 거야." 엄마가 말했다. "엄마 기분 나아지라고."

"모르겠어, 마이아?" 언니가 설명했다. "진◆을 쫓기 위해서잖아!" 엄마와 언니 둘 다 웃음을 터뜨렸다.

"그럼 잠은 푹 잘 수 있는 거예요?" 혼란스러운 나는 물었다.

◆ 이슬람에서 초자연적인 영적 존재로 통하며, 악한 힘을 발휘할 수 있다고 여겨진다.

당시 내가 이해한 건, 엄마가 잠을 안 자면 슬퍼지거나 혹은 극단적으로 즐거워질 뿐, 절대 '보통' 상태가 되지 않는다는 것 정도였다.

"아마도." 엄마가 씩 웃으며 말했다.

이것이 우리 나누가 엄마에게 애정을 표현하는 방식이었다. 할머니는 정신질환이 무엇인지 제대로 이해하지 못했고, 가족에게 수치를 안겨줄 '결점'이라고만 생각했다. 엄마가 '미쳤다'는 낙인을 견디는 것보다 차라리 쫓아낼 수 있는 악귀에 들린 것이 나았던 것이다.

아이샤가 결국엔 자기 집으로 돌아가자 우리 둘만 남았다. 나는 매일 아침 늘 싸가던 점심 도시락 대신 급식을 사 먹을 2파운드를 받아 학교로 나섰다. 엄마는 흥분해서 허겁지겁 말을 쏟아내며 횡설수설했다. 엄마가 잠자리에 들거나 일어나는 모습은 한 번도 본 적이 없었다. 아이샤가 집에 와 있을 때 아빠와 통화하면서 엄마가 방글라데시에서 돌아온 이후로 매일 새벽까지 페이스북에 접속해 있다고 말하는 걸 들었는데, 알고 보니 엄마는 밤에 한숨도 자지 않았다.

아직 엄마가 양극성장애 진단을 받기 전이었으므로, 부모님에겐 엄마에게 무슨 문제가 있는 건지 설명할 언어가 없었고, 시차를 넘나들며 해외를 쏘다니고 수면을 방해받는 게 기이하고도 격렬한 정신증 삽화를 일으킬 수 있다는 사실을 그들이 알 길도 없었다.

십대에 접어들고 나서야 나는 이 시기가 엄마가 그해 말에 맞닥뜨리게 될 재앙 같은 쇠약 증세의 전조였다는 사실을 알게 되었다. 언니의 부지런한 노력에도 불구하고 엄마는 점점 더 우울한 생각에 빠졌고 더 충동적으로 변해갔다. 엄마는 대마초를 피우면 신경 안정에 도움이 될 거라고 판단했다가, 그게 아니라 코카인이 필요하다고, 어쩌면 헤로인이 필요할지도 모른다고까지 생각했다. 물론 실제 행동으로 옮기지는 않았지만, 일주일 내내 사방으로 뻗어나가던 엄마의 생각은 새로운 집착에 뿌리를 내렸다. 부엌칼로 자기를 찔러야겠다는 충동이 든 것이다. 엄마는 머릿속에서 끊이지 않는 소음으로부터 어떤 형태로든 안식을 맞길 간절히 원했다.

오늘날 엄마는 당시 자신이 정신증 삽화, 즉 '혼합' 삽화를 겪고 있었고, 그것이 조증과 우울증이 동시에 나타나는 양극성장애 증상이었다는 점을 분명히 안다. 극도로 위험한 상황이었다. 어느새 엄마는 자기 몸에 가하고픈 폭력을 머릿속에 선명히 그려보고 있었다.

그러는 동안, 아빠는 방글라데시의 한 외딴 지역에 도착해 탐조에 나서려던 참이었고, 엄마의 친척집에서 지낼 예정이었다. 그런데 그 친척 일가가 어디론가 사라졌고 집은 굳게 잠겨 있었다. 근방에는 호텔도 없었고 아빠의 부족한 벵골어 실력으로는 현지인들과 제대로 된 소통도 불가능했다. 아빠는 엄마에게 전화를 걸었지만 엄마의 횡설수설이 아빠를 놀라게 했고, 결국 할머니가 아빠의 숙소를 알아봐줬다. 그러나 엄마의 혼란스러운 상태에 불안했던 아빠는 하룻저녁 민에 탐조도 못 하고 다카로 돌아와 영국행 첫 비행기를 타기로 했다. 엄마는 방글라데시의 한 저가 항공권 여행사에서 우리 표를 전부 끊었는데, 아빠 생각에는 엄마가 귀국 일정을 바꾸는 데 도움을 주지 못할 것 같았다. 이번엔 아이샤가 구원투수로 나섰다.

아빠는 귀국 날 곧바로 엄마를 담당 보건의에게 데리고 갔고, 의사는 엄마의 '삽화'가 약의 부작용이라고 판단해 시탈로프람 복용량을 줄였다.

엄마는 자기한테 일어나는 일을 콕 집어 뭐라고 설명할 순 없었지만, 2000년에 똑같은 기분을 느꼈던 것만은 기억했다. 십 년 전, 엄마는 비슷한 약인 세로자트를 처방받은 적이 있었다. 세로자트 역시 선택적세로토닌재흡수차단제(SSRI)에 속하는 약물로 우울증 때문에 복용한 약이었는데, 2000년 당시 특효약으로 주목받던 항우울제였다. 복용을 시작하고 몇 개월이 지나자 엄마는 자살 충동에 휩싸였다. 당시엔 이 망상 증세 역시 약의 부작용으로 판단되었다. 천천히, 고통스러운 금단증상을 견디며, 엄마는 세로자트를 끊었다. 오늘날 이런 약이 양극성장애 환자의 조증이나 '혼합' 삽화를 유발할 수 있다는 점은 익히 알려진 사실이다.

엄마는 분명 또다시 자살 충동을 겪고 있었고, 복용량을 줄였음에도 자살 충동은 사라지지 않았다.

2011년 봄, 엄마의 직장 병가 담당 보험사가 사설 정신과 상담을 받아보라고 권했다. 상담에서 엄마는 가끔은 무적이 된 기분을 느끼다가도 또 어떨 땐 절망스럽다고 설명했다. 정신과의사는 엄마의 조증이 SSRI에 의해 유발되었을 가능성이 있다고 판단했다. 엄마는 물었다. 그 약을 끊은 게 한참 전인데도요?

"SSRI 부작용으로 조증이 일단 발생하면, 지니를 다시 램프 안으로 넣을 수가 없어요." 의사가 설명했다. "양극성장애가 분명합니다."

하지만 그 의사는 엄마의 담당의가 아니었고, 엄마는 공식적인 진단이 필요했다. 의사는 사설 정신과에 다닐 것을 권했다. 그후 담당 보건의를 다시 찾아갔을 때 엄마는 반대에 부딪혔다. 담당의는 엄마가 사설 진료를 받을 필요가 없다고 생각했기에 다른 의사에게 인계할 생각이 없었다.

이쯤 되자 아빠는 다시 지쳐 있었다. 아빠는 우리가 다 함께 여행을 떠나 있을 때 엄마가 살아난다는 걸 알았다. 엄마는 아팠지만, 엄마가 앓는 질병이 뭐든, 기대할 대상이, 주의를 사로잡을 새로운 무언가가 생기면 엄마의 기분이 나아질 거라고 믿었다.

엄마가 그렇게 아팠는데도 여행을 계획한 건 무책임한 처사였을까? 어쩌면 그랬을지도 모른다. 엄마의 가족은 확실히 아빠가 제정신이 아니라고 생각했다. 악귀 진에 들렸든 안 들렸든. 하지만 절박했던 아빠는 내년 초에 가나로 가족 탐조 여행을 가기로 정했다.

곧 나는 책장에서 조류도감을 꺼내 가나 탐조 목표 리스트를 작성하기 시작했다. 여행은 육 개월도 더 남았지만 그건 중요치 않았고, 우리의 첫번째 목표 새인 낯설고도 희귀한 노랑머리바위새Yellow-headed Picathartes의 정보를 메모하고 그림을 그렸다. 그 외에도 바벳Barbet과 바티스Batis, 코뿔새Hornbill와 투라코Turaco등 너무도 많은 새가 우릴 기다리고 있었다.

엄마는 우울증에 빠졌지만, 솔직히 나는 엄마가 이런 상태일 때가 '조증 엄마'일 때보다 좋았다. 그게 우울증이라는 걸 몰랐던 내 눈엔, 엄마는 그저 더 차분하고 덜 흥분되어 보였다. 아침에 집을 나설 때마다, 내 머리를 땋아주고 좋은 하루 보내라고 인사할 때 잠깐 일어나고는 다시 늦잠을 자는 줄로만 알았지, 엄마가 온종일 침대에만 누워 있는 줄은 몰랐다. 학교에서 돌아오면 엄마는 일어나 있고 별말 없이 집안을 느릿느릿 돌아다녔기 때문이다. 뭔가 감지된 게 있다면, 엄마가 몹시 피곤해 보인다는 것뿐이었다. 이 상태는 오래가지 않았고, 이 주 안에 엄마는 불같이 돌변했다. 엄마의 조증은 어떨 땐 활기찬 성격처럼 보이기도 했다. 그럴 때면 엄마는 수다스럽고, 같이 있으면 즐거운 사람처럼 느껴졌다. 다른 때의 엄마는 주변의 모든 사람과 모든 사물에 역정을 냈다.

엄마는 막 새로운 의료진에게 긴급 인계된 참이었다. 이 정신과의사들은 엄마에게 당장 입원 치료를 받을 필요는 없지만 정신 건강 '위기' 팀의 일일 방문이 도움이 될 거라고 판단했다. 상담을 받는 동안 엄마는 어떻게, 왜, 언제, 어디서 자살을 실행할 계획인지 차분히 설명했는데, 지극히 논리적인 말투로 비논리적인 근거를 늘어놓았다.

"아이샤한테는 라일라가 있으니까 나는 필요 없어요." 엄마는 설명했다. "직장에선 저평가되는 것 같으니, 그쪽도 내가 필요 없죠. 마이아는 크리스가 돌보면 돼요. 어쨌든 지금도 크리스가 돌보고 있잖아요?" 엄마는 자신이 가족에게 주는 것보다 더 많은 정서적인 지원을 가족으로부터 받고 있다고, 자기가 사라지는 편이 모두에게 더 좋을 거라고 믿었다. '당신이 자살하면 당신 자녀의 자살 가능성이 커진다'는 설명조차 엄마 귀에 들어오지 않았다.

물론 나는 이런 상담에 대해서도, 엄마의 자살 충동이 얼마나 심한지도 모르고 있었다. 나와 함께 있을 때면 엄마는 늘 약간은 '과하게 행복해' 보였다. 마치 엄청난 노력을 쏟아부어 '정상'으로 보이려는 것처럼, 그러다가 조금…… 선을 넘은 것처럼.

그 쾌활함 이면에서 엄마는 삶을 끝낼 방법을 찾고자 인터넷을 뒤지고 다녔고, 아빠는 엄마의 집착적 사고의 원인이 뭔지, 엄마를 구하려면 뭘 해야 할지 알아내려 사이버 공간을 헤맸다. 마치 술래잡기라도 하듯, 엄마는 모든 걸 끝내기로 결심했고 아빠는 그만큼 엄마를 막고자 헌신했다.

그러다 어느 새에서 비롯된 일련의 사건이 엄마를 입원에 이르게 했다.

일주일 전, 스코틀랜드 애버딘 근처 해안의 대규모 검둥오리 무리 사이에서 흰날개검둥오리White-winged Scoter가 확인되었다는 소식이 들렸다. 영국에서는 최초였다. 이 정신없는 나날 속에서도 희귀종의 매력은 거부할 수 없이 강력했다. 엄마 역시 이 특별한 기회 덕분에 꼬리에 꼬리를 무는 생각의 굴레로부터 잠시 벗어나 신이 났고, 주저하는 아빠를 설득해 주말에 북쪽으로 멀리 여행을 떠날 계획을 세웠다. 하지만 다 함께 차에 막 타려는 순간, 엄마는 갑자기 아무래도 이 여행은 본인에게 무리라며, 자기 없이 우리만 가라고 떠밀었다.

당시 내게는 불분명했던 이유로 그 여행은 취소되었다. 아빠는 다시 집으로 뛰어들어갔고 몇 분 후 나는 급하게 다른 집으로 보내져 그날 밤을 보내게 되었다.

그날 무슨 일이 일어났는지 알게 된 건 수년이 지나서였다. 진실을 알게 된 순간, 3D 퍼즐이 천천히 맞춰지는 느낌이었다.

마지막 순간에 마음을 바꾼 건 처음부터 엄마가 세운 계획의 일부였다. 우리를 보낸 뒤 스스로 목숨을 끊으려 한 것이다. 아빠와 내가 스코틀랜드로 떠나면, 엄마는 수단과 동기뿐 아니라 공간을, 우리가 없는 집을 확보하게 될 테니까.

아빠는 즉시 엄마의 계획을 꿰뚫어봤고, 엄마를 곧바로 담당 보건의에게 데리고 갔다. 엄마는 망상에 푹 빠져 있으면서도 절망적인 상황의 탈출구를 찾지 못해 좌절했다. 엄마는 본인의 건강에 관해서는 사실상 아빠에게 결정권을 넘겼기 때문에, 이제 아빠가 다음 결정을 내려야 했다.

담당의는 정신과의사를 호출했다. 의사는 엄마가 동의하든 안 하든 입원이 필요하다는 진단을 내렸다. 아빠는 마지못해 동의했다. 후에 아빠가 고백하길, 당시 엄마를 돌보는 일을 다른 사람 손에 넘긴 건 아빠 인생에서 내린 가장 힘든 결정이었다. 그러나 아빤 더는 자기 힘으로 엄마를 안전하게 지킬 수 없다는 것도 알았다.

빌 오디는 자서전 『뻐꾸기 알로 날아든 새』에서 어느 날 집에 돌아와보니 어머니가 정신병동으로 이송되어 있었고, 자긴 무슨 일이 있었는지 알 수 없었다고 했다. 나도 빌처럼, 검둥오리 여행이 취소된 것에 아직도 약간은 속이 쓰린 채 학교에서 집으로 돌아왔는데, 부모님은 없고 아이샤가 와 있었다. 마침내 집에 돌아온 아빠는 엄마가 병원에 가 있다고, 걱정하지 말라고 했다. 엄마는 아프지만, 괜찮아질 거라고.

'아프다'와 '괜찮아진다'—언제나 붙어다니는 말이었지만, 그때껏 나는 괜찮아진 상태가 지속되는 모습을 보지 못했다. 언니 집에서 하룻밤 자려고 집을 나서는 중에 엄마가 집에 도착했는데, 모르는 여자의 낯선 차를 타고 왔다. 아이샤가 나를 차에 태우고 멀어지는 사이, 엄마는 이 혼란스러운 상황에 어리둥절해 우리의 존재도 알아차리지 못하고 멍하니 앞유리 너머를 응시하고 있었다.

나중에 알게 된 사실이지만 그 차에 탄 모르는 여자는 정신병원 간호사였고, 엄마가 옷과 세면용품을 챙기는 동안 엄마를 지켜보는 임무를 맡은 거였다. 엄마는 집에 들렀다 다시 병원으로, 그다음엔 보호 병동으로 옮겨졌다. '주요 사건' 목록은 이를 간략하게 기술한다. 헬레나 입원 치료 판정 후 병원에 입원.

그날 저녁, 나는 색색의 사인펜을 들고 책상 앞에 앉아 '빨리 나으세요' 메시지를 담은 카드에 토끼와 물총새를 그려넣었다. 아빠는 내게 엄마의 입원을 좋게 포장해서 말했다. 아픈 사람들은 필요한 치료를 받기 위해 입원할 때도 있는 거라고. 그래서 처음에 나는 안심했지만, 며칠이 몇 주가 되고도 여전히 엄마를 보러 가지 못하자 불안해지기 시작했다. 엄마를 다시 볼 때까지는 한 달의 시간이 걸렸다.

아빠와 아이샤는—사실 모든 사람이—반쯤만 진실을 말했다. 아무도 내게 엄마가 정확히 어떤 문제를 겪는지 말해주지 않았고, 그저 엄마가 '아프다' '병이 있다' '상태가 안 좋다' 정도로만 설명했다. 엄마가 '치료'를 받는 중이고 엄마는 '있어야 할 곳에 있는' 거라고.

엄마를 직접 보러 가서야 대충 어떤 상황인지 알게 됐고, 나는 그게 마음에 안 들었다. 병원은 광활했고 길고 밋밋한 복도에선 화장실과 살균제 냄새가 났다. 아빠와 나는 엄마가 혼자 앉아 있던 병실로 안내받았다. 등뒤에서 요란한 딸깍 소리와 함께 문이 잠겼다. 우리가 있는 동안 간호사 한 명이 바깥에 배치되었다. 이 방에서 대체 무슨 일이 일어날 수 있다고 문을 잠그고 거기다 보초까지 세워뒀을까? 긴 형광등 불빛이 엄마의 얼굴에서 색을 빼앗아갔지만, 엄마는 약간 멍한 것 빼고는 대체로 멀쩡해 보였다. 나는 왜 엄마가 당장 외투를 걸치고 우리랑 같이 갈 수 없는지 이해하지 못했다. 물론 엄마는 '멀쩡'하지 않았고, 엄청난 의지력을 발휘해 내 앞에서 정신을 바짝 차렸을 뿐이었다. 이 일로 보이지 않는 어떤 일이 일어나고 있음을 깨닫기 시작했다. 뭐가 문제인지 내가 파악할 길이 없다면, 엄마가 정말로 나아졌는지 아닌지 무슨 수로 알 수 있단 말인가?

엄마는 칠 주간 병원에 있어야 했다.

아내를 정신병동에 입원시켰다는 사실은 아빠에겐 막중한 책임감으로 다가왔다. 아빠는 숱한 밤을 울다 지쳐 잠들었지만, 그러면서도 엄마의 상태를 시시각각 살피며 엄마를 살려두어야 한다는 사명을 이젠 혼자 감당하지 않아도 된다는 데 큰 안도감을 느꼈다.

엄마는 우리가 계속 탐조하러 다니길 바랐다. 손에 쌍안경을 들고 멘딥힐스를 쏘다니는 우리를 상상하면 행복하다고 했다. 사실 우리는 더 멀리까지도 갔다. 엄마 없이 새를 보러 다니는 건 이상한 기분이었지만, 한편으론 엄마가 없는 집에서 벗어나 황금 같은 순간을 즐길 수 있었기에 그런 여행이 기다려지기도 했다.

우리는 웨일스 펨브로크셔주 서쪽 끝에 있는 세인트저스티니언 항구로 향했다. 거기서 램지아일랜드로 가는 배를 탈 수 있었다. 우리의 목표 새는 작은물때까치Lesser Grey Shrike로, 나는 한 번도 못 봤으나 엄마는 이미 본 새라, 어쩐지 약간은 죄책감이 덜했다.

작은물때까치는 말쑥한 검은색에 흰색과 회색이 섞인 새인데, 가슴 부위는 살짝 복숭아색을 띠고 얼굴에는 도둑이 쓰는 복면 같은 무늬가 있다. 끝이 구부러진 두꺼운 부리는 작은 맹금류를 연상케 한다. 때까치도 잘 보였고, 날씨도 화창했고, 해안선도 멋있었고, 몇 달 만에 처음으로 신선하고 맑은 공기를 들이마시는 듯한 기분이었다.

아빠와 나는 작은 곶을 산책하며 흔한 새들도 감상했다. 우선 유럽검은딱새 한 쌍을 봤다. 이름처럼 딱딱거리는 울음소리를 내는 황야의 주인인 이 새의 수컷은 검은 모자를 쓰고 흰색 목깃에 짙은 주황색 가슴깃을 뽐낸다. 또 흑백의 칼부리바다오리Razorbill와 바다오리Guillemot들이 바닷물에 떠다니며 위아래로 까딱거렸는데, 이들의 날개는 비행보다는 잠수에 알맞은 구조다. (보통 해수면 아래 25미터에서 30미터까지도 물고기를 찾으러 내려가는데, 놀랍게도 180미터까지 잠수한 기록도 있다!)

한데 묶여 바다오릿과Auk로 알려진 이들은 가파른 절벽 면에 방대한 군집을 이루는데, 서식지는 대개 바위섬에 위치한다. 바다오리는 놀랍도록 빽빽한 밀도로 서식하며, 절벽 면 1제곱미터당 스무 쌍까지도 산다. 이들은 굳이 둥지를 틀지 않고 튀어나온 좁은 바위에 알을 낳는다. 칼부리바다오리는 조금 더 까다로워 알을 낳기 편한 틈새를 찾는 편이다. 이들 군집의 모습과 소리, 압도적인 냄새는 직접 경험해보지 않으면 믿기 힘들 정도다.

거대한 북방가넷Northern Gannet 무리가 어뢰처럼 물속으로 뛰어들어 햇빛 아래 하얗게 빛을 내면서 우리를 지나쳐갔다. 우리는 미소 짓고 소리 내 웃으며, 따뜻한 햇볕을 쬐며, 잠깐이나마 우리 삶에 드리운 그림자를 잊을 수 있었다.

7월 24일은 아빠에겐 몹시 가슴 아픈 날이다. 아빠의 아버지가 돌아가신 날로, 할아버지는 쉰세 살에 갑작스럽게 세상을 떠났다. 아빠가 고작 스물일곱밖에 안 됐을 때였다. 전원을 사랑하고 열정적이지만 집착적이진 않았던 탐조인으로서, 할아버지는 아빠에게 자연을 향한 깊은 사랑을 물려줬다. 아빠가 할아버지와 함께한 가장 애정어린 추억은 커피가 담긴 보온병과 쌍안경을 들고 레이크 디스트릭트의 고지대나 요크셔의 황야를 같이 쏘다녔던 날들이다.

할아버지 기일이 돌아오면 아빠는 말수가 적어지고 사색에 잠겨, 할아버지라면 아빠가 삶에서 내린 결정들을 어떻게 생각할지 곰곰이 생각해본다. 우리 누구도 영생을 살지 못한다는 사실, 그리고 가족을 챙기는 일을 이어받아야 한다는 책임감은 젊은 시절부터 아빠의 마음속에 깊이 자리했다. 이후 엄마가 아프면서 아빠는 할아버지가 지녔던 또하나의 신조를 떠올렸다. 늘 소유보다 경험을 중시하라는 것이었다.

엄마가 여전히 입원해 있던 그해의 기일은 평소보다도 무겁게 다가왔다. 잠깐의 숨 돌리기는 장다리도요Stilt Sandpiper의 모습으로 찾아왔는데, 이 새는 도싯주 웨이머스 근교 해안도로에 인접한 로드무어의 왕립조류보호협회 조류보호구역에 있었다. 우리는 이른 저녁의 햇빛 아래에서 '번식깃'을 뽐내는 장다리도요를 봤다. 둑 위 높은 곳에 올라서서 망원경을 통해 장다리도요가 긴 부리로 질척한 웅덩이의 깊이를 탐색하는 모습을 관찰할 수 있었다. 귀덮깃이라 부르는 눈 뒤쪽 적갈색 부위와 아랫면의 짙은 빗살무늬 덕분에 흔한 섭금류 사이에서도, 멀리서도 장다리도요를 쉽게 식별할 수 있었다. 장다리도요는 원래 이 시기에 북미를 거쳐 남쪽으로 이동해야 하는데, 지난 가을 폭풍에 휩쓸려 대서양을 거쳐오면서 그 습성을 유럽에서 재현해 아프리카로 향하고 있었다. 장다리도요를 실컷 보고 나서 나는 바다로 눈을 돌려 샌드위치제비갈매기Sandwich Tern들이 부서지는 파도 위를 날아오르고 활강하는 모습을 지켜봤다.

이런 여행은 즐거웠고, 개인 목록에 종을 추가하는 것도, 내가 본 '최고의' 새들에 관해 기록을 남기고 아빠와 시간을 보내는 것도 즐거웠지만, 나는 엄마가 집에 돌아오기만을 간절히 바랐다. 엄마 없이 새를 보러 다니는 건 어느 순간부터 진지하게 배신처럼 느껴지기 시작했다.

엄마는 마침내 퇴원했고, 그다음 몇 달간은 엄마에게 아직 진단을 내릴 준비가 안 된 의사들과 차례차례 만나 상담을 하고 또 하는 일이 이어졌다. 이상하게 들릴지 모르겠지만 흔하게 일어나는 상황이다. 당시는 재정 긴축이 절정에 이르렀을 때로, 영국 국민보건서비스(NHS)가 위기를 맞아 정신 건강 관련 서비스가 대폭 줄어든 상황이었다. 명백히 드러난 증상만이 진료 대상이었고, 엄마에게 '있을 수도' 있는 질환은 누구도 진료할 의향이 없었다.

의사들은 엄마에게 우울증이 있으며 거기에 집중해야 한다고 생각했다. 엄마는 입원 치료가 자기가 느끼는 기분에 어떠한 변화도 가져오지 않았고, 결국 불가피한 충돌을 연기했을 뿐이라고 생각했다. 나는 엄마가 집에 돌아와 안도했지만, 이전의 엄마가 아팠다면 지금의 엄마는 어디가 괜찮아졌는지 알 수 없었다. 학교를 마치고 집에 오면 대개 침대에 누워 있던 엄마는 나나 아빠에게 별다른 관심이 없어 보였다.

9월의 어느 저녁, 엄마는 집밖으로 몰래 빠져나가 차를 타고 떠났다. 잠시 후 엄마와 차가 없어졌다는 사실을 깨닫고 아빠는 본능적으로 엄마를 찾아 나섰다. 엄마는 혼자 있어도 되는 상태가 아니었다. 하지만 대체 무슨 수로 찾는단 말인가? 나는 위층에서 잠들어 있었다. 아빠는 가족과 친구들에게 전화를 돌리며 전화를 끊을 때마다 더더욱 초조해졌다. 결국 경찰을 불렀고, 경찰은 CCTV 영상을 살펴보고 엄마가 카드를 사용했는지 확인하기 시작했다.

그러는 와중에 엄마는 운전대를 잡고 차와 함께 물속에 뛰어들겠다는 일념으로 추밸리호로 향했다. 점점 패닉에 가까워지는 아빠의 전화를 전부 무시했고 추적을 따돌리기 위해 휴대폰 전원도 껐다. 엄마는 거기 한참을 앉아서 물에 빠질 용기를 끌어모으려 했다. 하지만 시간을 끌면 끌수록, 어쩐지 꿈쩍도 할 수가 없었다. 경찰 헬리콥터가 머리 위에서 맴돌기 시작하자, 엄마는 근처 숲길로 차를 몰고 들어가 나무 아래에 몸을 숨겼다.

엄마는 한참을 골똘히 자기가 지금 무슨 짓을 하고 있나 생각했다. 그날 밤 자살은 하지 못할 것이었고 다시 병동에 입원하기는 죽어도 싫었지만, 이런 행동이야말로 정확히 다시 입원하게 될 만한 사유였다. 집으로 돌아온 엄마는 진입로에서 경찰차 두어 대를 발견했고, 모르긴 몰라도 경찰의 귀중한 시간을 낭비한 죄목으로 체포될 수도 있겠다는 생각에 겁에 질렸다. 하지만 경찰은 친절했고 이해심이 많았다.

(나는 이 사건의 자초지종을 이 년 후에 알게 됐다. 그때 엄마에게는

이 일의 심각성이 많이 흐려져서 가벼운 일화처럼 내게 이야기를 해줬는데, 듣는 나는 충격에 빠져 믿을 수가 없었다.)

후에 엄마는 NHS 정신과의사에게 새로 처방받은 SSRI 약이 자살 시도와 전반적으로 심해져만 가는 일탈 행동의 원인인 것 같다며 불평했다. 엄마는 다른 약을 원했지만, 의사의 지시를 잘 따르지 않는다며 지적받았다. 처방받은 대로 약을 복용하라는 거였다. 그러는 동안 아빠는 또 한번 머리를 쥐어뜯으며 엄마에게 무엇이 최선인지 고민하고 또 고민했다.

엄마 가족의 윗대들은 여전히 엄마가 아픈 이유로 정신병보다는 악귀가 들렸다는 주장을 고집했다. 방글라데시 커뮤니티에선 정신질환을 수치스럽게 여기는 분위기가 있어서, 엄마 가족들은 입을 다물수록, 심지어 실제 질환이 있다는 사실까지 부인할수록 남들이 우리를 공포나, 그보다 더한 연민의 시선으로 보지 않을 거라고 믿었다. 양극성장애는 많은 경우 유전되고 나를 포함한 다른 가족이 같은 고충을 겪을지 모르는데도, 집안 사람들의 태도는 변치 않았다.

그해 겨울 유난히 어둡고 습하고 춥던 저녁, 부모님은 나를 앉혀두고 엄마가 좀처럼 나아질 기미가 보이지 않으니 긴 탐조 휴가를 떠나는 게 모두에게 최선이라는 결론을 내렸다고 설명했다. 적어도 우리 부모님에겐 이것이 난국을 타개하는 완벽하게 이성적인 대응이었다.

두 사람은 남미에서 육 개월을 보내는 일이야말로 지금 우리에게 꼭 필요한 것이라고 판단했다. 빅 이어가 우리에게 일깨워준 건 탐조라는 행위가, 자연 속에 있는 것이, 엄마는 물론이고 아빠의 정신 건강에도 도움이 된다는 점이었다. 우리 가족은 무너지고 있었다. 살아남기 위해서는 극적인 무언가를 시도해야 했다. 어쨌든 엄마도 이제 한계에 봉착해 뭐든 해볼 준비가 되어 있었다.

아빠의 고액 퇴직금이 아직 남아 있었고, 이 여행과 바라건대 앞으로 또 떠나고픈 가족 탐조 여행을 감당할 수 있을 정도였다. 따지고 보면 나는 운이 좋았다. 자살 충동을 느끼는 엄마나, 아내를 살려두는 데 온 정신이 팔린 아빠가 자녀에게 미치는 영향은 측정할 길이 없다. 그러니 내가 운이 좋다면 그건 우리가 바쁜 일상에서 벗어나 한 번에 몇 주씩이나 낯선 대륙에 머물며 온 힘을 다해 가족을 지켜내고자 노력할 수 있어서였다.

지난여름 아빠는 가나로 떠나는 겨울 여행을 예약해두었다. 부모님은 이 여행이 그뒤에 떠날 남미 여행의 여러 고난을 가늠해볼 좋은 척도가 될 거라고 판단했다. 나는 에콰도르와 그곳의 자연경관, 그리고 새들을 떠올렸다. 그때처럼 추밸리와는 완전히 다른 공간에 있다는 짜릿한 기분을 다시 느낄 수 있을까? 그럴 수 있길 바랐다.

2012년 1월, 우리는 약간의 두려움을 안고 십이 일간의 가나 여행을 떠나, 가나 최대의 열대우림을 품은 카쿰국립공원으로 향했다. 지면 40미터 위의 숲지붕 도보교에 올라, 나는 새로운 방식으로 짜릿함을 만끽하며 야생조류에 빠져들었다. 무성한 나무지붕이 아래에 습한 공기를 가뒀지만, 적어도 작열하는 태양으로부터 우릴 보호해주었다. 얼마 안 되는 가느다란 빛줄기만이 지붕을 뚫고 들어왔다.

문외한은 구별하기 어려운 다양한 종의 녹색직박구리greenbul가 정신없이 모여 있었고, 여기에 화려한 코뿔새들이 합세했다. 갈색빰코뿔새Brown-cheeked Hornbill, 아프리카알락코뿔새African Pied Hornbill, 그리고 내가 제일 좋아하는 흰볏코뿔새White-crested Hornbill가 뾰족뾰족한 펑크스타일 머리깃을 뽐냈다. 노랑부리투라코Yellow-billed Turaco는 나무에 열린 무화과를 쪼아먹었는데 거의 통째로 삼키는 수준이었다. 흰색 아이라인이 밝은 녹색 깃털에 잡아먹힐 듯 아슬아슬해 보였고, 다음 나무로 날아오르는 날개깃이 일순간 진홍색으로 펄럭였다.

우리 가족과 친한 사람들도 가나 여행에 합류해 일부 일정을 같이 다녔다. 이 동행이 반갑긴 했지만 여행은 순탄치 않았다. 해변 리조트와 떨어진 곳에는 괜찮은 숙소가 거의 없었기에, 우린 어쩔 수 없이 탐조 장소와 수킬로미터 떨어진 곳에 숙소를 잡았고, 동트기 훨씬 전에 일어나 밤 열한시가 넘어서야 숙소로 돌아와야 했다. 숙소에 돌아와 배를 채우고, 몇 시간 눈을 붙이고, 다시 차에 타고, 이걸 처음부터 또다시 반복하면서 바큇자국이 잔뜩 팬 도로를 덜컹덜컹 달려 다음 목적지로 향했다. 고맙게도 엄마는 여행 내내 우리와 함께 바깥에 있으려는 굳은 의지를 보였다. 동행한 친구들이 새벽 일정에 조금이라도 늦는다면 엄마의 한마디를 각오해야 했다. 엄마가 새를 찾는 데 애를 먹을 때 아빠가 그러는 것처럼 말이다.

엄마는 잠을 거의 안 잤고 대개 잠자리에 제일 늦게 들고 제일 먼저 일어났는데, 이는 조증의 징후였다. 엄마가 이성을 찾으려고 부단히 노력하는 모습이 내 눈에도 보일 정도였다. 다툼이 일어날 기미가 보이면 엄마는 조용히 자리를 떴다. 얼마 지나지 않아 다른 일행들도 엄마의 트리거를 알게 됐고, 함께 탐조하러 다니지 않을 때면 자리를 떠나 엄마에게 한숨 돌릴 틈을 줬다. 우리 가이드는 그만큼 요령이 없어서, 엄마가 새를 놓쳤을 때나 목표 새를 보러 계획보다 더 멀리 나가자고 제안할 때마다 엄마의 불호령을 피하지 못했다.

하지만 모든 날이 이렇지는 않았다. 대부분의 시간에 우리는 경험 많은 탐조인답게 우리 할일에 몰입해 있었다. 최적의 탐조를 위해서, 특히나 더운 나라에선, 새벽에 현장에 나가 있어야 한다. 새들이 해가 뜨고 몇 시간 만에 그늘을 찾아 숨어들기 때문이다. 우리는 영국의 포장도로에 너무도 익숙해 있지만, 움푹 팬 도로와 바퀴자국이 깊게 난 흙길을 걷기나 뛰기보다 조금 나은 수준으로 지나다보면 어디를 가든 긴 세월이 걸린다. 여기에 탐조 명소들이 주로 외진 지역에 있다는 사실까지 더하면—서식지가 아직도 거기 존재한다는 건 외진 곳이기 때문이다—본격적인 세계 탐조 여행이 일각에서 왜 극기 스포츠에 비견되는지 알 수 있을 것이다.

카쿰국립공원의 장엄하면서도 편안한 분위기는 우리가 여행에 적응하는 데 도움이 되었다. 숲지붕 도보교는 높이가 어마어마한데다 흔들거리는 구조이긴 했으나 새를 보기에는 완벽한 전망대여서, 날마다 방대한 양의 야생조류를 감상할 수 있었다.

도보교 위에선 앞으로 내가 늘 사랑하게 될 새들을 볼 수 있었다. 보자마자 첫눈에 반한 검은벌잡이새Black Bee-eater는 약 20센티미터의 몸에 목 주위는 강렬한 체리빛 붉은색이면서 등과 날개, 머리는 새까만 빛깔이라 잘 알려져 있는데, 배 부분에 우수수 흩뿌려진 청록색이 이 모든 것과 대조를 이룬다. 길고 살짝 구부러진 부리는 꿀벌과 말벌을 공중에서 잡아다가 딱딱한 표면 위에 내던져 벌침을 제거하기에 딱 좋다.

아프리카에메랄드뻐꾸기African Emerald Cuckoo도 나의 공중 전망대를 방문한 또하나의 손님이었다. 수컷의 오색찬란한 녹색 깃털은 열대 관목 사이에서 완벽한 위장이 되어주고, 배 부위의 짙은 황금빛과 대조를 이룬다. '말똥말똥한 눈'이라는 표현은 이 새를 위해 만들어진 게 아닌가 싶을 정도로, 새까만 눈동자가 나를 뚫어져라 쳐다본다. 다른 뻐꾸기 친척들처럼 이 새도 탁란하는데, 다른 새의 둥지에 알을 낳아 새끼를 직접 키우는 수고를 더는 것이다.

우리 여행은 지속 가능한 윤리적 관광을 지향하는 회사에서 준비해주었는데, 환경과 지역사회를 우선한다는 신조로 운영되는 곳이다. 이처럼 지역사회에서 운영하는 사업을 지원하는 여행사는 현지 주민의 수익을 창출하고, 이를 통해 사냥이나 농업 활동이 현지 생태계에 미치는 악영향을 줄인다. 가이드는 주로 주변 마을에서 고용하는데, 우리 여행에선 우리가 낸 비용 중 일부가 현지 학교 건립을 위한 기금으로 들어갔다. 노랑머리바위새 서식지는 멸종위기의 취약 야생동물을 보호하기 위한 프로젝트를 통해 보존되고 있다.

다른 일행들은 따로 시간을 보내기 위해 자리를 떴고, 아마 우리에게서 잠시 떨어져 있을 수 있어 한숨 돌렸을 것이다. 이틀 전 아침 엄마와 대판 싸운 탓이었는데, 엄마가 일정을 혼동한 게 시작이었다—엄마는 우리가 새벽 다섯시에 출발한다고 알고 있었고 그들은 다섯시 반이라고 알고 있었다. 그렇게 큰 일이 아닌 것처럼 들리겠지만, 엄마는 소중한 탐조 시간을 삼십 분이나 허비했다며 분노했다. 그 결과 우리는 그들이 떠나기 전까지 극도의 공손함을 유지해야 했다.

그래서 이젠 우리 셋과 우리의 가이드 윌리엄만 남았다. 윌리엄은 근처 마을 출신의 현지 가이드로, 숨막히는 더위를 뚫고 공원 북쪽 구역 숲을 향해 천천히, 꾸준하게 발걸음을 옮겼다. 엄마는 우리 셋만 남게 되어 기뻐 보였고 나도 그랬다. 긴장된 침묵과 억지 예의는 이제 그만 견디고 싶었다.

그때 마을 사람 하나가 어깨에 총을 멘 채 어떤 죽은 동물의 꼬리를 잡고 흔들면서 우리를 향해 걸어오고 있었다. 아빠와 나는 그게 고양이만한 쥐라는 걸 즉각 알아차렸다. 쥐 공포증이 있는 엄마가 그걸 본다면 남은 하루를 망칠 게 분명했다. 다행히 남자는 우리의 얼굴에 드리운 공포를 눈치챈 듯 죽은 동물을 등뒤에 감췄다. 하지만 엄마가 이미 뭔가를 봐버린 후였다. "그냥 청설모야." 아빠가 억지로 미소 지으며 말했다.

우리는 윌리엄을 따라 숲을 지나며 나뭇잎과 뿌리가 빽빽이 뒤엉킨 구불구불한 길을 헤치고 나아갔다. 윌리엄은 가나 야생동물국에서 십 년을 일했고 조류 연구에 있어서라면 가나에서 누구보다 경험 많은 일인자였다. 그 긴 기간 내내 그는 지갑에 수십 년 된 낡은 사진을 한 장 가지고 다녔는데, 우리 여행의 목표 종인 노랑머리바위새로, 1960년대 이후로 가나에서 모습을 감춰 멸종으로 추정되었다가 2003년에 다시 발견된 새다.

윌리엄은 근처 본크로라는 마을을 헤맸던 이야기를 들려줬는데, 그가 이 전설적인 새를 쫓으면서 들른 수많은 마을 중 하나다. 이 새를 본 사람이 있는지 조사하던 중, 놀랍게도 한 현지 사냥꾼이 최근에 여러 마리를 봤다며 새를 본 장소로 안내해주겠다고 했는데, 알고 보니 걸어서 한 시간 정도 거리였다. 윌리엄은 동정을 마친 뒤 뛸듯이 기뻤다. 노랑머리바위새가 멸종 상태가 아니었을 뿐 아니라, 이 열대우림에 독자 생존 가능한 개체수가 남아 있는 듯했기 때문이다. 이렇게 가나 탐조의 성배가 재발견되었다.

오후 한낮이었고, 예상할 수 있다시피 이 시각에는 새들이 활발히 활동하지 않는데, 그래도 가는 길에 브로드빌African Broadbill을 발견할 수 있었다. 숲길 옆 나무에서 가만히 반쯤 몸을 숨긴 채 지나가는 딱정벌레나 메뚜기를 덮치려 준비하고 있었다. 줄무늬 섞인 올리브색 몸통에 검은 뚜껑을 씌워놓은 듯한 이 새는 서아프리카에서는 대체로 보기 힘든 종이고, 우리에겐 더없이 반가운 보너스 새였다. 하지만 우리의 주목적은 도상구릉, 즉 정글 한가운데 언덕 위 우뚝 솟아오른 바위지대에 제때, 부디 그날의 주인공이 나타나기 훨씬 전에 도착하는 거였다. 새가 기겁해 달아나지 않게 미리 가서 조용히 자리를 잡아야 했다.

아빠는 평소에 하던 대로 적절한 지점에 우리를 배치하는 절차에 돌입했다. 아빠는 새가 나타났을 때 우리의 시야가 확실히 확보되도록 신경썼다. 아주 진지한 태도로, 나와 엄마의 눈높이에 맞게 자세를 낮춰 우리의 시야를 점검하고 위치를 조정해 저 나뭇가지며 저 잎사귀, 저 바위가 시야를 가리지 않도록 했다. 아빠는 우리가 모두 같은 경험을 한다는 확신이 들지 않으면 마음 편히 탐조를 즐기지 못했다.

몸을 웅크려 반쯤 숨은 채 엄마, 아빠, 윌리엄은 노랑머리바위새가 나타나면 서로에게 보낼 수신호 몇 가지를 정했다. 그 후로는 인내하며 기다리고 또 기다려야 했다.

삼십 분이 지나고 한 시간이 지났지만, 여전히 바위새는 나타날 기미를 보이지 않았다. 나는 흙 위에 그림을 그리기 시작했다. 엄마는 그러지 말라고, 머리도 그만 긁으라고 했는데, 1) 그러다 감염될 수도 있고, 2) 꼼지락거리다가 새를 쫓아낼 수도 있어서였다.

그 말에 대답할 겨를도 없이, 윌리엄이 손가락을 조심스레 튕기며 새가 산골짜기를 올라와 왼쪽으로 다가오고 있다고 알렸다. 하지만 여전히 나와 엄마 아빠의 시야에선 벗어나 있었다. 대개 이런 순간이 탐조에서 가장 긴장되는 순간이다—새가 있기도 하고 없기도 한 이런 순간이. 새가 천천히 나무 사이를 뚫고 다가와 마침내 우리 시야에 들어오고 곧 낮은 가지 위에 자리를 잡기까지, 우리는 입을 떡 벌린 채 지켜볼 뿐이었다. 가슴이 터질 듯 짜릿한 기분을 그저 눈빛으로만 나누었다. 새를 쫓으면 안 된다는 의무감이 그만큼 강했다. 그때 또 한 마리가 빈터로 총총 들어왔고 곧 새들은 숲 바닥의 마른잎을 쪼기 시작했다.

우리가 미동도 하지 않는 동안 새들은 자신감을 갖고 점점 더 가까이 다가와 불과 몇 미터 거리에 멈춰 섰다. 이 선사시대의 새는(이들의 조상은 사천사백만 년 전에도 살았다) 내가 본 새 중에 가장 독특한 새에 속한다. 약 40센티미터 길이의 몸은 닭과 비슷하나 더 호리호리하고, 머리는 깃털이 없고 노란색이며, 양쪽 옆통수에는 커다란 헤드폰을 쓴 듯 검은 반점이 있고,

부리는 통통하고 짙은 색에다 까만 눈동자가 툭 튀어나왔는데, 이 모든 게 길고 가느다란 목 위에 모여 있다. 매끈한 흰색 배가 청회색 날개와 대조를 이루는데, 가장 눈에 띄는 특징은 가냘프게 쭉 뻗어 은빛이 도는 청회색 다리로, 흡사 닭에게서 빌려온 것처럼 생겼다. 노랑머리바위새는 어딘가 새 같지 않은, 기이하게도 미끈하고 흠 하나 없는 모습이며, 마치 누군가가 각 부위를 따로따로 만든 다음 나중에 조립한 듯한 생김새다. 이는 이름에서부터 알 수 있는 사실이다. 바위새속의 영문 명칭인 피카사테스picathartes의 피카pica는 라틴어로 '까치'라는 뜻이고, 카사테스cathartes는 '독수리'를 의미한다. 정말 기이한 새가 아닐 수 없다.

특유의 습성과 외모에 더해, 접근하기 힘든 곳에 드문드문 분포하고 종 자체가 희귀하기 때문에 노랑머리바위새를 개인 기록에 올린다는 건 탐조인으로서 더없는 영광이다. 나는 최초로 노랑머리바위새를 본 외국인 어린이가 되었다.

여행 일정을 반쯤 지나온 그날 밤, 정수리 쪽에 벌레 물린 자국을 발견했다. 모기에 물린 다른 자국들과 비슷했지만, 찔렀을 때 아프다는 점이 달랐다. "그럼 그만 찔러!"가 아빠의 조언이었다. 엄마는 부어오른 부위를 살펴보더니 작고 빨갛게 벌레 물린 자국이 생겼다며 만지지 말라고 했고, 어김없이 '그러게 엄마가 뭐랬어' 말투로 왜 흙장난을 했냐며 꾸짖었다. 하루이틀이 지나자 그 자리는 더 부어올랐다. 엄마가 손전등을 들고 더 자세히 들여다보니 벌레 물린 자국 가운데 모낭이 하나 있었는데, 그게 감염의 원인이 될까봐 뽑아 없앴다. 나중에 보니, 모낭이 있던 자리에 구멍이 파였고 크기가 완두콩만했다. 아빠는 그 부위에 소독약을 듬뿍 발랐다. 어차피 곧 집에 갈 테니 그때 제대로 처치할 생각이었다. 나는 상처를 계속 긁고 찔러댔지만, 우리의 다음 목적지가 내 머리에서 곪아드는 무언가를 완전히 잊게 했다.

가나 여행이 끝날 무렵 우리는 엘미나성을 방문했다. '돌아올 수 없는 문'이라 부르는 성벽의 구멍을 통과해 납치된 아프리카인들이 영국 선박에 올랐던 곳이다. 이들이 대서양을 건너 잔혹한 노예로서의 삶을 맞닥뜨리기 전 마지막으로 밟은 아프리카 땅이 여기였다. 처음 내 눈에 들어온 건 희게 칠한 위압적인 외벽이었고, 그 안에 어둡고 더러운 벽돌 지하 감옥이 자리하고 있으리라고는 상상이 가지 않았다. 빛도 공기도 희박한 작은 감방들이 절망에 빠진 사람들로 가득차 있었을 것이고, 이것이 그들이 처음 맛본 노예의 삶이었을 것이다. 18세기까지 3만여 명이 이 문을 통해 노예선에 올랐다.

아홉 살이었던 나는 대서양을 가로지르는 노예무역을 등에 업고 부를 쌓은 도시 브리스틀에서 자라왔기에 노예제가 무엇인지 알고 있었다. 하지만 어떤 권리나 인간다운 존엄도 박탈당한 채 상품으로 전락한다는 게 실로 어떤 의미인지 이토록 분명하게 다가온 적은 없었다. 엄청난 수의 사람들이 성벽으로 둘러싸인 이 터에서 겁에 질린 채 아메리카대륙과 카리브해로 향하는 배에 오르기를 기다리는 장면을 고통스러울 정도로 쉽게 그려볼 수 있었다. 바닥은 오래전 세상을 떠난 노예들의 후손이 남기고 간 꽃으로 뒤덮여 있었다. 조용히 훌쩍이는 다른 관광객 사이에 서 있던 순간은 내게 강렬한 인상으로 남았다. 어쩌면 이 경험이 이후 인권을 짓밟는 일이나 모든 형태의 인종차별과 싸우고자 의지를 다지게 된 계기가 되었는지도 모른다.

여행의 마지막 이틀은 새로운 새를 보게 된 기쁨을 만끽하다 아픈 머리를 부여잡고 한바탕 눈물을 쏟으며 왔다갔다했다. 우리는 귀국 바로 다음날로 병원 예약을 잡았다.

엄마는 남은 며칠도 밤잠을 설치고 친구들과 부대끼며 치열하게 채웠다. 하지만 이는 예상했던 일이었고, 대부분의 시간 동안 엄마는 우리처럼 새로운 풍경 속에서 새로운 새들을 보는 짜릿함에 집중했다.

여행을 떠나기 전, 이번 휴가가 단순한 탐조 여행 그 이상이라고—어느 정도는 치유의 목적도 있다고—주장했던 아빠의 말은 처음에 내겐 그다지 설득력이 없었다. 여전히 나는 빅 이어와 에콰도르 여행을 내가 제일 좋아하는 일을 해나갔던 작은 모험쯤으로 여겼다. 가나에 와서야 비로소 엄마가 자연에서, 새들 사이에 있을 때 성격이 어떻게 변하는지가 제대로 보였다. 어쩌면 아빠 말이 맞는지도 몰랐다.

의사에게 날 데려간 건 아빠였고, 이 방문으로 영원한 트라우마를 안게 된 것도 아빠였다.

이것이 단순히 모기 물린 자국 이상이라는 걸 눈치챈 건 의사가 십 분 동안이나 손전등을 들고 핀셋으로 내 두피를 찔러 댄 뒤 아빠를 진료실 밖으로 불러냈을 때였다. 두 사람이 돌아왔을 때 아빠의 얼굴은 새파랗게 질렸고 의사는 붉게 상기된 얼굴로 흥분에 차 내게 이 혹의 정체를 숨도 쉬지 않고 설명했다. 의사는 분명 기뻐 보였다. 매일같이 진료실 문을 두드리던 기침과 감기 환자 사이에서 이런 진기한 사례를 맞닥뜨린 것이다.

"네 두피 안에 구더기가 한 마리 살고 있어. 정말 큰 구더기가." 의사가 놀라워하며 말했다. "이건 상처가 아니고 구멍인데, 숨구멍이야." 의사는 가나에서 흙장난을 하다가 알이 두피 속으로 들어갔을 거라고 설명했다. (집에 가면 '그러게 엄마가 뭐랬어' 표정이 기다리고 있을 것이었다.) 의사는 명랑한 말투로 이게 얼마나 신기한지 감탄하며 두피 안에서 구더기가 움직이는 모습을 볼 줄은 몰랐다고 말했다. 이런 광경은 정말 처음 본다고 놀라워하며 핀셋을 휘둘렀다. "물론 원한다면 며칠 더 있다가 다 자라서 알아서 나올 때까지 기다려도 되고."

그걸 원할 리 없었다.

그러자 의사는 어디론가 사라져 젊은 여자 의사를 데려와 내 두피 아래에서 꿈틀거리는 구더기를 보여줬다. 젊은 의사는 그다지 감탄하진 않았고 아빠와 낯빛이 비슷하게 변할 뿐이었다.

초반에 의사는 핀셋을 구멍에 찔러넣어 구더기를 끄집어내려 했으나 통하지 않았다. 구더기는 내 살에 이미 단단히 파고든 상태였다. 그는 수련의 때 기억을 떠올려 바셀린이 도움이 될 거라고 판단했다. 바셀린을 두껍게 바르면 그 밑에서 숨이 막힌 구더기가 숨을 쉬기 위해 위로 올라올 거라는 추측이었다. 머리에 바셀린을 듬뿍 바른 채 기다린 다음 의사가 또다시 핀셋을 휘둘렀다.

이 전략은 반만 성공했는데, 구더기가 정말 두어 번 올라오긴 했으나 의사가 그걸 못 잡고 또 놓친 탓이었다. 어느새 아빠는 앉아서 두 손에 얼굴을 묻고 있었다. 드디어 세번째 시도가 먹혔고, 의사는 한참을 잡아당긴 끝에 드디어 구더기를 구멍 밖으로 끄집어낼 수 있었다. 나는 내내 울었는데, 아프기도 했지만 그게 움직이는 것도 그대로 느껴져서였다.

의사는 구더기를 시험관 안에 집어넣고 마개를 닫은 다음 기뻐하며 동료들에게 자신의 전리품을 자랑하러 달려갔다.

돌아온 의사에게 나는 한번 보여달라고 했고, 정말 징그러웠지만 그러면서도 이상하게 그것의 모습에, 내 머릿속에 살았던 생명체에게 속이 울렁거리는 매혹을 느꼈다. 구더기는 이리저리 꿈틀거리며 밖으로 나가려 했다. 크기도 정말 컸는데, 최소 5센티미터 길이에 두께도 1센티미터가 넘었다. 그런 게 돌아다닐 공간이 있었다니! 당연한 얘기지만 이 전설적인 구더기의 크기는 말이 전해지면 전해질수록 커졌다.

의사는 희망적인 말로 매듭을 지었다. 여느 구더기처럼 나의 초대받지 않은 손님도 내 머릿속에서 아무런 감염도 질병도 일으키지 않고 얌전히 집을 지었다가 갔다고. 구멍은 가만히 두면 완전히 아문다고 했다.

"말도 안 돼." 아빠는 집에 오는 차 안에서 몇 번이고 말했다. "내 딸 머리에서 구더기가 뽑히는 걸 보게 될 줄이야."

5장 나의 남미 체류기

황금등산풍금새

황금등산풍금새는 아주 제한적이고 외딴 장소에만 서식하는 새다. 페루 북부 지역 중심부의 고도 3천 미터에서 3700미터 사이 다섯 곳에서만 발견된 이 새는 초원에 둘러싸여 거대한 섬처럼 고립된 분재림盆栽林*에서만 번성할 수 있다. 이처럼 인구가 매우 적은 고도에서도, 이들의 서식지는 소 방목지를 확보하려는 이들의 방화로 위기를 맞고 있다. 개체수가 감소하고 있어 약 이백오십 마리의 성체만 남은 것으로 추정된다.

* elfin forest 또는 dwarf forest로 불리는 키 작은 숲으로, 열대습윤지대나 온난한 해안 지역의 높은 고도에 분포한다.

여전히 손가락을 두피에 살짝 갖다대면 한때 망고파리 구더기가 살았던, 지금은 주변과 확연히 다른 곱슬머리가 나는 불룩 솟은 흉터가 만져진다. 그걸 떠올릴 때마다, 아니면 머리를 감다가 자국이 만져질 때마다 약간은 소름이 돋는다. 아홉 살 때보다 지금이 더 꺼림칙한 느낌이긴 하다. 하지만 가나 여행은 희귀종과 고유종을 보고 싶다는 내 욕구에 더욱 불을 지폈다. 겨우 외국에서 온 벌레 한 마리가 날 막을 순 없었다.

귀국 후 두 달이 지나 우리는 또다른 곳을 여행하게 되었는데, 이번에는 육 개월간 남아메리카로 떠날 예정이었다. 3500종의 새들이 우리를 기다리고 있었다. 내게는 아주 간단히 말해 육 개월간 학교에 안 간다는 의미였고, 엄마와 아빠가 아무리 홈스쿨링을 좋게 포장하려 한들 나는 휴가에 수업을 듣는다는 개념은 무시하기로 마음먹었다.

엄마는 내가 친구들을 그리워할까봐, 학교로 돌아왔을 때 다시 친구들과 관계를 맺기가 어려울까봐 걱정했지만, 나는 걱정이 없었다. 내가 다니던 초등학교의 우리 반에는 학생이 열 명밖에 없었고 우리는 끈끈한 사이였다. 나 없이 파티를 하거나 모여서 놀고 서로의 집에서 자고 오다가도, 내가 여행에서 돌아오면 곧장 다시 함께 어울려 놀았다. 아이샤와 라일라가 보고 싶을 거라는 점 빼고 이번 여행의 유일한 단점은 학교에서 하는 〈한여름 밤의 꿈〉 연극에 빠져야 한다는 것뿐이었다.

알고 보니 날 학교에서 빼내는 건 너무 쉬운 일이었다. 지역 담당관이 우리를 방문해 여행하는 동안 내 교육을 이어가겠다고 엄마 아빠가 세운 계획을 참을성 있게 들어주긴 했지만, 사실 담당관은 부모님이 정성 들여 만든 독서 목록과 수업 계획표에 그다지 관심이 없어 보였다. 그것 말고 또 넘어야 할 관문 같은 건 없었고, 잘하고 있나 확인하는 절차도 없다고 했다. 이건 우리가 영국 내에서 홈스쿨링을 한다고 해도 마찬가지였다. 학교 선생님들은 나의 남미 여행을 전적으로 지지했다. 나는 학교 수업을 잘 따라가고 있었고 선생님들은 내가 정규교육을 받지 않아도 충분히 잘해낼 거라고 생각했다.

엄마와 아빠는 이 모든 절차가 손쉽게 처리되어 안도했지만, 아이를 학교에서 빼내와도 아무도 확인하러 오지 않는다는 사실에 약간은 충격을 받기도 했다. 부모님은 내가 일정 수준의 교육을 받고 있다는 사실을 증명하기 위해 나의 진척 상황을 정기적으로 보고해야 할 거라고 생각했는데, 원한다면 내가 열여덟 살이 될 때까지 학교에 안 보내고 아무것도 안 가르쳐도 문제될 게 없었던 것이다.

하지만 아빠는 그럴 생각이 없었다. 1월의 어느 저녁 아빠는 교장 선생님과 면담 후 집으로 돌아와 계획을 설명했다. 우리가 콜롬비아, 볼리비아, 페루를 돌아다니는 동안 엄마와 아빠는 참고서를 활용하는 동시에 현지 교육을 함께 진행해서, 주요 현지 명소와 우리가 본 새, 우리가 만난 사람들에 관한 산문 글짓기를 시킨다는 것이었다. 우리가 가는 나라의 자연사는 물론이고, 당연히 남아메리카의 지리도 공부한다. (볼리비아 안데스의 고도 4천 미터 높이에서 코카 잎을 끓인 차를 마시며 들었던, 물의 끓는점에 관한 '수업'이 아직도 생생하다.) 내 영어 수업은 고맙게도 우리 가족의 가까운 친구 딕비가 맡아주기로 했는데, 우리 여행의 콜롬비아 일정을 함께할 예정이었다. 나는 딕비를 좋아했고 문학에 대한 가벼운 얘기를 나누는 정도는 크게 부담스럽지 않았다. 딕비는 내가 아는 가장 열정적인 탐조인이기도 했다.

2008년으로 거슬러올라가 아이샤의 폭탄선언이 있고 두 달 후, 엄마와 아빠는 열흘간 베네수엘라로 탐조 휴가를 떠났다. 여행은 그 날벼락이 떨어지기 전에 이미 예약이 돼 있었고, 부모님은 지금 가지 않으면 몇 년간 기회가 없을지도 모른다고 생각했다. 결국 나누가 와서 나와 아이샤를 돌보기로 했고, 두 사람은 휴가를 떠났다.

부모님의 '탐조' 휴가는 기대했던 것과는 사뭇 달랐다. 이 여행으로 엄마는 해외 탐조에 첫발을 디뎠는데, 가벼운 일정 탓에 점심시간이 길었고 낮잠 시간은 그보다 더 길었으며 이렇다 할 탐조는 많이 하지도 않았다. 부모님은 점점 힘이 빠졌다. 바로 그때 딕비가 나타났다. 딕비는 단도직입적으로 '낮잠 시간'을 거부했고 대개 단체 식사를 건너뛰었으며, 그 시간에 어디든 혼자 돌아다니며 최대한 많은 새를 보고자 했다. 하루이틀 만에 부모님도 딕비의 단독 탐사에 합류했다. 딕비는 세계를 누비는 하드코어 탐조인이었고—당시 이미 5천 종이 넘는 새를 본 상태였다—자녀들을 어느 정도 키우고 나서 자신의 열렬한 취미생활로 돌아가기 위해 그 여행에 참여한 거였다. 부모님은 전 육군 장교이자 현직 영어 교사인 딕비의 독립적인 기상에 금세 호감을 느꼈다.

여행이 끝나갈 무렵 세 사람은 끈끈한 관계가 되었다. 부모님은 딕비를 만나기 전에도 영국에서 열정적인 탐조인으로 살았지만, 더 먼 곳을 바라보며 세계를 누비는 탐조인이 되도록 영감을 준 사람은 딕비라고 말한다.

이제 내겐 킨들이 있었고, 그곳에 무료 고전 작품을 한가득 담아두었다. "초콜릿도 잔뜩 챙기는 게 좋을걸." 출발 날짜가 다가오자 엄마가 아빠에게 조언했다. 아홉 살짜리가 대부분 그렇듯, 나 또한 집중력을 잃지 않으려면 괜찮은 뇌물이 필요했다.

부모님이 남미 이야기를 처음 꺼냈을 때 나는 그 규모가 감이 잘 안 왔고, 우리가 한 대륙이 아니라 세계를 여행하게 되는 줄 알았다. 어쨌든 당시 내게 육 개월은 수년이나 마찬가지로 느껴지긴 했으니까. 나는 방에 들어가 지도책과 커다란 종이를 꺼내서, 남은 하루 동안 일곱 대륙 모두와 이십 개국을 여행하는 일정을 신중하게 세웠다. 이 년은 족히 걸릴 여행이었다.

이 계획에는 내가 가장 가보고 싶은 나라들이 크기나 위치, 타국과의 근접성과는 전혀 상관없이 들어가 있었다. 예를 들어 이집트에서 삼 주를 보낸다면, 나일강 강변의 습지 근처에 베이스캠프를 잡고 왜가리나 플라밍고, 붉은혹물닭Red-knobbed Coot을 볼 수 있을 것이다. 중국에서는 육 주를 보내면서 연노랑허리솔새와 안경오목눈이Spectacled Parrotbill 등을 난생처음 보게 될 것이다. 또한 이 기나긴 모험 중간에 우리가 집에 들를 시간은 없을 테니, 아이샤가 라일라와 함께 올 수 있도록 배려심을 발휘해 유럽 도시들도 일정에 포함했다. 하지만 엄마와 아빠가 대안이 될 (현실적인) 여행 일정표를 내밀고 대륙 하나에 집중해 세 나라만 다녀올 계획을 보여줬을 때, 나는 그편이 내가 짠 일정보다 훨씬 덜 버거울 거라는 점을 인정해야 했다.

우리가 1월에 가나에서 돌아오자마자, 엄마는 몇 주 안 남은 남미 여행 준비를 시작했다. 엄마는 넘치는 에너지를 전부 아빠를 도와 여행 준비를 하는 데 쏟았는데, 아빠가 막힘없는 모험을 설계하려고 애쓰는 동안 옆에서 항공편과 차량 대여, 숙소와 현지 가이드 조사를 척척 해냈다. 한 가지 걸리는 게 있다면 이런 적극성이 확실히 엄마의 조증 탓이라는 점이었지만, 적어도 자살 충동은 아니라는 게 다행이었다.

엄마의 복직은 묘연해 보였다. 병가는 계속해서 연장되고 또 연장되었다. 엄마가 아무리 복직을 원한다 한들, 다시 일할 수 있을 만큼 괜찮은 상태는 아니었다. 우리는 많은 면에서 운이 좋았고, 또 어떤 면에선 운이 나빴다. 아빠와 나는 엄마만 나아진다면 남은 평생을 기꺼이 집에만 있을 수도 있었다.

아빠는 여행하는 동안 엄마의 상태가 호전될 거라고 믿었고, 나는 엄마가 걱정되진 않았다. 사실 당시 정신질환에 대한 나의 이해도는 상당히 떨어져서, 병원에서 봤던 엄마의 무기력증이 더 익숙하게 봐온 조증 증세보다 더 정신질환에 가까워 보였다. 엄마는 이 모든 걸 뒤로한 채 떠나기를 고대했고, 출발하기 전 마지막 며칠을 세계 탐조 여행에서 가히 제일 괴짜스러운 부분에 필사적으로 매달렸는데, '스프레드시트' 작성이 바로 그것이다.

엄마는 국제조류학회(IOC) 카탈로그를 참고해 콜롬비아, 볼리비아, 페루에서 볼 새들의 목록을 만들었다. 여기까진 간단하게 들리지만 IOC 카탈로그는 변동이 큰 자료로, 새로운 종이 발견되고 무언가 멸종되면 주기적으로 업데이트된다. 일이 가장 복잡해질 때는 예컨대 IOC에서 하나의 종이 실은 다양한 종으로 나뉜다고 판단하거나, 반대로 다양한 종이 하나로 묶인다고 결론짓는 경우다. 각각 '분열'과 '병합'이라고 하는데, 큰 여행을 앞두고 그저 목표 종을 정할 수 있게 해당 국가에서 기존에 발견된 종을 알려주는 신뢰할 만한 기록을 원할 뿐인 탐조인들에게 상당한 고난을 안긴다.

우리의 남미 여행 목표 리스트는 굉장히 길었는데, 콜롬비아에만 해도 1900종이 서식하기 때문이다. 좋게 봐줘도 버거운 리스트였고, 아종까지 고려하면 더더욱 그랬다.

출발하기 전 마지막 에너지를 쏟아내며 목록을 완성한 엄마는 여행 전체를 블로그에 올리겠다는 포부를 밝혔다.

떠나기 전 마지막으로 학교에 갔던 날, 반 친구들에게서 커다란 '잘 다녀와' 카드를 받았을 때 나는 감정이 북받쳤다. 친구들을 향한 애정이 솟아올랐고, 떨어져 있는 동안 친구들과 연락하기 위해 첫 이메일 계정을 만들었다.

남아메리카는 전 세계 조류 삼 분의 일이 사는 서식지로, 거의 3500종에 육박하는 새들이 서식하며 여기엔 약 2500종의 고유종도 포함된다. 열대우림과 사바나 초원, 다양한 미기후와 안데스산맥의 고지대 서식지를 보유한 남미대륙은 풍부한 생물다양성을 자랑한다. 당연히도 세계 탐조인에게는 가장 매력적인 여행지로 꼽힌다. 다른 어느 대륙에도 이만큼 다양한 종이 살지 않는다. 그리고 당연히 우리에게는 아마존에서 하피수리를 찾아볼 기회가 다시 한번 오는 셈이었다.

우리는 스무 살의 캐나다 청년 에이버리를 우리의 콜롬비아 여행 가이드로 고용했다. 그는 프로아베스재단이라는 비영리 단체에서 일했는데, 이들의 주요 목적은 각종 연구, 보전 활동, 교육 및 지역사회 원조를 통해 위기에 처한 콜롬비아의 새들과 그 서식지를 보호하는 것이다. 노랑귀앵무Yellow-eared Parrot를 멸종위기로부터 보호하기 위해 설립된 프로아베스재단은 자연보전연합의 주목을 받았는데, 이 비정부기구는 가장 헌신적이고 효과적인 활동을 펼치는 지역 비영리단체의 존재야말로 자신들의 주요한 영향력을 입증하는 실적이라고 여긴다. 이러한 비정부기구 덕분에 프로아베스 같은 조직이 성장할 수 있다. 이런 조직들은 비용 부담 없이 기술적인 지원과 세금 공제 가능한 플랫폼을 제공받아 보전 활동을 위한 기금을 마련한다. 넉넉한 재정 덕분에, 자연보전연합은 파트너 조직에 제공하는 기부금에 어떤 간접비나 관리비도 부과하지 않는다. 이들이 특별한 이유는 시급하게 도움이 필요한 국가의 현지 자연보전 단체와 진정한 파트너십을 맺기 때문이다.

프로아베스는 콜롬비아에 쉰여섯 명의 보전팀 상근 직원을 두고 열대 지역에서 가장 큰 자연보호구역 네트워크를 형성해, 보호구역 내에 전 세계 조류종의 약 12퍼센트와 콜롬비아에서 가장 취약한 종의 70퍼센트 이상을 보호하고 있다. 이들은 콜롬비아의 서른두 개 주 중 스물두 개 주에서 직접적인 보전 활동을 펼치고 있다.

심각한 멸종위기에 처한 푸른부리보관조Blue-billed Curassow가 프로아베스의 선제적인 노력 덕분에 위기를 면했고, 마침내 칠면조만큼 커다란 이 새를 사냥하는 행위가 금지되었다. 이러한 노력의 결과로 푸른부리보관조는 개체수가 상당히 늘었다.

2000년대 초반에는 기후변화와 관련한 개인의 선택에 관한 이야기, 즉 탄소발자국의 영향이 크게 주목받는 화두가 아니었고, 탐조 커뮤니티 내에서도 마찬가지였다. 오늘날 우리는 개인이 내리는 선택이 환경에 미치는 영향을, 비록 그에 따른 행동을 취하지는 않는다고 하더라도 더욱 많이 인지하고 있다. 세계 탐조 여행 또한 환경문제와 긴밀하게 연관되어 있는 만큼, 부모님은 장거리 비행에 나설 거라면 목적지에 도착했을 때 탄소발자국을 그만큼 줄이려 노력해야 한다고 오래전부터 믿어왔다. 현지 가이드와 환경친화적 숙소를 이용해 현지 경제에 도움이 되고자 했고, 그래서 우리가 방문하는 곳에 전반적으로 긍정적인 영향을 미칠 수 있도록 힘써왔다. 프로아베스는 콜롬비아 여행에서 우리가 선택한 기관이었다. 이들은 전국에 자체 숙소와 자연보호구역을 운영하며 관리했고, 우리가 낸 비용 일부가 멸종위기종이 살아남을 수 있도록 자연 그대로의 경관을 보존하는 활동에 들어갔다. 이런 자연경관이 계속해서 생명력을 얻고 희귀종이 생존하도록 돕는 주요소가 바로 생태관광이다. 우리가 비행기를 타고 가더라도 현지 생태계에 도움을 주고 싶다면 긍정적인 영향을 미치는 일을 하는 게 중요하다.

생태관광은 현지 주민에게 수익을 보장해, 궁극적으로는 벌목, 목축, 채광과 같이 생물 서식지를 파괴하는 활동에 종사하지 않고도 생계를 이어갈 수 있도록 돕는다. 안정적인 대안 수입원이 존재하면 주민들은 식량을 얻기 위해 사냥이나 낚시를 하지 않아도 된다. 이러한 방식으로 야생동물은 개체수가 늘고 관광객은 보고 싶은 생물들을 야생에서 볼 가능성이 더 커진다.

비행기를 탈 것인가, 말 것인가? 환경보호 프로젝트가 살아남으려면, 이들에겐 관광객이 필요하다. 관광객이 있어야 서식지와 야생동물을 보호하는 중요 보전 활동의 자금을 마련할 수 있고 환경에 해로운 산업으로 돌아가지 않도록 할 수 있다. 오늘날 나는 서바이벌인터내셔널이라는 단체의 홍보대사로 활동하고 있는데, 이 단체는 원주민의 인권을 위해 힘쓰는 곳이다. 가장 고통받는 쪽은 최빈국과 취약층, 즉 남반구의 저개발국 혹은 개발도상국이다. 이들 국가는 농업에 의존하고 있고 기후변화에 가장 큰 타격을 받을 곳이다. 이 불평등은 새로운 흐름으로, 지구적 기후정의를 향한 운동으로 이어진다.

자연보전 프로젝트가 탄소 배출에 관한 우려 때문에 보류된다면, 주민들과 야생 서식지, 동물과 새들이 고통받을 것이다. 조상 대대로 경작해오던 땅에서 원주민들이 자연보전을 명목으로 쫓겨난다면 그들은 궁지에 몰릴 것이다. 세계 탄소 배출의 71퍼센트는 백대 기업 때문이지, 여행객의 개별 비행 때문이 아니다. 다른 대부분의 것이 그렇듯 꼭 거쳐야 할 과도기에는 어느 정도의 균형이 필요하다. 삼림 벌채는 오늘날 전 세계 항공기 운항의 세 배 이상으로 온실가스를 배출하는 결과를 내며, 거기에 원주민과 환경에 끼치는 막대한 파괴적 영향까지 고려했을 때, 생태관광이 당장 내일 전부 중단된다면 이 수치는 분명 늘어날 것이다.

보고타에 닿고 나서야 비로소 우리 여행이 실감이 났다. 육개월간 탐조를 한다니. 착륙하자마자 맞닥뜨린 폭우조차도 여행이 시작됐다는 흥분을 가라앉힐 순 없었다. 우리는 가이드 에이버리와 만났고 딕비와 재회했다. 딕비는 수염을 기르고 약간은 투실해진 모습에 오래된 낚시 조끼를 입고 있었는데, 이 조끼가 나의 부러움을 샀다. 짙은 녹색에다 주머니가 곳곳에 달려, 여기저기 손만 넣으면 우산이며 나침반, 지도, 주머니칼 등등 뭐든 필요한 물건을 꺼낼 수 있었다. 결국 우리는 여행의 얼마간을 나에게 맞는 똑같은 조끼를 찾는 데 할애하게 된다. (결국 구하지는 못했지만.)

엄마와 딕비가 서로 그토록 잘 맞는 친구 사이가 된 건 놀랍지 않다. 두 사람은 많은 면에서 굉장히 비슷하다. 둘 다 집착하는 성향으로, 늘 필사적으로 다음 새를 찾아 나서는데다(물론 누가 안 그러겠냐마는) 은근히 경쟁도 하고, 하루 안에 최대한 많은 탐조 일정을 집어넣으려고 열의를 불태우는 것까지 닮았다. 다만 정치 얘기는 두 사람 앞에서 꺼내지도 말아야 한다.

하지만 여행은 이제 겨우 시작이었다. 아무도 싸우고 싶지 않을 테고, 어쨌든 딕비도 내 영어 홈스쿨링을 맡느라 엄마와 경쟁하기엔 너무 바쁠 예정이었다.

첫 이틀은 보고타 근방을 돌며 탐조에 나섰다. 그중에서도 칭가사국립공원은 동쪽 안데스산맥에 자리한 콜롬비아 최대의 자연 보고로, 흰 구름에 둘러싸인 광활한 산맥과 얼음 같은 호수, 덩굴처럼 뒤얽힌 나무 밀림을 자랑한다.

우리는 곧 리듬을 찾아, 일찍 눈을 떠 동트기 전에 탐조 장소로 이동했다. 나는 개인 기록에 벌새 네 종을 추가했는데, 그중에서도 가장 주목할 만한 새는 극도로 희귀하고 거의 고유종에 가까운 구릿빛배솜발벌새Coppery-bellied Puffleg였다. 우리는 산비탈에 올라, 농경지에 조각조각 산재한 숲을 지나 철조망 울타리를 넘어 남아 있는 서식지로 향했다. 그 벌새는 우리가 다른 새를 찾고 있을 때 나타났다. 오색찬란한 녹색 깃털과 황금빛 배, 그리고 가장 신기했던 건 다리 위쪽에 난 공처럼 불룩한 솜털이었다—그래서 '솜발'벌새다.

콜롬비아에선 보는 새마다 선물 같았다. 보고타뜸부기Bogotá

Rail도, 고유종 갈색가슴앵무Brown-breasted Parakeet도, 흰배타파쿨로Pale-bellied Tapaculo도. 사실 마지막 새는 엄마와 딕비 사이에 큰 싸움을 붙였다. 딕비가 새를 먼저 봤고, 이 작은 황갈색 새가 땅 위를 생쥐처럼 쏘다니는 광경을 보고 흥분에 휩싸여 우리를 부르는 게 살짝 늦어졌다. 나는 스치듯 겨우 봤고 아빠도 그랬지만, 엄마는 놓친 탓에 딕비에게 왜 새를 독차지하려 드냐고 불만을 터뜨렸다. 당연하게도 딕비는 기분이 상했고, 나름대로 공격적인 몇 마디로 되받아쳤다.

"크레이그 가족과의 탐조 세계에 입문한 걸 환영해." 아빠는 말했다. 이 사건은 딕비에겐 일종의 세례식과 같아서, 다행히 그후로 딕비가 우리랑 같이 안 다니거나 하는 일은 없었다.

엄마가 흰배타파쿨로를 볼 기회는 다시 오지 않았다. 엄마는 하루걸러 한 번꼴로 그 얘기를 꺼내 당신은 봤는데 자기는 못 봤다며 아빠를 탓했고, 방향을 제대로 안 가르쳐줬다며 아빠와 딕비를 모두 탓했다. 엄마의 분노는 매번 되풀이될 때마다 똑같이 불같았다. 사실 오늘날까지도 엄마는 여전히 그 일로 화나 있다. 하지만 이 또한 탐조의 일부다. 엄마만이 아니라 모든 탐조인에게 새를 놓친 아쉬움은 평생 간다.

이 멋진 탐조 여행에도 덜 멋진 점이 있다면 그건 차를 타고 이동하는 시간이었다. 자지 않는 동안에는 아빠가 무척이나 신경써서 챙겨 온 참고서를 가지고 시험을 봤다. 아빠는 과학과 수학을 맡았고, 딕비는 약속대로 인내심 많은 영어 선생님이 되어주었다. 하지만 가장 큰 성공을 거둔 건, 적어도 가장 즐거웠던 건 엄마의 수업이었다. 엄마는 콜롬비아에서는 좀처럼 의지가 없었지만, 페루를 돌 때쯤엔 나와 함께 남미의 열대우림과 사바나를 누비며 단 한 번도 수업처럼 느껴지지 않았던 많은 대화를 나눴다. 우리의 대화는 여행중인 지역의 정치부터 주요 역사적 인물, 음식, 음악, 풍습과 야생동물을 두루 거치며 흘러갔다.

내가 무작위로 보고 듣는 모든 것이 곧 역사 수업이 됐다. 예를 들어 나는 여행 내내 2004년에 발매된 그린데이의 음반 〈아메리칸 이디엇American Idiot〉◆을 반복 재생으로 들었는데, 이를 계기로 엄마는 노래 뒤에 담긴 이야기를 들려주기 시작했다—부시 행정부의 그늘에서 살아가는 세대의 불안과 9·11 테러, 이라크전쟁에 관해.

푹푹 찌는 정글을 지나며 40미터 높이 나무들이 만드는 그늘 아래에서 걷고 얘기하는 동안, 나의 '수업'은 우리 가족의 역사와도 교차했다. 머지사이드에서 보낸 아빠의 유년기, 엄마의 셀 수 없이 많은 사촌 이야기, 재밌는 일화는 물론이고 두 할아버지가 돌아가실 때를 포함해 슬픈 이야기도 들었다. 가장 낯선 환경에서 나는 엄마를 그 어느 때보다도 가깝게 느낄

◆ '교외의 예수(Jesus of Suburbia)'로 불리는 한 청년이 겪는 여정을 통해 미국인의 삶을 현대사와 교차하여 그려낸 콘셉트의 앨범.

수 있었다.

동트기 한 시간 전, 우리는 사륜구동차를 타고 보고타를 떠났고 곧 가파른 산길을 굽이굽이 오를 예정이었다. 우기로 인한 홍수 탓에 길이 위험해 속도를 낼 수가 없었다. 여전히 밖은 어두웠으므로 내내 천천히 달리던 중 기사가 갑자기 브레이크를 세게 밟았는데, 불과 몇 미터 앞에 대규모 산사태가 발생해 있었다. 우리 옆으로 한쪽은 절벽 경사면이었고, 다른 한쪽은 아래쪽 골짜기로 푹 떨어지는 낭떠러지였다. 길은 거의 다 쓸려내려간 뒤였다. 나는 어른들을 차례로 쳐다보며 누가 우리의 다음 행동을 결정할지 살폈다. 엄마의 눈동자가 번득이는 걸 보고 나는 겨우 산사태 정도로는 탐조를 향한 엄마의 열망을 꺾을 수 없다는 걸 깨달았다.

에이버리는 차를 돌리려 했지만 엄마에겐 용납할 수 없는 일이었다. 이날의 목표 종 푸에르테스앵무Fuertes' Parrot는 세계 탐조인에게 대형 사건이 될 만한 새로, 콜롬비아에서 멸종위기에 처해 있으며 2002년에 재발견되기까지 구십 년간 모습을 드러내지 않아 한때 멸종한 것으로 여겨졌다. 엄마는 필사적으로 이 새를 보고자 했고 목숨이 달린 상황에서도 그 의지를 꺾을 수 없었다. 엄마는 운전기사에게 지프차를 도로 틈 사이로 어떻게 잘 몰아보라고 다그쳤다. 우리가 그 앵무새를 볼 기회를 조금이라도 확보하려면 산을 올라가야만 했다. 푸에르테스앵무는 보통 해가 뜨길 기다렸다가 숲을 박차고 나가 하늘로 사라지기 때문에, 일출을 놓치면 새도 놓치는 거나 마찬가지였다. 목적지까지 단 몇 킬로미터밖에 안 남았지만, 차로 가지 않으면 동트기 전까지 제시간에 도착하지 못할 게 뻔했다.

차 안에서 다투느라 소중한 몇 분을 허비하고 난 뒤, 결국 우린 걸어가기로 하고 여러 등산로 중 하나를 택해 정상으로 향했다. 엄마의 굳은 의지가 내게도 전염되었는지, 어느새 나는 다른 사람들보다 훨씬 앞질러 달렸다. 뒤를 돌아봤을 때, 어른들을 정상까지 데려가려면 열정만으로는 역부족이라는 게 명백해졌다. 다들 일출이라는 마감 시한이 주는 스트레스에 갑작스러운 고산병 증세가 더해져 몹시 괴로워하고 있었다. 땀을 뻘뻘 흘리고 숨을 헐떡거렸다.

"빨리 와요!" 내가 소리쳤다. "해가 곧 뜬다고요."

"날 두고 가!" 엄마가 극적으로 소리쳤다. "나 때문에 놓치면 어떡해. 여기서 기다릴게." 엄마는 아빠를 살짝 앞으로 밀었다. 하지만 딕비가 엄마의 팔을 잡았다.

"아무도 낙오돼선 안 돼." 그는 그렇게 고집하며 군사들을 결집했다. 한번 군인은 영원한 군인이었다.

하지만 해는 이미 뜨고 있었고, 산사태 현장에 햇빛이 흘러넘쳐 그 아래 숲 골짜기의 농장들과 위쪽의 삼림지대를 훤히 비추었다. 어느새 나는 보고타의 도시 불빛을 뒤로한 채 다시 가운데땅에 와 있었다. 하지만 정상은 아직 한참 멀었고 지금

쯤이면 푸에르테스앵무는 동트기를 기다렸다 이미 날아간 후일 터였다.

우리 모두는 포기하는 마음으로 풀로 덮인 경사면에 주저앉았다. 이제 어떤 다른 새들이 나타나나 보자고 다들 암묵적으로 동의하고 있었다. 공기는 신선하고 싸늘했고, 하늘은 이제 주황색 구름이 파란 창공과 섞여 보였다. 우리가 멈춰 선 언덕은 삼림 벌채의 영향으로 황량했고, 눈에 보이는 몇 안 되는 새들마저 동정하기에는 너무 멀리 있었다. 아침은 흘러갔고 우리는 아래쪽 숲에 쌍안경을 겨누며 주변을 배회했다. 한 마리라도 볼 수 있을까? 어떤 새도 이곳에 출근하지 않은 듯했고, 콜롬비아에 서식하는 새의 엄청난 수를 생각했을 때 암울하기 짝이 없는 일이었다.

나는 쌍안경을 조정하다가, 엄마가 미동도 없이 서서 선생님 질문에 대답하려고 기다리는 학생처럼 한쪽 팔을 허공에 뻗고 있는 모습을 발견했다.

엄마는 쌍안경을 들고 물결 모양의 농지를 둘러싼 나무들 사이를 살펴보고 있었다. 가장 높은 나뭇가지 쪽에 구름이 두껍게 걸려 있었다. 엄마가 새를 보고 있는 거라면, 그 짙은 안개 속에서 동정을 해낼 방법은 없었다.

"봐!" 엄마는 마침내 돌아서서 아빠와 딕비를 향해 손을 흔들며 말했다. "여길 봐! 빨리." 하지만 두 사람은 엄마의 말을 무시했다. 한창 열중하여 산맥을 따라 나무 꼭대기를 샅샅이 살피던 중이었다. 가나 여행을 할 때 엄마가 새를 잘못 동정해서 우리에게 희귀종이나 고유종에 대한 헛된 기대를 품게 했던 전적이 여러 번 있었기에, 아빠는 어차피 존재하지 않을 새를 굳이 헐레벌떡 쫓아와서 보려 하지 않았다. 결국 우리가 보고 싶었던 앵무새는 둥지에서 날아가버렸으니 말이다. 탐조인들 사이에서 보지도 않은 새를 봤다고 주장하는 사람을 칭하는 말이 있는데, '스트링어stringer'라고 한다. 얼마간 그러다보면 늑대를 본 양치기 소년이 그랬듯 아무도 그 사람에게 주목하지 않는다. 엄마는 절대 스트링어는 아니었다. 엄마는 충분히 집중하지 못했을 때, 그리고 아빠 말로는 새가 코앞에 있다는데 못 봤을 때, 본인부터가 엄청나게 좌절했다. 하지만 분명 스트링어에 가까워지고 있기는 했다.

에이버리가 엄마의 구원투수로 나섰다. 그는 망원경 위치를 잡고 엄마가 가리키는 나무 사이를 살폈다.

"푸에르테스앵무다!" 그가 소리치며 손을 허공에 마구 휘저었다.

한달음에 아빠와 딕비가 언덕을 다시 올라왔다. 나도 에이버리에게서 망원경을 넘겨받아 보니 정말 거기, 녹색 나뭇잎과 대조되는 색채의 광휘가 나무 꼭대기 위로 크게 원을 그리며 날고 있었다. 삼림 벌채와 자연 서식지 파괴로 심각한 멸종위기에 처한 이 이끼빛 녹색 희귀종이 붉고 푸른 날개를 펼쳐, 마치 나를 위해 그토록 많은 색채를 자랑해 보이듯 날아올랐다. 아주 잠깐, 날개의 푸른색이 하늘색에 섞여들었고, 새는 깃털로 만든 총알처럼 안개 낀 나무 꼭대기 사이로 다시 쌩 날아갔다. 우리는 환호했다!

우리가 이날의 목표 새를 봤다는 사실은 나머지 여행에 있어 더없는 길조였다. 돌아오는 차 안에서, 우리는 포상으로 도넛을 즐기며 보고타의 교통 체증을 뚫고 숙소로 복귀했다.

"이제 나한테 장난으로라도 스트링어라고 하지 마, 알겠어?" 엄마는 입안 가득 도넛을 물고 아빠에게 경고했다.

아빠는 멋쩍어했다. "알겠어." 그리고 말했다. "내 도넛 반쪽도 당신이 먹을래?"

프로아베스 청솔새Cerulean Warbler 보호구역은 동부 안데스산맥의 서쪽 사면, 콜롬비아의 광활한 참나무 건조림지대의 마을 산비센테데추쿠리 근방에 자리한다. 이곳은 이끼와 자갈로 덮인 역사적인 렝게르케 트레일이 끝나는 지점인데, 1840년 독일 공학자이자 지주였던 게오 폰 렝게르케가 만든 돌길이다. 가파른 경사를 올라가는 도중 잠깐씩 휴식을 취하며, 우리는 자연스레 시간의 흐름을 생각하지 않을 수 없었다. 이 돌들은 수천 번의, 어쩌면 수만 번의 발걸음에 닳아 매끈해졌을 터였다. 계절이 바뀌고 해가 지나면서 열대우림은 벌목으로 약탈당했다. 나무가 베였고, 다시 자랐고, 여기엔 당연히 시간이 걸렸으며, 이 재성장기 동안 지역의 서식지를 보존하려는 노력 또한 성장하여 성공을 거뒀고, 다행히 새들도 이곳에 돌아왔다.

우리는 야심한 시각 보호구역에 도착했다. 도시나 마을과 수킬로미터 떨어진 이곳에선 빛 공해가 전혀 없었고, 우리는 새카만 암흑 속에서 주변을 전혀 살피지 못한 채 잠자리에 들었다. 다음날 이른 새벽 여전한 암흑 속에서, 몇 시간만 눈을 붙이고 일어난 우리는 농지를 뚫고 긴 여정에 나서, 바닥에 깔린 이끼에 미끄러지지 않게 조심하며 몹시 가파른 언덕의 자갈길을 올랐다. 길 양쪽에는 빽빽한 숲이 들어서 있었다. 조용하고 느리고 어두운 산행이었다. 해가 뜨자 새들의 야간 단식도 끝이 났다. 우리는 목도리숲메추라기Gorgeted Wood Quail가—희귀종이며 일반적으로 극히 보기 힘든 새다—키 큰 참나무 사이에서 먹이를 찾으러 뒤뚱거리며 나오는 모습을 봤다. 밤색 가슴을 뽐내고 휘파람소리를 내는 이 작은 위기종 세 마리가 산길에 폴짝 들어와 관리자들이 밤새 뿌려놓은 씨앗을 쪼아먹기 시작했다.

벌새들을 앞에 두고는 숨을 죽일 수밖에 없었다. 새를 발견하기도 전에 날갯짓소리가 먼저 들렸다. 높이 솟은 참나무 사이 작은 빈터를 보니 낮은 나뭇가지에 먹이통이 여럿 걸려 있었고, 빛이 얼마 들지 않는데도 이들의 환각적인 몸체는 광채로 빛났다. 보라귀Violetear, 밤배Chestnut-bellied Hummingbird, 쇠빛엉덩이Steely-vented Hummingbird 등 무수한 종류의 벌새들이 먹이 삼

매경에 빠져 있었다. 이 무리에 검은잉카벌새Black Inca와 남색 머리벌새Indigo-capped Hummingbird도 날아와 합세했는데, 두 벌새 모두 콜롬비아에서만 발견되는 새로 내가 처음 보는 종이었다. 에콰도르에서 세상의 모든 벌새 종을 보겠다고 다짐한 것을 떠올렸고, 그 결심을 왜 하게 됐는지도 떠올렸다. 한마디로 말해, 벌새들은 나를 행복하게 했다.

벌새는 놀라운 생물이다. 아메리카대륙 전역에서 발견되며, 서식지는 북쪽으로는 알래스카부터 남쪽으로는 티에라델푸에고에 이른다. 그중 세계에서 가장 작은 새인 꿀벌벌새Bee Hummingbird는 쿠바 고유종이고 몸길이가 5센티미터밖에 안 된다. 벌새는 날갯짓이 무척 빨라 개중에서도 크기가 더 작은 종은 초당 90회까지도 기록하며, 이름 그대로 벌이 윙윙거리는 듯한 소리가 들린다. 빽빽한 정글에서 벌새는 대개 눈에 보이기 전에 소리부터 먼저 들리는데, 가끔은 안타깝게도 결국 시야에 들어오지는 않는다. 어쩌다 한 마리가 귓가를 지나가면 거대한 곤충이 지나가는 듯한 소리에 깜짝 놀랄 것이다. 이 어마어마한 날갯짓은 힘든 노동이며, 벌새의 대사율은 믿을 수 없을 정도로 높다. 다행히 이들에겐 자기들만 쓸 수 있는 로켓 연료가 있는데, 당분이 풍부한 꽃의 꿀을 긴 혀에 달린 관으로 빨아먹는다. 이들의 날개는 소중한 즙을 빨아먹는 동안 허공에 떠 있을 수 있도록 특수하게 적응했으며, 새 중에서는 독특하게도 날개를 아래로 젓는 것뿐 아니라 위로도 저어서 추진력을 얻는다. 먹이 활동을 하지 못하는 밤에는 일종의 단기 동면에 빠져, 신체 대사를 잠깐 멈추고 에너지를 아낄 수 있다.

한낮에 우리는 땀범벅이 되어 숨을 헐떡이며 햇빛이 눈부시게 쏟아지는 산 정상에 올랐다. 점심을 먹으려고 자리를 잡는 동안 그날의 목표 새가 나타나, 찾으러 다니는 수고를 덜게 됐다. 고유종인 콜롬비아산찌르레기사촌Colombian Mountain Grackle이 우리 시야로 날아든 것이다. 새카만 몸에 날개 아래 빨간 깃이 매혹적인 이 새는 큰 원을 그리며 우리 머리 위를 날았다.

다시 산비탈로 내려와 이 보호구역의 명물인 그늘재배 커피나무 사이로 얽히고설킨 숲속에 들어왔을 때, 우리 귀에 니세포로굴뚝새Niceforo's Wren 소리가 들린 듯했다. 하지만 숲이 너무 우거져 딱히 뭐가 보이지도 않았다. 소리를 따라가보니 마침내 이 기우뚱하게 생긴 새가 멀리 떨어진 가지 위에 앉아 목청껏 울고 있는 모습이 눈에 들어왔다. 거대한 부리는 부조화스러웠고 어딘가 포식자처럼 보이기도 했는데, 재밌는 건 이 새가 정말 작다는 사실이었다. 나는 일행 전원과 일일이 하이파이브를 나눴다. 내가 본 2천번째 종이었고, 기념비로 손색없는 새였다.

개미새는 콜롬비아의 메이저리그급 새다. 남아메리카와 중앙아메리카 특산종이며 총 55종이 존재하는데, 콜롬비아에만 27종이 서식한다.

이들은 좀처럼 모습을 드러내지 않는 습성으로 잘 알려져 있는데, 이들의 자연림 서식지에서도 대개 식별하기가 힘들다. 그래서 우리는 적잖은 두려움과 대단한 흥분을 안고 외딴 지역의 리오블랑코 보호구역으로 이동해 미리 잡아놓은 숙소에 도착했다. 전기도 없었고, 우리가 도착하던 날 밤에는 비까지 세차게 왔다. 다음날 숲은 온통 진흙탕이 되어 있었다. 숲이 마르기 전에는 안에 들어갈 수 없어서, 개방된 길을 따라 오전 내내 탐조를 하다가 오후에 다시 시도해보기로 했다.

개미새는 대개 부름을 받았을 때만 나타난다. 나는 에콰도르에서 이미 큰개미새와 황갈가슴개미새를 보았고, 이제 해가 질 때까지 두어 시간을 남겨둔 상황에서 우리는 두건개미새 Hooded Antpitta를 기록에 추가하려는 기대를 여전히 놓지 않고 있었다. 에이버리는 휴대폰에 다양한 개미새 울음소리를 구비해놓고 있었는데, 이 희귀한 두건개미새 소리만큼은 없었다.

녹음된 새소리를 틀면 새가 자기 영역에 들어온 침입자를 경계해 자연스레 방어 태세를 갖출 것이고, 바라건대 그 소리를 향해 날아와 즉각 대피하라는 지시를 내릴 것이다. 에이버리는 또다른 가이드가 자기 그룹을 데리고 같은 숲에 나와 있다며, 그 사람이 두건개미새 소리를 자기한테 '줄' 거라면서 우리를 안심시켰다. 우리는 그를 찾으러 행군에 나섰다.

자기 그룹과 함께 있던 그 가이드를 마침내 찾았을 때 그는 새소리를 공유하길 꺼렸다. 현지 가이드의 '능력'을 볼 때는 야생조류의 서식지와 습성에 관한 특별한 지식이 얼마나 있느냐도 중요한데, 이 가이드의 경우 희귀한 두건개미새 울음소리의 독점 소유권 역시 그 일부였다. 탐조 가이드는 경쟁이 심한 직종이라, 자기만의 접근권을 최대한 오래 누리고자 하는 마음은 충분히 이해가 갔다.

실망스럽긴 했지만 우리 탐조인들은 대부분 극기심이 강하다. 봐야 할 새들은 언제나 차고 넘치니까! 높이 솟은 감람나무 사이 햇살 좋은 장소에서 우리는 풍금새와 투칸toucan 울음소리를 들으며 이들이 모습을 드러내길 기도했다.

"쉿!" 에이버리가 미동도 없이 서서 입술에 손가락을 갖다댔다. "두건이에요." 그가 속삭였다.

"정말로요?" 아빠가 약간은 간절한 목소리로 속삭였다.

에이버리는 고개를 끄덕이며 휴대폰을 꺼내 울음소리를 녹음했다. 어떤 개미새를 기다리든 고도의 인내력이 필요했기에 우리는 한 시간을 내내 기다렸고 그동안 에이버리가 일정한 간격을 두고 그 울음소리를 숲에 들려줬다. 어느새 해가 지고 있었고, 아빠는 숙소로 돌아가다가 길을 잃을까봐 걱정했지만, 엄마와 딕비와 나는 계속 기다리고 싶었다. 에이버리마저 이제는 떠나야 한다고 판단했을 때, 우리는 마지못해 숲을 나섰다.

소득 없이 나무 사이에서 자갈길로 나온 우리는 아까 그 다른 탐조인 무리와 또 마주쳤고, 엄마는 그중 여자 두어 명과 대화를 나누며 우리가 두건개미새를 찾으려다 실패했다는 얘길 했다. 그들도 얘기를 들려주길, 실망으로 끝났다고 했다. 가이드가 울음소리를 계속해서 들려줬고 매번 반응이 들려왔지만, 정작 보상은 나타나지 않았다는 거였다. 사태를 파악하는 데는 오래 걸리지 않았다. 실제 두건개미새는 없었고, 아이폰 하나에서 재생된 울음소리에 또다른 아이폰이 반응했을 뿐이었다.

이쯤 되자 나는 새로운 벌새를 보고 싶어 점점 조바심이 났다. 그래서 우린 태양벌새Dusky Starfrontlet 조류보호구역으로 향했는데, 우리 숙소에서 말을 타고 세 시간 가야 하는 거리였다. 실은 내가 말을 탔고 엄마, 아빠, 딕비는 노새를 탔는데, 어른들의 다리가 노새 옆구리에서 달랑거리는 모습에 웃음이 났다. 승마용 모자나 부츠는 없었지만 이게 바로 진정한 서부 말타기 아닐까. 안장에 달린 강철 손잡이를 꼭 붙잡은 채, 우리는 가파른 길을 오르고 풀이 우거진 산비탈을 건너 세차게 흐르는 개울을 통과했다. 우리 중 아무도 말을 탈 줄 모른다는 사실도 우릴 막을 순 없었다. 우리의 당근인 벌새를 향해 계속 나아갔다. 안장에 한참 쓸린 끝에 보호구역에 도착했는데, 산악림 높은 곳에 벌새 먹이통이 어마어마하게 깔려 있었다. 벌새들은 늘 그렇듯 알록달록한 포장지에 싸인 사탕처럼 바스락거리며 먹이 주변을 윙윙 맴돌았다. 이 많은 벌새 중에 내가 찾는 벌새를 어떻게 알아볼 수 있을까? 덥고 지쳤지만 그래도 우리는 나무 사이에서 그 새를 발견하길 기대하며 더 높은 경사면으로 올라갔다. 별새는 모두 아름답지만, 그중에서도 태양별새는—빛벌새Glittering Starfrontlet라고도 불리는데—어딘가 특별한 데가 있다. 심각한 멸종위기에 처한 이 작은 새의 오색찬란한 깃털은 파랑과 초록, 금색이 화려하게 어우러져 말 그대로 태양 아래에서 빛이 난다.

우리는 기다렸다. 아빠는 내게 더더욱 구체적인 탐조 지식을 전수해주었다. 시끄러운 숲속에서 극도의 고요함을 지키는 법, 최고의 시야를 확보하는 위치 선정 법, 새의 눈에 띄지 않게 서 있는 법까지. 새들은 야생동물이고 쉽게 겁먹는다. 나는 어떻게 투명인간이 되는지 배우는 중이었다.

혹시 저건가?

역시 저거였다! 낮은 가지 위 햇빛 바로 아래, 몸을 떨면서 빛을 내는 이 반짝이는 새는 실재라기엔 놀랍도록 아름다웠다. 우리는 정적 속에서 새를 지켜봤다. 우리를 둘러싼 나뭇잎의 선명한 초록, 눈부시게 파란 하늘, 낮게 걸린 구름까지 모두 대담하고도 풍부한 색채로 다가와 도무지 감탄하지 않을 수 없는 풍경이었지만, 이 손바닥만한 새의 황홀함과는 비교도 되지 않았다. 태양벌새는 특유의 성격대로 우리의 존재에 무심했다. 바라보면 바라볼수록 발길을 돌리고 싶지 않았다.

"드디어 우리한테서 벗어나서 좋겠네." 엄마는 짐을 싸는 딕비에게 말했다. 그의 콜롬비아 일정이 끝난 것이다. 농담처럼 말했지만, 엄마도 자기가 가끔은 같이 다니기 힘든 일행이라는 걸 잘 알았다. 엄마는 딕비와 한 번씩 부딪쳤는데 흔한 레퍼토리였다. 다른 모두가 보고 감탄한 새를 혼자만 못 보면 엄마는 누구든 제일 가까이 있는 사람에게 역정을 냈고, 그게 종종 딕비였던 것이다. 하지만 딕비는 평화 지킴이였고, 엄마 아빠가 언쟁을 벌일 때 주로 흥분을 가라앉히는 역할을 했다. 우리와 함께하는 마지막 며칠간 그는 '크레이그 가족 화목 지수'를 고안했는데, 우리 가족 기분의 온도 변화를 표시하는 편리한 도구였다. 전반적으로 목표 새를 모두가 함께 봤을 땐 즐겁고 화목했지만, 우리 중 누군가가(대개 엄마가) 놓쳤을 땐 아니었다. 그러면 지수가 급락해 화목이 아닌 불화가 찾아왔다. 딕비가 우리와 헤어지며 손을 흔들자, 나는 딕비와 딕비의 조끼가 멀어지는 모습에 슬퍼졌다. 그의 평화 지킴이 역할을 이젠 내가 맡아야 하나? 크레이크 가족 화목 지수는 그가 떠난 후 상당히 안정을 찾았다. 우린 다시 셋이 될 준비가 돼 있었다. 이제 독립할 준비가 됐던 것이다.

육 주간의 콜롬비아 여행은 그렇게 끝이 났다. 콜롬비아의 많은 것들이 그리워질 테지만, 언덕을 오르락내리락하던 험한 산행만은 그립지 않을 것이었다. 하지만 솔직히 인정하자면, 그 길고 힘든 날들이 없었다면 이 여행으로 내 개인적인 탐조 업적을 쌓게 해준 그 모든 고유종을 볼 수 없었을 것이다. 내가 깨달은 건 새를 보기 위해 더 많은 힘을 들일수록, 보상은 더 크고 기쁨은 더 달콤하다는 점이었다. 무엇보다도…… 나의 세계 탐조 기록엔 400종이 새롭게 추가됐다.

내 열번째 생일날 우리는 볼리비아로 날아갔다. 라파스의 엘 알토국제공항에서 출발해 볼리비아 아마존과 사디리 로지로 향했다. 탐조 세계에선 이웃 국가인 페루와 브라질의 그늘에 가려져 있지만, 볼리비아에 사는 생물종의 다양성과 서식지 규모는 놀라운 수준이다. 아마존과 드넓은 티티카카호를 품은 안데스산맥의 고원 알티플라노, 치키타노 건조림과 파라과이까지 뻗어 있는 그란차코, 융가스 운무림, 희귀 식물종인 폴리레피스 숲과 베니평원의 장초형 사바나까지, 서로 다른 환경마다 거기서 살아남도록 특별히 진화한 종들이 살고 있다.

마디디국립공원의 광활한 황야 안에 있는 사디리 로지는 세라니아스치키타나스산맥이 한눈에 들어오는 작은 언덕 위 보호소로서 이상적인 위치에 자리잡고 있다. 습한 열대우림의 공기가 새들을 끌어당기는 자석과도 같아 이 지역에서만 기록상 430종이 발견되었다.

당시 나는 우리가 찰랄란 로지 가까이 머물렀으면 했고, 주된 이유는 그곳의 건립에 얽힌 전설적인 이야기 때문이었다. 이스라엘 모험가 요시 긴스버그는 프랑스 작가 앙리 샤리에르를 몹시 만나고 싶어했는데, 그의 회고록 『빠삐용』은 프랑스령

기아나의 악명 높은 죄수 유형지에서 탈출해 베네수엘라에서 여생을 보내는 내용이다. 안타깝게도 긴스버그가 여행 자금을 충분히 모은 1980년대에 샤리에르는 이미 세상을 뜬 뒤였지만, 그래도 긴스버그는 남미로 향했다.

긴스버그는 일행과 함께 볼리비아 아마존 정글을 여행하던 도중 문제가 생겨 다른 세 남자와 떨어지게 됐고 길을 잃었다. 삼 주가 지나 굶주리고 의식도 혼미해져갈 때, 그는 산호세데우추피아모나스 마을 원주민들에 의해 구조되었다. 그의 친구들은 다시는 볼 수 없었다.

십 년 뒤 다시 볼리비아를 찾은 그는 우추피아모나스 마을의 쇠락을 목격하고 안타까움을 느꼈다. 젊은이들은 가족을 떠나 새로운 삶을 살고자 도시로 향하고 있었다. 긴스버그의 도움으로 현지 원주민들이 공동으로 찰랄란 에코 로지를 건립했고, 그때부터 이곳은 지역사회 주도 관광 사업의 모범 사례로 자리잡았다.

바로 이런 종류의 프로젝트가 볼리비아에서 내게 몇 번이고 영감을 주었다. 너무도 많은 지역사회가 영리 목적의 합법 및 불법 벌채 계약으로 파괴되고, 이들의 보금자리는 척박하고 쓸모없는 땅으로 전락한다. 그러나 우리는 우추피아모나스 주민들처럼 자신들의 미래를 자기 손에 쥐고 자연과 동물의 번성을 위한 보호소를 지은 사람들과도 만날 수 있었다.

이 부족 출신인 루트 알리파스는 열한 살의 나이에 자신이 속한 지역사회의 전통을 거부하고 학업을 이어나가기로 했다. 수년 뒤 루트는 꿈을 갖고 고향으로 돌아왔다. 삼림 벌채 계약을 받아들이는 대신, 루트는 사람들에게 함께 환경친화적 숙박 시설을 세우자고 설득했고, 이것이 사디리 로지의 시작이었다.

루트는 현지 상인과 장인들을 불러모은 다음 원주민들을 훈련시켜 숙소 건물과 가구를 전부 손수 지을 수 있게 했다. 이렇게 습득한 기술은 숙소가 완공되고 나서도 이들에게 생계를 유지할 수단이 되어줄 것이었다.

우리의 새로운 가이드 산드로도 같은 부족 출신인데, 같은 시기 자신의 사냥 실력을 다른 목적에 맞게 갈고닦아 열정적인 탐조인이 되었다. 날카로운 눈과 밝은 귀를 뒀다가 어디 쓰겠는가? 루트의 계획은 통했고, 이제 사디리 로지는 일회적인 벌목 수입과 돌이킬 수 없는 서식지 파괴에서 벗어나 더욱 지속적인 수입원을 제공한다. 의식 있는 관광 사업은 이러한 방식으로 지역사회와 멸종위기종을 함께 보호한다.

개장한 지 얼마 안 된 사디리 로지는 신선한 느낌이었고 근방은 자연 그 자체였다. 우리는 진짜 모험을 앞둔, 미지의 세계로 들어가는 아마존 탐험가였다. 마침내 나는 하피수리를 볼 수 있을 것이었다. 첫 열대우림 여정에서 우리는 경이로운 벌새들을, 휘황찬란한 이름을 가진 휘황찬란한 생물들을 만났다. 자수정Amethyst Woodstar, 푸른꼬리쇠에메랄드Blue-tailed Emerald, 황금꼬리Golden-tailed Sapphire 등 모두 보석 이름을 지닌 이 벌새들은 그 화려한 색채들로 이름을 지은 과학자들에게 영감을 줬을 것이다. 내가 제일 좋아하는 갈색뿔벌새Rufous-crested Coquette는 몸길이가 6.5센티미터로 누가 봐도 자그마한 새인데, 그와 대조되는 커다란 청금강앵무Blue-and-yellow Mawcaw가 머리 위를 날아다녔다. 갈색뿔벌새는 주황색에 뾰족뾰족한 볏이 끝부분만 검은색으로 물들어 역시나 펑크스타일이었고, 덕분에 알아보기 쉬웠다. 공작뻐꾸기Pavonine Cuckoo 한 마리도 산책로 옆 나무에 훤히 모습을 드러내고 앉아 있었다. 대체로 겁이 많고 내성적인 종이지만, 이 새는 우리와 눈을 맞추었다. 우리도 새를 보고, 새도 우리를 개의치 않고 바라봤다. 탐조인들을 전에 한 번도 마주쳐본 적이 없었던 걸까? 숲의 울룩불룩한 바닥에서 두 개의 음을 오가는 휘파람 같은 새소리가 들려오자 산드로가 움찔했다. 이건 뭐지? 우리는 나무 사이를 뚫고 새소리를 따라 들어갔고, 소리는 계속 우리를 앞질러갔다. 한참 추적한 끝에 바닥의 나뭇잎 사이로 개미밭종다리Ringed Antpipit가 기어나왔다. 땅에서 살며 지빠귀와 거의 같은 크기인 이 새는 땅 위를 쪼아대며 곤충을 찾아 먹었다.

그럼 하피수리는? 물론 찾아보긴 했다. 보통 하피수리는 둥지에서 발견되는데, 산드로는 현재 활동중인 둥지에 대해 아는 바가 없었기에, 우리는 어쩌다 새가 지나가기를 바랄 수밖에 없었다. 아직 일정은 몇 주가 남아 있었다. 어느새 우리 모두 잠깐이라도 보고 싶어 자나 깨나 기다리게 된 이 위용 넘치는 새를 볼 수 있을지도 모르는 날이.

작은 비행기를 타고 우리는 베니 사바나의 바르바 아술 로지로 향했다. 비좁은 비행기 안에서 한 시간을 보내고 드디어 착륙을 시작하는데, 세 사람 중 유일하게 스페인어를 알아듣는 내 귀에 조종석에서 흘러나오는 비속어 몇 마디가 들렸다. 창문 밖을 보면서 나 또한 마음속으로 비속어 몇 마디를 내뱉었다. 우리의 '활주로'는 소떼로 가득한 들판이었다.

비행기는 거대한 제비처럼 급강하해 들판 위를 왔다갔다하며 소들을 한쪽으로 몰아내려 했지만, 소들은 이 작은 비행기를 거의 눈치채지도 못했다. 몇 번의 착륙 시도와 실패, 그리고 연료가 부족해지는 상황에서 우리의 구원자가 말을 타고 들판으로 질주해왔다. 농부가 온 것이다! 그는 일이 분 만에 땅을 비워주었다. 그제야 안도한 우리 조종사는 몇 마디 기쁨의 욕설을 내뱉고 마침내 착륙에 성공했다.

무미건조한 풍경과—웅장했던 사디리 로지와는 거의 정반대 느낌이었다—작열하는 태양 아래, 우리는 야자수 대농장으로 향했다. 이곳에 푸른목금강앵무Blue-throated Macaw가 사는데, 이 새들은 대개 죽은 나무의 구멍에 둥지를 트는 걸 선호한다. 이 아름다운 앵무새는 너무도 비범한 미모 탓에 남미 애완동물 거래에서 가장 많이 매매되는 조류 중 하나가 되었다. 이는 삼림 벌채와 맞물려 개체수 급감이라는 결과로 이어졌다.

1998년까지 야생에 서식하는 푸른목금강앵무는 고작 서른여섯 마리에 불과했고, 멸종이 가까워 보였지만, 집중적인 보호 노력 덕분에 현재는 사백 마리 이상으로 개체수가 늘었다. 왜 이 새를 애완동물로 키우고 싶어하는지 그 이유를 알기란 어렵지 않다. 경이로울 만큼 아름답기 때문이다. 청록색 깃털과 밝은 노란색 배, 거의 1미터에 달하는 날개 길이를 지닌 이 새가 날아오를 때면 마치 햇살 한 폭이 날아드는 것만 같지만, 그런 아름다움을 가둬 키운다는 건 내겐 생각만 해도 끔찍한 일이다. 춤추거나 노래하거나 말을 익히지 않아도, 살아 있고 야생에 존재한다는 것만으로도 충분한 새들이다.

안타깝게도 바르바 아술에서 가장 내 기억에 남는 건 새들이 아니라 모기였다. 모기들이 피에 굶주린 건 당연했지만 이상하게 내 피를 특히 좋아해서, 마치 전서구가 집을 찾아오듯 바깥에 나갔다 하면 난동을 부리는 깡패처럼 내게 달려들었다. 옷을 세 겹씩 입어도 뚫고 들어와 살을 물었다. 탐조하러 나가지 않는 동안에는 숙소 방안에서 기피제를 온몸에 뿌리고 모기장 뒤로 숨어야 했다.

숙소를 옮길 때마다 엄마는 계획했던 대로 블로그에 기록을 남겼다. 신호가 잡힐 때마다 메모한 내용을 인터넷에 올렸다. 여행의 모든 일정을 일일이 기록하려는 엄마의 야심은 걷잡을 수 없이 불타올라, 이 온라인 대서사시 업데이트를 위해 PC방을 찾으러 현지 마을에 자주 들르기에 이르렀는데, 이것은 점점 더 아빠의 심기를 거슬렀다. 하지만 이 집착이 지속되면서 아빠는 이것도 나쁘지는 않다고 판단했다. 적어도 엄마가 어딘가에서 즐거움을 찾았으니까.

볼리비아가 칠레와 맞닿는 서쪽 변경, 해발고도 5천 미터 높이에 볼리비아에서 가장 오래된 국립공원이 있다. 사하마국립공원은 꼭대기가 얼음으로 덮인 화산과 특이한 암반 지형, 온천과 오랜 유적을 품은 곳이다. 마치 고대에 온 느낌이었고, 영화 〈2001: 스페이스 오디세이〉의 첫 장면처럼 인류 진화 이전의 지구 이미지들이 떠올랐다. 안데스의 쌀쌀한 기온이 원주민 아이마라인들의 붉은 뺨에서부터 그대로 느껴졌다.

순식간에 우리는 숨을 쉬는 것부터 문제가 되리라는 걸 깨달았다. 손목과 발목에 무게추를 달고 수영장 물속을 걷는 느낌이었다. 어떻게 하면 좋을까? 아빠는 활기차 보이는 아이마라족 농부에게 말을 걸어 우리가 똑바로 서 있기도 버겁다는 걸 어찌어찌 전달했다. 뭔가 조언해줄 게 있을까? 농부는 주머니에서 갈색 종이봉투를 꺼냈고, 봉투를 홱 열어 녹색 잎사귀 한줌을 보여줬다. 거기다 입을 쩍 벌리고 자기가 씹고 있던 잎사귀 몇 장도 보여줬다.

남미 외의 지역에선 코카 잎 재배가 불법이지만—코카인과 관계된 건 뭐든 국제적으로 금지다—남미에서는 전통적으로 유흥이 아닌 목적으로도 이용하는데, 그중 하나가 고산병 예방이다. 농부가 종이봉투를 돌리자 우리는 잎사귀 하나씩을 가져가 순순히 각자의 입에 털어넣었다. 이후 고약한 맛이 나는 코카 차도 처음으로 마셔보았다. 나는 잎을 씹는 게 차라리 나았고, 코카 잎을 주기적으로 씹는 한 우리는 계속 이동할 수 있었다.

하지만 사하마에서 우리를 괴롭힌 건 고산병만이 아니었다. 추위도 무시할 수 없었다. 우리 숙소 옆에 있던 호수는 매일 아침 얼음층이 생겼고, 나는 밤마다 숨막힐 정도로 담요를 겹겹이 덮고 자야만 했다. 이런 기온에서 살아남을 수 있는 새는 얼마 없을 텐데, 어쩐지 어울리진 않았지만 그렇게 버틴 새 하나가 칠레홍학Chilean Flamingo이었다. 이들의 길고 가느다란 다리는 얼어붙은 물위에서 금방이라도 뚝 부러질 것만 같았다. 밝은 분홍색 깃털이 주변의 단조로운 풍경과 대비되어 더없이 화려해 보였다. 이런 극한 조건에서 땅을 파헤치며 씨앗을 쪼아먹고 목숨을 부지하는 또다른 새들로는 메추라기티나무Ornate Tinamou, 씨앗도요Least Seedsnipe, 황금얼룩땅비둘기Golden-spotted Ground Dove, 타차노프스키사막딱새Taczanowski's Ground-tyrant, 안데스노랑핀치Bright-rumped Yellow Finch가 있다. 이들은 모두 높은 고도에 적응한 종이다. 남미대륙의 에뮤라 할 수 있는 다윈레아Puna Rhea 한 무리가 길고 튼튼한 다리로 거니는 모습도 주기적으로 눈에 띄었다. 이들은 날지 못하는 새인데, 잠재적 포식자보다 뛰는 속도가 빨라 시속 약 60킬로미터까지 달릴 수 있다. 긴 목과 큰 눈, 예민한 청각이 조기 경보 체계로 작동한다.

물론 어딜 가든 놓치는 새, '지나가버린 인연'은 있기 마련이다. 이때 우리가 놓친 새는 특히나 뼈아픈 쓰라림을 남겼다. 왕관물떼새Diademed Sandpiper-plover는 우리가 제일 보고 싶었던 새 목록에서도 상위권을 차지한 아름다운 섭금류다. 안데스의 고요한 호수 위를 떠다니는 이 새의 울음소리가 들렸지만, 눈으로는 도저히 분간할 수가 없었다. 아빠가 옷을 벗어던지고 먼 호숫가까지 헤엄쳐 가려는 걸 내가 말리다시피 했다. "너무 춥다고요!" 내가 애원했다. "그러다 죽어요." 마지못해 아빠는 포기했다. 우리에겐 아직 봐야 할 새들이 많았다. 어쨌든 한 사람만 못 본 게 아니라 우리 셋이 다 함께 못 봤으니 차라리 다행이었다.

우리가 사하마를 떠난 날에는 희귀한 천문 현상이 일어났다. 6월 5일, 금성이 태양 앞을 통과할 예정이었다. 내 눈에는 태양 앞의 아주 희미한 검은 점만 보였는데, 나중에 알고 보니 약간 억울하게도, 추밸리의 내 친구들은 그 모든 걸 똑똑히 봤고 함께 기념하고 있었다. 친구들이 나 없이 서로의 집에서 자고 함께 놀고 생일을 보낸다고 생각하니 처음으로 약간은 서글퍼졌다.

페루에는 조류가 1800종 이상 서식하는데, 콜롬비아와 거의 맞먹는 수준이다. 고유종이 100여 종이 넘는 이 나라에서는 들어서는 골짜기마다 그곳만의 특별한 컬렉션이 있는 것만 같았다. 심지어 비행기가 착륙하기 전 활주로에서부터 개인 기록에 새로운 종을 추가할 수 있었다. 말 그대로 탐조인의 낙원이었다. 감이 잡히게끔 설명하자면 현재까지 나는 5천 종이 넘는 새를—전 세계 조류의 절반 가까이를—봤는데, 이 페루 여행에서만 1천 종을 넘게 봤다.

이때쯤 우리는 남미에 거의 석 달을 체류했고 여행도 절반 가까이 지나와 있었다. 페루는 콜롬비아나 볼리비아보다 접근성이 좋은 목표 종이 훨씬 많아 우리가 마지막으로, 가장 오래 머물 나라가 되었다. 이제 우리는 더욱 부지런히 이동하기 시작했고, 한 군데에서 닷새 이상 머무르지 않았다. 일정은 정신이 없었다. 짐가방도 풀지 않고 떠돌아다녔다. 아침에 서랍 안에 점퍼를 쑤셔넣었다가 그날 저녁에 다시 짐을 싸는 건 무의미했다. 어느새 나는 친구들과 집과 학교를 까맣게 잊었다. 이게 내 삶이었다. 여행과 탐조, 이동중의 배움이. 블로그에 대한 엄마의 열정이 식어서 이제 대자연 속에 있다가 PC방을 찾아 몇 시간을 내려가는 일은 거의 없었다. 좋은 신호였다. 엄마가 더욱 편안하게 모험에 녹아들어 현재에 집중하고 있다는 뜻이었으니까. 가나에서 엄마가 좀처럼 집중하지 못해 힘들어했던 때와는 달라졌다는 게 내 눈에도 보였다. 페루에서 초반 일정을 보내는 동안 끊임없이 이곳저곳 옮겨다니는 와중에도 엄마는 더욱 편안하고 차분해 보였으며, 느긋하게 새를 찾아내면서도 이전보다 훨씬 즐거워했다. 심지어 아빠나 내가 먼저 본 새라 하더라도.

그러나 이 행복한 기운은 오래가지 못했다.

아이샤가 전화를 걸어 또 한번 임신 소식을 알렸을 때 엄마의 기분이 변했다. 당연한 얘기지만, 엄마나 아빠나 그 소식에 열광하진 못했다. 부모님의 도움에도 불구하고 아이샤와 언니의 파트너는 여전히 힘겨워하고 있었다. 하지만 나는 그런 생각은 전혀 못 한 채 그저 조카가 한 명 더 생긴다는 기대에 기쁘기만 했다.

"아이샤는 아기를 또 갖겠다고 적극적으로 결정한 거야." 아빠가 마침내 결론내렸다. "아이샤는 이제 더는 어린애가 아니야. 결정을 존중해줘야지." 아빠는 체념해버렸다.

시간이 한참 흐른 뒤 나는 아이샤에게 우리가 떠나 있을 때 또 한번 폭탄선언을 결심한 이유는 소외된 기분이 들어서였냐고 물어봤다. "아마도 약간은." 언니는 고백했다. 하지만 언니는 우리가 떠나야만 하는 이유도 이해했다. 마음속 깊은 곳에서 언니도 알고 있었다. 우린 새를 보기 위해서 만큼이나 우리의 생존 그 자체를 위해서 떠나야만 한다는 걸.

페루 중부에서 우리는 안데스산맥을 서에서 동으로 횡단하며 보스케운초그 운무림을 향한 여정에 나섰다. 우리는 페루 최고의 탐조 장소 중 하나로 유명한 사티포 로드를 따라 나아갔고, 흙먼지가 날리는 그 기나긴 길을 굽이굽이 지나는 동안 고유종을 최대한 많이 볼 수 있길 기대하며 깊은 골짜기와 빽빽한 숲을 탐험했다.

페루의 산비탈은 야생조류로 가득한 곳으로, 가파르고 접근이 힘든 경사면에 자연 그대로의 서식지가 살아 있다. 산을 오르내리면서 보면 새로운 조류의 세계가 고도마다 다르게 펼쳐진다.

내가 체감하기로는 우리가 갔던 거의 모든 골짜기와 경사면에서 엄마와 아빠가 꼭 찾아봐야 한다고 고집했던 새가 있는데, 바로 적갈색개미새Rufous Antpitta다. 두어 해 전, 이 새의 스무 개 넘는 아종이 과학계에서 곧 새로운 여러 종으로 '분열'될 예정이라는 소문이 돌았다. (우리의 스프레드시트는 확실히 업데이트가 필요했다.) 아무도 뭐가 어떻게 될지 몰랐으므로 아빠는 일단 그 모든 새를 다 봐두는 편이 낫겠다고 판단했다. 페루에 떨어진 순간부터 발길이 닿은 모든 곳에서 우린 적갈색개미새를 찾으러 다녔다. 심지어 적절한 서식지가 조금이라도 형성되어 있다면 외딴곳의 높은 산길이라도 마다하지 않고 들렀다. 그때 봤던 새는 너무도 모호한 아종이라 학명도 제대로 붙어 있지 않았지만, 아빠는 혹시 모르니까 다 봐두는 편을 택했다.

이렇게 집착적인 행동을 하는 이유가 비탐조인에겐 약간 괴짜같이 느껴질 것이다. 종이 '분열'될 경우, 열정적인 탐조인이라면 당연히 '새로운' 종을 자기 기록에 전부 추가하길 원할 것이다. 우리는 할 수 있을 때 개미새를 최대한 다양하게 봐둬야 했다. 나중에 가서 우리가 놓친 새로 분류된 종을 보러 다시 올 일이 없도록. 여러 아종을 구분 짓는 핵심 특징은 울음소리인데, 다른 동물과는 달리 새는 그 소리의 경계가 매우 모호하고 이는 모든 새가 마찬가지다. 작은 차이가 있을 때 그것을 같은 종 내의 소소한 다양성으로 간주할 것인지, 혹은 아예 다른 종으로 분류할 것인지는 쉽게 답하기 힘든 질문이다. 심지어 어떤 종은 겉보기엔 구분되는 특징이 전혀 없어 순전히 DNA만으로 구별되기도 한다. 확실히 괴짜 같다!

결국 중요한 건 장소 선정이었다. 우리의 여행 일정에 주요 골짜기를 죄다 집어넣는 건 다양한 종의 적갈색개미새와 다른 모든 새를 볼 확률을 높이는 한 가지 방법이었다. 바로 이 복잡한 산악 지형 안에서 고립된 조류 개체군이 시간을 거쳐 새로운 종으로 진화했기 때문이다.

우리가 왜 이런 것에 유난인지 이해하기 어려울지도 모르겠다. 하지만 이건 남미에서 우리에게 주어진 탐조 기회를 최대한으로 활용하려 했던 부모님의 헌신적인 열정을 보여주는 한 사례다.

당시 열 살이었던 내게는 여행 전체에서 가장 재미없는 활동이었다. 같은 새를 보고 또 보는 기분이었다. 하지만 엄마와 아빠는 아주 즐거워했다. 세계를 돌며 경쟁적으로 새를 보러 다니는 탐조인들은 대개 이런 것까지 생각하며 많은 시간을 쓴다.

(내가 이 부분을 쓰는 동안 아빠가 어깨 너머로 흘끗 보면서 몹시 우쭐해하고 있다. "아빠가 뭐랬어!" 그럴 만도 하다. 아빠 덕분에 내 기록에 개미새 다섯 종을 추가할 수 있었으니까.)

보스케운초그는 카르피시산맥의 동쪽 경사면 높은 곳, 작은 운무림 골짜기에 자리하며, 소수의 고유종을 보유한 주요 탐조 장소다. 동트기 전에 이곳에 도착해야 했기에, 우리는 얼음장 같은 추위 속에서 야영을 감행했다. 우리 텐트는 지퍼가 완전히 잠기지 않아서 밤에는 가진 옷 대부분은 물론 모자, 목도리, 장갑까지 꺼내 중무장을 했다.

여행중 특히나 강행군인 일정이었다. 낮에는 내내 바깥에서 산을 타고 해질 때가 되어서야 기진맥진한 채 복귀해 옷 무더기 안으로 파고든 다음 침낭 지퍼를 올렸다. 사실 전설적인 조류학자 테드 파커가 같은 지역을 돌아다녔던 1974년 탐사와 비교해보자니, 또 이제와 생각해보자니, 우리의 여행은 상대적으로 편하긴 했다. 동틀 때부터 해질 때까지 산을 등반하며, 안개와 살을 에는 듯한 차가운 빗줄기, 우짖는 바람을 뚫고 거의 4천 미터를 올라가 나흘 동안 황금등산풍금새Golden-backed Mountain Tanager를 찾아 헤맨 그의 여정은 탐조의 마력과 새를 향한 열정을 보여주는 대서사시이며, 보는 사람에 따라선 우리 탐조인들이 얼마나 미쳐 있는지를 극명히 보여주는 사례이기도 하다.

첫날 아침, 가이드는 우리 남미 여행의 큰 특징으로 자리잡았던 새벽 출발을 거부했다. 우리가 산길 옆에 차려놓은 야영 식탁으로 가자 그는 느긋하게 아침식사를 하라고 말했다. 그러더니 출발 전에 소화도 시킬 겸 한 시간 정도 쉬라고 권했다. 이게 도대체 무슨 일인가 싶었다. 탐조인들은 느긋하게 앉아서 아침식사를 하지 않으며 절대 소화 시간을 따로 갖지 않는다. 먹는 건 일찍 일어나서 가는 길에 해결한다. 안 그러는 날이 없다.

우리는 작고 가파른 골짜기 가장자리에 와 있었는데, 왜소한 나무들의 작은 군락 말고는 황량하기 그지없는 곳이었다. 해가 뜨자 골짜기의 그늘진 곳에 밝은 빛이 쏟아졌다. 작은 주황색 열매들이 그 아래 잡목림 가지에서 반짝였고, 때맞춰 화려한 자태의 희귀종 황금등산풍금새도 아침식사를 하러 도착했다. 풍금새로 유명한 보스케운초그는 풍금새 팬들을 자석처럼 끌어들이는 곳으로, 열정 넘치는 사람들은 보통 동트기 전에 길을 나선다. 하지만 우리 가이드는 그중에서도 특정한 이 풍금새의 습성을 익히 알았다. 이 개체는 오전 아홉시쯤, 햇볕이 따뜻하게 내리쬘 때 붉은 열매를 먹으러 나오는 새였다. 뼛속까지 얼어붙은 몸이 녹기 시작할 때, 풍금새는 우리 옆의 경사면으로 날아와 야영지 공터에서 자라던 작은 왕관 모양의 빨간 꽃을 쪼아먹기 시작했다. 침묵 속에서 우리는 이 작지만 화려한 새가 새까만 날개 아래 금빛 재킷을 입고 푸른 하늘빛 깃털 왕관을 쓴 채 식사하는 모습을 지켜봤다. 새는 배를 채운 후 소화를 시키려는 듯 바위투성이 공터를 총총 뛰어다니다가 날아갔다.

특별한 순간이자 잊지 못할 이벤트였다. 엄마에겐 이날이 여행중 최고의 날이었다. 이후 여행이 막바지로 향해 가면서 일어났던 두어 가지 사건으로, 나와 아빠는 엄마가 힘겨워하고 있다는 걸 감지했다. 타인에 대한 엄마의 관용이 바닥을 보이고 있었던 것이다.

우리는 방금 희귀하고 매우 아름다운 흰배화덕딱새White-bellied Cinclodes를 본 참이었다. 순백색 배와 구릿빛 갈색 날개가 도드라지는 이 새는 높은 산길 위 습지 한가운데 바위에 앉아 지저귀고 있었다. 충분히 만족한 우리는 촘촘한 수풀 서식지를 살피며 다음 목표 새인 올리브쇠부리벌새Olivaceous Thornbill를 찾아 나섰지만, 시간이 늦어지고 있었고 가이드 알렉스와 운전기사는 어서 리마로 출발해야겠다며 서둘렀다. 아빠는 그 새를 잠깐 봤지만, 그때 엄마와 나는 60미터 떨어진 곳에서 긴 수풀을 살피며 이 암갈색 새를 찾던 중이었다. 우리가 아빠와 합류했을 때 새는 이미 날아가버린 후였다.

운전기사는 점점 초조해졌다. 우리는 고도 4800미터에 있었다. 곧 어두워질 뿐만 아니라 몹시 춥고 흐려질 것이었다. 하지만 살벌한 추위와 흐린 시야도 엄마에겐 그저 성가신 일에 불과할 뿐이었다.

올리브쇠부리벌새는 작고 거의 온몸이 갈색이라, 지면에 바짝 달라붙은 작은 분홍색 꽃송이 사이에서 총총거리는 이 새를 알아보기란 쉽지 않다. 만족할 때까지 여기서 떠날 수 없다는 엄마의 등쌀에 못 이겨 우리는 한 시간을 더 수색했다.

"여기선 건초 더미에서 바늘 찾기야, 헬레나. 제발 가자, 응?" 아빠가 앓는 소리를 냈다. 아빠 말이 맞았다. 우리를 둘러싼 풍경은 헤더 관목 비슷한 풀로 빽빽이 뒤덮인 다트무어공원 같았으니까.

"당신은 봤으니까 당연히 가자고 하겠지!" 엄마는 쏘아붙였다. 아빠는 더 밀어붙이지 않았다. 엄마와 내가 계속 새를 찾는 동안 아빠는 물러서 있었다. 우리가 점점 희미해지는 빛 아래서 벌새의 빛나는 녹색 수염을 마침내 발견했을 땐 벌써 주위가 어둑어둑했다.

"봤지?" 엄마는 차에 올라타면서 선포했다. "당신이 가자고 했을 때 갔으면 우린 못 봤을 거라고. 안 그래, 마이아?"

나는 그저 고개를 천천히 저을 뿐이었다. 모두가 집에 가길 기다리고 있을 때 어둠 속을 뒤지는 건 그다지 유쾌한 일이 아니었지만, 엄마는 그런 건 아랑곳하지 않고 마냥 기뻐했다. 엄마의 기분은 단 몇 초 만에 분노에서 순전한 기쁨으로 바뀔 수 있었다. 어느 순간엔 벌새를 못 보면 이 음산해지는 산골짜기에서 아무도 발길을 돌릴 수 없다며 으름장을 놓다가도, 몇 초

만에 다시 긍정적인 기운과 생기를 되찾는 것이다. 엄마가 그날 탐조를 마치고 돌아오는 길에 행복하기만 하다면 나는 개의치 않았다. 그러나 엄마가 각고의 노력 끝에도 목표한 새를 보지 못했을 때는 엄마 곁에 있는 누구에게라도 더 어둡고 긴 그늘이 내렸다. 이틀 뒤 실제로 그런 일이 생겼다.

우리는 차를 타고 안데스산맥 높이 자리한 골짜기 소라이팜파로 향했다. 고대 잉카 유적 마추픽추로 가는 길의 전통적인 시작점이었다. 엄마와 내가 사륜구동차 뒤에서 조는 동안 안데스티나무Andean Tinamou 한 마리가 도로를 가로질러 날아갔다. 그을린 듯 어두운 갈색 몸이 빽빽한 무늬로 들어차 있고 다리는 꼭 닭을 연상케 하는 이 새는 여느 때처럼 바짝 깨어 있던 아빠 눈엔 보였지만 눈 깜짝할 사이에 사라졌다.

새는 길옆의 키 큰 마른 수풀 사이로 날아들어갔다. 기사는 차를 세웠고 아빠는 우리를 깨웠다. 엄마는 순식간에 차에서 내려 들판으로 빠르게 이동했고 나는 엄마를 따라잡으려 애썼다. 그러는 동안 알렉스는 우리 뒤에서 소리치며 방향을 알려줬다. 우리는 한참을 찾아 헤맸고, 엄마는 새가 숨어 있지 않나 살피느라 거기 있던 거의 모든 풀잎을 헤치고 다녔다. 하지만 우리는 아무것도 보지도 소리를 듣지도 못했다.

"보자마자 우릴 깨웠어야지!" 다시 리마로 돌아오는 길에 엄마는 아빠에게 소리질렀다. "방향을 제대로 가르쳐줬어야죠." 엄마는 알렉스에게도 쏘아붙였다. "저기 키 큰 풀 쪽에라고 하면 누가 알아들어요."

알렉스는 인내심 많은 청년이었고, 당연히 세계를 돌아다니는 탐조인들의 집착적인 기질에도 익숙했다. 그는 가는 길에 새를 또 만날지 모른다고 엄마를 안심시켰지만 엄마는 못 미더워했고, 그날 우리는 결국 티나무를 다시 보지 못했다.

솔직히 말해 티나무류는 미모 대회에서 입상할 것처럼 생긴 새는 아니다. 난해한 무늬의 깃털과 겁이 많고 내성적인 성향 탓에 일부 종은 정말로 투명 망토를 입고 다니는 게 아닌가 싶을 정도로 좀처럼 나타나지 않는다. 크기도 모양도 닭과 비슷한 이상, 어쩌면 이것이 인간이나 짐승의 먹잇감이 되지 않기 위한 최선의 전략일지도 모른다. 이들은 남아메리카와 중앙아메리카에만 서식하나, 아프리카의 타조, 오스트랄라시아의 에뮤와 화식조, 심지어 지금은 멸종된 뉴질랜드의 모아와도 가까운 계통의 새다. 또한 곤드와나대륙과 직접 연결되는 고리이기도 한데, 5억 5천만 년 전 존재했던 이 초대륙이 이후 쪼개져 오늘날 우리가 알고 있는 대륙들이 된 것이다.

엄마의 분노는 이번에도 누그러지는 데 한참이 걸렸다—정확히 사흘 뒤에 누그러졌는데, 우리가 마침내 또다른 안데스티나무를 목격했을 때였다. 엄마의 분노는 매일같이 찾아오진 않는다. 엄마가 원래 화가 많은 사람인 건 아니다. 엄마의 돌고 도는 사고는—이 경우엔 끝내 못 본 티나무 생각을 놓지 못하는 태도가—양극성장애의 증상이었다. 엄마는 어떤 생각에 한

번 꽂히면—새뿐 아니라 어떤 대상이든—그걸 바라보는 데 분노 말고는 다른 관점을 택하지 못했다.

이 시기 크레이그 가족 화목 지수는 몹시 낮았다.

이 여행에서 나는 벌새는 쫓아가는 게 아니라는 걸 배웠다. 벌새는 늘 인간보다 훨씬 빠르다. 여행 도중 언덕을 뛰어오르며 구릿빛광택꼬리벌새Coppery Metaltail를 쫓다가 넘어진 적이 있다. 고산병 때문이기도 했고 가파른 경사를 뛰어올라간 탓도 있었다. 아빠가 나를 들어올려 텐트로 다시 데려다주고는 초콜릿을 건넸다. 나는 생각했다. 코카 잎이 어디 있더라?

여행이 끝날 무렵 내 등산화는 다 닳았고, 접착테이프로 꼼꼼히 싸맸지만 도무지 붙어 있지 않았다. 등산화는 공항 쓰레기통에 버리고, 나는 8월 말 긴 장화를 신고 영국에 도착했다. 제대로 된 음식도 먹고 싶었다. 남아메리카의 산지에서 채식은 힘든 일이었고, 달걀이나 쌀은 질릴 만큼 먹은 상태였다.

귀국길 항공편은 미국 애틀랜타에서 하루를 경유하는 일정이었고, 우리는 집으로 향하는 마지막 여정에 오르기 전 35종을 새로이 기록에 욱여넣었다.

아빠와 나는 이 마지막 탐조에서 활기를 띠었지만(비록 하피수리가 어김없이 우리를 실망시키긴 했어도), 엄마는 일주일도 더 버티기 힘들어 보였다. 물론 엄마는 육 개월을 더 있으라 해도 기쁘게 그러겠다고 말했지만, 일상과 집이 주는 안락함을 어느 정도 회복하는 게 분명 필요해 보였다.

페루 일정에 나서기 전, 엄마는 개인 기록에 300종을 추가하는 걸 목표로 세웠지만, 아빠는 이게 좋게 봐도 과한 목표라고 생각했다. 하지만 우린 남미 여행에서 총 1천 종 남짓을 목격했다. 그중 상당수는 에콰도르, 콜롬비아, 볼리비아에서 본 새들이고, 페루에서 처음 본 종의 합계는 360종을 살짝 넘겼다.

나의 세계 탐조 기록은 이제 2900종이 넘어갔다. 전 세계 조류가 1만 종이니, 몹시 흥분되는 일이었다.

육 개월간의 대장정을 하나의 감정으로 축약하긴 힘들고 그럴 필요도 없겠지만, 보스케운초그 운무림에서 엄마와 함께 걸었던 때가 남미에서 보낸 수개월의 여행이 선사한 특별함을 가장 잘 포착한 순간이 아닌가 싶다. 남미 여행에서 가장 좋았던 건 부모님을 더 깊게 알게 됐다는 점이었다. 그전에는 너무 오랫동안 아이샤 언니가 나의 '부모' 역할을 맡아왔다. 엄마와 아빠는 아홉시에서 다섯시까지 일하는 일반적인 회사원보다 더 강도 높은 직종에 종사했다. 아침과 늦은 저녁에나 볼 수 있었지, 낮 동안 우리의 소통은 거의 없다시피 했다. 그리고 일을 안 나가던 시기의 엄마는 조증이거나 우울증이었다.

물론 남미 여행도 엄마에겐 순탄한 여정은 아니었지만, 엄마는 그동안과는 다른 방식으로 내 옆에 있어주었다. 나는 이전으로 돌아가고 싶지 않았다. 엄마가 우울증으로 스스로 고립되거나 망상에 빠져 자기 자신을 잃지 않기를 바랐다. 남미에서 내가 본 건 새뿐만이 아니었다. 나는 부모님을 다시 발견했다.

6장 공룡새

큰화식조

큰화식조는 인도네시아, 파푸아뉴기니, 호주 퀸즐랜드의 열대우림에 서식한다. 몸집이 크고 날지 못하는 새로, 에뮤, 타조, 레아, 키위의 친척이다. 큰화식조와 마주치는 일은 매우 드물지만, 이들은 무시무시한 평판을 자랑한다. 강인한 발은 세 발가락으로 갈라지며, 맨 안쪽 발가락에 12센티미터에 달하는 치명적인 단검 모양의 발톱이 달려 있고 이 발로 누구든 난폭하게 걷어찰 수 있다. 암컷이 수컷보다 우위를 차지하며 몸집도 더 크다. 암컷의 투구형 볏과 부리가 더 크고 맨살 부분은 더 밝은 색을 띤다. 수컷은 숲 바닥에 둥지를 지어 홀로 알을 품고 새끼를 키운다.

화식조는 바닥에 떨어진 열매를 찾아 먹으며, 다른 동물들에겐 독성을 유발하는 열매도 소화할 수 있다. 열대우림의 재생자로서 200종이 넘는 씨를 배설물을 통해 퍼트릴 수 있다. 실제로 열대우림 과일 중 일부는 화식조의 위를 거치지 않고서는 발아가 불가능하다.

평범한 일상에서 완전히 벗어나 수년은 떠나 있었던 것 같은 기분이었다. 모든 게 변했지만 동시에 아무것도 변하지 않았다. 내 친구 대부분은 한 번도 영국을 떠나본 적이 없었고, 내가 본 열대밀림이나 반짝이는 벌새 얘기에는 그다지 관심이 없었다. 그간의 이런저런 학교 가십을 굳이 따라가고 싶지는 않았는데도, 거의 평생 알고 지내온 무리와 왜 갑자기 이렇게 동떨어진 느낌이 드는지 이해가 잘 가지 않았다. 돌이켜보면 세상을 바라보는 내 시각이 바뀌었고 그동안 살던 작은 마을이 담기엔 버거울 만큼 드넓어졌기에, 자연스레 내가 친구들에게 공감하고 친구들이 내게 공감하는 정도에 변화가 생겼던 것 같다.

내 삶은 남미 대륙 모험에서 한순간에 홀로 방안에 앉아 어느덧 코앞으로 다가온 학력평가 시험공부를 하는 일상으로 바뀌었다. 눈 깜짝할 사이 우리의 장기 휴가는 꿈처럼 멀어진 것 같았다.

하지만 나는 다음해 중등학교에 입학한다는 생각에 분명 들떠 있었다. 새로운 친구들을 사귀고 청소년기의 중요한 이정표에 닿는 시기가 코앞에 와 있었다.

그러면서도 한편으론 내 일상이 이중생활 같다는 생각이 들기 시작했다. 머릿속에선 늘 시계가 째깍거리며 다음 탐조 휴가까지 남은 시간을 재고 있었다. 내 삶의 또다른 일부로, 새와 함께하는 그 시간으로 폴짝 건너뛰려고 말이다. 떠나 있는 동안에는 또다른 초읽기가 시작되어 나를 집으로 다시 불렀다. 두 삶의 구분선이 조금 더 희미해졌으면 좋겠다고 생각했지만, 친구 중 '버드걸'에 관심을 보이는 애는 거의 없었고, 그래서 나의 탐조 모험을 얘기하기가 더더욱 꺼려졌다. 두 세계 사이에 다리를 놓을 기회는 많지 않았다.

탐조를 제외하면 친구들과의 우정은 끈끈했다. 나는 걸가이드에 가입해 친구들과 함께 등반하고 야영하고 항해하고 카누를 탔다. 사실 보이스카우트가 더 도전적이고 재밌었는데, 나무 쪼개기, 불 피우기, 동굴 탐험, 자일 타기, 야간 등반을 주로 했다. 친구 집에서 자거나 영화를 같이 보는 것도 여전히 즐거웠고, 어쩌면 친구들과 내 탐조생활을 공유하려고 더 노력했어야 했을 수도 있겠지만 그러진 않았다. 마찬가지로 엄마의 정신질환도 가족 외의 사람들에겐 전혀 언급하지 않았다. 처음 얘기를 꺼낸 것도 십대에 접어들고 한참 지났을 때였다. 말을 한다고 해도 도저히 이해할 사람이 없을 것 같았다. 엄마의 기분이 극과 극으로 변해 다음날 아침에 눈을 뜨면 어떤 엄마가 기다리고 있을지 전혀 감이 안 오는 상태로 산다는 게 어떤 기분인지.

긴 세월 동안 나는 어젯밤 엄마가 약을 제대로 먹는지 지켜볼 아빠가 자리를 비운 동안 엄마가 약을 변기에 넣고 물을 내리려 하는 걸 봤다는 걸 친구에게 어떻게 말할 수 있을지 상상할 수조차 없었다. 조증이 시작되면—하루이틀 밤의 수면 부족이면 충분했다—약을 전부 버리려 드는 게 엄마의 증상이라는 걸 어떤 말로 설명할 수 있을까? 엄마는 약 없이 이틀을 보내며 잠만 오게 만드는 그 약은 다시는 한 알도 입에 넣지 않겠다고 다짐했고, 아주 바쁘게 지냈다.

왜 그렇게 바쁘신 건데? 일을 안 나가면 온종일 뭐 때문에? 친구가 물어보는 장면이 그려졌다. 그러면 나는 아마 얼빠진 듯 모호하게 대답할 것이다. 아, 그냥 컴퓨터. 가끔은 밤중까지 해.

정말? 뭐하느라?

나도 몰라.

귀국 후에도 엄마는 계속 기운이 넘쳤고, 이후 두 달간 엄마와 아빠와 나는 여행을 신나게 곱씹으며 각자 목록을 작성하고 서로의 것과 비교하면서 여행에서 봤던 비범한 새들을 하나씩 떠올렸다. 가족과 친구, 동료 탐조인들이 우리 여행의 수많은 하이라이트를 접하고는 즐거워했다. 겨울로 접어드는 무렵이었지만 이 여행이 우리의 삶에 미친 여파는 지속되었고, 특히 아빠에게 그러했다. 우리는 긴 여행을 떠났고, 비범한 새들을 봤고, 살아남아 이야기를 전할 수 있었다. 아빠는 벌써 다음번엔 어디로 갈지 생각하고 있었지만, 그해 말 엄마의 상태가 다시 나빠졌다.

엄마는 침대에 누워 있거나 소파에 누워 있기를 반복하기 시작했다. 나에게도, 엄마 주변에서 일어나는 일에도 관심이 없었고, 자기 머릿속에만 갇혀 있는 사람 같았다. 가끔은 말이 없는 아주 불행한 유령과 같은 집에 사는 느낌이었다. 아빠는 엄마의 무기력에 답답함을 느낀 나머지 제정신으로 있기 위해 집을 나가, 내가 기억하기로는 처음으로 혼자서 동네 탐조에 나섰다. 그리고 나도 인생 처음으로, 엄마 때문에 미쳐버릴 것만 같았다.

엄마를 도저히 이해할 수 없었다. 나는 여전히 남미 여행을 생각하며 그 여운에 푹 빠져 있었다. 너무도 좋았던 여행이었고 엄마도 여행중엔 꽤 오랫동안 '멀쩡해' 보였다. 여행을 떠난다 해도 그 모든 장점이 그토록 순식간에 쉽게 무효가 돼버린다면 다 무슨 소용일까? 나는 생각했다. 사람이 아프면 낫기 마련인데 왜 엄마는 낫지 않을까? 하지만 또 달리 생각해보면 집에 왔을 때 나도 어색한 기분을 느끼지 않았나? 모든 게 다제자리에 있고, 모두가 변함없이 같은 얘길 하고, 똑같은 일상을 반복한다는 게? 어쩌면 엄마도 나처럼 그저 적응하는 데 어려움을 겪는 걸지도 몰랐다.

원래 엄마의 에너지는 누구도 막을 수 없었다. 엄마는 언제나 앉아 있기보단 움직이고, 생각하기보단 발언하고, 어려움을 겪는 사람들을 돕는 데 에너지를 쏟는 사람이었다. 엄마가 우리와 멀어지자 나는 아빠만큼이나 좌절감을 느꼈지만, 아빠는 마음속 깊은 곳에서 엄마가 나아질 거라고 여전히 믿고 있었다. 여행하는 동안 엄마의 건강은 호전되었고, 아빠도 계속 해결책을 찾으려고, 엄마를 원래의 엄마로 돌려놓으려고 노력할 것이었다. 하지만 나는 그다지 확신이 없었다. 지난 삼 년간 엄마가 과묵한 절망과 격렬한 분노 사이를 오가는 모습을 봤고, 이젠 어쩌면 엄마가 영원히 이 상태일지도 모른다는 의심이 들기 시작했다. 괜찮아 보이는 동안에도, 심지어 오랜 기간 괜찮아 보여도, 엄마는 결국 슬픔으로 다시 빨려들어갈지도 모른다고.

엄마는 우울하지 않을 땐 조증 상태였다. 무모하고, 짜증을 잘 내고, 걸핏하면 화를 내며, 내가 학교에 늦거나 신발을 못 찾으면 날카롭게 쏘아붙이곤 했다. 엄마가 내게 소리지르면 나도 엄마에게 소리를 질렀다. 엄마가 언젠가는 '나아질' 거라는 변명과 가정이 지긋지긋해지기 시작했다. 나는 바보가 아니었다. 어쩌면 나는 엄마에게 화가 났다기보단, 엄마가 언제까지나 이럴 거라는 생각에, 자기 감정이나 기분을 영원히 통제하지 못할 거라는 생각에 화가 났는지도 모른다. 버려진 듯한 기분이었고, 이 기분은 하루하루 더 크고 시끄러운 말다툼으로 발전했다. 생각해보면 사실 나는 엄마의 통제 밖에 있는 것 때문에 엄마에게 화를 내고 있었다.

그해 겨울에는 내가 학교에 가 있는 동안 정신 건강 담당 부서의 상담사가 매일 아침 우리집을 방문해 광장공포증이 생긴 엄마를 집밖으로 이끌었다. 엄마가 계속 여행을 다니려면 전문적인 도움이 필요했다. 나는 이 상황에 관해 전혀 몰랐고, 엄마가 더는 차를 운전하지도 않고, 장 보러 나가지도 않는다는 것을 알아차리지 못했다. 엄마가 더 무심해질 때마다 나는 더 화가 났다. 엄마의 반응을—어떤 반응이라도—끌어내려고 소리를 질렀고, 그럼 엄마도 내게 소리를 질렀다.

지금의 나는 이 말다툼이 일종의 연결고리 구실을 했다는 걸 안다. 비록 싸우고 있다고 해도, 그것 또한 소통이라면 소통이었으니.

엄마는 이 주에 한 번 건강 관리자와 만나 전해에 퇴원한 후 어떻게 증상을 관리하고 있는지 확인을 받았지만, 갑자기 이 서비스가 중단됐다. 엄마는 가장 최근에 상담받았던 정신과의사에게 더는 진료를 받고 있지 않았는데, 엄마가 의사의 진단에 동의하지 않았기 때문이었다. 의사는 엄마가 단순 우울증이며 치료를 위해선 시탈로프람을 더 많이 복용해야 한다고 판단했다. 엄마의 담당 보건의는 처음엔 엄마를 다른 정신과 의사에게 인계할 생각이 없었는데, 굳이 그럴 필요를 찾지 못한 것이다.

이전에 비공식적으로 진단받았던 양극성장애가 엄마로선 가장 납득할 만한 설명이었다. 엄마는 다른 의사의 소견이 절실하게 필요했고, 마침내 보건의도 한발 물러나 엄마를 새로운 사설 정신과의사에게 인계했다. 병원 예약이 잡혔을 때 엄마는 즉각 희망에 사로잡혔고 기분이 갑자기 들떠 보였지만, 나는 이런다고 뭐가 달라진다는 건지 이해가 안 갔다. 오래된 문제에 새로운 이름을 붙이는 것뿐인데?

2012년 12월, 새로운 정신과의사는 첫 진료에서 전혀 에두르는 태도 없이 모든 증거를 검토한 뒤 엄마에게 양극성장애 판정을 내렸다. 또한 SSRI가—시탈로프람이—엄마를 결국 입원까지 가게 했던 본격적인 조증을 유발한 원인이 맞다고도 설명했다. 엄마는 십대 초반부터 자신의 증상을 조절하려 애썼고 지금껏 성공하지 못했지만, 이젠 엄마에게 필요한 도움을 받을 수 있을 것이었다. 리튬을 비롯해 새로운 약 처방이 내려졌고, 약물의 균형과 조합이 맞는지 면밀히 살피는 과정이 이어졌다.

그날 밤 부모님이 새로운 소식을 안고 집에 돌아왔을 때, 엄마에게 이것이 전환점이 되리라는 게 느껴졌다. 엄마는 드디어 확실한 진단을 받았을 뿐 아니라, 처음으로 누군가가 정말로 자기 얘기를 들어준다는 느낌을 받았다.

"내 얘길 정말로 들어줬다니까, 마이아." 엄마는 강조했다.

"내 얘기도." 아빠가 말했다.

엄마는 얘기를 늘어놓으며 소리 내 웃었지만 나는 그게 그다지 재밌진 않았다. 엄마는 아빠에게 상담받을 때 들어오지 말라고 일렀다. 의사와 둘이서만 얘기하길 원했고, 아빠는 바깥에 나가 근방을 돌아다닐 계획이었다. 그런데 아빠가 출발하자마자 엄마는 아빠에게 전화를 걸어 다시 진료소로 오라고 말했다. 의사는 아빠와도 얘기하고 싶어했고, 아빠의 생각과 엄마를 돌봤던 경험을 듣고 싶어했다. 아빠가 눈물을 쏟으며 엄마를 살리고자 했던, 안전하고 편안하게 해주려 노력했던 일을 설명하자, 의사가 엄마에게 말했다.

"이제 크리스와는 그만 싸울 때도 됐어요, 헬레나. 그러지 않으면 크리스가 가족 중에서 다음으로 병원 신세를 질 사람이 될 겁니다. 이젠 헬레나가 보답할 차례고 크리스가 배려했던 것처럼 크리스를 배려할 때예요."

부모님의 입이 떡 벌어졌다.

"이건 헬레나의 문제만이 아니에요." 의사는 말을 이어갔다. "마이아와 크리스의 문제이기도 해요. 헬레나는 아프지만, 그래도 타인을 어떻게 대할지는 스스로 통제할 수 있어요."

대단하게도 엄마는 의사의 직접적인 태도에 오히려 힘을 얻었다. 맞는 말이라고 엄마는 판단했다. 엄마의 슬픔이나 조증에 아빠는 한 치의 책임도 없는데 아빠에게 역정을 내지 않았나? 남미 여행에서 새를 놓쳤을 때 그 불똥이 다 아빠에게 가지 않았나?

아빠는 눈을 반짝이며 의사가 엄마에게 한 마지막 당부를 들려줬다. "크리스는 헬레나를 병원 밖으로 꺼내줄 유일한 사람이니까, 이젠 남편에게 조금이나마 고마움을 표시할 때예요."

"물론 늘 고마워하고 있다고." 엄마가 내게 말했다. "내 나름의 방식으로."

엄마는 인생 처음으로, 과거엔 너무도 자주 그렇게 느꼈지만, 자신의 기분 변화가 성격의 일부일지도 모른다는 생각에서 벗어나게 되었다. 드디어 부모님은 어느 정도 도움을 받는다면 엄마도 자기 삶을 더욱 일관되게 즐기리라는 희망을 품게 되었다.

두 사람이 행복해 보였고—엄마의 치료에 한마음이 되어—또 미래가 약간은 더 밝아 보여서 나도 안심이 됐다. 의사는 엄마의 고집스러움, 아빠에 대한 지나친 기대, 나를 향한 퉁명스러움에 관해 맞는 말을 했지만, 양극성장애는 고약한 질병이고, 이것이 가끔 엄마를 이기적이고 고립되게 만든 것도 사실이다. 이 병은 사실 가정파괴범이기도 하다. 우리 부모님은 다행히 관계를 유지했지만, 놀랍지 않게도 엄마가 병원에서 만났던 다른 환자들은 사실상 모두 파트너와 결별했다. 게다가 남미에서 돌아온 이후 나와 엄마의 관계만을 놓고 보자면, 그들이 자녀들과 아주 좋은 관계를 유지했을 것 같지도 않다.

엄마도 진단받기까지 오랜 시간이 걸렸지만, 엄마 말로는 오늘날은 NHS의 정신 건강 서비스가 감축되어 진단을 받기가 훨씬 더 힘들 거라고 한다. 엄마가 처음 아프기 시작했던 2010년 당시는 지역 병원에 정신 건강 서비스를 위한 건물이 따로 있었다. 엄마는 퇴원 후에도 육 개월간 심리 치료와 가정 상담을 받았다. 오늘날에는 같은 수준의 지원을 받을 수 없는 데다, 여전히 양극성장애는 무수한 다른 정신질환과 자주 혼동된다.

우리 나누는 엄마가 받은 진단에 기뻐하지 않은 유일한 사람이었다. 왜 그렇게 수치스러운 낙인을 달고 살아야 하나? 할머니의 생각은 그랬다. 친척들이 죄다 그 사실을 알게 되면 좋을 게 뭐가 있다고. 할머니는 엄마가 진단 소식을 비밀로 해야 한다고, 가족 중에 정신병 환자가 있으면 사촌이나 조카의 혼삿길이 막힐 수 있다고 우겼다. "어차피 요샌 아무도 중매로 결혼하지도 않는데." 엄마는 반발했다. 하지만 할머니는 완고했고 아예 말문을 닫아버렸다. 그저 이 일을 묻어버리고 싶어 할 뿐이었다.

엄마 쪽 친척들은 정신질환이라는 것을 받아들이지 않고 완강하게 부정하는 사람들이다. 이상하게 들릴진 모르겠지만, 친척들의 왈가왈부는 거의 가족 내 농담처럼 느껴지던 수준이었다. 엄마는 정신병 환자가 아니라 그저 '분노 조절'에 문제가 있는 거라고들 했다. 그래도 할머니는 엄마에게 진이 들렸다는 믿음에선 벗어난 상태였다. 타비즈가 실제로 효과를 냈다고 믿었던 것이다! 나는 진 얘기를 익히 들으며 자랐고 엄마가 그랬듯 그저 웃어넘겼다. 친척 어른들이 이러쿵저러쿵하는 말일 뿐, 나나 아이샤, 엄마 아빠와는 상관없는 얘기로 생각하기로 했다.

드디어 소중한 진단을 품에 안은 엄마는 가족이 뭐라고 하든 확신이 꺾이지 않았지만, 나는 정신질환에 대한 우리 커뮤니티 내의 거부감이 낳을 더 해로운 부작용을 충분히 짐작할 수 있었다. 이 문제가 그토록 금기시된다면, 가족 중 또 누군가가 아픔을 겪을 때 어떻게 도움을 요청할 수 있겠는가?

엄마 가족들이 도와줬다면 우리에게도 힘이 되었을 것이다. 정신질환에 대한 그토록 강한 반발심만 없었다면, 친척들도 좀더 나서줄 수 있지 않았을까. 정신질환에 대한 낙인은 미신 때문이고, '좋은' 가족이란 결국 가문의 평판을 둘러싸고 어떤 가십도 떠돌지 않는 가족이라는 생각 탓이다. 어느 때보다 더 정신질환에 대한 논의가 활발한 오늘날, 이는 특히나 안타까운 일이다.

나와 엄마 사이의 균열은 엄마에게도 아빠에게도 속상한 일이었다. 보건의의 조언에 따라 엄마와 나는 지역 사회복지사가 운영하는 집단 상담 프로그램에 참여하게 되었다. 처음에 나는 질겁했다. 모르는 사람들이 잔뜩 있는 곳에서 같이 둘러앉아 내 '감정' 이야기를 꺼내고 싶진 않았다. 당시 열 살이었던 나에겐 정말 끔찍한 계획처럼 들렸다.

"이야기를 나누는 게 아니야." 엄마는 설명했다. "전혀 아냐. 그냥 가서 같이 어울리면서 같이 뭘 좀 하는 거야."

사실 엄마도 나만큼이나 가고 싶지 않아했다. 첫 상담날, 우리는 가는 길에 길을 잃었고, 그길로 차를 돌려 아예 안 가면 어떨까 고민했다.

하지만 어찌어찌 도착했고, 다양한 나이대 아이들을 포함해 '힘든 시간을 보내는' 다른 열 가족과 함께 '같이 뭘 좀 하는' 시간을 가졌는데, 대개 공작 활동이었다.

"이 병을 물로 채우고 반짝이를 넣어봐, 마이아." 하라는 대로 나는 병을 채운 뒤 뚜껑을 닫았다. "이제, 화가 나면 그걸 뒤집는 거야." 병을 뒤집자 반짝이가 물을 타고 내려왔다. 웃음이 터질 지경이었지만, 어쩌면 그게 핵심이었는지도 몰랐다. 병을 벽에 던져 깨부수는 것보다 웃는 게 낫지. 그런 생각이 스쳤다.

내가 이 상담 프로그램을 좋아했다면, 그건 엄마의 온전한 관심을 받을 수 있어서였다. 엄마는 밤늦게까지 일하거나 세상을 바로잡으려 종횡무진하지 않았고, 커튼을 닫은 채 침대에만 누워 있지도 않았다. 안데스산맥의 운무림에서 걷고 이야기를 나누며 세상사를 논하던 때와 같진 않았지만, 그래도 좋았다. 우리는 함께 가면을 칠하고, 모닥불 앞에 둘러앉아 팝콘을 먹었다. 일 년 전 엄마의 '침대생활' 기간에 아빠는 내게 자전거 타는 법을 알려줬다. 그리고 이제, 처음으로 엄마와 나는 자전거를 타고 함께 숲을 통과하고 있었다. 하지만 이런 활동 그 자체가 중요했던 건 아니다. 중요한 건 우리가 함께 보낸 시간이었다. 그리고 그것만으로도 내 분노가 서서히 밀려나가고 희망이 조금씩 들어차는 걸 느낄 수 있었다.

엄마가 진단을 받은 지도 어언 육 개월이 지났지만, 사실 엄마의 '회복'을 위한 여정은 이제 막 시작 단계였다. 당시 엄마는 리튬만 복용중이었는데, 일종의 기분안정제로 바라건대 조증에 특히 도움이 될 약이었다. 약물 혼합제의 균형을 맞추기 위해선 길게 두고 봐야 했다. 새로운 약을 하나씩 추가하면서 엄마의 반응을 살필 필요가 있었다.

엄마는 새로운 약을 먹기 시작한 때부터 '달라지기' 시작했다. 더 제대로 기능하는 듯했고, 기분도 안정되었으며, 버럭 화를 내는 일도 줄었다. 하지만 며칠씩 몇 주씩 예전의 모습으로 되돌아가기도 했다. 밤늦게까지 자지 않고 뭐든 새로 관심이 꽂힌 주제를 인터넷에서 집요하게 파헤치곤 했다.

이 초반 적응 기간에 내 둘째 조카 루커스가 태어났다. 루커스가 세상에 나오는 동안, 엄마가 아이샤의 손을 꼭 잡아주고 있었다. 당시 나는 루커스의 출생이 부모님의 불안감에 영향을 미칠까봐 걱정했는데, 걱정할 필요가 없었다. 부모님은 애초에 했던 결심을 지켰다. 임신 소식을 알렸을 때 아이샤는 스스로 결정을 내렸던 것이고, 부모님은 언니가 필요로 할 때 도움을 준다는 생각이었다. 이번엔 아이샤도 더 안정적인 상황이었고, 또 이미 엄마였다. 저번처럼 부모님이 허둥지둥 언니의 출산 준비를 하며 묵을 곳을 찾아주고, 냉장고에 먹을거리를 채울 돈은 충분한지 노심초사할 일은 없었다. 아이샤는 새로 태어날 아기의 침실 벽에 무지개 그림을 칠할 만큼 차분했다.

아빠는 나의 긴 여름방학을 보낼 여행지를 정해두고 싶어 몸이 근질근질한 상태였고, 부모님은 조류 목록과 탐조 웹사이트를 한참 뒤지다 마침내 호주 퀸즐랜드에 육 주간 다녀오기로 결정했다. 호주 땅을 누빌 때는 캠핑카를 타는 게 여행에 모험 같은 요소를 더하면서도 비용을 가장 아끼는 방안으로 보였고, 엄마는 캠핑카와 첫 주 캠핑 장소를 예약하는 일을 맡았다. 하지만 출국일이 다가와서야 엄마가 딱히 예약을 마친 게 없다는 사실이 드러났다. 아빠는 우리의 남미 여행 계획을 거의 혼자 도맡아서 짰고, 엄마는 이번 호주 여행이 자기 차례라고 생각했다. 이건 엄마의 임무였다. 출국이 두 주 남았지만, 우린 아직도 타고 다닐 차가 없었다. 아빠는 언짢았지만, 엄마는 지금 누구도 건드릴 수 없는 자기만의 임무를 수행중이었으므로 감히 끼어들 생각을 못했다. 모든 걸 마지막 순간과 그 이후까지 미루는 엄마의 방글라데시 사람다운 사고방식은 모든 걸 사전에 준비하고자 하는, 그래서 어떤 문제나 지연, 사고가 생길 때 대처할 시간을 벌고자 하는 아빠의 성향과 부딪쳤다. 비행기를 타러 갈 때 아빠는 이륙 몇 시간 전에 도착해 탑승 수속을 밟고 세관을 통과할 시간을 충분히 확보하는 사람이라면, 엄마는 공항까지 가는 길이나 공항 검색대에서 아무 일도 없을 거라고 속 편하게 생각하며 모든 걸 마지막 순간까지 미루는 유형이다. 엄마를 집밖으로 끌어내기 위해 아빠는 이렇게 겁을 주곤 했다. "비행기는 늦는 사람 안 기다려주는 거 알지." 하지만 내가 봤을 때 엄마는 감히 비행기가 자길 두고 떠날 일은 없을 거라 믿는 것 같다.

마침내 실제로 예약에 착수했을 때 엄마는 캠핑카를 빌려주는 회사를 잔뜩 찾아냈지만, 이미 퀸즐랜드 뮤직 페스티벌이 모든 곳을 쓸고 지나간 뒤였다. 출국 전주까지도 엄마는 거의 매일 밤늦게까지 깨어 렌터카회사에 미친듯이 전화를 돌리며 '뭐라도' 없냐고 애원했다.

"캠프장은?" 아빠가 약간은 절박하게 물었다. "몇 군데쯤은 예약해놨지?"

"괜찮을 거야." 엄마는 같은 말을 되풀이했다. "다니면서 예약해도 되잖아, 안 그래?"

브리즈번에 도착하자 바로 그 페스티벌에—캠핑카를 타고—가려는 사람들이 어딜 가나 보였다. 우리가 빌린 차는 아주 작았지만(유일하게 남은 차종이었다) 나는 개의치 않았다. 코딱지만한 캐노피 침대에 누워, 엄마 아빠 머리 위 겨우 몇 센티미터 떨어진 데서 자야 하긴 했지만. 그 차는 정말 기본만 갖춘 차여서 여행 초반엔 샤워도 못했는데, 그것도 난 괜찮았다. (물론 수세식 변기도 못 쓸 거라고는 미처 생각지 못하긴 했다.) 킨들은 책으로 꽉 채워두고 CD 드라이브에는 비스티보이스 음반을 밀어넣은 채 우리는 여정에 돌입했다.

우리의 주 목적지 중 처음 도착한 곳은 퀸즐랜드와 뉴사우스웨일스주 경계에 자리한 래밍턴국립공원으로, 폭포와 아열대우림, 야생동물로 유명한 광활한 보호구역이다. 고대 화산이 남긴 맥퍼슨산맥의 래밍턴고원에 자리한 이곳은 탐조인들의 꿈의 여행지다.

겨우 예약에 성공한 첫 캠프장에는 늦은 시각에 도착해 곧장 잠자리에 들었지만, 극심한 추위 탓에 한밤중에 잠에서 깼다. 나는 불평하기 시작했다. 여기는 호주인데, 원래 더워야 하는 거 아닌가? 브리즈번에서 출발할 때는 날씨가 정말 끝내줬는데? 뚝 떨어진 기온에 엄마 아빠까지 적잖이 놀랐다. 하지만 경험은 배신하지 않았고, 엄마도 절대 짐을 적게 챙기는 사람이 아니었기에, 우리는 넉넉히 챙겨온 보온 내의를 껴입고 다시 잠을 청했다.

다음날 이른아침, 여섯시쯤 됐을 때 날씨를 보니 저멀리 산꼭대기 너머로 해가 과연 뜨기나 할까 싶은 생각이 들 정도였다. 우리의 탐조 첫날이 다소 춥고 습했기에 보온 내의를 그대로 입은 채 출발했다. 날씨는 확실히 영국 느낌이 났다. 마치 레이크 디스트릭트의 축축한 삼림지대를 걷는 것 같았다. 하지만 새들은 확실히 영국적이지 않은 느낌이었다! 우리는 목에 쌍안경을 걸고 우림으로 걸어들어갔다. 래밍턴은 붐비는 공원이지만, 이땐 아직 이른 시각이었고 매우 조용했다. 비몽사몽간에 약간 으슬으슬 떨고 있다가 우리의 첫 새 갈색긴꼬리비둘기Brown Cuckoo-dove를 목격했다. 사실 실망스러운 새였다. 흔한 도시 비둘기와 다를 바 없어 보였고 영국에서도 많이 볼 수 있기 때문이었다.

"저게 마이아의 3천번째 새 아닌가?" 엄마가 물었다. 이 말을 들으니 순간 정신이 번뜩 들었고, 날씨도 별로고 멋진 새도 안 보인다고 가라앉았던 기분에서 벗어날 수 있었다. 이 칙칙한 색깔의 새를 가만히 응시하며 생각했다. 이게 정말 내 기념비가 되는 새일까?

"아냐." 아빠가 대답했다. "거의 다 오긴 했지만." 그 말에 흥분이 식었지만 적어도 이젠 집중력을 되찾았고, 마침내 해가 나면서 뼛속까지 시리던 몸도 녹고 있었다.

어느새 오전 아홉시쯤이 되자 날이 더 풀렸고, 우리는 입고 있던 옷을 몇 겹 벗었다. 호주는 약 칠천만 년 전까지 남극대륙과 붙어 있었기 때문에 래밍턴의 고대 우림엔 여전히 남극너도밤나무가 서식했고, 그래서 시간이 멈춘 것만 같은 이곳의 분위기가 한층 강해졌다. 마치 쥐라기공원에 와 있는 것 같았다. 물론 공룡은 없지만(새는 있어도!), 구름이 높다란 너도밤나무 사이사이와 그 위로 떠다니는 이 숲에는 묘한 기운이 감돌았다. 이날 우리의 오전 목표 종은 리젠트바우어새로, 아름다운 기념비가 될 새였다.

바우어새과의 다른 종들과 마찬가지로, 수컷 리젠트바우어새는 '바우어bower', 즉 터널 모양의 그늘 쉼터를 짓는데, 나뭇가지를 엮어 만든 이 화려한 구조물을 베리류, 달팽이 껍데기, 씨앗, 나뭇잎으로 장식한다. 슬프게도 오늘날은 여기에 플라스틱 조각도 포함된다. 이들은 파란색 물체를 특히 선호한다. 심지어 입에서 녹색이나 파란색 '침 페인트'를 분비해 '잎사귀 붓'을 써서 자기가 짓는 바우어 벽면을 색칠하기까지 한다. 도구를 사용하는 몇 안 되는 조류 중 하나다. 수컷은 자기 바우어를 방문한 여러 암컷의(일부다처 동물이다) 시중을 드느라 바쁘지 않을 때는 그 구역의 다른 바우어에서 자기 마음에 드는 장식을 약탈하러 나서기도 한다.

리젠트바우어새는 래밍턴국립공원을 상징하는 새로, 퀸즐랜드 남동부와 뉴사우스웨일스 북동부에만 서식한다. 길을 따라가자 빈터가 나왔고, 키 큰 나무들이 곧 비밀이 펼쳐질 거라고, 눈을 뜨고 기다리기만 하면 곧 알게 될 거라고 속삭이는 듯했다.

눈가에 금빛이 번쩍 스쳐지나갔다. 해가 있는 방향으로 고개를 돌리자 숨이 턱 막혔다. 바로 거기, 높은 가지 위에서 햇볕을 쬐며 찬란히 빛을 내는 리젠트바우어새는, 내가 본 새 중에서도 가장 환상적인 자태를 자랑했다. 탐조인들이 마치 바라보기만을 위해 창조된 것 같다고 말하는 새들이 있는데, 바로 그런 새가 우리 눈앞에 있었다.

리젠트바우어새는 정말 이름 그대로였다. 부리부터 발톱까지, 윤이 나는 검은 털과 망토와 빛나는 금빛의 왕관에서부터 따뜻하고 촉촉한 노란색 눈동자까지, 그야말로 숲의 지배자regent 같은 모습이었다. 게다가 한 마리가 아니었다. 바우어새 여러 마리가 햇살을 받아 빛을 내는 모습은 꼭 고대의 너도밤나무에서 금빛 새들이 자라난 것 같았다.

우리는 그 자리에서 말문이 막힌 채 완전히 넋이 나가 새들을 바라봤다. 새들이 무언가에 놀라 날아갈 때까지. 선명한 노란색 날개를 펼쳐 하늘 위 보물 상자가 되어 사라질 때까지.

"저게 마이아의 3천번째 새야." 아빠가 함박웃음을 지은 채 나를 꽉 껴안으며 말했다.

3천 종은 정말 큰 숫자고, 인생에서 처음으로 진정한 세계 탐조인이 된 느낌이었다. 이게 무슨 의미인지 생각할 시간이 필요했다. 현실적으로 이 정도 기록을 달성하려면 여러 대륙을 여행해야 한다. 어느 탐조인에게나 매 천번째 새는 큰 의미를 지닌다. 솔직히 말해, 그 정도로 기념비적인 숫자를 인생에서 몇 번이나 보겠는가? 전 세계 조류가 1만 752종인데 열 명이 조금 넘는 사람들만이 9천 종 이상을, 마흔여 명이 8천 종 이상을 기록했다. 세계 탐조는 대부분 개인적인 여정이라 최고의 세계 탐조인이 누구인지, 그들이 동정한 새가 몇 종인지 기록하는 공식 단체는 없지만, 여러 인터넷 사이트에 얼마든지 자신의 관찰을 기록하고 공유하면 된다. 개인적으로 나는 '부보 리스팅'을 늘 애용한다.

고작 열한 살이었지만 나는 이 순간이 전환점이라는 걸 깨달았다. 3천 종은 단순한 숫자 이상이었다. 수년간 봐온 그 모든 환상적인 새들과 그들을 만나기 위해 들인 엄청난 노력을 의미했다. 사실 그 이상의 의미가 있다. 이것은 우리 가족이 지나온 여정을 담은 이야기이기도 했으니까. 남아메리카의 새들은 우리가 반년간 '타임아웃'을 누리며 쌓은 추억과 얽혀 있었고, 에콰도르와 가나의 새들은 엄마에겐 기쁨뿐만 아니라 좌절의 순간으로도 기억될 것이었다.

물론, 조금 전에 본 갈색 새가 내 기념비적인 새였다면 그 새도 내게 '특별한' 새가 되었을 것이다. 내 기록에 남은 새들은 저마다 특별한 점이, 사랑할 만한 구석이 있다. 하지만 나는 아직 어렸고 내 기념비가 된 새가 특별히 예쁘다는 점에 은근히 짜릿함을 느꼈다.

퀸즐랜드를 통과해 북부의 케이프요크로 향해 가면서, 영국 사람인 나의 뇌는 우리가 가로지르는 이 광활한 공간을 이해해보려고 애쓰고 있었다. 비스티보이스가 세상에 래퍼는 너무 많고 MC는 얼마 없다고 노래하는 동안 우리는 끝없는 호주의 오지를 뚫고 북쪽으로 향했다. 차를 타고 며칠을 달렸는데 아직도 퀸즐랜드였다! 머릿속으로는 퀸즐랜드가 호주 면적의 오분의 일에 불과하지만 영국 국토의 족히 일곱 배가 된다는 사실을 이해하려고 애써야 했다.

엄마는 여행 초반에 졸음을 참지 못했는데, 아직 새로운 약에 적응중이던 탓이었다. 아빠가 운전과 지도 읽기를 둘 다 맡는 동안 엄마는 캠핑카의 조수석에 앉아 꾸벅꾸벅 졸았지만, 우리의 가장 큰 문제는 그게 아니었다. 엄마는 그때부터 오늘날까지도 왜 호주 여행 일정을 조금이라도 스스로 짤 수 있다고 믿었는지 모르겠다며 의아해하지만, 과한 야욕을 부리는 건 조증의 전형적인 증상이다.

엄마는 캠프장도 거의 제대로 예약해두지 않았고, 곧 우리는 '다니면서 예약하기'가 들리는 것만큼 간단하지 않다는 것을 알게 되었다. 엄마가 전화기를 붙잡고 캠프장 직원에게 제발 우리를 들여보내달라고 애원하는 동안 스트레스는 점점 쌓여만 갔다. 어떤 밤에는 그냥 길가에 차를 대고 차 안에서 잤는데, 호주는 야영이 가능한 장소를 법으로 엄격히 정해두고 있고, 이를 어기면 무거운 벌금을 매기기 때문에 위험 부담이 따르는 일이었다.

엄마는 캠프장 사이의 거리 또한 잘못 판단했다. 한두 번은 그날의 탐조를 마치고 나서 엄마가 아빠에게 방향을 알려주며 캠프장으로 향했는데, 너무 늦게 도착해서 입장을 거부당하거나 입장 통제 시간과 규칙 엄수에 관해 훈계를 잔뜩 들어야 했다. 그러면 아빠는 다시 운전대를 잡고 또다른 캠프장을 찾아 나섰다. 나는 이런 이동에 관해 별생각이 없었고, 교전중인 부모님 사이에 끼여 작은 콘솔박스 위에 앉아 있었다. 새를 놓칠까봐 뒷좌석에 앉지도 못했다. 다행히 내게는 아이팟과 헤드폰, 정신을 팔기에 좋은 〈이게 바로 음악이지! 84 Now That's What I Call Music! 84〉 음반의 수록곡 마흔세 곡과, 그 사이에 드문드문 섞여 있던 비욘세와 핑크 음악들이 있었다. 그리고 새로운 캠프장을 찾느라 시달렸던 스트레스와 불안감은, 가끔은 헛수고가 되기도 했지만 다행스럽게도, 일단 자리를 잡는 순간 사라졌다.

엄마는 해외에서는 운전하는 걸 싫어했지만, 결국 아빠가 가끔은 엄마에게 운전대를 억지로 넘겼다. 덕분에 손에 땀을 쥐는 일이 많았고, 내가 보기엔 그다지 좋은 생각 같진 않았다. 대형 트럭이 옆에서 덜컹거리며 지나갈 때마다 엄마의 몸이 얼어붙고 말았으니까.

우리의 아침 일과는 아빠가 엄마에게 그날 저녁에 묵을 캠프장에 전화를 돌리라고 시키는 것으로 시작했다. 엄마는 대개 점심시간이 되어서야 그 일에 착수했고, 그러면 패닉 상황이 다시 처음부터 되풀이되었다. 캠프장 예약이 꽉 찼고 다음 캠프장을 찾기엔 이미 너무 늦은 날이면 좌절하며 길가에 차를 대고, 머리를 베개 위에 눕자마자 경찰이 우리 차문을 쾅쾅 두드리지 않기를 바라면서 잠들곤 했다.

엄마가 곧장 전화를 돌리지 않는 건 사실 풍경에 푹 빠져서이기도 했다. 엄마와 나는 몇 시간씩 차를 타고 가는 동안 멍하니 눈앞에 펼쳐지는 대지를 바라봤다. 비교 대상이라고는 영국 시골밖에 없는 내 눈으로 봤을 때, 가장 외딴 시골의 풍경조차 사람들의 손길이 닿아 있던 영국과는 달리 호주 오지의 광활함은 넋을 빼놓을 정도였다. 간혹 동물을 마주칠 때면 끝없이 펼쳐진 황야를 배경으로 그 몸집들이 너무도 조그맣게 느껴졌다. 구석구석 인간이나 동물, 곤충으로 북적대지 않는 곳이 없는 영국과 달리 끝도 없이 뻗어나가는 호주의 대지에 주기적으로 머리가 핑 돌았다.

이 바위투성이 자연환경에서 주로 발견되는 동물의 흔적은 우리가 이동했던 수백 킬로미터 도로에 널브러져 있던 캥거루와 왈라비 사체였다. 모두 차에 치인 것이었다. 왈라비의 죽음은 특히나 받아들이기 힘겨웠는데, 이들은 우리의 첫 야영지였던 래밍턴국립공원에서 만났을 때 굉장히 온순했다. 몇 시간 동안이나 왈라비를 즐겁게 관찰했던 나는 일주일이 지나 솔개들이 살육의 현장 위를 맴돌며 사체를 헤집고 만족스럽게 포식하는 장면을 보게 되었다. 도로에 차가 많은 것도 아니었는데 동물들이 왜 그렇게 많이 죽는지 의아해하던 차에, 어느 날 아침 절절 끓는 아스팔트가 끝도 없이 펼쳐진 도로를 다시금 달리던 중 밴 한 대가 왈라비를 보고도 속도를 늦추거나 방향을 꺾어 피하지 않는 모습을 목격했다. 차는 왈라비를 들이받았고, 충격으로 즉사한 왈라비를 그대로 두고 쭉 내달렸다. 이 사람들한텐 이게 스포츠 같은 건가 의심이 될 정도였다.

북쪽으로 케언스를 향해 가는 동안, 우리는 해안선과 열대우림, 오지와 텅 빈 도로를 만나며 굽이진 길을 달렸다.

케언스에 도착해 두번째 캠핑카를 빌렸는데, 케이프요크까지 올라가는 거칠고 울퉁불퉁한 길에 적합한 사륜구동차였다. 이 캠핑카는 첫번째 차보다도 훨씬 작았다. 캠핑카라기보다는 그냥 큰 차에 가까워 보였고, CD 플레이어는 어쩐지 〈드라이빙 록: 히트곡 100선〉 딱 한 장 말고는 죄다 뱉어버렸는데, 이 앨범마저 이상하리만큼 적절하게, 캐터토니아의 〈로드 레이지〉에서 자꾸만 걸렸다.

하지만 미션 비치로 향하는 동안 다른 건 아무것도 중요치 않았다. 우리는 목표 종이자 내가 사랑하는 선사시대의 새, 큰화식조에 정신을 집중했다. 키는 2미터에 공룡과 칠면조의 교배종같이 생긴 새로, 파란색 얼굴에 모히칸 스타일 볏과 빨간 육수肉垂를 달고 있다. 이 날지 못하는 새는 단검 같은 발톱을 지니고 있어 단 한 번의 발차기로도 치명타를 입힌다.

케언스에서 두 시간 거리인 미션 비치는 산호해의 푸른 수역 가장자리에 있으며 세계유산으로 지정된 열대우림을 옆에 낀 해변으로, 취약종인 화식조가 호주에서 가장 많이 모여 있는 곳 중 하나다. 간절히 보고 싶지만 그만큼 찾기 힘든 새이기도 하다. 보통 새가 크면 클수록 개체수는 그만큼 적기 마련이다. 몸집이 큰 새는 더 많은 먹이가 필요하고, 어떤 서식지든 한정된 야생 개체수만을 유지할 수 있다. 제한선을 넘기면 누군가는 굶는 것이다. 그러나 동물들은 자기 조절 능력이 뛰어나다. 영역, 먹이, 자원에 비해 개체수가 많아지면, 자연히 그 수는 줄어든다. 자연계에서 생명의 순환은 균형을 이루며, 인위적인 외부의 힘이—즉 인간의 힘이—개입해 먹이의 양이 영향을 받으면 멸종위기에 이르는 것이다. 화식조가 먹이를 찾아 도시 환경을 떠돌아다닌다는 얘기가 적잖이 들리는데, 자연 서식지가 줄어들어 먹이를 찾기가 힘들어진 탓이다.

화식조를 처음 본 것은 미션 비치에서 한 마리가 길을 거니는 모습이었지만, 가장 기억에 남는 경험은 히피파미산국립공원의 주차장에서였다. 캠핑카에서 내려 문을 닫자마자 한 관광객이 소리쳤다. "화식조다!" 자동차와 캠핑카 사이를 180센티미터짜리 화식조가 작고 귀여운 새끼 두 마리를 데리고 유유히 거닐고 있었다. 아빠 화식조는 엄청나게 컸다. 나는 한걸음 물러섰다. 화식조는 크고, 무섭기까지 했다. 윤기 있는 풍성한 검은색 깃털이 등과 어깨를 모피 망토처럼 감쌌고, 길고 푸른 목의 밝은 색채와 극적인 대조를 이뤘다.

관광객들은 휴대폰으로 사진을 찍어댔고 수컷 화식조는 점점 가까이 왔다. "심기가 불편한 모양이야." 아빠가 경고했다. "물러나!" 화식조는 정말로 심기가 불편해 보였고, 긴 다리를 움직여 행복하게 사진을 찍는 사람들을 향해 한 발짝씩 조심스레 다가왔다. 그 큰 새는 금방이라도 달려들 것처럼 보였다. 엄마는 나를 끌어당겨 뒤로 숨겼다. 그 순간 새끼들이 울기 시작했다. 사람들의 관심에 지친 모양이었다. "이제 가요, 아빠" 하며 꽥꽥 우는 것 같았고, 그 길로 화식조 세 마리는 꽁무니를 돌려 숲을 향해 내달렸다.

캠핑카로 돌아와 아드레날린을 마구 뿜어대던 공포감에서 회복하며, 나는 오늘 본 새 목록에 화식조를 추가했다는 기쁨을 만끽했다. 게다가 주차장을 벗어날 필요조차 없었다!

이쯤 되니 가족 중 아무도 가이드의 부재를 아쉬워하지 않았다. 우리는 우리 스스로 조사한 정보와 온라인 탐조 커뮤니티에 의존하며 즐기고 있었다. 발길이 이끄는 대로 어디든 갔고, 비록 훌륭한 가이드가 아는 비밀 장소는 못 가겠지만, 가끔 언쟁하는 것만 빼면 이번 여행은 더욱더 자유로운 분위기가 났다. 저녁마다 우린 바깥에 앉아 서로의 탐조 기록을 비교하며 새로 종을 추가한 기쁨을 만끽했다. 크레이그 가족 화목 지수는 이 일정에서 최고치를 찍었고, 캠핑카 안에서보다는 바같에서 더 행복도가 높았다.

우리는 미션 비치를 떠나 파노스 퀸즐랜드에 있는 카빈산 캠핑카 주차장으로 향했다. 이번에 보러 갈 새는 개구리입쏙독새Tawny Frogmouth였다. 올빼미, 개구리입쏙독새, 포투potoo는 매우 일관성이 있는 종이라 매일 같은 장소에 앉아 쉬는데, 덕분에 어디를 봐야 하는지 알기만 알면 상대적으로 관찰하기 쉽다. 탐조 핫라인이 알려주기로는 개구리입쏙독새 한 마리가 캠프장 한가운데 나무 위에 앉아 있다고 했다.

우리는 간절히 그 새를 보고 싶었지만 그냥 슬쩍 들어가보는 건 불가능했다. 엄마가 캠프장 직원에게 얘기해보러 갔지만, 엄마의 강력한 설득도 아무런 소득이 없었다. 아빠는 엄마의 기량도 예전 같지 않다며 농담을 건넸으나, 엄마는 전혀 재미있어하지 않았고, 어쨌든 이젠 나를 보고 있었다. "넌 수줍은 열한 살 소녀잖아, 마이아, 저 사람들 마음에 쏙 들걸. 우수에 찬 눈빛, 알지?"

엄마는 나를 살짝 떠밀었고, 나는 수치심을 안은 채 나서야 했다. 하지만 나도 그만큼 개구리입쏙독새가 간절히 보고 싶었다. 결과적으로 "제발 들여보내주세요. 여기까지 오는 데 한참 걸렸고, 정말 특별한 새거든요" 말고 다른 말은 굳이 할 필요가 없었다. 직원들은 부모의 등쌀에 떠밀려 쭈뼛쭈뼛 부탁하러 온 어린애가 약간은 안쓰러웠던 모양이었고, 결국 우리에게 들어오라고 손짓한 뒤 문을 열어 텐트와 캠핑카가 즐비

한 곳으로 안내했다. 잎을 떨군 채 우뚝 솟아 있는 나무들 사이 한가운데였다.

캠프장 직원들과 동행한 채 우리는 쌍안경으로 헐벗은 가지들을 살피기 시작했다.

"저기!" 아빠가 한 야영객의 자리 바로 위 나무에서 제일 높은 가지를 가리켰다.

갈색 새가 갈색 나무에 앉아 있었다. 아빠가 어떻게 그걸 봤는지 신기하기만 했다. 머리통이 찌그러진 개구리입쏙독새는 마치 올빼미로 진화하려다가 중간에 포기해버린 것같이 생긴 새다. 햇살에 비쳐 밝은 주황색으로 빛나는 눈동자를 보고서야 겨우 알아볼 수 있었다. 갈색의 얼룩무늬 깃털이 완벽한 위장이 되어주었다. 그런데 갑자기 해괴한 장면이 펼쳐졌다. 새가 부리를 벌리자 그 안의 라임색 살갗이 드러나면서 얼굴이 반으로 쪼개졌는데, 정말 개구리입 같았다. 우리가 모두 소리 내 웃기 시작하자 캠프장 직원들은 이 이상한 가족에 진절머리가 났는지 우리를 캠프장 바깥으로 곧장 안내했다.

점점 더 북단으로 향해 가면서, 나는 보호구역에 사는 호주 원주민의 극심한 빈곤을 대면하게 되었다. 케이프요크반도 해안에 자리한 원주민 지역 록하트리버에서, 내 나이 또래 아이들이 누더기를 걸친 채 길거리에서 놀고 있는 모습이 눈에 띄었다. 지금껏 우리가 방문한 어떤 도시에서도 원주민의 얼굴은 보지 못했다.

2006년 12월 방글라데시에 갔을 때—당시 나는 네 살이었다—우리는 실헤트 지역을 여행하며 나나바이의 마을도 방문했다. 우리는 순례자들이 샤잘랄 사당에 모여드는 모습과 아이들이 다카의 거리에서 구걸하는 장면을 봤다. 궁핍함은 있었지만, 아이들은 옷을 갖춰 입었고 신발도 신고 있었다. 어쩌면 방글라데시 최악의 빈곤과 아동 성매매의 현실이, 세계의 다른 곳곳에서도 그러하듯 내 눈에 보이지 않는 곳에 숨겨져 있었는지도 모른다. 하지만 적어도 내 눈에 보인 건 재앙 수준으로 절박하진 않았다. 빈민가에도 수돗물은 나왔고 황마로 만든 장바구니에 먹을거리를 채워다녔다.

하지만 여긴 호주였다! 생활수준이 높은 선진국이 아닌가. 브리즈번은 깨끗했고 부유해 보였으며 마천루로 휘황찬란한 도시였다. 케언스는 세련된 관광객과 비싼 레스토랑이 곳곳에 가득한 활기 넘치는 곳이었다. 부모님은 충격적으로 비싼 식비에 대해 끊임없이 얘기했다. 내가 보고 경험한 호주의 모든 것은 이곳 시민들이 얼마나 풍족하게 살아가는지를 말해주었다.

우리는 여행하는 나라에 제각각 편견을 가지기 마련이고 불과 열한 살이었던 나 또한 그랬다. 아시아에서도 말레이시아나 홍콩 같은 곳은 상대적으로 부유하고, 남아시아는 빈곤하지만 그래도 옷과 음식, 물이 부족하진 않다. 아프리카는 빈곤하고 기본적인 생활편의시설도 부족한 실정이다. 북미는 부유하다. 남미는 섞여 있는데, 일부 국가는 잘살지만 다른 국가는 자급 농업을 주업으로 살아간다. 유럽은 내가 느끼기엔 전 국가가 부유한 대륙으로, 기본적인 생활수준으로만 산다 해도 음식과 집, 생활편의시설을 누릴 수 있다.

마찬가지로 나는 호주 또한 부유한 국가라고 생각했다. 적어도 록하트리버에 가기 전까지는. 백인으로 가득한 부유한 국가에서, 영국과 비교했을 때 모든 게 다 비싼 곳에서, 지금이 원주민들이 사는 지역에서는 사람들이 하나같이 누더기를 입고 맨발로 돌아다니고 있었다. 이 극명한 대조가 충격적으로 다가왔다.

어떻게 브리즈번 같은 대도시와 이토록 차이가 나는 빈곤한 지역이 동시에 여기 존재할 수 있단 말인가? 나는 영국에서도 빈곤을 목격했고 브리스틀에서도 홈리스를 흔히 보았지만, 이곳의 빈곤은 노골적으로 인종화된 빈곤이었다. 내가 목격한 건, 단일한 인종이 모인 한 지역사회 전체가 다른 모두에게는 열려 있는 자원을 박탈당한 채 살아가는 모습이었다.

영국으로 돌아온 직후 우리는 BBC 다큐멘터리 〈사이먼 리브의 호주 여행〉을 시청했는데, 케이프요크로 떠난 다큐멘터리 제작자 사이먼 리브가 그곳의 원주민 일부와 이야기를 나눈 내용이 나온다. 그는 내가 목격한 일면보다도 훨씬 심각한 상황을 드러낸다.

케이프요크의 원주민이 겪는 고난이 인종차별 탓이라는 점을 본격적으로 깨달은 건 이후 유럽의 식민 지배가 남긴 인종주의적 유산에 관해 알게 되었을 때다.

인종차별에 맞서고 활동가가 된 계기는 이러한 분노를 느끼고 불평등을 알아차린 데서 왔다. 호주에서 나를 분노하게 한 건 단순한 빈곤 그 자체가 아니라 상대적 빈곤이었다. 내가 느낀 죄책감과 수치심은 성장할수록 점점 더 깊어졌다.

케이프요크는 탐조인에게 중요한 여행지다. 현재 남아 있는 열대우림 중 최대 규모를 자랑하는데다, 호주 내의 다른 어디서도 볼 수 없는 수많은 종이 서식하기 때문이다. 그중 하나가 비취앵무Golden-shouldered Parrot인데, 검은 모자를 쓴 푸른 새로 날갯죽지에 황금색 조각을 덧댄 듯한 모습이며, 케이프요크반도의 맨 아래쪽 작은 구역에 서식한다. 특정 식물의 씨앗을 먹이로 삼고 딱 맞는 크기와 모양의 흰개미 개미총에 둥지를 틀어야 하는 매우 까다로운 조건 때문에 보기 힘든 종이며, 삼백여 쌍밖에 남지 않았다. 우리는 아르테미스 스테이션에서 하룻밤 야영했는데, 이곳은 1970년대부터 비취앵무를 보호하기 위한 선도적인 보전 작업에 힘써온 단체다. 우리는 운좋게도 그다음날 비취앵무 두 마리를 볼 수 있었다. 우리를 보고 웃는 듯, 부리가 웃는 입 모양 같았다.

케이프요크에서 왜 사륜구동차가 필요한지는 곧바로 알게 되었다. 도로는 사실상 다져진 흙과 구덩이가 전부였다. 북쪽으로 향해 가면서 우리는 주기적으로 대형 트레일러트럭을 맞닥뜨렸는데, 트레일러 여러 대를 긴 체인에 매달아 끌고 가는 트럭이었다. 이 트럭이 우리를 향해 천둥처럼 다가오면, 도로에서 붉은 흙먼지가 일어나 햇빛을 전부 가리고 시야를 완전히 차단했다. 아빠는 차를 세우고, 흙먼지가 가라앉고 숨막힐 것 같은 먼지구름 속에서 도로가 다시 떠오를 때까지 기다리는 수밖에 없었다. 주변에는 인적이 드물었고 북쪽으로 갈수록 날씨는 더더욱 열대기후에 가까워졌다. 이동이 고역이었고, 아빠는 차를 똑바로 세우고 앞으로 끌고 나가는 것만으로도 버거워했다. 그야말로 기본만 갖춘 캠프장에 드디어 도착했을 때, 여행자 중에서도 베테랑들이 그곳을 차지하고 있는 게 놀랍지 않았다. 그들은 여차하면 몇 달씩이나 전기와 수도 없이 살아갈 수 있도록 준비된 여행자들로 보였다—일부는 실제로 그런 생활을 이미 한 것 같은 느낌을 풍겼다.

다음날 이른아침 우리는 험난한 길을 따라 쿠티니-파야무(아이언 레인지) 국립공원의 열대우림으로 향했다. 우리의 목표새 큰비늘극락조Magnificent Riflebird가 나타나는 호주의 유일한 지역이었다. 숲은 몹시 조용하고 어두웠고, 수풀이 아주 울창해서 천천히 가야만 했다. 마침내 숲의 가장자리에서 큰비늘극락조 한 마리가 내는 울음소리가 들려왔다. 그 소리를 따라서, 우리는 소리가 나오는 것 같은 쪽으로 조금씩 다가갔다.

극락조는 아주 높은 나무에 앉는 성향이 있어서, 우리는 쌍안경을 하늘을 향해 가져갔다. 걸으면서 동시에 하늘을 보기가 힘들었지만 그대로 밀고 나갔고, 극락조를 부르면서 잠시 멈췄다가 다시 따라가길 포기하지 않았다. 이 추적은 두 시간 가까이 이어졌지만, 성공적인 탐조의 핵심은 늘 그렇듯 인내력이기에, 우리는 끈기 있게 기다리며 밀림을 뚫고 높이 솟은 나무의 위쪽 가지들을 살펴봤다. 바로 그때였다. 아직도 그 순간에 느꼈던 예상 밖의 실망감이 생생히 기억난다. 극락조는 말 그대로 극락의 새로 불리며 아주 밝은 색채를 자랑하는, 딱 데이비드 애튼버러 다큐멘터리에 나올 법한 그런 새다. 무지갯빛 깃털은 물론이고 지저귀는 소리도 아름다우며 대단한 춤 실력도 갖췄지만, 이 극락조는 검은지빠귀에 더 가까워 보였다. 나무 사이에서 이 새를 발견할 수 있었던 건 순전히 터키색의 무지갯빛 삼각형 가슴 덮개 덕분으로, 날아오르는 순간 햇빛을 받아 반짝이며 가까스로 우리를 구원했다.

우리는 케언스에서 세번째 캠핑카를 빌렸다. 처음 두 차보다 훨씬 크고 확실히 호화스러웠다. 적어도 숨쉴 틈이란 게 있는 느낌이었고, 벽면에 붙은 소파를 큼직한 더블베드로 펼칠 수 있었다. 그러나 이 캠핑카는 두번째 차와는 달리 비포장도로를 달릴 수 없었고, 다음 목적지인 론힐국립공원은(현재는 부자물라국립공원) 비포장도로로 왕복 200킬로미터를 달려야 하는 곳이었다. 우리는 운에 맡겨보기로 했다.

주황색 먼지구름이 이는 오지를 끝도 없이 달리기를 수일째, 아빠는 지쳐 있었고 녹색의 오아시스와도 같았던 론힐국립공원은 잠깐의 즐거운 휴식이 되어주었다. 다행히 무리 없이 거친 길을 달려올 수 있었던 우리는 험준한 바위 협곡을 뚫고 흐르는 토파즈색 푸른 강가에 차를 댔다. 나무가 강둑에 줄지어 늘어서 있었고, 더 먼 곳에선 폭포가 흘렀다. 그러나 우리가 찾는 새는 보라왕관요정굴뚝새Purple-crowned Fairywren로, 이런 우거진 환경에선 찾을 수 없는 종이었다. 차를 강가에 두고, 우리는 마른 덤불과 황량한 오지의 바위를 향해 걸어갔다. 이번에는 기다릴 필요도 없었다. 낮은 그루터기 위에 수컷 요정굴뚝새가 모두에게 자신의 자태를 뽐내며 앉아 있었다.

깃털 대부분은 갈색이지만 운좋게도 길고 반짝이는 밝은 푸른색 꼬리를 가진 이 새는 온 세상에 자신을 내보이며 공원에서 봤던 강물과 같은 푸른빛을 내뿜었다. 아름다운 보라색 왕관을 머리에 쓰고 눈 주변에는 검은색 복면을 쓰고 있었다. 실로 아름다웠다. 내가 느낀 짜릿함은 희귀종을 봤기 때문이 아니었다. 이 작은 경이로움을 보는 것 자체만으로도 짜릿했다. 새는 회색 바위에 날아와 앉았고, 곧 다른 친구들도 합류했다. 새들은 흙먼지가 일어나는 툭 불거진 바위 주변을 총총거리며 돌아다녔고, 우리는 입을 떡 벌린 채 거기 서서 그 광경을 지켜봤다. 이들은 우리를 조금도 의식하지 않는 듯했고, 우리는 다른 새들을 보러 서둘러 떠나지 않았다. 잠시나마, 새와 인간 모두 서로와 즐거운 한때를 보냈다.

엄마는 아빠에게 이 여행이 강행군이었다는 점을 잘 알았지만, 집에 오는 길엔 어김없이 더 여행을 하고 싶다며 아쉬움을 드러냈다. 이 감정은 이미 엄마의 패턴으로 자리잡고 있었다. 여행을 떠나 있을 때 엄마는 우리 가족이라는 작은 보호막 안에 있고자 하는 욕구를 더욱더 강하게 느꼈다. 물론 아이샤와 라일라를, 새로 태어난 루커스를 그리워했지만, 함께 요리하고 자고 탐조하는 일엔 엄마를 강하게 이끄는 무언가가 있었다. 잠깐이나마 일상에서 떨어져나와 유일한 고민거리라고는 그날 밤 어디서 잘 건지, 다음날 무슨 새를 보러 갈 건지밖에 없는 세계로 들어가는 것이다. 떠나 있는 동안 엄마의 조증이 도질 때도 있었지만, 여행 도중 조울증의 추는 우울증 쪽으로는 거의 움직이지 않았다.

일 년 전 숲속에서 엄마와 했던 활동은 우리를 더 가깝게 묶어줬다. 나는 이제 더는 화가 나진 않았지만, 엄마의 정신질환이 내 정신 건강에 어떤 영향을 미치고 있는지 내가 아무에게도 말을 하지 않는 게 엄마는 여전히 걱정스러웠다. 2013년 가을, 내가 중등학교에 입학하고 나서 우리는 아동청소년 정신건강 서비스(CAMHS) 가족 상담 프로그램에 인계되었다. 상담사 앞에 앉아서 엄마의 질병에 관해 내가 어떻게 느끼는지, 그것이 우리 관계에 어떤 영향을 미쳤는지 얘기하는 시간이었다.

생각만 해도 화가 치밀어올랐다. 나는 낯선 사람과 우리 엄마 얘기를 하고 싶지 않았다. 이제야 엄마와 가까워진 마당에, 이 상담 프로그램이 가족 모두에게 도움이 될 거라는 엄마의 고집 때문에 나는 곧장 예전으로 다시 돌아가 엄마에게 다시 화가 나려고 했다. 부모님의 요구에 응해, 나는 딱 한 번 상담에 참여했다. 새하얀 방안, '마음을 터놓으라'는 상담사의 부드러운 재촉 말고는 온통 정적뿐인 이곳에서, 엄마와 아빠가 마치 내 입에서 노랫소리가 흘러나오길 기대하듯 나를 뚫어져라 바라보고 있었다—예상했던 대로 정말 끔찍했다. 물론 내게도 여러 감정이 있었던 건 사실이었지만, 그때 나는 어렸고 그런 감정을 말로 표현할 만큼 아직 정서적으로 성숙하지 못했다. 게다가 나는 여전히 엄마의 정신 건강 문제와 함께 살고 있었다. 엄마가 지금은 괜찮아졌다거나 완전히 치료를 마친 것도 아니었다. 나는 다시는 상담에 가지 않았다.

돌이켜보면, 본질적으로 상담 자체나 상담사에 문제가 있던 건 아니었다. 다만 창백한 방안에서 형광등 조명 아래 내 감정에 이목을 집중시키고 모르는 사람이 우리 엄마 얘기를 하는 건 절대 유쾌하지 않은 일이었다. 내 감정을 수면 위로 살살 끄집어내려면 다른 언어가 필요했다.

"있잖아, 마이아." 어느 늦가을 아침 집에서 나갈 준비를 하는데 엄마가 불쑥 말했다. "시 쓰기 상담을 받아보면 어떨까 싶어."

(짧은 기간 안에 대단히 많은 상담을 시도해본 것처럼 들릴 텐데, 당시 내가 받은 느낌이 정말 그랬다.)

"시 쓰기요?" 나는 웃어넘겼지만, 엄마는 진지했다.

엄마는 그냥 넘기지 않았다. 엄마는 내가 감정을 표출하지 못하면 안에서 썩어버려서 나까지 아프게 될 거라고 확신했지만, CAMHS 상담은 적어도 내겐 재앙이었다. "엄마랑 아빠도 같이 해요?" 나는 물었다.

"물론 아니지. 가족 상담 형태는 너랑은 안 맞는 것 같아. 그건 확실해." 확실한 건 엄마는 내가 속마음을 상담사에게 쏟아내길 바랐다는 점이다. 그건 절대 불가능하겠지만, 엄마를 봐서 나는 이 새로운 제안에 못 이긴 척 응했다.

그렇게 시 쓰기 상담이 여러 차례 이어졌다. 우리 가족과 친구이자 시인인 이타와 함께 앉아, 이타가 내게 몇 가지 생각을 끌어내면 둘이 함께 그것을 시로 엮어내는 활동이었다. 이 모든 게 굉장히 유치하고 인위적이면서도 불편하게 느껴졌고 애초에 이 활동의 어떤 부분도 즐겁지가 않았다. 처음에는 상담 내내 나에 대한 어떤 것도 끝내 드러내지 않았다는 사실에 우쭐한 채 집에 돌아오곤 했지만, 점차 나도 모르는 사이 마음을 털어놓게 됐다. 첫 이 주 사이에 뭔가가 바뀌었다. "엄마가 슬플 땐 어떤 기분이니?" 같은 모호한 질문 대신 구체적인 질문이 주어졌다. 우리는 특정 사건에, 예를 들어 처음으로 엄마가 입원한 병동에 방문했던 경험 같은 일에 집중했다. 어느새 나는 방을 '지키고 서 있던' 간호사와, 병동의 냄새와, 엄마가 엄마로 있기 위해 안간힘을 쓰던 때를 입 밖에 꺼내는 나 자신을 발견했다.

갑자기 흘러나오는 단어들에 이타도 놀랐겠지만, 내게는 더더욱 놀라운 일이었다. 상담을 거치면서 점점 더 마음이 가벼워졌다. 이유는 간단했다. 처음으로 누군가에게 내 삶의 이야기를 털어놓은 덕분이었다.

나아지기 위해

최근에 우린 부엌에서 가족끼리 얼싸안았다

그때 처음으로 나는

아빠가 우는 걸 봤다

소리 내 흐느끼는 걸

하지만 우리는 노력하고 있었고

그게 무엇보다 중요했다

7장 뿌리

넓적부리도요

넓적부리도요는 심각한 멸종위기에 처한 작은 섭금류로, 러시아 북동부에서 번식하며 남아시아에서 겨울을 난다. 2016년 전 세계 개체수가 대략 이백 쌍 정도밖에 남지 않은 것으로 추정되었다. 이들의 생존을 위협하는 주원인은 번식지의 기후 붕괴로 인한 서식지 소실, 이동 경로상의 간척으로 인한 갯벌 파괴, 이동 경로와 월동 반경 내의 사냥이다.

넓적부리도요의 가장 눈에 띄는 특징은 그 이름의 유래가 된 까만색 주걱 모양 부리다. 먹이를 먹는 방식이 특이한데, 걸으면서 부리를 양옆으로 흔들어 모래진흙을 걸러내고 무척추동물을 잡아먹는다.

넓적부리도요를 구하기 위한 보전 프로그램은 월동지인 미얀마와 방글라데시에서 교육을 벌이고 새 사냥꾼들에게 생계를 유지할 대안을 제공하는 데 주력해왔다. 도요새는 이들이 생계 목적으로 더 큰 섭금류를 사냥하는 과정에서 '부수 포획물'로 그물에 잡혀 희생된다.

엄마의 '주요 사건' 목록의 마지막 기록은 이렇다. 2014년 1월. 마이아의 시 쓰기 상담 종료. 이 목록은 우리 가족의 상담용으로 만들어졌고, 상담이 갑자기 종료되자 목록도 그 기능을 다 했다. 그보다 세 줄 위에 더 중대한 내용이 적혀 있다. 2013년 9월. 헬레나 퇴사. 엄마는 퇴원 이후에도 줄곧 로펌에 복귀하지 않았지만, 이제야 공식화된 셈이었다. 엄마는 새로운 직장을 구하기엔 아직도 많이 아팠다.

2014년 1월 말, 나는 블로그를 시작했다. 당시로선 상당히 쉽게 내린 결정이었고 순전히 나의 즐거움을 위해서였다. 인터넷 세상과 탐조인 동지들에게 내가 본 새와 새를 봤던 장소에 관해 이야기하고 싶었고, 이동중인 희귀 오리나 기러기, 섭금류를 보려고 빗속에 서서 기다리는 '즐거움'을 두루 나누고 싶었다.

여덟 살 때 만화에 나오는 버드걸이라는 이름의 슈퍼히어로를 우연히 접했는데, 내겐 은색 날개가 (노란색 헬멧도) 없었지만 그 이름에서 동질감을 느꼈다. 그래서 내 블로그 이름도 '버드걸'이라고 지었다.

어느덧 개인 탐조 기록에서 3천번째 새를 달성하자 정밀 쌍안경 제조사 스와로브스키 옵틱에서 그 소식을 블로그에 올렸다. 학교 소식지에서 그 일을 다뤘고, 그러자 〈추밸리 가제트〉에서 이를 기사화했으며, 마침내 전국지에까지 기사가 실렸다. 블로그의 인기와 성장은 나에게도 놀라운 일이었고, 곧 내가 환경과 보전 문제를 신속히 다룰 수 있는 적당한 플랫폼을 갖게 되었다는 것을 깨달았다. 나는 남미의 삼림 파괴에 대한 글을 올리기 시작했다—서식지 파괴로 인해 남미와 전 세계에서 새들은 멸종위기에 처해 있었다. 나는 새들을 보는 일만큼이나 새들의 생존에도 진심이었다. 2014년 12월 말, 그달에 일어난 방글라데시 순다르반 기름 유출 사고에 관한 글을 블로그에 올렸고, 이는 그곳의 실태를 알리고 기금을 마련하는 캠페인으로 이어져 3만 5천 달러 이상을 모금하는 데 성공했다. 생태 재앙이었던 이 기름 유출 사고로 인근 140제곱킬로미터까지 기름이 퍼졌고, 세계유산으로 지정된 이 숲에 찾아오던 희귀종인 이라와디돌고래와 수많은 물총새, 백로가 위험에 빠졌다. 사고는 바다에서 발생한 게 아니라 맹그로브숲에서 일어났기에, 사후 처리가 몹시 힘들었다. 내가 쓴 관련 기사가 미국탐조협회 잡지에 실렸고, 잡지의 영향력에 힘입어 내 캠페인과 배우 마크 러펄로가 세운 환경단체 워터 디펜스가 함께 협력하게 되었다. 워터 디펜스는 수면에서 기름을 제거하는 전문지식을 갖춘 집단이다. 수백만 독자를 보유한 잡지 덕분에 기사가 나간 지 하루 뒤 캠페인은 소기의 목표를 달성했다.

이 모든 게 내가 하는 일에 스포트라이트를 비췄고, 더 많은 사람에게 내 목소리를 전달할 수 있게 됐다. 사람들은 내가 펼치는 주장과 내가 벌이는 캠페인에 호감을 보이는 듯했다. 나는 온라인 글쓰기에서 눈을 돌려 점점 더 실제 삶에서 적극적인 활동을 벌이기 시작했다. 2015년 브리스틀이 영국의 사상 첫 유럽 녹색 수도로 선정되었을 때, 브리스틀 시장이 나를 홍보대사로 내세웠다. 함께 대사로 선정된 셰프 휴 펀리휘팅스톨, 작곡가 케빈 매클라우드, 자연 다큐멘터리 제작자 사이먼 킹과 함께 녹색 수도를 홍보하는 역할을 맡았고, 나는 성장해가는 내 SNS 채널을 이 임무에 활용했다.

이제 나는 각지에서 자연과 야생동물을 보호하는 지역사회 모임들을 만나 세계 탐조와 생물다양성 손실에 관해 이야기를 나눌 수 있게 되었다. 그다음엔 환경보전 단체와 만나 여러 배움을 얻으며 나의 메시지를 다듬어나갔다. 영국조류학재단과 에이번야생동물재단 추밸리지부와도 소통하며, 서식지 감소에 대한 나의 강력한 메시지를 전했다.

2015년 1월, BBC 스튜디오 자연사팀에서는 내가 야생조류

빛습지재단을 찾아가 나에게 의미 있는 활동이었던 넓적부리도요 프로젝트를 설명하는 장면을 담았다.

그해 말, 나는 브리스틀 기후변화시위에서 연설을 하게 되는데, 세계 기후변화를 저지하겠다는 목표로 당사국이 모여 개최한 파리기후변화총회(COP21)에 맞춰 열린 시위다. 이후 나는 더더욱 에너지와 활기로 넘쳤다. 무엇보다도 시위가 내게 힘을 북돋아줬다. 이때가 그레타 툰베리가 기후정의 운동계에 등장하기 삼 년 전이었다. 이후 툰베리의 메시지를 담은 기후 학교 파업은 전 세계 수백만 학생들을 동참시켜 이들이 기후변화에 맞서는 적극적인 활동가가 되도록 이끌었다.

시위를 지지하기 위해 나는 '십대들이 지구를 구할 수 있는 방법'이라는 제목의 글을 블로그에 올렸고, 덕분에 브리스틀의 가장 영향력 있는 24세 미만 젊은이 24인에 이름을 올렸다. 내 얼굴과 이름이 세상에 점점 더 알려졌고, 이는 유기적이고 자연스러운 과정으로 느껴졌다.

지역 신문 〈추밸리 가제트〉에서 월간 칼럼 연재를 제안받아, '버드걸의 "새"로운 이야기'라는 제목으로 내가 떠났던 탐조 여행과 환경문제에 대한 생각을 쓰기도 했다.

어느 집단이든 나를 부르는 곳이면 어디든 가서 얘기하고 또 얘기했다. 내 메시지는 그만큼 급박했다. 내가 본 놀라운 야생조류와 기후변화나 인간에 의한 서식지 파괴의 영향을 언급했고, 문제의 심각성을 알리기 위해 쓸 수 있는 수단은 뭐든 다 동원하고자 했다. 열세 살 때는 우리 지역구 의원 제이컵 리스모그를 만나 개를 이용한 사냥에 대해 내 우려를 전달했다. 우리가 동의한 부분은 많지 않았지만, 그는 내게 정계 입문을 생각해보라고 조언하면서, 내가 힘있는 사람들을 만나서 이야기해볼 수 있도록 자기 나름의 방식으로 자신감을 불어넣어주었다.

원래 소심한 성격인 내게는 자신감을 키우는 적응 기간이 필요했다. 훈련은 스릴 넘치면서도 무시무시했다. 꼼꼼히 준비한 슬라이드 자료가 무대에 오르기 불과 몇 분 전에 문제를 일으킨 적도 여러 번이었다. 하지만 어떻게든 헤쳐나갔다.

신나는 나날이었다. SNS에선 기후변화에 대한 토론이 활발히 이어졌고, 나는 새롭게 성장하는 운동의 중심에 선 기분이었다. 원대한 계획은 없었고, 부모님이나 다른 누군가의 지도도 없었다. 그저 내 열정을 따르는 것뿐이었다.

주말만큼은 어떻게든 시간을 빼서 친구들을 만나고 탐조하러 나갔다. 브리스틀에서 친구들과 보내는 토요일은 대개 오전부터 함께 상점을 돌아다니고 옷을 입어보다가 그다음엔 영화를 보고 친구 집에서 자는 일정으로 끝이 났다. 다음날 아침이 되면 집으로 달려가 쌍안경을 낚아채서 차에 올라타 부모님과 함께 희귀종을 보러 가거나 동네 탐조에—혼자서—나섰다. 탐조와 사교생활을 동시에 할 순 없냐고? 친구에게 같이 새를 보러 가자고 말할 바에야 차라리 쥐구멍에 들어가는 게 나을 것 같았다. 다른 평범한 아이들과 비슷하게 지내고 싶어 한다는 점에서는 나 또한 평범한 아이였다. 이상한 취미생활을 하러 주말마다 어디론가 사라지지 않는 아이 말이다. 친구들은 내게 소중했고 나의 운동도 소중했다—두 세계가 서로 충돌하지만 않는다면! 게다가 나는 성인들을 향해, 내 또래가 아닌 다른 연령층을 상대로 한 활동을 했다. 친구들은 아무도 내가 브리스틀의 녹색 대사라는 사실을 몰랐다—알았다 한들, 절대 티는 내지 않았다.

사회운동의 일부가 되어 점점 성장해나가는 일은 내 옷처럼 편안하게 느껴졌지만, 기후변화나 탐조를 주제로 학교에서 발표한다는 건 상상도 할 수 없었고, 생각만 해도 간담이 서늘했다. 하지만 사실 눈 가리고 아웅이었다. 다들 내가 탐조인이라는 걸 알았고, 내 칼럼에 대해서도 알았다. 물론 나도 다들 그걸 안다는 걸 알았고, 그들도 내가 자기들이 안다는 걸 안다는 걸 알았다. 어느 순간 자리잡은 암묵적인 규칙은 아무도 내 캠페인이나 탐조생활 얘길 먼저 꺼내지 않는 것이었다. 누가 정한 규칙이냐고? 당연히 나다.

우리는 모두 호주 여행이 좋았다는 데 동의했지만, 끝도 없이 몇 시간씩 이어지는 운전과 계속해서 숙소를 찾아 헤매야 한다는 불안감이 아빠에겐 크나큰 짐이었다. 엄마의 기분은 여전히 변덕스러웠는데, 이건 일반적이지 않았다. 양극성장애 환자의 대부분은 리튬 복용을 시작하면 기분이 안정을 찾는다. 2015년 여름 우간다, 르완다, 케냐 여행을 떠나기에 앞서, 아빠는 엄마의 치료가 올바른 방향으로 가고 있는지 확신을 얻고 싶어했다.

부모님은 함께 정신과를 찾았고 아빠는 여러 캠핑카 안에서 오갔던 말다툼, 엄마가 아빠에게 말도 안 되는 거리를 혼자 운전하라고 떠넘겼던 것과 엄마의 전반적인 무계획성에 관해 얘기했다. 엄마는 중증 양극성장애를 추가로 진단받았는데, 리튬이 '충분히' 도움이 되지 않았던 탓이었다. 엄마는 항우울제인 페넬진을 처방받았고, 이 약은 냉장 보관이 필수였다. 이상한 주의사항처럼 들리지만 페넬진을 복용중인 사람은 치즈를 먹으면 안 되는데, 혈압이 위험 수치까지 상승해 뇌졸중을 일으킬 가능성이 있기 때문이다.

우간다에서 우리는 넓적부리황새Shoebill를 볼 계획이었다. 넓적부리황새는 세계 탐조인이 가장 보고 싶어하는 새 중 하나로, 희귀하기 때문만이 아니라 괴상하게 생긴 무서운 새이기 때문이다. 또 굉장히 멋지기도 한데, 넓적한 신발 모양 부리를 달고 있는 황새처럼 생겼다. 하지만 우리의 흥미를 자극한 건 이들이 단형종이라는 사실로—단일한 과科에 홀로 속하는 새다—그래서 특별하며 다른 어떤 새와도 닮지 않았다. 탐조인들은 새라면 무조건 다 보고 싶어하지만, 이상한 새일수록 더 보고 싶어한다.

엄마의 부모님은 방글라데시 실헤트 지역 출신이다. 인도와 미얀마 사이, 갠지스 삼각주에 자리한 방글라데시는 탐조하기에 더할 나위 없이 좋은 나라이며, 내 뿌리의 일부이기도 하다.

아이샤는 유아기를 방글라데시 대가족의 품에서 보냈다. 아기를 홀로 돌봐야 했던 엄마에겐 가족의 도움이 필요했고, 가족들은 기꺼이 엄마를 도왔다. 아이샤는 엄마뿐 아니라 이모와 삼촌 군단, 그리고 조부모님 손에서 컸다. 우리 나나바이는 언니를 몹시 아꼈고, 언니가 할아버지 식당에서 제일 좋아하던 메뉴인 탄두리 치킨을 자주 싸들고 귀가하곤 했다. 많은 면에서 언니의 유년기는 나의 유년기와 달랐다.

조부모님은 결국 아빠를 가족의 일원으로 받아들이긴 했어도—엄마가 결혼한 백인 남자가 아빠가 처음은 아니었으니까—처음에 엄마가 아빠를 약혼자라고 소개했을 때는 약간 충격을 받았다. 하지만 아빠가 엄마와 아이샤 둘 다 기꺼이 돌보겠다면 반대할 이유는 없었다. 엄마와 언니는 얼마간 조부모님과 살았지만 이제 아빠가 새롭게 등장했고, 방글라데시 대가족에 대한 나의 경험은 아이샤만큼 깊지는 않다. 많은 다른 이민자 가정 출신 아이들처럼 나 또한 두 문화 사이에서, 어느 쪽에도 완전히 속하지 않은 채 자라고 있다는 느낌을 받았다.

하지만 내 정체성의 위기는 방글라데시에 갈 때마다 해소되었다. 거기선 나 또한 가족의 일원으로 받아들여졌다. 방글라데시 말로 '빌라티'라는 단어가 있는데 영국에 사는 친척이나 친구를 일컫는 표현이다. 이 말에는, 그리고 이 장거리 관계에는 사랑과 애정이 듬뿍 담겨 있다. 방글라데시 친척들은 해외에서 자라는 젊은 세대가 새로운 문화에 동화되었음을 이해하고 우리가 미묘하게, 혹은 대놓고 다른 점까지도 충분히 헤아려준다. 아빠의 피부색은 친척들에게 그다지 중요한 요소가 아니었고 이들은 나를 언제나 평범한 가족의 일원으로, 어쩌다 영국에서 태어나 자랐을 뿐인 친척으로 대했다.

사람들은 모두 이중문화 아동이 어떻게 정체성의 혼란을 극복하는지에 대해 예상하는 바가 있다. 하지만 근본적으로 내가 느낀 혼란은 주로 사람들이 나한테 보이는 반응과 더 관련된 것이었다. 백인 친구들에게 나는 아시아인이었고, 아시아 친구들에게 나는 백인이었다. 방글라데시에 방문할 때마다 나는 가족과 다시 연결고리를 찾으려 의식적으로 노력했고 적극적으로 내 뿌리를 탐색하려고 힘쓰면서 내 피부색을 더 자연스레 받아들이기 시작했다.

그리고 방글라데시가 내게 그토록 중요하기 때문에, 방글라데시의 새들도 내게는 그만큼 중요하다.

방글라데시의 소나디아섬은 넓적부리도요의 월동지 중 하나인데, 2015년 2월 엄마와 나는 섬의 남쪽 해안에서 개체수를 세는 프로젝트에 합류하러 그곳으로 향했다. 성장해가는 내 플랫폼을 활용해—블로그 조회수는 어느새 1백만에 가까워졌다—이 멸종위기의 새를 구하는 데 힘을 보탤 계획이었다. 게다가 내가 방글라데시계인 만큼 내 플랫폼과 협동을 활용하면 더 많은 사람의 이목을 집중시킬 수 있을 것이었다.

그전에 마지막으로 방글라데시에 갔을 때는 여느 때처럼 이모, 삼촌, 사촌 들을 정신없이 만나며 이 도시 저 도시, 이 마을 저 마을로 먼길을 달려 천 명쯤 되는 것 같은 친척들과 빠짐없이 마음을 나누려 했다. 하지만 이번 여행은 매우 다를 것이었다.

공항에는 엄마의 삼촌 조심이 우리를 데리러 왔다. 삼촌은 2011년 브리스틀에서 엄마가 입원해 있을 때 병문안을 왔던 이후로 엄마를 처음 만나는 것이었다. 두 사람은 마지막으로 방글라데시에서 엄마를 봤을 때 엄마가 얼마나 취해 있었는지를 떠올리며 웃었다. 물론 조증에 취해 있었다는 소리다. 엄마는 이제 훨씬 괜찮아졌지만, 그때의 여행을 생각하면 비행기를 타고 귀국길에 오른 우리를 손 흔들어 배웅한 아빠가, 며칠 지나지도 않아 너무 아픈 엄마 때문에 우리를 따라 귀국해야 했던 사건만 떠올랐다. 나는 이 기억을 머릿속에서 밀어냈다. 엄마는 괜찮았고, 아빠는 엄마의 건강에 조금이라도 의심이 있었다면 애초에 우리 둘을 여기 보내지 않았을 것이었다.

그때를 돌이켜보면서 엄마는 늘 이 여행이 약간은 무모하지 않았나 의심한다. 병세 때문이 아니라 우리가 방글라데시에 도착했을 당시 정치적 소요가 심각했기 때문이다. 다카에 도착했을 때 공항 바깥 활주로에선 아직도 그을린 자국을 지우고 있었다. 시위대가 폭력을 불사하며 그 전날 승객들로 가득 한 미니버스에 불을 질렀던 것이다. 가장 최근에 치른 선거가 논란이 된 후 국가 전체가 혼란에 빠진 상황이었다. 도로는 봉쇄되고 시위대가 거리를 메웠다. 여행하기엔 조마조마한 시기였지만, 우리는 소나디아섬의 갯벌에 나가 있으면 안전할 거라고 판단했다. 쉬운 결정은 아니었지만 엄마와 나는 이 프로젝트에 진심이었고 아빠에게 도시 밖으로 벗어나는 비행기에 오르기 전까지는 호텔방에서 한 발짝도 나가지 않겠다고 약속했다.

우리는 다카에서 비행기를 타고 남부 해안의 콕스바자로 향했고, 거기서 소나디아섬의 갯벌과 습지로 가서 조사를 시작했다. 평소 관광객으로 북적이던 콕스바자는 황량했다. 도시 전체가 텅 빈 느낌이었고 약간은 으스스했다.

기러기가 그린란드나 스칸디나비아에서 영국까지 날아와 겨울을 보내듯, 넓적부리도요는 러시아의 북극권 툰드라를 떠나 혹독한 겨울에 먹이가 더 풍부한 방글라데시 같은 나라들로 이동한다. 러시아와 중국의 갯벌 파괴로 인해 이들의 생존이 위기를 맞았으며, 이 때문에 넓적부리도요의 서식지를 지키기 위해 국제 협력이 절실한 상황이었다. 이는 실로 시급한 프로젝트였고, 내 기여가 아무리 미미하다 한들 처음으로 한 조류종 전체를 살리는 일에 매달리고 있다는 느낌을 받았다. SNS에서 도요새 프로젝트를 홍보하는 데 매진하기는 했지만, 이 소중한 새들과 직접적으로 교감하는 일에는 어딘가 벅차오르는 데가 있었다. 평화로웠다. 무릎까지 오는 진흙 속에 서 있는 동안 공익 캠페인 뒤의 현실이 내게 뼈저리게 다가왔다. 이 모든 것이 작은 새를 세는 단순한 행위로 압축되었다.

우리는 아빠가 2011년에 그랬던 것처럼 온종일 갯벌을 걸었고 총 열아홉 마리를 셌다. 거기다 처음 보는 아주 희귀한 새를 내 기록에 추가했다. 청다리도요사촌이었다. 도요새의 두 배는 가뿐히 넘는 몸집에 단음정으로 듣기 좋은 울음소리를 낸다. 아빠도 사 년 전에 정확히 같은 위치에서 한 마리를 봤다고 했다. 같은 새일까? 정말 그럴지도 모른다.

첫날 아침, 나는 도요새를 한 마리도 못 볼까봐 불안했고, 어쩌면 두 마리쯤 볼 수 있을까 싶었다. 하지만 길고 무더운 날이었는데도 그날의 수확은 굉장히 성공적이었다. 모두에게 하이파이브를! 넓적부리도요는 전 세계에 단 이백 마리밖에 없지만 놀랍게도 우리는 하루 만에 그중 십 분의 일을 센 것이다. 흥분되는 일이었지만 슬픔도 함께 깃들었다. 전 세계에서 단 이백 마리밖에 없다니, 처참한 숫자였다. 그래도 다행히 급격히 줄었던 개체수는 다시 안정세에 접어드는 듯했다.

넓적부리도요가 이토록 심각한 멸종위기에 처한 데에는 여러 이유가 있다. 일부는 방글라데시 섭금류 포획 때문인데, 사람들은 가난하고 섭금류는 허다한 탓이다. 안타깝게도 이 작은 도요새들은 개체수가 훨씬 넉넉한 다른 섭금류에 섞여들어가 함께 잡힌다. 포획꾼들은 일부러 넓적부리도요를 노리지는 않지만 굳이 잡지 않으려고 애쓰지도 않는다. 포획이 이들의 생계 수단인 이상, 자그마한 새의 아주 적은 고기도 소중하기 때문이다. 조류 포획꾼이 되고 싶어서 되는 사람은 없다. 돈을 많이 벌거나 존경받는 직업도 아니다. 그래서 도요새 프로젝트에선 이들이 다른 직종으로 전환하도록 돕는 활동까지 같이 전개했다. 갯벌에서 나는 오랫동안 포획꾼으로 살았던 어느 현지 남성을 만났는데, 그는 다른 어떤 생계 수단도 상상하기 힘들었다고 했다. 도요새 프로젝트에서 그에게 다른 능력을 계발할 수 있도록 지원해주었다. 어렸을 때 그는 동네에서 재봉으로 생계를 꾸리던 어머니를 도운 적이 있었다. 곧 그는 자기 가게를 차려 재봉사로 전직하는 데 성공했다. 또하나 크게 우려되는 문제는 동아시아 해안 전역에서 산업화에 따라 습지를 개발하며 서식지가 사라져왔다는 점이다.

이미 그 프로젝트에 참여중인 다른 사람들이 있는데 왜 굳이 내가 방글라데시까지 가서 직접 조사 작업을 해야겠다고 생각했느냐고? 내게 프로젝트에 이바지할 수 있는 단 하나의 강점이 있다면 미디어의 관심을 끄는 것이었다. 내 블로그가 세간의 이목을 끌고 있었고, 아직 어린 나이였지만 나는 환경 보전에 강력한 목소리를 냈다. 이 관심을 이용해 넓적부리도요를 보호하고 이들의 생존이 위협받고 있는 현실과 도요새 보전이 그토록 중요한 이유를 강조하고 싶었다. 나는 방글라데시 신문사의 인터뷰에 응하고 대형 뉴스 채널에 얼굴을 비줬다. 이 시기 수만 명의 사람들이 내 블로그를 봤다.

많은 보존 프로젝트가 단일한 종으로, 주로 상징적인 새나 동물, 특이하거나 사랑받아서 사람들의 지지를 끌어낼 수 있는 종으로 시작한다. 주력 동물에 노력을 집중하면, 같은 서식지를 공유하는 다른 새와 동물과 곤충 또한 이 캠페인의 결과로 보호받을 수 있다.

넓적부리도요 프로젝트가 시작된 후 생존에 성공한 어린 새의 숫자가 연간 20퍼센트 늘었고, 이는 대부분 '헤드스타트' 덕분이다. 야생에서 알을 채집해 부화시킨 후 충분히 크고 강하게 성장했을 때 방사하는 전략이다. 그런데 이 전략이 진짜 시사하는 바는, 한 가지 종을 구하는 데 집중해 대형 프로젝트를 진행한다면—이 프로젝트 또한 러시아, 중국, 한국, 태국, 방글라데시, 영국을 비롯한 여러 국가가 함께한 대규모였다—압도적으로 긍정적인 결과로 이어질 수 있다는 점이다. 다만 수많은 위기종에 이러한 프로젝트를 전부 진행하기가 현실적으로 어렵다는 것이 문제다.

넓적부리도요의 개체수는 천천히 회복하고 있다. 과연 이 회복세가 얼마나 갈까? 지구온난화의 영향 아래—아무리 최악을 가정한다 한들 현실은 그보다 더 최악일 것이다—만약 모든 빙하가 녹는다면 해수면은 대략 70미터 상승할 것이다. 지구의 모든 해안 도시가 물에 잠기는 상상을 해보면, 넓적부리도요를 위한 국제적인 노력은 훨씬 더 뼈아프게 느껴진다.

방글라데시 방문은 인종과 다양성, 특히 환경보전과 자연 영역에서의 인종과 다양성에 관해 깊어지던 나의 의식과 맞물렸다. 영국에서는 이 분야에서 일하는 사람의 절대다수가 백인이다. 탐조인, 과학자, 연구자 모두 그렇다. 방글라데시 친척들은 자연에서 시간을 보내고자 하는 내 욕구를 좀처럼 이해하지 못했고, 나는 진작부터 이를 문화 차이로 받아들였지만 이번 방글라데시 여행에서 새롭게 눈이 뜨였다. 열정 넘치는 젊은 탐조인과 활동가, 과학자, 그리고 연구자 들을 만났고, 이들은 모두 방글라데시인이었다. 왜일까? 방글라데시인 탐조인 수천 명이 여기 있는데, 왜 영국에서 내가 아는 사람은 셋밖에, 나와 엄마와 언니밖에 없을까? 방글라데시 안에는 탐조인이 이토록 많은데, 전 세계에 흩어져 사는 방글라데시 디아스포라에선 왜 그렇게 찾아보기 힘들까?

"마이아, 방글라데시 사람은커녕 일단 여자부터가 없어." 탐조 커뮤니티 내의 인종적 불균형에 관한 아빠의 의견은 큰 깨우침을 줬다. 우리 가족은 인종을 따지기 전에 이미 꽤 독특한 탐조인 조합이었고—남편, 아내, 그리고 딸들—거의 변종에 가까울 정도였다.

분명한 건 갈 길이 멀다는 점이었다.

다카에서 엄마는 방글라데시조류클럽의 도움으로 행사를 조직해 내게 순다르반 기름 유출 사고와 도요새에 관한 인식을 높일 기회를 주었다.

자연 애호가와 환경보전 활동가, 그리고 매체 관계자로 가득한 방에서 발표하면서 나는 여기 방글라데시에 탐조와 자연, 환경보전에 열정적인 젊은이들이 이토록 많은데 영국에서 비슷한 배경을 가진 활동가를 찾아보기 힘든 건 사회적 배제가 아니고서야 다른 이유가 없다고 생각하게 되었다. 가시적 소수인종(VME) 집단의 이러한 '타자화'가 이들을 자연과 멀어지게 하지 않았을까 하는 의심이 들었다. 물론 탐조나 등산, 혹은 자연에서 할 수 있는 다른 수많은 활동에 관심이 없을 순 있어도, 적어도 선택지는 주어져야 하지 않을까?

나는 여러 활동과 사회운동에 참여하면서 '가시적 소수 인종'이라는 용어를 쓰기로 했는데, 이 개념이 자연을 다루는 분야에서 특히나 유용한 지표이기 때문이다. 가시적 소수 인종은 간단히 말해 자기 자신을 비백인으로 간주하는 인종 집단을 일컫는다. 흑인, 아시아인, 소수민족을 아우르는 BAME라는 용어가 더 일반적이지만, 이 분야에서는 그다지 유용한 개념이 아니다. 왜냐하면 야외로 나가 자연을 즐기는 데 있어선, '소수민족'일지라도 백인일 경우 현실에 존재하는 장벽이 적용되지 않기 때문이다. 이것은 피부색이 달라서, 다른 모든 이들과 다르게 생겨서 존재하는 장벽이다.

자연 분야에서 일하는 BAME 사람들의 수도 적지만, 비백인 노동자의 수로 파고들어가면 재앙 수준인 0.6퍼센트에 불과하다는 사실을 알 수 있다. BAME이라는 용어는 VME에 속하는 사람들의 상황이 얼마나 심각한지를 숨기는 가림막으로 쓰일 가능성이 있다.

한 가지 아이디어가 떠올랐다. 불균형을 바로잡는 하나의 방법은 그것을 전면으로 다루고, 행동에 나서 변화를 끌어내는 것이다. 내겐 관심 있는 이슈에 관해 논의할 수 있는 공간인 내 플랫폼이 있었지만, 블로그에도 한계는 존재했다—2015년 당시에도 인터넷의 반향실 효과◆는 컸다. 내겐 지금 당장 행동이 필요했다.

마침 미국에는 가라테부터 기독교, 탐조까지 온갖 주제의 여름 어린이 캠프가 있다는 사실을 막 알게 된 참이었다.

"여름 탐조 캠프에 가고 싶어요." 엄마에게 말했다.

"미국으로?" 엄마가 말했다.

"미국 말고요! 여기서요."

"여긴 그런 게 없지만, 네가 만들면 되지." 엄마가 제안했다.

과연 엄마다웠다. 뭔가를 원한다면, 내가 그걸 현실로 만들어야 했다. 엄마 본인이 평생 그래왔듯이. 엄마는 방글라데시 여성이 대학조차 가기 힘들던 시절 사무변호사가 되었고, 각고의 노력으로 엄마의 로펌이 가시적 소수 인종 사람들을 더 많

◆ 인터넷 커뮤니티나 SNS에 모인 비슷한 성향의 사람들 사이에서 같은 정보가 돌고 돌며 기존의 믿음이 증폭하는 현상.

이 고용하도록 했다. 탐조를 할 때도 엄마는 시간의 압박이나 주저하는 가이드, 다가오는 일몰에 절대 굴하는 법이 없었다.

나는 내 또래 아이들, 나와 비슷하게 생기고 내가 관심 있는 일에 관심을 기울이는 아이들과 어울리고 싶었다. 어쨌든 브리스틀은 잉글랜드에서도 가장 다양성이 높은 도시고, 남아시아, 아프리카, 카리브해 출신 이민자 인구가 많은 곳이다. 여름 캠프를 직접 만드는 데 거리낄 게 뭐가 있겠는가? 내 얘기를 들어줄 사람들은 이미 있었고, 나는 이들을 바깥으로 끌어내기만 하면 되는 거였다.

성공적인 입소문과 SNS 홍보를 통해 글래스턴버리 근처 애벌론습지에서 열린 우리의 첫 여름 캠프에는 청소년 열다섯 명이 신청했다. 그러나…… 이들은 모두 비슷한 시골 중산층 배경의 백인 남자애들이었고 나는 우리의 홍보 방향이 잘못되었음을 즉각 깨달았다. 탐조 캠프가 아니라 대자연과 함께하는 캠프라는 것을, 더 다양한 그룹의 도시 아이들을 끌어들일 수 있는 주제를 강조했어야 했다. 초대만으로는 분명 충분하지 않았다. 이 캠프가 성공하려면 가시적 소수 인종 아이들을 더욱 적극적으로 끌어들여야 했다. 깨달음의 순간이 있었다면 바로 이 순간이었다. 그들이 왜 안 오는지는 도저히 이해할 수 없었지만 적어도 내가 깨달은 건, 청소년들을 낯선 자연환경에 뚝 떨어뜨려놓고 시골은 자기한테 안 맞는다는 선입관을 지워버리라고 강요할 수는 없다는 점이었다.

엄마가 지휘권을 잡고서, 캠프 활동을 꾸려갈 브리스틀의 자원봉사자들을 모집하는 한편 가시적 소수 인종 자녀의 부모들에게 연락해 아이들을 우리 캠프로 보내도록 설득했다. 2015년 6월, 우리는 청소년 스무 명을 대상으로 첫 주말 캠프 애벌론을 시작했다.

솔직히 말하자면 스트레스를 많이 받았고 완전한 성공이라고도 할 수 없었다. 첫날 저녁, 나는 텐트를 지면에 고정하던 중 그 안에 있던 두 청소년의 대화를 우연히 듣게 됐다.

"너도 엄마가 가라고 해서 왔어?" 한 아이가 물었다.

"어." 다른 애가 대답했다. "너도?"

"나도."

순간 비참한 기분이 들었다.

첫 캠프에선 많은 활동이 정신없이 지나갔는데, 어떤 건 성공적이었고 어떤 건 아니었다. 공기 중에 꽃가루가 많았고 꽃가루 알레르기가 있는 아이들은 재채기를 해댔다. 나방 관찰 활동중엔 몇몇 아이들이 기겁했고, 포유동물의 흔적을 찾는 긴 산책 활동은 불만을 샀다. 아무도 첫날부터 새벽 여섯시에 깨어나 서머싯평원을 걷고 싶어하지 않았다.

내가 아무리 틈을 메워보려 해도, 함께 온 흑인과 아시아 남자애 다섯 명 무리는 엄마가 시켜서 여기 왔을 뿐이라는 게 너무도 명백해 보였다.

내가 지금 무슨 짓을 한 거지?

도시 청소년들에게 시골이 얼마나 재미있는지 알게 해주려고 했지만 잘못 판단해도 한참 잘못한 것 같았다.

누가 이 새벽부터 산책을 가? 함께 터벅터벅 걷는 동안 그애들이 물었다.

"피곤한 게 말이 돼?" 내가 말했다. "축구는 그렇게들 하면서." 공허한 눈빛만 돌아왔다. 엄마 아빠가 아무리 신선한 공기와 자연의 이로움을 설파한다 한들 이들의 마음을 바꾸기는 힘들어 보였다.

마침내 자연을 사랑하는 한 주민 자원봉사자가 캠프 분위기를 바꿔놓았다. 그가 매에 관해 이야기할 때, 참가자들이 자세를 고쳐 앉는 게 보였다. 이 쿨한 이십대 청년은 매를 F1 경주용 차에 비교했다. 둘 다 강력한 몸체를 탑재했고 시속 370킬로미터까지 손쉽게 속도를 올릴 수 있다는 점에서 비슷했다. 불꽃처럼 하늘을 가로지르는 매에게, 쏜살같이 내려가 방심한 비둘기나 까마귀를 낚아채 저녁식사 거리로 삼는 일은 예삿일도 아니다. 매는 전투기이자 경주용 차, 로켓 같은 존재다—그리고 우리 캠프에서는 경이로운 야생조류의 세계로 향하는 입구이기도 했다. 매의 속도와 우아함, 강력한 힘이 미래의 캠프에서도 중요한 전환점을 만들었다. 자연을 참가자들의 삶과 연결하는 게 핵심이었다.

짐을 싸고 작별인사를 한 후 더없이 짜릿한 기분을 느꼈다. 결국 캠프는 성공으로 끝났다. 모두가 자연과 어느 정도 연결된 기분을 느꼈고 거기서 즐거움을 찾았다. 자연에도 모든 인종을 위한 자리가 있어야 한다는 내 신념은 더욱 확고해졌다. 하지만 국가 차원에서의 변화를 일으키려면 환경보전 커뮤니티에서 더 넓은 차원의 활동이 필요하다는 사실도 깨달았다. 그리고 우리 자원봉사자들의 역할이 캠프의 성공에 핵심적이라는 것도 알게 되었다. 자원봉사자들은 아이들에게 자연과의 연결점을 찾아주면서 교감해야 했다. 이것이 장벽을 무너뜨리는 첫 단계였다.

그해 말, 나는 영국 왕립조류보호협회, 야생동물재단, 야생조류및습지재단, 조류학재단을 비롯한 주요 자연 관련 단체에 서신을 보내 이들의 다양성 정책에 관해, 그리고 자연 관련 활동에서 다양성을 높이기 위해 어떤 활동을 진행하고 있는지에 관해 논의를 시작하고자 했다. 모든 단체에서 내게 답변을 줬다. 이들은 캠프 애벌론에 상당한 관심을 보였지만 단체 차원에서는 아무 활동도 하고 있지 않았고, 자신들의 소통 전략 개선을 위해 내게 방문해 함께 얘기해보면 어떻겠냐고 제안했다.

이들은 분명 누군가와 얘기를 나누길 원했지만, 나는 그저 꿈을 품은, 아직 학교에 다니는 열세 살짜리 여자애였다. 원하는 결과를 내려면 더 깊이 파고들어야 했지만, 그래도 변화가 가까워져오고 있음을 느낄 수 있었다.

8장 침팬지 언급 금지

넓적부리황새

넓적부리황새는 동부 중앙아프리카의 민물 파피루스 습지에 서식한다. 개체수는 오천에서 팔천 마리로 추산되며 취약종으로 분류된다. 주요 위협은 서식 환경 파괴 혹은 악화, 사냥, 생활 방해, 불법 포획이다. 몸집이 크며 키가 1.5미터에 달하고 거대한 신발 모양의 부리가 특이한 새다. 이들에겐 소름 끼치는 비밀이 있다. 번식할 때 대부분 새끼를 두 마리 낳고 그사이에 닷새 간격을 두는데, 따라서 첫번째로 태어난 새끼가 두번째 새끼보다 훨씬 크다. 부모 새들이 둥지에서 떨어져 있을 때 더 큰 새끼가 작은 새끼를 공격해 혈투를 벌이며 둥지 바깥으로 몰아낸다. 부모 새는 큰 새끼를 돕는 모습을 보인다. 둥지로 돌아오면 더 큰 새끼를 날개로 가려주고 부리를 통해 물을 먹여주면서, 작은 새끼는 더위에 지쳐 죽어가도록 내버려두는 것이다. 두번째 새끼의 존재 이유는 순전히 첫번째 새끼가 생존하지 못할 경우를 대비하는 것이다.

캄팔라의 밤거리를 유유히 가로지르는 택시 안에서—온 사방을 질주하는 모터 자전거, 어둠 속에서 밝은 네온 빛을 뿜어대는 식당과 술집 사이로—나는 우간다를, 더위와 습도와 짜릿한 타국의 냄새를 느껴보려 했다. 하지만 우린 도시에 머물 예정이 아니었으므로 곧 다시 등을 기대고 앉아 눈을 감았다.

엄마와 아빠가 동아프리카를 선택한 이유는 우리의 목표 새뿐만이 아니라 위도상의 다양성 때문이었다. 우선 두 회귀선 사이 지역부터가 압도적으로 다양한 종을 보유하고 있고, 여기에 사바나, 습지, 열대우림, 독특한 산맥 지형을 포함해 끝없이 펼쳐진 자연 그대로의 서식지까지 더하면, 그곳에 사는 조류종의 숫자만으로도 탐조인들은 자석처럼 이끌리지 않을 수 없다.

넓적부리황새는 그해 여름 우리 모두의 기록에서 단연코 일등이었던 종으로, 본격적인 탐조인뿐 아니라 야생을 사랑하는 더 넓은 층의 사람들에게도 엄청난 포상으로 느껴지는 새다. 모두가 그 크기와 이상함에 매료된다. 마밤바습지는 우간다에서, 어쩌면 아프리카 전체에서 넓적부리황새를 볼 수 있는 접근성과 가능성이 가장 큰 장소다. 첫날 아침 우리가 향한 곳이 바로 빅토리아호수 언저리의 마밤바습지였다.

그해 여름 나는 떠나고 싶은 마음이 간절했다. 8학년 말에 접어든 시점에 그간의 학교생활을 돌아봤다. 멸종위기종을 위한 캠페인을 벌이고 캠프 애벌론을 연 것 외에도 중등학교에서 새로운 친구를 사귀긴 했지만, 아무래도 또래 아이들은 대부분 탐조라는 취미를 조금은 이상하게 여기는 듯했다. 다른 모두가 조금도 힘들이지 않고 손에 넣는 듯한 사회적 자신감이 내게는 좀처럼 생기지 않았다. 어쨌든 그게 내 생각이었다. 돌이켜보면, 다들 조금은 허세를 부리고 있었고 나 또한 차라리 그랬으면 좋았을 것이다.

중등학교에 입학하자 아이샤는 내게 놀림당하지 않으려면 절대 탐조 얘기는 꺼내지 말라고 조언했지만, 언니와 달리 SNS상의 내 존재감 때문에 정체를 완벽히 숨기기는 힘들었다. 지역 언론사와 가끔은 전국지에서도 연락해와서 탐조 경험을 인터뷰하고 기사를 냈다. 조류나 환경에 관해 이야기할 때는 자신감이 없었던 적이 한 번도 없었다. 물론 몇몇 학교 친구들도 이런 언론의 조명을 알고 있었다. 어느 순간부터 학교 IT 수

업시간이 두려워지기 시작했는데, 같은 반 아이 한두 명이 꼭 내 블로그나 최근 인터뷰를 찾아보고 소리 내 읽었기 때문이다.

"이토록 많은 새들이 한 정원에 살고 있다는 사실은 실로 놀랍다……" 누군가가 시작하면, "이러고 있을 게 아니라 정원에 새 보러 가봐야 하는 거 아니야?" 다른 누군가가 한마디 얹었다.

여기에 IT 선생님은 거의 개입하지 않았는데, 아마 괴롭힘이라기보다는 짓궂은 놀림에 가까워서 그랬던 것 같다. 하지만 나는 언제나 여기에 반응했고, 얼마 지나지 않아 이것이 바로 나를 놀리던 애들이 원하는 바라는 걸 깨닫게 됐다. 보통 나는 몸을 쭉 내밀어 인터넷 기사 창을 닫곤 했다. 괴롭히는 애들에게 절대 반응하지 말라는 게 학교생활의 기본 수칙이었지만, 나는 그걸 어기고 또 어겼다. 애들은 다시 기사 창을 열었고 나는 자리에 앉아 수치심으로 꼼지락거렸다.

핵심은 학급 친구들이 고약했다는 게 아니라, 학교에서 주목받는 게 너무나도 불편했다는 것이다. 어느 날 놀림이 멈춘 건 그애들이 성숙해져서 그 시기를 지나간 게 아니라, 애들이 뭐라고 생각하든 내가 더는 신경쓰지 않았기 때문이다. 가볍게 넘길 수 있게 된 것이다. 아직은 먼일이었다.

학교생활이 스트레스였다면, 동네 탐조는 더 그랬다. 서머싯은 탐조하기 정말 좋은 곳이다. 추밸리호는 수년에 걸쳐 그곳을 찾는 희귀종으로 유명한데, 흰점어깨수리를 포함해—내가 태어나기 전에 찾아온 새다—다양한 희귀 오리, 왜가리, 섭금류, 기타 물새도 볼 수 있다. 호수 주변 주도로를 따라 서머싯의 수요 탐조 장소가 두 군데 있는데, 주말에 여기서 시간을 보내던 중 친구가 차를 타고 지나가다가 나를 알아보기라도 할 때면 소스라치게 놀랐다. 그런 일이 있을 때마다 나는 시선을 피했고 친구도 시선을 피했다. 길가의 무성한 풀을 헤집으며 나무 사이로 쌍안경을 겨누고 다니는 내 모습을 본 친구나 나나 둘 다 똑같이 경악했다. 어느 순간부터 탐조가 창피한 일이 되었다. 내게 그토록 큰 기쁨을 주는 일이 어떻게 그런 긴장감의 원인이 됐을까?

그렇게 전전긍긍하며 남의 시선을 의식하는 동안에도, 역설적으로 나는 한순간도 탐조를 포기할 생각이 없었다. 도로변에서 멀어져 시골의 자연으로 걸어들어가는 순간 학교와 엄마에 대한 걱정을 잊은 채, 기다리고 지켜보고 발견하는 단순한 놀이에 빠져들 수 있었다. 탐조는 내게 휴식이었고, 그것을 내 인생 전체에 어떻게 스며들게 할지 슬슬 생각해봐야 할 시점이었다.

하지만 지금은 아무것도 생각하고 싶지 않았다. 나는 마밤바 습지 위 보트에 오르고 있었고, 학교와 추밸리는 머릿속에서 증발했다. 며칠 뒤 딕비가 우리의 빡빡한 우간다 탐조 여행에 삼 주간 합류할 예정이었다. 이번에도 그 녹색 조끼를 입고 올지 궁금했다.

미로 같은 수로와 석호로 이루어진 이 광대한 파피루스 습지는 중요조류지역으로 지정되었고, 우간다의 가장 유명한 조류 거주민인 넓적부리황새가 여러 쌍 사는 곳이다. 이 카리스마 있는 단형종 조류는 단연코 아프리카에서 가장 많이들 찾는 새다. 우리는 특별한 노력을 기울여 모터 달린 카누를 타고 무성한 습지의 수로들을 헤치며 이 새를 찾아보기로 했다.

넓적부리황새가 가장 좋아하는 먹이는 폐어류로 마밤바습지에 많다. 하지만 이 폐어가 현지 어부에게도 똑같이 귀중한 자원인데다 넓적부리황새를 보면 그날 고기잡이를 그르친다는 미신까지 있는 탓에, 어부들이 이들을 사냥하고 죽이면서 이 습지에서도 거의 멸종위기까지 몰고 갔다. 이후 마밤바습지는 넓적부리황새를 보호하기 위해 람사르 습지(취약 습지의 보존을 위한 국제 협약의 결과)로 지정되었다. 현재는 많은 현지 어부가 탐조인에게 보트를 대여해주며, 일부는 재훈련을 받아 탐조 가이드로 전직하기도 했다. 이런 방식으로 어부들은 넓적부리황새를 불길한 징조로 여기는 대신 보호에 나섰다.

카누에서 몇 분이 흐른 뒤 파피루스 줄기 사이로 커다란 수풀 습지가 나타났는데, 보아하니 바로 이곳에서 우리가 찾는 새를 보게 될 듯했다. 비율이 맞지 않는 이상한 생김새에다 거대하고 얼룩덜룩한 노란색 부리는 낡은 신발을 닮았으니 어렵지 않게 발견할 수 있을 것 같았다.

개구리와 귀뚜라미, 가끔 들리는 새 울음소리를 빼면 습지는 으스스할 만큼 조용했다. 그러면서도 더웠다. 아프리카의 작열하는 태양은 보트 위에서 땀을 뻘뻘 흘리는 멍청한 탐조인들을 비웃기라도 하는 듯했다.

넓적부리황새는 우리 인간에게는 그다지 유쾌하지 않은 방식으로 더위를 해결한다. 몸을 시원하게 유지하기 위해 오줌 땀이라는 걸 분비하는데, 다리에 배뇨함으로써 이때 발생하는 증발로 체온을 내리는 것이다. 어지간히 덥지 않고서야 나는 그렇게는 못하지 않을까 생각했다.

그 순간, 정확히 정오에 다른 보트 기사에게 연락이 왔고 무전으로 파피루스 줄기 사이의 어느 위치를 어렴풋이 들었다. 우리 보트 기사는 미로 같은 파피루스 사잇길을 자기 손바닥처럼 훤히 알았기에 우리도 곧 다른 흥분한 탐조인들의 보트가 모여 있는 곳에 합류할 수 있었다. 이는 우리에게도 특별한 경험이었다. 대개는 우리끼리만 우두커니 서서 새가 등장하길 기다리게 되는데, 위대한 발견의 순간이 찾아오기 직전에 다른 탐조인들과 이 시간을 공유하는 건 기분좋은 일이었다.

우리는 카메라 셔터 소리를 따라 앞으로 나아갔다. 모두가 100미터 거리에서 몹시 괴상하게 생긴 이 생물을 향해 카메라 렌즈를 겨누었다. 몸뚱이는 거의 회색이고 황새를 닮은 이 공룡 같은 새는 사진을 위해 포즈를 취하고 있었다. 순간 흠칫 놀랐다. 새는 전혀 움직이지도 않고 눈을 깜박이지도 않았다. 신발 모양의 거대한 부리는 꽉 닫혀 있었는데도 꼭 우리를 잡아먹고 싶어하는 것 같았다. 2미터가 넘는 날개폭에 키는 1.5미터 언저리인 새는 강인하고 위험해 보였다. 한참 동안 모두가 새를 쳐다보고 새도 우리를 똑바로 쳐다보았다. 결국 새는 부리를 벌리고 위협적인 미소를 날린 뒤 물로 뛰어들었다. 새는 우리에게는 아무런 관심 없이 그저 먹음직스러운 개구리를 기다리고 있을 뿐이었고, 이제 그 개구리는 새의 입에 들어가 있었다. 그 순간 카누에 타고 있던 모든 사람이 헉하고 숨을 들이쉬며 넓적부리황새가 거대한 날개를 펴고 하늘로 날아오르는 장면을 봤다.

엄마는 아빠와 하이파이브를 했다. "바로 이거지!" 엄마는 소리쳤다. 함박웃음을 지으며 햇살 아래 눈을 찌푸린 채, 엄마는 습지 한가운데 보트 위에서 생기를 뿜으며 뛸듯이 기뻐하고 있었다.

엄마의 머릿속은 대개 정신이 없었고, 목표 새가 나타난 잠깐 사이에만 나머지 모든 것에 신경을 끌 수 있었다. 넓적부리황새는 한 시간가량 우리 곁을 지켰고 엄마는 한 시간 내내 완전한 경이로움에 빠져 새를 바라봤다. 이런 순간이야말로 꼬리에 꼬리를 무는 엄마의 생각이 넓적부리황새만큼이나 고요해지고 엄마의 정신도 집중을 되찾는 시간이었다.

탐조 여행에 우리를 실제 삶에서 벗어나게 해주는 어떤 요소가 있는 걸까? 일종의 도피처럼? 우리가 실제로 던져본 질문이지만, 몇 번을 물어봐도 대답은 아니다였다. 휴가를 떠날 때마다 엄마는 대체로 활기를 되찾았지만, 엄마의 병 또한 언제나 우리 곁에 함께 따라왔다. 그래도 새를 보고자 하는 열망이 우리를 이끌었고, 자연 속에 있는 건 분명 엄마와 아빠 모두에게 도움이 됐다. 여행이 엄마의 양극성장애나 아빠의 대응 기제에 해결책을 준 적은 없지만, 우리의 함께하는 삶이 더없이 좋아진 건 여행 덕분이었다. 오늘날 우리는 여행이나 다른 어떤 것도 엄마의 정신적인 문제를 없애주지 않을 거라는 점을 잘 알지만, 우리는 가족으로서 여행할 때 더욱 빛났다. 무엇보다도 탐조 여행은 우리 삶의 다른 영역을 지탱해주는 버팀목이었다. 열대우림에서 걸어나오고, 사바나를 떠나고, 배에서 내린 뒤에도 새들은 오랫동안 우리에게 머물러주었다.

이제 열세 살이 된 나는 엄마가 진단을 받아내긴 했어도 양극성장애를 없앨 단 하나의 마법 약 같은 건 없다는 걸 알았다. 엄마가 계속해서 처방약을 점검받는 동안—엄마의 기분은 내내 오락가락했다—엄마가 겪는 장애는 심한 재발을 막기 위한 장기 관리의 대상이지, 약으로 한 방에 해결 가능한 병은 아니라는 사실에 우리 모두 익숙해지고 있었다. 엄마가 늘 극적인 기분 변화를 겪을 거라는 전망에 나 또한 익숙해지는 중이었다. 속상한 일이었고 여전히 엄마에게 화가 날 때도 있었지만, 나도 성장하고 있었고 자신을 조금씩 더 돌아보는 중이었다.

엄마는 여행을 무척 좋아했고, 여행은 엄마에게 분명 도움이 됐다. 우리가 가는 곳이 더 멀수록, 보는 새가 더 희귀할수록 효과는 더 좋았다. 여행이 엄마에게 잘 맞는다는 건 틀림없는 사실이었지만, 엄마가 먹는 약 중 하나는 냉장 보관이 필수였다. 물론 집에는 냉장고가 있으니 문제없지만, 더운 나라에서 계속 이동해야 한다면 얘기는 달라진다. 아프리카 여행에 앞서 아빠는 보냉병을 이용해 약을 보관하는 방법을 고안했다. 결국 보관이 늘 완벽하진 않았는데, 이는 약의 효과가 떨어진다는 뜻이었고, 그러면 무슨 일이든 일어날 수 있었다.

딕비가 우간다에서 우리와 합류했다. 전날 마밤바습지에서 넓적부리황새를 보고 왔다고 했다. 우린 이제 같은 출발선에서 있었다! 그리고 물론, 딕비는 주머니가 잔뜩 달린 그 조끼를 어김없이 입고 왔다.

키데포밸리국립공원은 우간다 북동부 끝 변경의 야생 지역에 있고 남수단과 국경을 맞대고 있다. 이 탁 트인 시골 초원은 사자와 코끼리와 들소의 고향이자 우리의 목표 종인 카라모자 아팔리스Karamoja Apalis의 서식지이다.

이 공원은 이디 아민의 악명 높은 사파리 별장이 폐허가 되어가는 곳이기도 하다. 우간다의 학살자로 익히 알려진 이 독재자는 세계사에서 가장 악독한 폭군으로 통하는데, 눈 하나 깜짝하지 않고 우간다에서 한 인종 전체를 몰아내고 시민 30만 명 이상을 학살했다. 우리에게도 1970년대 당시 조국을 떠나야 했던 아시아계 우간다인 친구들이 있는데, 바로 이 공원에 그들을 내쫓았던 사람의 집이 있었다. 야생에서 희귀 새를 보겠다는 우리의 사명과 어울리지 않는 낯설고 심란한 경험이었다.

가이드와 운전기사와 함께 랜드크루저에 올라타고서, 우리는 카라모자아팔리스로 주의를 돌렸다. 탐조 장소에 도착했을 때는 한낮이었다. 푹푹 찌는 날씨였고, 무성한 사바나 서식지에서 작은 회색 새를 찾기에 결코 이상적이지 않은 환경이었다.

보통 이렇게 난처한 상황에선 차에서 내려 다른 새를 찾으러 길을 나서지만, 여긴 사자가 사는 곳이었다. 우리는 차에서 내리긴 했지만 아주 가까운 거리에서만 돌아다녔다. 적어도 그럴 계획이었다. 어느새 엄마는 덤불 저 깊숙한 곳으로 걸어가고 있었다.

"헬레나, 돌아와." 아빠가 애원했지만 엄마는 듣지 않았다. 엄마는 무슨 일이 있어도 새를 꼭 보고 싶었다.

"거기 안 서?" 딕비의 호통에 엄마는 그 자리에 얼어붙었다. "그러다 사라져서 아프리카에서 기어코 사자한테 잡아먹히려고 그래? 그래서 우리더러 이 귀중한 탐조 일정을 사흘이나 낭비하라고?" 딕비는 엄마가 대형 고양잇과 동물에게 때아닌 죽음을 맞는다면 아빠가 온갖 서류를 처리하는 데 일주일의 반은 날릴 거라고 판단한 거였다.

엄마는 웃을 수밖에 없었고 우리 모두 웃었다. 엄마가 다시 차로 돌아와서 우리는 계속 이동하기로 했다. 이제 우린 남수단 국경지대로 향했다.

국경에 가까워지면서 주도로에서 갈라지는 분기점을 지나

쳤는데, 작은 우간다 군대 야영지로 이어지는 길이었다. 거기에 아무도 없어서 우린 그쪽으로 계속 나아갔다. 안으로 약간 들어가자 우리가 줄곧 따라온 길을 가로지르는 말라붙은 개울 바닥이 보였다. 이것이 일종의 국경이었고 반대쪽이 남수단이었다. 장벽도 국경 순찰대도, 심지어 '환영합니다' 표지판 같은 것도 없었다. 그리고 우린 국경을 넘을 비자가 없었다.

"넘어가보자." 딕비가 말했다. 순수한 제안이었지만 남수단은 당시 극심한 내전을 겪고 있었다.

그런 남수단의 현실조차 가이드와 기사 말고는 우리 중 누구도 단념시키지 못했다. 우리는 갑자기 남수단을 우리의 국가 목록에(그렇다, 우리한텐 그런 목록까지 있다) 추가하고 싶어 안달이 났고, 딕비와 엄마 아빠는 합세해 기사를 꼬드겼다. 아빠는 특히 2011년에서야 독립한, 세계에서 가장 최근에 주권국가로 인정받은 나라를 방문한다는 점에서 우리가 그곳에 발을 딛은 최초의 세계 탐조인이 되리라는 기대감으로 열의를 불태웠다. (가끔 우린 이런 어딘가 독점적인 우월감을 갈구하는 마음을 떨칠 수가 없다.) 하지만 우리 기사는 남수단이 '강도의 나라'라며 경고했다. 나는 공포로 오싹했지만, 엄마와 딕비는 가고 싶어 근질근질해 죽으려 했다.

우리는 겁 없는 멍청한 관광객처럼 굴고 있었다. 세계 탐조 기록에 남수단에서 본 종이라면 뭐라도 추가하려고 무슨 짓이든 하려 드는 광적인 탐조인들이었다. 기사나 가이드가 하는 말은 듣지도 않았다. 국경을 넘는 일이 얼마나 위험한지 제대로 인지하고 있는 건 이들뿐이었는데도. 우리에게 무슨 일이 생긴다면 이들에게도 책임이 갈 것이었다.

이십 분이 지났는데도 새로운 새가 보이지 않자, 기사와 가이드는 참다못해 차를 돌리자고 주장했다. 말라붙은 개울을 따라 다시 돌아오던 중 지빠귀 크기의 새 한 마리가 늘어선 나무 사이에서 날아왔는데, 개울가를 낀 그 나무들은 결정적으로 남수단 쪽에 있었다. 우리가 그토록 원하던 남수단의 새, 검은덤불까치Slate-coloured Boubou였다. 여태까진 그나마 불안해하는 정도였던 운전기사는 흥분한 우리가 모두 차에서 내려 사진을 찍으려 하자 거의 폭발 지경에 이르렀다.

"얼른 타요, 안 그럼 두고 갈 거요!" 그가 고집했다. 우리는 고분고분하게, 그리고 약간은 창피해하며 다시 차에 올라탔다. 새는 나무로 돌아가 우리를 다시 국경 쪽으로 이끌었고, 기사는 안도의 한숨을 내쉬었다. 아마 멍청한 관광객들을 다시 안전지대로 데려가준 새한테 고마움을 느꼈을 것이다.

이 작은 회색 새는 먹이가 있는 곳이라면 어디든, 비자도 필요 없고 내전을 신경쓸 필요도 없이 자유롭게 날아다니고 있었다. 새가 가진 자유가 그토록 뼈저리게 다가왔던 적은 처음이었다. 새가 원하는 건 오직 생존뿐이지만, 우리는 지상에서 이 지구를 의도적으로 방치하고 있었고, 머지않아 새의 보금자리마저 위기에 빠트려 고난을 안길 것이었다.

그런 와중에도 내 안의 괴짜는 흥분의 도가니였다. 우리가 그걸 불법으로 봤다는 슬픈 사실 때문에.

팔색조는 발견하기 쉽지 않은 새다. 에메랄드빛 녹색, 청보라색과 밝은 노란색, 심지어 어떤 새는 소방차 같은 빨간색도 한 조각 들어가 있는데도 그렇다. 이쪽 세계에선 '숨기 신동'으로 잘 알려져 있으며, 덤불 속 어두운 곳에서 조용히 지내는 걸 선호하고, 나무 사이나 공중에서 아름다운 깃털을 뽐내는 일은 좀처럼 없다. 이들은 인내심을 요하고, 탐조인인 우리는 인내심이 차고 넘친다.

서부 우간다의 키발레숲국립공원은 우기와 건기 열대우림과 사바나에 놀라운 야생동물 서식지가 분포하며, 침팬지 트레킹 사파리로 유명하다. 중요한 건 이곳이 환상적인 녹색가슴팔색조Green-breasted Pitta의 서식지이기도 하다는 점이다.

팔색조는 동틀녘에 모습을 가장 잘 드러내기 때문에 목표 새를 찾는 우리의 숲속 여정은 아주 이른 시각에 시작되었다. 공원 레인저 사무실에 새벽 네시 반에 도착해 이제나저제나 출발을 기다리는데, 가이드들은 서로 누가 어느 그룹을 데리고 갈지 설전을 벌였다.

"이럴 시간에 한숨 더 잤겠다." 딕비가 한숨을 내쉬었다.

"이럴 시간에 우리끼리 갔겠다." 엄마가 목소리를 높였다.

마침내 가이드를 배정받은 우리는 그를 따라 무성하고 컴컴

한 삼림지대를 뚫고 우리의 작은 새를 찾으러 나섰다. 숲속은 두꺼운 숲지붕 때문에 어둠침침했다. 팔색조는 나무 사이에 숨어 있기보단 땅 위를 총총 뛰어다니는 편인데, 운좋게도 이 숲에는 덤불이 군데군데 조금밖에 없어서 새들이 숨을 곳이 적었다. 걷는 건 힘들지 않았지만, 절망적이게도 어둠 때문에 뭘 보려고 해도 하나도 보이지가 않았다. 어렸을 땐 탐조에 늘 따라오던 기다림을 그다지 좋아하지 않았지만, 자라면서 인내심도 함께 커갔고 이제는 걷는 일도 기다리는 일도 훨씬 잘하게 되었다. 하지만 파란 하늘이 손톱만큼도 보이지 않는다는 사실에는 폐소공포증이 생길 지경이었다.

한 시간이 지났는데도 녹색가슴팔색조는 여전히 코빼기도 보이지 않았고, 우리 가이드는 숲의 다른 쪽으로 가봐야겠다며 이번에는 차를 타자고 했다. 우리는 사륜구동차에 올라타 험난한 길을 달리기 시작했다. 이동하는 내내 시간은 흐르고 날은 더욱 밝아졌지만 팔색조는 여전히 나타날 기미가 안 보였다. 두번째 숲에서도 소득은 없었다. 오늘은 대실패의 날이라고 나는 단정 지었다. 어둠 속에 서 있으면 벌레들이 입과 귀로 곧장 날아드는 이 숲에서 어서 벗어나 햇살을 맞고 싶었다.

그때 우리 가이드의 무전기가 울렸고 가이드는 현지 방언으로 흥분해서 뭐라고 떠들기 시작했다. 그가 얘기하는 동안 머리 위 나뭇가지에서 부스럭거리는 소리가 들리자 심장이 철렁했다. 어쩌면 다른 멋진 새가 등장해 우리를 구원하고 그날 오전 전체를 의미 있게 만들어줄지도 몰랐다. 하지만 그건 새가 아니었다. 올려다본 곳에는 침팬지가, 그것도 아주 많은 침팬지가 나를 뚫어져라 쳐다보고 있었다. 야생의 침팬지를 상상해본 적이 있었다 한들 이런 모습은 아니었다. 보통 꽥액 소리를 지르거나 나무에서 나무로 요란하게 건너가지 않나? 하지만 이 침팬지들은 온화했고 우리에게 미소만을 지어 보였다.

"첫번째 숲으로 돌아가야 해요." 가이드가 무전기를 주머니에 넣으며 선언했다. 침팬지 가이드가 방금 무전으로 팔색조를 발견했다는 소식을 전했던 터라 당장 돌아가야만 했다. 그때 침팬지 추적 차량 세 대가 길 위에 나타났다. 우리가 일제히 정지 신호를 보내 머리 위 침팬지를 가리키려 했으나 가이드가 잽싸게 고개를 흔들었다.

"침팬지 얘긴 하지 마세요." 그가 속삭였다. "여러분은 침팬지 요금은 안 내셔서, 제가 침팬지를 보여드릴 순 없게 돼 있거든요."

"뭐라고요?" 내가 말했다.

"우리가 침팬지를 봤다는 걸 다른 공원 레인저들이 알면 우리 가이드가 곤란해지나봐." 아빠가 설명했다. "우리 가이드가 돈을 받고 보여주기로 한 건 팔색조지 침팬지가 아니잖아, 마이아. 가이드의 상사가 별로 안 좋아할 거야."

침팬지 그룹은 돈을 내고 침팬지 관람권을 구입했기에 이들에겐 침팬지를 볼 권리가 있었다—우리 가이드가 보여줄 순 없었을 뿐. 사륜구동차 여러 대가 이 보기 힘든 유인원을 찾아 길을 따라 사라지는 광경을 보며 나는 안타깝기만 했다. 그냥 거기서 고개만 치켜들면 됐는데.

"그렇지만 침팬지 가이드는 우리한테 팔색조 얘길 해줬잖아요." 나는 다시 차에 타 따졌다.

"그만 잊어버리자, 마이아." 딕비가 현명하게 정리했다. "집중력이 흐트러지고 있어." 불법으로 본 침팬지와 아무것도 모르는 침팬지 추적자들 때문에, 차와 숲 안팎에서 모두가 집중력을 잃고 있었다. 그래서 잊어버리기로 했다.

이제 첫번째 숲으로 돌아와서, 우리는 마침내 진전을 보이기 시작했다. 아빠가 멀리서 들려오는 팔색조 울음소리를 알아채고 앞장섰다. 우리는 쌍안경으로 수풀 사이사이 드러난 공간들을 살폈지만 새는 마땅히 숨어 있어야 할 땅 위 어느 곳에서도 보이지 않았다. 가이드는 어느새 저 앞에서 숲속 깊은 곳까지 성큼성큼 걸어들어갔다. 팔색조가 자주 출몰하는 지점에 너무 늦기 전에 도착하려고 안간힘을 쓰고 있었다. 하지만 우리는 모두 지쳐 있었다. 숲은 너무 더웠고, 땀투성이 원을 그리며 숲속을 빙빙 도는 것만 같았다. 어느 순간 가이드가 걸음을 멈췄다. 바로 그 지점에 도착한 듯싶었다.

"여기서 기다려요." 그는 속삭이더니 빈터를 빙 둘러싼 나무 사이로 들어가 팔색조 울음소리를 주기적으로 재생했다.

"우리도 같이 찾아보는 게 좋겠어." 가만히 있지 못하는 성격의 딕비가 나섰다. 딕비는 분명 답답해 보였고, 가이드가 아니라 울음소리를 따라가고 싶어했다.

“동의해.” 아빠가 말했고, 두 사람은 숲속 깊은 곳으로 들어갔다. “뭐라도 찾으면 연락할게.”

“기회가 오기도 전에 새를 쫓지만 않으면요.” 나무 사이로 사라지는 두 사람을 향해 내가 쏘아붙였다.

엄마와 나는 광활한 숲 한가운데 외따로 남겨졌고 몹시도 작아진 느낌을 받았다. 어떤 야생동물이 우리를 기다리고 있을까? 그때였다. 우리 목표 종 특유의 울음소리가 들렸다. 가까이, 아주 가까이에서 들렸다. 녹음된 소리가 아니라, 진짜 울음소리였다. 엄마와 나는 소리가 나는 쪽으로 향했고, 가이드도 우리 뒤쪽에서 나타났으며, 아빠와 딕비도 앞쪽 정글에서 모습을 드러냈다. 우리는 모두 한곳으로 모여들고 있었다. 여기가 틀림없었다.

나무들이 갈라지며 나타난 또다른 작은 공터에서, 10미터 위 나뭇가지에 앉은 팔색조가 참을성 있게 우리가 도착하기만을 기다리고 있었다. 딕비는 캠코더를 켜서 팔색조의 듣기 좋은 ‘안녕’ 인사를 녹음했고, 새는 색색깔 초록으로 빛나는 가슴을 내밀었다. 이곳에는 나무가 그다지 빽빽하게 들어차 있지 않아 햇빛이 약간 들어왔고, 팔색조의 소방차처럼 빨간 배와 짙은 에메랄드색 날개에 섬세하게 찍힌 밝은 파란색 점을 비추어주었다. 우리가 모두 도착했으니, 이제 이 작은 새가 짝짓기 춤을 선보일 차례였다. 나뭇가지 하나가 공터를 둘로 나누고 있었는데, 새는 여기가 자기를 뽐낼 완벽한 무대라고 생각했는지, 나무 위에서 이곳으로 내려와 지저귀고 뽐내고 깃털을 흔들며 선언할 태세를 갖췄다. 이 땅이 내 땅이라고.

새를 바라보는 일이 마음챙김 활동이 되기까지는 오랜 시간이 걸렸다. 어렸을 때 탐조는 나에게 재밌고 신나는 일이었다. 정신을 온전히 '지금 이 순간'에 쏟는다든지 집중력을 유지하는 일에 대해선 생각해본 적이 없다. 봐야 할 새는 언제나 많았고 다음 장소로 향하고 싶어 안달이 났다. 우리가 목표로 한 새를 보고 나서는 몸을 꼼지락거리고 재잘거리며 대개 빨리 떠나고 싶어했다. 이제 열세 살이 된 나는 멋진 새가 나타났을 때 가만히 서서 감상하며 나의 정신을 외부 세계와 차단하는 데 더 익숙해졌다. 우리의 목표 새가 나타나기까지 기대하며 기다리는 과정을 즐기기 시작했다. 숨을 쉬고 있는 것조차 잊는 그 순간들을.

그렇게 온 정신을 쏟았던 순간 중 최고를 꼽는다면, 팔색조를 만났던 바로 그 순간이다. 보고 듣는 것마다 이름을 붙이려던 내 머릿속의 집요한 목소리가 일순간 조용해졌다.

우간다의 깊은 열대우림 속에서, 이 작은 새가 다섯 인간 앞에서 심장이 터질 듯 노래하고 춤추는 모습을 보고 있자니, 내 심장도 터질 것만 같았다. 내 삶의 다른 모든 것이 순식간에 멀어졌다. 이것 말고 더 바랄 게 있을까—눈앞에서 펼쳐지는 진귀한 아름다움을 감상하며 흘러간, 보기 드문 마법 같은 순간이었다. 눈물로 눈이 따가웠다. 이 작은 새가 짝을 부르는 모습을 지켜볼 수 있는 바로 이곳 말고 지구상에 내가 있고 싶은 곳이 있을까.

새는 야생적인 동물이다. 원초적인 생명의 힘을 품은 활기찬 생물이다. 흔한 산울타리의 울새조차 공터에서 우리를 향해 춤을 선보이는 녹색가슴팔색조만큼이나 야생적이다. 우리집 정원, 이 숲, 그리고 방글라데시 소나디아섬의 습지 모두 새들의 생존이 달린 서식지이며, 서식지가 번성하는 한 새들은 올 것이다. 굳이 짚고 넘어갈 필요도 없을 당연한 얘기지만, 반복해서 말할 가치가 있다. 물론 자연 관련 단체도 새에 관해 어느 정도 알고는 있지만, 그들의 전문 분야는 자연환경과 보전이다. 자연환경을 제대로 지켜낸다면—서식지가 새들을 반긴다면—새들은 당연히 올 것이다. 새들을 그곳에 부를 다른 방법은 없다. 새와 관계를 맺는다는 건 환경과 자연과도 관계를 맺는다는 의미다. 내게 있어 둘은 떼려야 뗄 수 없는 관계다. 그리고 열대우림에서의 그 강렬한 순간, 색색이 알록달록한 새가 본능에 따라 짝을 찾고 더 많은 녹색가슴팔색조를 세상에 내놓으려는 장면을 목격했을 때, 환경보전이 이들의 생존에 필수라는 사실을 분명히 깨달았다.

딕비와 보낸 삼 주가 지났고 우리는 그에게 손 흔들어 작별

인사를 했다. 그는 이곳을 떠나 유럽에서 휴가를 보내는 가족과 합류할 예정이었다. 딕비와 딕비의 조끼를 다시 떠나보내게 되어 슬펐다. 딕비와 함께 보낸 시간은 우리 모두에게 즐거웠고, 딕비가 크레이그 가족 화목 지수 얘기를 입 밖에 꺼낼 일은 한 번도 없었다!

우리는 우간다 쪽에서 르완다로 국경을 넘어가려 대기중이었다. 줄은 길고 붐볐고, 여기저기서 경적이 울렸고, 국경 순찰대는 흙먼지가 날리는 더위 속에서 서류를 확인하면서 기다려 달라고 소리쳤다. 오토바이가 대기 줄을 왔다갔다 달리며 차가운 음료와 따뜻한 간식을 팔았다. 우리가 국경을 통과하자마자 몇 킬로미터 사이에 주변 풍경이 확 바뀌었다. 아프리카 전역에서 어디든 보이던 과적 오토바이들은 온 가족을 다 태우고 대개 헬멧도 없이, 심지어 핸들 위에 돼지 몇 마리까지 아슬아슬하게 올린 채 내달리곤 했지만, 르완다에서는 다른 풍경이 펼쳐졌다. 도로에 차가 더 적었고, 모터 자전거에는 많아야 두 사람까지만 탔으며 모두가 헬멧을 착용하고 있었다.

1994년 르완다 집단 학살은 다수민족인 후투족이 투치족 민간인을 잔인하게 죽인 사건이며, 80만 명이 넘는 사람들이 학살당했다. 하지만 2015년 8월 현재, 그토록 잔혹한 폭력 사태가 이곳에서 일어났으리라곤 상상하기 힘들었다. 사람들이 집단으로 외상후스트레스장애를 겪고 있는 국가였지만, 그러면서도 이 변화하고 있는 나라는 티끌 하나 없이 깨끗했다. 놀라웠던 사실은, 한 달에 한 번 가구당 최소 한 사람이 집 바깥 청소나 유지 보수 작업을 얼마간 맡아야 한다는 것이었다. 관목을 다듬든 울타리를 고치든 거리를 빗자루로 쓸든. 이는 우무간다, 즉 지역사회를 위한 기여 활동이라고 부른다. 전쟁의 파괴적인 결과와 싸우기 위해 도입된 이 제도가 오늘날까지도 유지된 덕택에 르완다는 아프리카에서 가장 깨끗한 나라가 되었다. 우리는 빳빳하고 깨끗한 주황색 죄수복을 입고 밭일을 하던 재소자들을 봤다. 우간다의 빈곤 지역에 사는 사람들 대다수보다 나은 차림이었다. 뭔가 이상한 느낌이 들었는데, 콕 집어 설명하기 어려웠다.

르완다 남서부에 위치한 늉웨국립공원은 남쪽으로는 부룬디, 서쪽으로는 콩고민주공화국과 맞닿아 있다. 약 1천 제곱킬로미터의 열대우림, 초원, 습지, 늪지를 자랑하는 이곳은 앨버틴열곡대 숲 중에서도 가장 보존이 잘된 곳으로 알려져 있다. 300종의 조류종이 자주 찾는 환상적인 곳이며 우리가 저 먼 북쪽의 우간다 숲에서 겨우 훔쳐봤던 여러 종을 멋진 모습으로 볼 수 있는 곳이기도 하다.

하지만 현실적인 목표로는 세계의 다른 어디에서도 보기 힘든 단 하나의 종이 있었다. 붉은목바블러Red-collared Babbler로, 엄밀히 말하면 르완다 고유종은 아니지만, 아빠조차도 이 새를 보러 부룬디나 콩고민주공화국 국경을 넘어가자고 제안하지는 않았다. 이번이 우리의 유일한 기회였다. 우리는 여러 번 긴 숲길을 따라 숲속을 통과해, 현지 가이드가 이끄는 최적의 믿을 만한 장소로 향했지만 둘째 날 마지막까지도 바블러는 보이지 않았다. 또 한차례 오랜 등반길에 지치고 목이 말라, 우리는 도로변에 세워놓은 차로 돌아왔다.

아주 잠깐 목을 축이고 간절했던 비스킷을 먹은 다음, 마지막 시도에 나서보기로 했다. 바로 근처에 도로와 나란히 나 있는 짧은 숲길이 있었다. 우리가 헤쳐온 수킬로미터의 자연 그대로의 열대우림과 비교하면 딱히 가능성 있는 서식지는 아니었다. 하지만 이 숲길을 따라 걸은 지 정확히 오 분 후 우리는 숲지붕을 잽싸게 통과하며 서로에게 지저귀는 바블러 두 마리를 발견했다. 초록 잎사귀 사이로 선명한 색채의 무늬가 보였다. 새들의 붉은 목깃이 까만 모자, 부리와 눈동자의 옅은 색과 화려한 대조를 이루고 있었다. 두 마리 모두 이들을 찾기 위해 들인 수천 걸음의 가치가 있었다.

공원에서 이틀을 보낸 후 그 이상한 느낌이 다시 찾아왔다. 분명 뭔가가 조금 이상했다. 열대우림은 보통 새들이 지저귀고 포유동물이 돌아다니고 곤충들이 번갈아 울어대는 분주한 곳이다. 이곳도 고요하지는 않았지만, 그렇다고 시끄럽지도 않았다. 사바나는 더 조용했다. 맹수들은 다 어디 갔을까? 르완다 학살은 내가 태어나기 수년 전에 일어났는데, 그토록 멀게 느껴지던 비극이 이 정적에서 갑자기 되살아났다. 극심한 사회불안의 시기, 절박해진 사람들은—군인과 민간인 모두—달아나 굶주리다 눈에 보이는 동물이나 새라면 닥치는 대로 잡아들였다. 야생에서는 모든 것이 연결되어 있기에, 사냥은 단순히 사냥감이 된 동물뿐 아니라 생태계 전체에 해를 입혔다. 아마 다른 동물의 사체를 먹이로 삼는 동물과 조류의 이동, 포유류의 동면 패턴에까지 영향을 미쳤을 것이다. 결국 이 위기의 규모 자체가 야생 생태계를 무너뜨려 사바나 전체에서 맹수나 포식자의 씨를 말려버린 수준에까지 이른 것이다.

내가 본 건 오래된 전쟁의 상흔이었다. 고갈된 사바나는 전쟁이 남기고 간 공허함과 상실을 그대로 보여주었다. 얼마 전까지 내가 머물렀던 우간다의 아프리카 평원에는 르완다와 똑같은 서식지를 공유하는 동물 수천 마리가 살았다. 마치 이 아무도 살지 않는 광활한 구역 전체가 집단으로 학살당한 인류의 상실을 애도하는 것만 같았다.

우리는 동아프리카의 무더운 초원과 습한 열대우림을 여행하는 동안 엄마의 처방약을 차갑게 보관하는 데 거의 성공했지만 완벽하지는 않았다. 케냐로 넘어갈 무렵, 엄마의 알약 중 하나가 잔뜩 열을 머금고 지독한 냄새를 풍기는 바람에 폐기해야만 했다. 바로 전날, 엄마는 종일 탐조를 하고 난 후에도 숙소로 돌아오길 망설이며 더 봐야 할 새가 있다고 우겼다. 이는 경고 신호였고 여기엔 한 치도 의심의 여지가 없었지만, 우리 여행은 이제 막바지에 접어들고 있었다. 십이 일 후면 영국으로 돌아갈 예정이었다. 엄마가 잘 버텨주길 바랄 뿐이었다.

케냐는 영국의 식민지였던 역사와 안정적인 정부, 상대적인 여행 편의성, 무엇보다도 놀라울 정도로 다양한 서식지와 맹수, 수많은 조류종 때문에 영국 탐조인에게 오랫동안 사랑받아온 여행지였다. 이상하게도 케냐 여행은 우리의 주 목적지인 우간다 여행에 약간은 부록으로 추가된 느낌이었다. 하지만 엄마는 이제 탐조 여행이 이 주가 채 남지 않게 되자 이곳 일정을 최대한 쥐어짜려고 눈에 불을 켜기 시작했다.

스와라평원은 북적이는 나이로비 도심에서 불과 삼십 분 거리에 있다. 우리는 새벽 다섯시에 도심에서 빠져나와 드넓은 초원으로 향했다. 이 무렵 나는 관찰 조류 4천 종 달성까지 단 몇 마리의 새만 남겨두고 있었고, 대기록을 손에 넣겠다는 열의로 불타올랐다. 르완다 일정의 가이드는 내게 필요한 여섯 종을 다 찾아주려 애를 썼지만, 운이 따라주지 않았다. 그리고 케냐에서 보낸 첫날 아침에, 나는 해냈다.

낮은 덤불과 키 작은 수풀을 뚫고 걷는 동안 해가 떴고, 온 사방에 새들이 보였다. 사실 내 안의 일부는 첫날부터 그렇게 일찍 일정을 시작하지 않기를 바랐다. 여행이 버거워지기 시작했고 오전 아홉시가 되면 날이 벌써 찌는 듯이 더웠다. 하지만 아빠는 기계처럼 움직였고—아빠는 막판 질주를 하며 최대한 많은 종을 보고 싶어 안달을 냈다—엄마는 절대 아빠에게 지지 않을 기세였다.

나는 그저 어떤 새가 내 대기록에 남게 될지 궁금할 뿐이었다. 그때쯤 되니 그게 희귀종이든 고유종이든 특별히 아름다운 새든 별로 신경이 쓰이지도 않았다. 그만큼 지쳐 있었다.

결국 나의 기념비를 장식한 새는 대단히 화려한 새가 아니라 흙먼지 사이에서 이리저리 돌아다니던 붉은목박새Red-throated Tit였다. 복슬복슬한 머리털에 목은 적갈색 깃털로 감싸인 이 박새는 내 기록에서 상징적인 위치에 자리매김할 꼭 그만큼의 스타일을 갖추고 있었다. 이 순간을 위해 삼 년간 달려왔고 드디어 여기까지 왔다. 하지만 늘 그렇듯 이 기념비적인 순간을 느긋이 만끽할 시간은 없었고, 봐야 할 새가 너무도 많았으므로, 아빠의 다그침에 밀려 우리는 계속 이동했다. 그래도 이후 잠깐 혼자만의 시간을 갖게 됐을 때 나는 천번째 대기록을 또 한번 달성했다는 기쁨과 흥분을 이전의 세 번과 똑같이 누릴 수 있었다. 탐조는 거친 게임이고 경쟁심을 자극하는 면이 있으며, 나 또한 경쟁적이었다. 어린 나이에도 나는 세계 탐조인으로서 자격을 증명할 기록을 보유하게 된 것이다. 기록을 조작하려면 얼마든 조작할 수야 있겠지만, 굳이 그럴 사람이 누가 있을까?

심리적으로, 일단 큰 목표에 도달하면 세웠던 골대가 움직이기 마련이다. 다가가는 동안에는 기념비적으로 느껴지던 사건도 일단 목표에 노날하고 나면 그 기쁨은 상당히 빨리 식고, 어느새 다음 목표에 시선을 돌리게 된다. 붉은목박새에 이르러 나는 한 단계 성장했고 이제 아주 본격적인 탐조인 반열에 들어서게 되었다. '천번째' 기록을 달성할 때마다 단순히 숫자만 커지는 게 아니다. 그 숫자는 대단히 많은 시간이 흘렀음을, 내가 얼마나 먼 곳까지 여행했고, 이전 목표를 달성한 이후로 다음 목표에 도달하기까지 얼마나 대단한 노력을 기울였는지를 말해준다.

물론 리젠트바우어새가 훨씬 더 화려한 기념비라는 건 반박의 여지가 없지만, 박새 또한 내게는 똑같이 특별했다. 단순히 내 4천번째 새라는 것 때문만이 아니다—아주 어린 아이였을 때 내가 시작한 모험이 얼마나 멀리까지 왔는지를 보여주는 상징이기 때문이다.

아빠의 헌신적인 지도는 내게 큰 도움이 되었다. 함께 여행을 다니며 지켜보고 기다리고 관찰하는 이 몰입 기간 동안 나는 더 나은 탐조인이 되려는 열망을 키웠다. 아빠에게 탐조의 기본을—나무에서, 하늘에서, 바다에서 새의 위치를 파악하고 새의 노랫소리를 식별하는 방법을—배웠고, 이제 야생에서 이 기술을 실제로 활용하고 갈고닦으며 익숙해져가는 과정을 즐길 수 있었다.

어렸을 때 부모님과 휴가를 떠나 긴 시간을 보내는 게 즐거웠던 주된 이유는, 더 어린 시절에는 부모님이 일로 너무 바빠 장기 휴가를 낼 수 없었기 때문이었다. 하지만 나는 이제 열세 살이었고 내 공간을 갖고 싶다는 청소년기다운 욕구가 점점 커지고 있었다. 귀국길에 오를 때 나는 집에 갈 준비가 되어 있었다.

엄마도 마찬가지였다. 비록 스스로 상태가 안 좋다는 걸 자각하지는 못했지만. 조증 삽화가 곧 시작될 조짐이 명백히 보였다. 엄마는 인내심을 잃었고 쉽게 화를 냈으며 잠자리에 들기 싫어했다. 약물에 조정이 필요한 건 아니었고 원래 처방받은 대로 약을 먹으면 될 일이었는데, 여행 도중 냉장 보관에 문제가 생겨 그러지 못했던 탓이다.

우리의 작은 집에 돌아온 순간에도 여행은 끝난 게 아니었다. 이후 몇 달간 우리는 가족과 함께 우리가 떠난 모험 이야기를 나누었고 딕비와도 우간다에서의 특별했던 순간을 함께 돌아보았다. (우리는 지금까지도 딕비와 우간다 여행 얘기를 나누곤 한다.) 엄마는 여행을 기록하고 부보 웹사이트에 우리의 탐조 기록을 올리는 일에 에너지를 쏟았다. 우리는 자연에서 몇 주씩이나 함께 있었다. 이것이 우리에게 재건의 힘을, 신체적인 활기를 주었다. 우리는 앞으로의 역경에 대비할 긍정적인 기운을, 영국에 도착하고 나서도 아주 오랫동안 우리를 지탱해줄 만큼 잔뜩 비축해두었다.

아프리카는 한동안 나를 일상에서 꺼내주었지만, 이제 일상으로 돌아오자 학교 밖 활동에 대해 늘 갖고 있던 불안감이 다시 내 발목을 잡았다.

내가 '버드걸'로서 학급 친구들에게 어떻게 비칠지 걱정하던 마음은 아프리카에서 눈 녹듯 사라졌다. 이번 여행에서 처음으로, 여행이라는 것이 새들의 환상적인 세계를 탐험하는 기회일 뿐 아니라 일상으로부터의 순수하고 단순한 도피라는 점 또한 깨닫게 되었다.

여름 몇 달간 내가 어디로 사라졌는지 물어보는 애들은 없었는데, 짐작하건대 너무도 쿨하지 않은 뭔가를 하고 왔다는 걸 애들도 알았기에 굳이 말을 꺼내지 않은 것 같다.

하지만 나는 이제 그림자에서 한 발짝 나올 결의를 다진 후라, 아프리카에서 본 사파리 동물 사진 몇 장을 개인 인스타그램 계정에 올렸다. 큰 한걸음을 내디디며 과감하게 나선 것 같았다. 어쨌든 새에 대한 언급은 전혀 없었으니까! 그저 평범한 여자애가 평범하지 않은 방학을 보낸 뒤 올린 사진일 뿐이었다.

딱 한 친구만 내 사진에 반응을 보였다. 그애는 자기 엄마가 '완전 좋아했다'고 말했다. 내가 원한 반응은 아니었지만, 소중한 교훈을 얻었다. 떠나 있는 동안 어딜 가고 어떻게 시간을 보내든 그건 중요치 않았다—기후변화 저지 운동을 벌이든 가시적 소수 인종 캠프를 조직하든, 어차피 아무도 그렇게까지 관심은 없었다. 십대들은 대부분 타인보다는 자기 자신한테 더 빠져 있기 마련이니까. 생각해보면 나도 그렇지 않나?

9장 세상 남쪽 끝으로 떠난 여행

킹펭귄

킹펭귄은 황제펭귄에 이어 현존하는 펭귄 중 두번째로 몸집이 큰 펭귄으로 남극 연안 섬에 주로 서식하는데, 사우스조지아섬과 크로제제도 등지에서 번식 쌍 수백 마리가 광활하고 빽빽한 군락을 이루며 산다. 남아메리카의 티에라델푸에고와 심지어 파타고니아 본토에서도 작은 군락들을 이루고 있다. 이들은 바다에 가까운 평지를 선호하여, 해변과 눈이 덮이지 않은 골짜기를 차지하고 산다.

킹펭귄의 번식 주기는 유달리 길고, 털갈이 시기까지 포함해 십육 개월까지 이어진다. 이는 번식지가 계속해서 차 있고 새끼가 일 년 내내 번식지에 남아 있다는 뜻이다. 겨울 동안 부모 새가 불규칙적으로 돌아와 새끼를 먹이는데, 새끼는 다음 식사 때까지 수개월을 먹지 못하고 기다려야 할 수도 있다. 둥지는 따로 짓지 않고 알 하나를 부모 새가 발로 품으며, 장기 먹이 사냥을 떠날 때 번갈아가며 교대한다. 번식 주기가 유난히 긴데도 번식기에는 매년 알을 하나씩 낳는다. 늦게 번식한 쌍의 새끼들은 대개 겨울을 나기에는 너무 작아서, 번식에 성공하는 건 주로 이 년에 한 번이다.

나는 아주 괴짜 같은 애였다. 텔레비전보다는 지도나 지도책을 몇 시간씩 들여다보는 그런 애. 우리가 더 먼 곳까지 탐조 여행에 나서기 시작했을 무렵, 일과중 탐조 시간이 끝나면 책을 읽거나 아빠의 휴대폰을 갖고 노는 것 외에는 달리 할 일이 없었다—2000년대 초반에는 어린이용 앱의 선택지가 극히 한정돼 있었다는 점을 염두에 둬야 한다. 아빠 휴대폰에 어린이용이라고는 딱 하나 있었는데, 국가와 대양, 대륙 간 거리를 알아볼 수 있는 지도 앱이었다. 여러 차례 휴가를 보내는 동안 나는 이 앱을 '재밌게' 갖고 놀았고, 그래서 여덟 살에 열다섯이 되기 전 일곱 대륙을 전부 가보겠다고 결심했을 때도 부모님은 그다지 놀라지 않았다. 당시 열다섯이라는 나이는 서른이나 쉰과 마찬가지로 느껴졌다. 어쨌든 세월이 흐르고 또 흘러야 올 먼 미래였다.

시간은 빠르게 흘러 2015년, 나는 열세 살이 되었고 유년기의 맹세는 거의 까먹고 있던 차에 부모님이 그해 12월 남극에 간다고 선언했다.

이미 여섯 대륙을 모두 방문한 어린 괴짜의 판타지가 곧 이루어지게 된 것이다. 사실 나만의 판타지는 아니었다. 할아버지가 쉰셋의 나이에 갑자기 세상을 떠나면서, 아빠 또한 쉰이 되기 전까지 일곱 대륙을 모두 가보겠다고 선언했었다. 아빠가 말하길 할아버지의 이른 죽음이 '마음의 소리에 귀기울이게' 했다고 했다.

엄마도 다시 정상적으로 투약하며 안정을 찾았고, 열흘간 쇄빙선을 타고 남극의 빙해를 뚫고 간다는 상상에 나만큼이나 들떠 있었다.

전 세계에는 약 1만여 종의 새들이 살고 있다. 여행을 떠날수록 당연히 더 많은 새를 보게 되고, 기록이 점점 쌓일 때마다 더 추가할 수 있는 종의 수는 줄어든다. 일종의 한계효용체감의 법칙으로, 이제 추가할 수 있는 새들은 주로 극히 희귀하고 대단히 보기 힘든 종이다. 부유하고 야망이 넘치는 세계 탐조인이라면 물론 별 고민 없이 가진 자금을 이용해 먼 곳까지 기꺼이 찾기 힘든 새를 보러 갈 것이다. 예를 들면 극소수의 고유종 몇 마리를 보러 외딴 태평양 섬으로 향한다든가.

탐조인의 관점에서 남극에는 새들이 많지 않고 내 기록에도 그다지 많은 종을 추가할 순 없겠지만, 그래도 새로운 새를 스무 종가량 볼 수도 있다는 기대가 들었다. 종수보다는 특별한 경험을 할 수 있다는 매력이 탐조인을 남극으로 향하게 한다.

크리스마스를 며칠 앞두고 우리는 칠레로 날아가 거기서 포클랜드제도로 향했는데, 바로 그곳에서 항해를 시작할 예정이었다. 마운트플레전트공항에서 영국 세관 직원이 우리를 맞았을 땐 기분이 오묘했다.◆ 말 그대로 영국에서 이보다 멀리 올 순 없었기 때문이다. 다른 남극행 승객은 전부 곧장 배를 타는 곳으로 향했지만, 우리는 배에 오르기 전 그날 오후를 탐조로 보내기로 했다. 어두운 하늘 아래 수풀과 작달막한 관목이 을씨년스러운 풍경이었고, 새는 한 마리도 보이지 않는 가운데 우리는 탐조에 나섰다. 포클랜드제도의 중심지 포트스탠리의 가장자리에 있는 요크만에 도착했고, 판잣길을 따라 노랗게 꽃을 피운 가시금작화 덤불 사이를 지나 전망대로 향했다. 전망대는 험준한 절벽으로 보호받는 완벽한 초승달 모양의 은빛 해안을 굽어보고 있었다. 스코틀랜드의 어느 곳이라고 해도 될 것 같은 풍경이었다—해변을 살피다 마젤란펭귄 무리를 발견하기 전까지는. 희고 검은 줄무늬가 두드러지는 이 펭귄은 마치 박하사탕을 확대한 것 같았다. 매설 지뢰 경고 표지판

◆ 남대서양의 군도인 포클랜드제도는 영국의 해외 영토에 속하며, 이곳에 영국 공군기지인 마운트플레전트공항이 있다.

이 우리를 바닷가에 접근하지 못하게 쫓아냈다. 1982년 영국과 아르헨티나의 영토 분쟁이 남긴 흔적이다. 아이러니하게도 이 차단 덕분에 중요한 펭귄 번식지가 보호받고 영역을 넓힐 수 있게 되었다.

파도가 밀려나간 자리에서 해조류를 먹는 켈프기러기Kelp Geese 한 쌍 덕분에 풍경은 이제 스코틀랜드 느낌을 더더욱 확실히 덜었다. 수컷의 하얀 깃털과 가는 줄무늬가 들어간 암컷의 진갈색 깃털이 대조를 이루었다. 하지만 이 만에서 우리의 목표 종 붕어오리Falkland Steamer Duck는 보이지 않았다. 이 새를 보려면 다른 대안이 필요했다. 그래서 우리는 차에 다시 올라타 두번째 해변으로 향했고, 그곳에서 붕어오리 여러 마리가 해안 바로 근처에서 파도를 타는 모습을 볼 수 있었다. 이 얼룩무늬 회갈색 오리는 눈 주위에 특유의 둥그런 흰색 줄무늬가 있고, 두꺼운 노란색 부리는 조개류를 깨기 적합한 구조로 되어 있다. 날지 못하는 새로, 날개는 물을 젓는 용도에나 어울릴 크기로 줄어들었는데, 포클랜드 증기선 오리라는 뜻의 영문 이름도 외륜 증기선처럼 날개로 물을 헤치고 나아가는 습성에서 따왔다. 이들은 포클랜드제도의 두 종밖에 없는 고유종 중 하나이기도 하다. 세계 탐조인이라면 '꼭 봐야 할' 오리인지라 시작이 좋았다. 이 오리는 몸집이 크고 상당히 무거우며 공격적이기로도 악명 높다. 대부분의 새들은 특유의 가식적인 행동을 하는데, 이들은 그런 게 없다. 붕어오리는 날개에 딱딱한 관절

패드가 있어서 언제든 써먹을 수 있다. 그걸로 자기 영역에 들어온 다른 어리석은 오리를 거듭 후려칠 수 있으며 자기보다 작은 종을 때려서 죽이기까지도 한다고 알려져 있다.

우리도 드디어 1960년대 구소련에서 쓰던 작은 쇄빙선에 올랐다. 건널판이 올라가기 오 분 전에 가까스로 도착했더니 다른 승객 여든 명은 이미 안전하게 탑승해 있었다. 얼음을 깨고 나아가면서 수로를 확보하도록 설계된 이 튼튼한 배는 온몸으로 모험이라고 소리치는 듯했다. 전형적인 냉전시대 제조품처럼 보이는 조종실의 버튼과 레버, 깜박이는 불빛에 이 배가 오래전에는 첩보선이었다는 설까지 더해져 대단한 여행이 될 것만 같은 분위기를 한층 더했다.

여태껏 다녀본 세계 탐조 여행에서 내 나이 또래 아이들은 거의 찾아볼 수 없었지만, 이 배에는 나보다 나이가 많은 미국 십대들이 여덟 명이나 타고 있었고 모두 부모님과 여행중이었다. 다들 세련된 차림에 무심한 듯 쿨해 보여서 갑자기 내 모습이 신경쓰이기 시작했다. 나는 헐렁헐렁한 보온 트레킹 바지를 입고 있었고 오래된 점퍼 두 겹에 낡아 빠진 털모자와 투박한 워킹화 차림이었다. 정말이지 안 쿨한 느낌이었다. 게다가 아무도 탐조에는 관심이 없었으므로 내 기분은 더욱 바닥을 찍었다.

이때가 처음으로 나의 취미와 그걸로 나를 놀릴 만한 이들을 직접적으로 맞닥뜨린 때였다. 그런 일이 일어나지 않기만을 바라며 나는 스키니진을 입고 쌍안경을 숨긴 뒤 다른 십대들과 카드를 치다가, 어느 순간 하늘에 목표 종이 나타나면 엄마와 아빠의 손에 붙잡혀 수치스러운 표정으로 끌려나가곤 했다.

내 처지를 파악하는 데는 이틀 정도밖에 걸리지 않았다. 곧 명백해진 사실이었지만, 그 미국 애들은 내가 배에 타 있는 동안 뭘 하면서 시간을 보내는지는 전혀 관심이 없었고, 그저 추밸리에서 보내는 내 일상을 궁금해했다. 하지만 나는 열세 살이었고 이동하는 내내 평범한 십대와 탐조인으로서의 정체성 사이에서 아슬아슬한 줄타기를 해야 했다.

배는 남극반도를 돌아다니며 섬에서 섬으로 이동할 계획이었지만, 그 일정을 시작하기 전에 우선 군도의 남쪽 끝, 야생동물과 황야로 유명한 바다사자섬에 들렀다. 하늘에는 해가 높게 떠 있었고, 배에서 보이는 섬의 모래사장이 해안선을 장식한 수풀과 함께 목가적인 정취를 자아냈다. 완벽한 여름날이었고, 실제로 날씨도 따뜻했다. (이후 본격적인 남극 땅에서의 일과는, 나가기 전에 삼십 분씩 걸려 눈장화를 신고 보온 내의를 겹겹이 껴입고 우리가 가는 섬에 외래유입종을 퍼뜨리지 않도록 생물 안전복을 입는 것으로 시작했다. 그렇게 입고 나면 곧 우주로 출발하는 우주인이 된 것만 같았다.)

단단한 선체의 작은 상륙정 조디액이 배에서 출발했다. 우리는 여행 내내 조디액을 타고 배에서 내려 해안까지 갔다. 전세계의 도서지역 조류 개체군은 들쥐와 생쥐의 우연한 유입으로 큰 피해를 봤는데, 땅에서 둥지를 트는 새들이 이들 포식자에 대항할 능력이 전혀 없었던 탓이다. 조디액은 일종의 안전지대였다.

해안에 접근하자 거대하고 위엄 있는 바다사자 무리가 모래사장에서 햇볕을 쬐며 우리를 맞이했다. 수컷이 특히나 거대했는데, 길이가 270센티미터에 이르고 텁수룩한 갈기는 여느 사자만큼이나 풍성했다. 이들은 자기가 거느린 훨씬 작은 암컷들의 무리와 해변의 자기 영역을 모두 공격적으로 지켰다. 새끼 낳는 시기가 막 시작된 참이었고, 암컷은 열한 달 동안 새끼를 품다가 낳자마자 며칠 내로 다시 임신할 것이었다. 나로서는 굉장히 가차없는 생애 주기로 느껴졌다.

해변을 따라 더 내려가자 젠투펭귄이 보였다. 이들은 전혀 겁을 내지 않고 호기심이 동한 듯 우리를 향해 다가왔다. 마치 이렇게 묻는 듯했다. "이 새빨간 파카를 입은 너흰 대체 누구야?" 꼭 펭귄들도 우리를 관찰하러 온 것 같았다.

어린아이에게 펭귄을 그려보라고 하면 보통 젠투펭귄의 모습을 그린다. 흰 배에 새까만 머리와 날개, 주황색 부리와 주황색 발까지. 이들은 세계에서 세번째로 큰 펭귄이며 얼음보다는 해안과 골짜기를 선호한다. 사촌 격인 황제펭귄과는 달리, 젠투펭귄 부모는 알을 공동으로 품으며 새끼가 태어나면 엄마와 아빠가 번갈아 먹이를 구하러 떠난다. 해변 너머의 사구저지를 뒤덮은 젠투펭귄 무리는 남극 순례를 앞둔 여행객들이 자기들의 해변에서 사진을 찍어대도 무서워하지 않고 시끄럽게 떠들어댔다. 우리의 방문은 새끼들의 털이 얼마나 복슬복슬하게 올라왔는지 다양하게 볼 수 있도록 시기를 맞춘 것이었다. 그사이 마젤란펭귄도 많이 보였고 심지어 세계에서 황제펭귄에 이어 두번째로 큰 킹펭귄도 두어 마리 보였다. 이 킹펭귄들은 또래 친구보다 빨리 성장해버려 주변 시선을 의식하는 십대 같았다. 군중에서 튀지 않으려 몸을 웅크리고 있었다.

새까만 머리와 뺨의 주황색 부위가 돋보이는 이 환상적이고 눈길을 사로잡는 킹펭귄은 기온 상승과 서식지 소실로 인해 개체수가 감소하고 있다. 이들은 먹이를 구하러 번식지에서 먼 곳까지 떠밀려가는 상황이다. 먹이인 물고기는 수온에 민감한데, 물고기들은 바닷물이 따뜻해지면 남극 쪽으로 이동할 수 있지만, 킹펭귄은 번식지인 아남극 지방에 발이 묶여 있다. 이들은 이미 이동 거리의 한계에 도달했는데, 먹이를 구하러 매주 약 500킬로미터를 이동하는 상황에서, 기후변화가 지속되면 생존에 필요한 먹이를 구하기 위해 약 190킬로미터를 더 이동해야 한다. 생각만 해도 암울한 상황이다. 그리고 이건 전혀 펭귄의 탓이 아니다. 모두 인간 때문이다. 인간과 기후변화로 인한 서식지 위협은 탐조의 기쁨에 너무도 자주 그림자를 드리웠다. 자기들이 곧 맞이할 역경을 알 리가 없는 새들을 바라볼 때면 무기력과 부끄러움을 느끼지 않을 수 없었다.

다시 쇄빙선을 타고 바다사자섬을 떠난 우리는 위험천만한

드레이크해협으로 진입했다. 이 악명 높은 수역은 남극으로 향하는 관문으로, 칠레 케이프혼의 최남단과 남극 사우스셰틀랜드제도 사이에 있다. 대서양, 태평양, 남극해가 여기서 만나는데, 어떤 대륙의 개입도 받지 않기에 남쪽의 차가운 해역과 북쪽의 따뜻한 해역이 충돌하고 강한 바람이—심한 경우 폭풍우까지도—불어와 선체를 뒤흔들며 여정을 극도로 힘겹게 만든다.

달리 방도는 없었다. 사십팔 시간의 뱃멀미와 사나운 파도가 우릴 부르고 있었다. 미리 약도 먹었고, 우리의 작은 객실이 있으니 거기 숨을 수 있었다. 나는 웅크릴 태세를 갖추며, 들썩이는 복도를 따라 기어가면서 들썩이는 배를 붙잡고 공동 화장실로 향하는 내 모습을 상상했다. 배에 탄 모두가 같은 심정이었다.

암울한 전망에 사로잡혔지만, 여전히 나는 몹시 들떠 있었다. 드레이크해협은 랜드마크이자 마지막 경계선이었다. 수년 동안 들여다봤던 지구본의 맨 아랫부분, 마침내 일곱 대륙을 완성할 바로 그곳이었다. 육지에서 멀어져 남쪽으로 망망대해를 건너가는 동안 내가 얼마나 작은 존재인지가 실감이 났다. 스키니진을 입은 이 작은 몸이 작은 배를 타고 드넓은 바다를 건너고 있었다.

엄마는 원래 바다만 봐도 멀미를 하는 사람이었다. 내가 태어나기 전 아빠와 갔던 바닷새 탐조 여행에서 항구를 떠나기도 전에 토하기 시작했고, 다섯 시간 내내 배 난간에 축 늘어져, 새로운 새가 나타날 때마다 겨우 고개를 올려 하늘을 쳐다봤다고 했다.

드레이크해협이 특히나 무서운 점은 돌아갈 길이 없다는 것으로, 일단 뱃멀미가 시작되면 그날 하루가 끝났다고 배에서 내린다거나 달리 탈출할 수 있는 방도가 전혀 없었다. 그저 견뎌야 했다. 엄마와 다르게 아빠는 스스로 배를 잘 타는 사람이라고 생각했고, 그 무엇도 아빠를 이 해역의 이름높은 진짜 바닷새를 보지 못하도록 막을 수 없었다.

하지만 남극의 신은 우리에게 미소를 지었고 해협을 통과하는 우리의 여정은 순탄했다. 이후 선장이 말하길 자기가 경험했던 가장 순탄한 항해였다고 했다. 아무도 멀미를 안 해서 다행이었지만, 진짜 포상은 새들을 보는 것이었다. 우리는 쌍안경을 손에 든 채, 갑판에 있지 않을 때면 선교에 올라가 '상주' 조류학자 바로 옆에 서서 새를 봤다. 적어도 배에는 '상주'하는 조류학자였다. 그는 스무 번도 넘게 남극을 여행했고 자기가 늘 보는 새들을 알았다. 다른 승객들은 야생조류에 관해 각기 다른 수준으로 관심을 보였다. 많이들 쌍안경을 갖고 있었고 앨버트로스나 펭귄 정도는 꼭 보고 싶어했지만, 하드코어 탐조인이라고 할 만큼 모든 종을 꼭 봐야 하는 사람은 없었다. 우리는 새들이 좌현에서 우현으로, 우현에서 좌현으로 날아갈 때 배의 한쪽에서 다른 쪽으로 뛰어다니는 유일한 가족이었다. 미국인들은 우리를 괴짜 영국인 취급했는데, 사실 맞는 말이긴 했다.

해협을 건너는 동안 가장 기억에 남는 새는 앨버트로스들이었다. 검은눈썹앨버트로스를 보니 빅 이어의 행복한 추억이 새록새록 떠올랐다. 이 앨버트로스도 큰 새였지만, 그 옆을 활공하던 나그네앨버트로스Wandering Albatross에 비하면 작게 느껴졌다. 이게 바로 진정한 큰 새였다! 나그네앨버트로스는 20여 종의 앨버트로스 중에서도 가장 큰 새로, 날개폭은 대략 3.5미터에 이르며 특수하게 발달한 힘줄 덕분에 날개가 마치 잭나이프처럼 고정되어 힘들이지 않고 파랑 위를 날아오르면서 바다에서 육 년까지도 머물 수 있다.

먼바다에 나가 있으면 크기나 원근감을 제대로 인지하기가 매우 힘든데, 이는 기준이 되는 대상이 없기 때문이다. 그래서 검은배바다제비Black-bellied Storm Petrel가 공중에서 나그네앨버트로스와 합류하고 나서야 이 앨버트로스가 얼마나 큰지 제대로 실감이 났다. 날개폭이 겨우 45센티미터에 불과한 이 제비는 앨버트로스와 비교하니 조막만한 수준이었다. 순백색 몸에 부리가 분홍색이고 날개 끝이 까만 앨버트로스는 선미를 가로질러 날아들더니 쇄빙선이 남긴 항적을 따라 멀어졌고, 날갯짓 한 번 없이 점 하나가 되어 사라졌다.

앨버트로스는 생애 대부분을 비행하며 보내고, 육지에는 짝짓기 시기에만 상륙한다. 수명이 칠십 년이 넘는다는 점을 생각해보면, 공중에서 보내는 시간만 해도 어마어마하게 길다. 어느새 뇨다른 새 한 마리가 공중에 등장했는데, 이번엔 회색머리앨버트로스Grey-headed Albatross가 하늘을 가르며 날고 있었다. 이 고독한 생물에 관한 한 가지 놀라운 사실이 떠올랐다. 이들은 기네스북에 수평 비행시 세계에서 가장 빠른 새로 등재된 생물로, 시속 127킬로미터까지 속도를 낼 수 있다. 지상에서 가장 오래 머무는 기간은 부화 후 사 개월로, 이 기간이 지나면 비행을 시작해 바다에서 오 년 이상을 보내다가 번식을 위해 원래의 서식지로 돌아온다. 하지만 킹펭귄처럼 이들도 개체수가 줄어들고 있다.

해수 온도가 상승하면서 수산자원이 이동하면 한때는 안정적이었던 공급처도 금세 먹이가 고갈된다. 일단 먹이를 구하기 위해 20킬로미터에서 30킬로미터를 더 가야 한다면, 이들은 더 긴 시간 먼바다에 머무르며 피로뿐 아니라 위험까지 감수해야 한다. 이 장기 부재와 더 극심해진 경계 태세는 에너지를 온통 뺏기는 일이라 새끼들이 방치될 가능성이 크다. 어떤 종이 번식과 먹이 활동을 하는 새로운 공간에 적응하려면 긴 시간이 걸리고, 이미 먹이를 찾기가 힘들어진 상황에서 섭취 열량이 더 감소하면 종 전체가 멸종위기로 몰릴 수 있다.

기후변화로 인한 먹이 감소 말고도 앨버트로스의 생존을 위협하는 또다른 요인은 연승어업이다. 새들이 낚싯줄에 걸린 미끼를 먹잇감이라고 착각하고 날아들면 그길로 꼼짝없이 붙잡혀 수면 아래에서 죽어갈 수밖에 없다. 그토록 위용 넘치는 새에게 이보다 슬프고 수치스러운 죽음도 없을 것이다.

아빠가 쇄빙선의 갑판 위에서 이 암울한 현실을 내게 설명해주는 동안 태양은 하늘 높이 떠 있었고, 나는 '자유'에 대해 생각했다. 나와 다른 탐조인 대부분이 새들의 가장 매혹적인 특징이라고 믿는, 어디든 원하는 곳에 갈 수 있는 새들의 능력에 대해. 이 자유가 조건부라는 사실을 나는 점점 더 깨달아가고 있었다. 인간과 서식지 파괴, 지구온난화에 제약을 당하는 현실을. 앨버트로스는 공중에 떠 있기만 할 수 있다면 안전할 것이다. 하지만 그건 현실적이거나 자연스러운 선택지가 아니다. 이들은 먹이 활동도, 짝짓기도 해야 한다. 어쩌면 잇따른 멸종으로 인해 미래의 세계 탐조 목록은 오늘날 우리가 누리는 것만큼 풍부하지 않을지도 모른다는 사실을 깨닫자 정신이 번쩍 들었다. 내 안에서 무언가가 불꽃을 일으켰다. 이 거대한 새들이 인간의 걱정에는 무심한 채 열상승기류를 타고 날아가는 모습을 지켜보면서 나와 아빠 엄마 같은 사람들이야말로 인간의 행동이 어떤 파괴를 유발하는지 얘기할 수 있다는 생각이 들었다. 우리에겐 남극을 방문할 특권도 물론 있지만, 극지방을 홍보하고 보호할 의무도 있지 않을까?

생각에 잠겨 있는 동안 가는부리바다제비Slender-billed Prion가 남극바다제비Antarctic Prion에게 자리를 비켜주었고, 새로운 바다제비들이 해협을 건너는 여정의 마지막까지 우리와 함께했다.

이들은 작디작은 은회색 새로, 날개와 등에 검은색 W자가 거꾸로 새겨져 있다. 어떻게 이런 작은 종이 이 혹독한 환경에서 살아남을 수 있을까? 신기한 일이었다.

지나가는 남부큰앨버트로스Southern Royal Albatross가 사촌 격인 나그네앨버트로스만한 몸집을 자랑하며 마지막 인사를 건넨 것을 끝으로 우리는 남극의 더 추운 해역으로 진입했고, 거대한 얼음덩어리가 주변 바다에 나타나기 시작했다. 우리의 첫 빙산이었다. 마치 영화 속 한 장면 같았다.

드레이크해협의 수역에 고래나 다른 바다 생물들이 없었던 건 아니지만, 이 수역에 이르러서야 바다가 진정 물고기로 넘실대기 시작했다. 물은 더 얕아졌고 먹이는 바글거렸다. 혹등고래, 참고래, 향유고래가 인간의 사냥으로 거의 멸종위기까지 갔던 날들은 뒤로한 채 배 주위를 기쁘게 맴돌았다.

드레이크해협으로부터 멀어지며 우리는 바위와 산악 풍경의 엘리펀트섬으로 향했다. 그곳에서도 남극반도는 여전히 200여 킬로미터 떨어져 있었다. 이 섬은 1916년 극지방 탐험가 어니스트 섀클턴과 스물일곱 명의 대원이 웨들해의 부빙 속에 갇혀 탐험선 인듀어런스호를 잃고 은신처로 삼은 곳이다. 거기서 섀클턴은 대원들의 구조를 요청하기 위해 사우스조지아섬으로 십육 일간의 여정에 나섰다.

가히 밀실공포증을 느끼게 하는 엘리펀트섬의 만灣을 건너다보며, 한때 조난당한 대원들이 남은 구명보트 두 대로 은신처를 만들었을 이곳에서 이 개척자들의 삶을 머릿속에 그려보았다. 장장 넉 달 반 동안 조난당한 채, 먹을 것도 거의 없는 척박한 환경에서 살아남으려 애쓰며—이들이 상륙한 날은 펭귄들이 북쪽으로 이동한 뒤였다—섀클턴이 돌아오기만을 기다렸을 것이다. 매일같이 구조될 준비를 하다가 결국 실망했을 것이다. 이들의 상황이 얼마나 절망적이었을지, 적막하고 공허한 망망대해를 바라보고 있자니 더더욱 실감이 났다.

우리는 거기서 더 남쪽으로 향해 갔고, 우리를 에워싼 어느 울퉁불퉁한 바위 지형과 뉴욕의 마천루만큼 높다란 빙산들을 둘러 가면서, 애튼버러 다큐멘터리에 나올 법한 장면을 또 한 번 만났다. 무지막지한 빙산의 크기에 탄성을 내지르는 애튼버러의 목소리가 귓가에 울리는 듯했다. 우뚝 솟은 하얀 언덕에 가까이 다가가자 얼음이 노래하는 소리도 들을 수 있었다. 나는 겁에 질린 채 한편으로는 홀린 듯이, 범고래 무리가 어느 새끼 고래를 엄마로부터 떼어내 쫓아가다 결국 남극해의 깊은 바다로 끌고 가 수장시키는 장면을 바라봤다. 레오파드바다표범이 달아나는 펭귄을 붙잡아 해수면 위로 이리저리 패대기쳐 깃털로 덮인 질긴 가죽을 산 채로 벗겨내고 살갗 아래 지방질 고기를 포식하는 장면도 봤다. 드넓은 펭귄 서식지를 방문할 때면 위협적인 갈색도둑갈매기가 구역을 순찰하며 그중에서도 제일 귀엽고 털이 복슬복슬한 새끼를 방치된 둥지에서 낚아채곤 했다. 날것 그대로의 자연이었다. 가혹하긴 했지만, 우리 동네 슈퍼에 쌓아놓고 파는 포장육보다는 훨씬 정직한 것이기도 했다. 이 포식자들도 먹여야 할 새끼가 있었다.

드레이크해협에서 살아남은 아빠와 나는 한번 더 목숨을 걸어보려던 참이었다. 엄마는 여행을 예약하면서 우리가 얼음 위에서 하룻밤 야영하게 될 거라고 선언했다. 엄마가 상상한 건 텐트와 매트리스와 푹신한 침구였고, 얼음 캠핑이라기보다는 얼음 글램핑에 가까웠다. 나중에 가보니 텐트나 에어매트는 없었고 말 그대로 얼음 위에서 비비색(간단히 말해 방수가 되는 침낭이라고 보면 된다) 안에 들어가 자야 한다는 걸 알게 됐을 때, 엄마는 단호하게 거부했다. "황제펭귄을 위해서라면 그렇게 하겠는데, 그냥 재미로는 절대 못해!"

크리스마스이브, 우리는 맑은 하늘과 언제나처럼 하얀 파노라마를 배경으로 눈을 떴다. 남극의 풍경을 서정적이고 짜릿하게 묘사한 책은 많다. 앨프리드 랜싱의 『섀클턴의 위대한 항해』에서부터 베릴 베인브리지의 『생일을 맞은 소년들』까지. 이 열렬한 이야기에 또 많은 말을 덧붙이지는 않겠다. 어쨌든 내게 있어 이건 감각의 여행이었고, 나의 말은 그 앞에서 그저 미약해질 뿐이다. 주변을 둘러싼 풍경의 고요한 아름다움이 내 몸을 감싸고 들어왔다. 어렴풋이 다가오던 순백색 빙하의 맛이, 구름 한 점 없는 하늘의 냄새가 느껴지는 것만 같았다. 남극을 통틀어 가장 선명한 색깔은 얼음의 푸른색이다. 극지방

외에 다른 곳에서는 본 적 없는, 장관 그 자체인 이 특별한 색은 빙산 깊은 곳에 숨겨진 빛나는 보석 같았다. 조디액을 타고 바다로 나가 우뚝 솟은 눈 덮인 섬의 바위를 볼 때면, 인간이 외계인이 되는 세계에 들어와 탐험을 하고 있는 것만 같았다.

하지만 내 시선을 거듭거듭 사로잡은 건 그 푸른색이었다. 얼음의 회색 겉껍질이 갈라져 열릴 때, 그 안에서부터 빛을 내던 색채는 너무도 강렬하고 독특해 이런 색이 자연에 존재한다는 게 믿기지 않을 정도였다.

그해 초 봄날에 나는 텔레비전 쇼 〈스프링워치〉에 출연해 동식물 연구가이자 진행자인 크리스 패컴과 함께 우리가 전 세계를 돌아다니며 봤던 특별한 새들에 관해 이야기를 나눴다. 그가 입에 올리는 새마다 내가 다 본 새들이었는데, 그러다 그가 말했다. "그래도 흰풀마갈매기Snow Petrel는 못 봤을걸." 나는 패배를 인정해야만 했다. 흰풀마갈매기는 남극에서만 볼 수 있는 아름다운 새다.

"12월 말에 남극에 가면 분명 볼 수 있을 거예요." 내가 말했다.

"정말?" 그가 말했다. "나는 12월 초에 갈 건데! 우리 둘 다 운이 좋으면 보겠지."

그렇게 게임이 시작되었다.

크리스마스이브 오후, 조디액에 오른 우리는 부빙 사이사이를 지나 빙산으로 다가갔다. 빙산은 실로 거대했다. 전체의 90퍼센트가 수면 아래 가라앉아 있다는 사실을 굳이 떠올리지 않아도. 그런데 검은 점 하나가 흰 기둥 모양의 산 옆쪽을 타고 내려오는 모습이 눈에 띄었다. 시선을 그곳에 집중했다. 새의 눈동자였다. 그런데 어떤 새? 순백색 얼음을 배경으로 몸을 위장한 흰풀마갈매기였고, 그 부리와 눈동자만 보였다. 일순간 흰풀마갈매기는 하늘을 배경으로 날아올랐다. 런던의 비둘기만한 몸집에 천사 같아 보이는 이 새들은 물고기가 주식이지만 사실 바다표범의 태반과 펭귄 새끼의 사체까지도 아무렇지도 않게 해치운다!

나는 배에 타서 신호를 잡자마자 크리스에게 이메일을 보내려 했지만, 인터넷이 연결됐을 때 그가 나보다 이 주 전에 흰풀마갈매기를 봤다는 사실을 알게 됐다—그것도 지금 우리가 탄 똑같은 배에서!

이번 라운드에선 그가 이겼으나 나는 크게 신경쓰지 않았다. 흰풀마갈매기는 내 이른 크리스마스 선물이었지만, 전에 없던 최고의 크리스마스 선물을 받게 될 순간이 다가오고 있었다. 쇄빙선의 스피커를 통해 승객 모두 갑판으로 나오라는 긴급 안내 방송이 흘러나왔다. 우리가 모르고 있었던 건 우리 배의 자매선이 이틀 전 칠레의 한 남극기지를 지나가다가 특별한 새를 봤다는 사실이었다. 그들이 우리 배의 선장에게 이를 제보했고, 선장은 아무 말 없이 배를 그 기지 쪽으로 돌린 상태였다. 이것이 내 궁극의 탐조가 될까? 저기, 우리 코앞의 얼음 위에, 어린 황제펭귄이 있었다.

소식은 우리가 점심을 먹으려고 막 자리에 앉았을 때 귀에 들어왔다. 식사는 포기한 채, 엄마와 아빠와 내가 갑판에 맨 처음으로 도착했다. 우리의 재빠름에 상주 조류학자조차 놀랐다. 탑승객 대부분에겐 그저 또다른 펭귄 정도였겠지만, 우리는 기뻐 날뛰었다.

황제펭귄은 남극 안쪽 깊은 곳 먼 내륙에서 번식하기 때문에, 그들을 확실하게 볼 유일한 방법은 전용 헬리콥터를 타고 번식지로 이동하는 것뿐이다. 하지만 여기, 1미터 남짓한 황제펭귄 한 마리가 서 있었다. 약간은 꾀죄죄한 이 개체는 펭귄 기준에서 청소년이었다. 부모의 품을 떠나기엔 나이가 찼지만 번식하기에는 이른 나이. 아마도 펭귄계의 갭이어◆를 보내고 있는지도 몰랐다. 다양한 남극기지를 방문하고 미래의 자식들에게 들려줄 이야깃거리를 모으면서. 그대로 영원히 바라볼 수도 있을 것 같았지만, 우리는 이제 얼음 위 야영을 준비해야만 했다.

2라운드는 내가 이겼네요, 크리스 패컴 씨.

◆ 주로 서구권에서 고등학교 졸업 후 대학 진학 전 진로를 탐색하고 견문을 넓히기 위해 일 년 내외로 다양한 활동을 하며 보내는 유예기간.

배 위에서 '마지막 만찬'을 누린 후 우리 중 크리스마스이브에 남극의 눈밭에서 기꺼이 하룻밤을 자겠다고 청한 무모한 사람들은 조디액을 타고 리스만으로 향했다. 도착하자마자 우리는 삽을 받아들고 자기가 누울 곳을 파라는 지시를 받았다. 엄마가 배에 남기로 한 건 천만다행이었다. 얼음 위에서 자는 것도 자는 거지만, 이건 꼭 자기가 묻힐 무덤을 파는 느낌이었다!

잠자리에 들 시각을 어떻게든 늦춰보려, 우리 야영객은 옹기종기 모여서 해가 지는 광경을 구경했다. 남극의 여름은 육개월간 일광이 내리쬐며 태양도 빙산 너머로 완전히 사라지지 않는다. 하늘은 분명 더 어두워지기는 했지만 수평선 너머 흐릿한 황갈색으로 여전히 빛나고 있었다.

얼마 후 나는 보온 내의와 스웨터를 겹겹이 껴입은 채 사계절용 침낭 안으로 들어가 십삼 년 동안 살면서 가장 깊은 잠을 잤다. 사실 너무 깊게 자서 아빠가 다음날 아침 나를 흔들어 깨워야 했을 정도였다. 짐을 싸면서 인듀어런스호의 조난당한 선원들이 다시금 떠올랐다. 나는 곧 쇄빙선에 타서 따뜻한 아침식사를 먹고 동료 승객의 환영을 받을 것이었다. 섀클턴의 대원들은 나의 하룻밤 '모험'을 오늘도 내일도 모레도 계속해서 되풀이했을 것이고 그러다 마음 한구석에서 이 불모지에 상륙한 것이 실은 저승행이 아니었나 의심하기 시작했을 것이다.

지난밤이 얼마나 따뜻하고 편안했는지 극찬하는 나의 보고에도 엄마는 전혀 애통해하지 않았고, 얼음 위에서 야영하지 않아서 다행이라고 소리 높여 말했다. 엄마는 눈밭에서 얼어 죽기 직전인데 "밤새도록 떠드는 십대들을 상대하긴" 싫다고 했다.

남극에서 맞는 크리스마스 날에는 무엇을 할까? 어느덧 여행도 엿새 차에 접어들어, 나는 미국 애들과 완전히 친구가 됐다. 우리는 카드놀이를 하며 친해졌지만, 결정적인 계기는 남극의 한 전복적인 놀이 문화였다. 참가자들은 수영복 차림으로 얼음장 같은 바닷물 속에 뛰어들어야 하는데, 거기서 그대로 최대한 오래 있어야 한다. 배에서 바다에 뛰어드는 건 금지되어 있어서, 우리는 똑같이 차가운 바닷물을 채운 선내 풀장에 뛰어들며 계속해서 서로에게 도전장을 내밀었다. 누가 제일 많이 뛰어들 수 있나? 누가 제일 오래 버틸 수 있나?

나는 질 생각이 없었다. 괴짜다운 고집스러움이 발동해 영하의 수온에 몸을 부딪히는 순간 죽음의 공포가 몰려왔지만, 살갗으로 순식간에 얼음 바늘이 파고드는 고통에 몸서리치면서도 끝까지 버텼다. 십 초, 이십 초, 삼십 초가 지나는 동안 내 머릿속에는 단 하나의 생각밖에 없었다. 기절하지 않고 최대한 오래 버티는 것. 우리는 몇 번이고 물에 뛰어들었고, 마침내 나와 어떤 남자애만 남았다. 저체온증도 나를 막을 순 없었다. 보아하니 걔도 그랬다. 우리는 공동 일등에 올랐다.

우리는 남극권을 건넜고, 조디액을 타고 부빙 사이를 지나다녔고, 섬에 상륙해 심지어 얼음 위에서 야영까지 했지만, 엄격히 따지자면 마지막으로 한 가지 과제가 남아 있었다. 바로 남극반도 본토에 발을 내딛는 일이었다. 이게 가능할지는 누구도 보장할 수 없었다—'모든 활동은 날씨의 영향을 받는다'라고 안내서에도 언급되어 있었다. 12월 27일이 심판의 날이었고, 눈을 뜨니 바다에는 너울이 치고 있었다. 상황이 안 좋았다. 우리가 초조하게 아침식사를 하는 동안 배는 연안에 머물렀다. 또 한번 모두가 긴장했다. 그때 누군가 외치는 소리가 들렸다. 선장이 오케이 사인을 보낸 것이었다. 우리는 방한 장비에 몸을 꿰고 드디어 조디액을 타고 출발했다.

우리는 브라운블러프의 잿빛 자갈 해변에 상륙했다. 군데군데 흩어져 있는 거대한 바위와 얼음으로 덮인 자갈 비탈 뒤로 적갈색 암석 절벽이 우뚝 솟아 있고, 그 안개 낀 정상에는 흰풀마갈매기가 서식한다. 그야말로 장관이었다! 해변에는 가장 흔한 펭귄 세 종, 젠투펭귄, 턱끈펭귄, 아델리펭귄이 모여 시끌벅적한 파티를 벌이고 있었다. 이 방대한 군락에서 가장 먼저 우릴 반겨준 건 어마어마한 냄새였고—썩은 생선 냄새가 코를 찔렀다—그다음은 소음이었다. 펭귄들은 정말 쉴새없이 떠들었다. 이게 그들의 크리스마스 파티가 아니었나 싶다.

지상에는 걱정할 포식자가 없는 이들은 우리가 끼칠 수도 있을 위험을 전혀 경계하지 않았다. 펭귄들은 먼바다에서 훨씬 경계가 심했고, 거대한 날치처럼 수면을 스치며 육지로 향했다. 한순간 수면 아래로 잠수하더니 또 금방 공중으로 솟구쳤다. 우리는 북적이는 펭귄 군단이 철퍼덕거리며 상륙하는 모습을 지켜봤다. 수만 마리 펭귄이 우리 눈앞에 끝도 없이 펼쳐졌다. 그들은 보이지 않는 길을 따라, 대규모 시위라도 벌이러 가는 듯 행군을 시작했다.

우리는 조디액에 올라 서둘러 배로 돌아갔다. 시선을 돌려 오르락내리락하는 펭귄들의 검은 행군을 마지막으로 바라보면서 마음속에 그 장면을 새기려 애썼다. 한참 동안 여운을 남기는 광경이었고, 집으로 돌아가는 긴 여정 전에 남극의 생태를 눈에 담은 마지막 순간이었다.

이제 추밸리로, 학교로 돌아간다는 게 믿기지 않았다. 짧은 여행이었지만, 나도 모르게 영원히 끝나지 않을 것처럼, 언제까지나 쇄빙선에서 살며 조디액으로 이동할 것 같은 느낌에 사로잡혀 있었다. 엄마가 여행에서 느끼는 감정이 무엇인지 조금이나마 알 것 같았다. 발견할 새들이 있고 나서야 할 모험이 있는 동안만큼은 외부의 다른 세계가 모두 사라지는 느낌. 지금 이 순간을 사는 엄마의 능력은 엄마가 가진 초능력이었다. 그것 말고 엄마의 다른 능력이 그다지 안정적이지 않다는 점을 생각해보면, 우리가 여행을 떠나 있을 때 대체로 그 시간을 최대로 누릴 수 있다는 건 축복이었다.

지금 와서 드는 생각이지만, 귀국 비행기를 타기 한 시간 전 엄마가 염소젖 치즈 바게트를 먹은 건 남극에 머무르고 싶다는 엄마의 무의식적 욕구를 반영한 게 아닌가 싶다. 엄마가 복용하는 약 중 하나는 치즈와 같이 먹으면 안 됐고, 일어날 수 있는 부작용 중 하나는 뇌졸중이었으므로, 염소젖 치즈 바게트는 최악의 선택이었다. 이륙한 지 고작 일 분이 지나 비행기가 아직 고도를 높이고 있을 때, 엄마는 너무 덥다며 불만을 터뜨리기 시작했다. 아빠는 엄마의 맥박을 재더니 천천히 고개를 내저었다. "지금 심박이 엄청나게 빨라. 호흡을 천천히 해야 해." 뇌졸중은 아니고 공황발작이었지만, 엄마는 심히 불편해 했다. 아빠는 최선을 다했고, 각종 이완 기법을 이용해 엄마를 진정시키려 애썼다. 아빠가 엄마를 물리적으로 제지해야 했던 건 딱 한 번이었다. "아니, 일어나면 안 돼. 아직도 올라가는 중이고, 안전벨트 표시등도 켜져 있다고!"

우리는 멀쩡히 귀국했고 엄마는 이제 치즈 근처에도 갈 수 없게 됐다.

드디어 나의 마지막 대륙, 남극에 다녀왔다. 얼음 위에서 야영했고, 얼음장 같은 물속에서 수영했고, 꿈에 그리던 새 흰풀마갈매기도 봤다. 집에 돌아오니 모든 게 다 평소와 같았다. 이젠 내가 사는 작은 마을로 돌아왔고, 학교와 수업과 다른 모든 것들이 어쩐지 조금…… 시시하게 느껴졌다.

나 또한 변화를 맞고 있었다. 너무도 상반되게 느껴지던 나의 두 세계는 좀처럼 서로 겹치는 법이 없긴 했지만, 두 세계 모두 내 일부이기에 언젠가는 서로를 품어야 한다는 점을 서서히 깨달아갔다. 처음으로 나는 일상의 안정감을 감사히 여기기 시작했다. 친구들이 좋았고 학교도 재밌었다. 캠프 애벌론은 내게 작은 변화를 만들 기회를 주었고, 나는 이제 더 많은 것에 나설 준비가 되어 있었다. 생물다양성 파괴와 기후변화를 막기 위한 운동을 더 적극적으로 펼치는 한편 지구적 기후정의와 자연에 평등하게 접근할 권리를 위해 힘쓰고 싶었다. 동시에 깨닫게 된 건, 우리의 여행은 엄마를 위한 휴식일 뿐 아니라, 모두가 각자의 삶에서 무엇을 맞닥뜨리게 되더라도 그것을 헤치고 나아갈 수 있도록 힘을 기르는 시간이라는 점이었다.

10장 캘리포니아 드림

캘리포니아콘도르

캘리포니아콘도르는 북미 땅에서 가장 큰 새로, 심각한 멸종위기에 처한 신세계독수리다. 수명은 길지만 번식이 느린데, 육십 년 가까이 살아도 6세 전에는 번식하지 않으며 매년 새끼 한 마리만 키운다. 1987년 야생에 남은 스물두 마리가 포획되어 더 나은 조건에서 야생에 돌아갈 수 있도록 보호하는 번식 프로젝트가 시작되었다. 야생 개체군을 위협하는 다양한 요인 탓에 외부의 개입 없이는 멸종될 가능성이 매우 컸기 때문이다. 프로젝트는 성공을 거두었고, 현재 개체수는 오백 마리를 웃돈다. 이 상징적인 새는 많은 북미 원주민 집단에 깊은 의미를 지니며, 이들의 여러 전통 이야기에서도 없어서는 안 될 역할을 한다.

인스타그램의 내 개인 계정에는 앨버트로스나 흰풀마갈매기 사진 대신 펭귄 사진을 올렸고, 친구들의 반응은 이랬다. '대애애애애애박!!!!!!' '말도 안 돼. 멋지다. 완전 부러워!'

친구들에게 탐조 여행 얘기를 꺼내는 건 점점 쉬워졌는데, 그건 새 얘기는 일절 안 했기 때문이었다. 귀여운 펭귄들을 보는 건 전혀 괴짜 같지 않았으니까. 하지만 2016년 여름, 나는 내 친구들이 그래도 제법 관심을 보일 법한 여행에 나설 계획이었다.

캘리포니아로. 더 중요하게는, 미국으로.

우리는 모두 미국 영화와 텔레비전 방송을 보며 컸다. 〈머핏 쇼〉와 〈티파니에서 아침을〉 〈버피 더 뱀파이어 슬레이어〉와 〈가십걸〉까지. 노란 택시도 보고 싶었고, 다이너◆에서 식사도 해보고, 우뚝 솟은 마천루 아래 도심의 거리를 헤매고도 싶었다. 운무림에서 하이킹을 하거나 사륜구동차를 타고 흙먼지 날리는 국립공원을 통과하며 한쪽 눈으론 배회하는 사자들을 경계할 일도 없을 것이었다. 여긴 미국이니까. 하지만 내가 미국 여행 얘기를 꺼냈을 때, 친구들은 늘 그랬듯 이번 여행에도 똑같이 무관심해 보였다. 사실 당연했다! 내 친구들은 내가 어딜 가든, 뭘 하러 가든 그걸로 나를 재단하지 않았다. 우리 중 누가 여름에 뭘 하든 딱히 신경쓰지 않았다.

2016년에 나를 힘들게 했던 건 내 안의 아노락을 공공연히, 완전히 받아들이기 힘들었던 것만이 아니다. 당시 나는 트위터의 인종차별적 괴롭힘과 맞서고 있었다. 이 무렵 내 페이스북 팔로어는 3만 명이었고 트위터는 1만 명이었다. 버드걸 블로그는 흥행하고 있었고 약 2백만 조회수를 달성했다. 도널드 트럼프가 미국 대선에 출마했고, 브렉시트가 임박해 있었다. 두 사건 모두 전반적으로 더욱 적대적인 온라인 환경으로 향하는 물꼬를 텄다. 갑자기 나와 다른 정치적 견해를 가진 사람들이 아무렇지도 않게 모욕을 내뱉거나 목숨을 위협하기 시작했다. 내가 인종차별에 관해, 더 구체적으로는 자연 관련 분야에서 다양성을 포용하지 않는 현실을 언급할 때마다 수많은 미국인이 내 트윗에 반응하기 시작했다. 내가 올리는 글의 어

◆ 규모가 작고 격식이 없는 미국식 식당. 햄버거나 샌드위치 등 간단하고 저렴한 식사를 판다.

떤 부분도 극단적이지 않았지만, 반응은 무시무시했다.

돌이켜보면, 나는 완벽한 표적이었다. 플랫폼에 등장한 지 상대적으로 얼마 안 된 열네 살짜리 여학생이었고, 나를 변호해줄 팔로어도 많지 않았다. 이슬람 혐오, 성차별, 조롱으로 점철된 댓글들은 대개 무시하기 힘들었다. 처음엔 이 혐오에 나도 상처를 받았다. 교실 공기에 흐르는 은근한 인종차별에는 익숙했지만, 이건 달랐고 대놓고 유해했다.

이러한 폭력에 대처하는 방법은 두 가지가 있었는데 나는 두 방법을 놓고 신중히 고민했다. 우선 내 SNS 계정을 닫을 수도 있었다. 솔깃한 선택지였다. 분명 내 수면의 질을 즉시 높일 수 있었겠지만, 나는 트위터가 정말 좋았다. 마음 맞는 탐조인뿐 아니라 점점 늘어가는 기후정의 활동가나 인종차별 반대 운동가들과도 연결될 수 있었고, 생각과 정보를 자유롭게 공유할 수 있는 즉각적이면서도 몰입을 끌어내는 플랫폼이었다. 왜 내가 알지도 못하고 아마 평생 마주치지도 않을 사람들 때문에 쫓기듯 도망가야 하나? 두번째 선택지는 정면으로 밀고 나가는 방식이었고, 나는 이 길을 택했다. 나를 괴롭히는 사람들을 뮤트하거나 차단하기 시작했고, 그러자 자극적인 표현을 쓴 글들이 자동으로 숨겨졌다. 여기선 더 큰 사람이 될 필요가 없었다. 이전에 가끔 내 피드에서 인종차별주의자와 부딪쳤을 때 귀중한 교훈을 얻었기에, 그래 봐야 의미가 없다는 걸 알고 있었다. 그들은 내가 나라서 말을 건 게 아니라, 자신들의 좁은 식견에 이의를 제기한 사람이라면 누구든 괴롭힐 준비가 되어 있는 것뿐이었다. 싸울 가치가 없었다. 내가 올린 모든 글에 모든 사람의 동의를 받을 필요도 없었다. 자연 관련 부문의 다양성 포용에 관해서라면 언제든 토론할 준비가 돼 있었지만, 꽉 막힌 영국인이나 미국인 아무나가 '너희 고향 방글라데시로 돌아가라'거나 이슬람교도가 전부 '죽어야 한다'고 떠들 때 그걸 용인하거나 그들의 문제를 우선으로 해결해줄 생각은 없었다.

황금의 땅 미국 캘리포니아주는 다양한 서식지를 보유하고 자연보전에 힘쓰는 탐조인의 천국이다. 잠시나마 인터넷 세상의 트위터에는 신경을 끄고 캘리포니아에서 기록된 650종의 새들의 지저귀는 소리에 집중할 수 있을 것이었다.

새들을 볼 생각에 들떴지만—그건 당연한 얘기고—이번엔 무려 미국이었다. 그 면적의 크기로만 말할 수 없는 너무도 큰 나라, 지구상의 다른 어떤 땅덩어리보다 힘있고 영향력 있는 나라였다. 과연 이 나라가 내 상상을 어떻게 충족시켜줄지 궁금한 마음이 이번만이 아니라 여러 번 들었다. 하지만 그전에 해야 할 일이 있었다—시급한 과제가, 탐조만큼이나 고되고 모든 걸 쏟아야 이룰 수 있는 포부가 있었다.

그 전해 캠프 애벌론의 출범 이후, 나는 여러 자연 관련 조직에 서신을 보내 자연환경에서의 다양성과 포용에 관해 논의하고자 했고 구체적으로 이 분야에서 어떤 프로젝트를 진행중인지 물었다.

나는 이제 조직의 실패라는 개념을 비로소 이해하기 시작하는 나이였다. 불평등을 없애려면 윗사람, 즉 자연 부문에서 지도자 위치에 있는 사람과 논의해야 했다. 그들이 무슨 일을 하고 있든, 그게 소수자의 참여를 독려하기에 충분치 않았기 때문이다. 내가 만든 캠프는 분명 훌륭한 프로젝트였지만, 자연과 환경보전 분야의 조직과 단체에서 다양성을 포용하거나 여기에 투자하지 않는다면 국가 차원의 변화는 이룰 수 없었다.

서신을 받은 조직은 모두 우리 캠프에 긍정적인 반응을 보였다. 많은 조직이 나와 직접 만나 의견을 들어보고 싶어했다. 내 의견이라고? 나는 열네 살이었고, 그들이 포용 전략을 어떻게 구성해야 하는지 아는 게 하나도 없었다. 분명 이런 분야의 전문가가 있을 텐데?

나는 추밸리의 언덕과 골짜기, 호수를 누비는 게 얼마나 이로운지 잘 아는 부모님 덕분에 어린 나이에 자연에 발을 들였다. 나는 운이 좋았다. 우리 가족에게 대자연은 그저 우리 동네 너머의 공간이 아니었고, 어딘가 차를 타고 가는 길에 지나쳐 가는 공터 같은 곳도 아니었다. 물론 캠핑이나 탐조, 하이킹이 모두에게 잘 맞는 활동은 아닐 수 있지만, 가시적 소수 인종에 속하는 사람들이 스스로 그걸 판단할 수 있는 기회를 특히나 더 차단당하는 현실은 용인할 수 없었다. 그 사람들은 다 어디로 갔을까? 실제로 어느 시점에 분명 그 기회를 차단당했을 것이다. 이것이 내 논리의 토대였다. 일단 모두를 포용하면, 누군가는 여기에 남을 거라고.

자연 부문의 사람들은 찬사를 보내야 마땅할 만큼 나와 기꺼이 이야기하려 했다. 내가 이런 대화를 기쁘게 나눌 수 있다면, 이 지도자들도 내가 캠프를 시작한 계기와 같은 종류의 영감을 얻을 수 있을 것이었다. 무엇을 해야 하는지 나 혼자서 제시할 능력은 없었으므로 도움이 필요했다. 엄마에게 내가 받은 답장을 보여주며 물었다. 이 사람들과 한꺼번에 얘기할 수 있다면 더 좋지 않을까? 엄마는 변호사로 일하던 시절부터 지역 운동이라면 빠삭하게 꿰고 있었다. 다음 단계로 뭘 해야 할지 아는 사람이 있다면, 그건 엄마였다.

"콘퍼런스는 어때? 연사를 찾아야겠고 또 장소도 구해야겠네."

그렇게 '자연 속 인종 평등' 콘퍼런스가 탄생했다. 자연 부문 활동가들의 콘퍼런스로, 정책 집행에 관해 나보다 더 많이 알고 있는 연사들이 함께하는 행사였다.

콘퍼런스는 좋은 아이디어였고, 엄마의 도움이 없었다면 아이디어 단계에 머물렀을 것이었다.

엄마는 지역 인종차별 철폐 운동가들과 접촉해 조언을 구하기 시작했다. 자연 속 평등에 관해서라면 엄마는 나만큼이나 열의를 불태웠다. 내가 태어나기 전부터 지역 탐조 커뮤니티 내의 유일한 방글라데시 여성으로서 수년 동안 견뎌온 세월이 있었으니까. 엄마는 우리 콘퍼런스를 통해 지도자들이 기회를 차단당한 사람들을 고려할 계기를 제공하고 새로운 접근법을 구상할 수 있도록 돕고자 했다. 젊은 시절 엄마와 이모들은 인종차별에 맞서 적극적인 활동을 벌였고, 배제와 다양성, 무엇보다도 실천을 논하는 언어에 있어서는 전문가였다.

엄마는 이러한 조직 운영진의 성향이 변호사 초창기에 만났던 임원진과 비슷하다고 지적했다. 이들은 친좌파에 진보주의자로, 인종차별을 멀리하는 사람들이었다. 엄마는 그런 사람들을 아주 잘 알았고, 공정을 중시하는 정치적 견해에도 불구하고 이들은 그다지 큰 도움은 못 될 것이었다.

우리 모두 가시적 소수 인종을 자연에서 몰아내는 적극적인 캠페인 같은 건 없다는 걸 알았지만, 그래도 지도자들에게 손 놓고 아무것도 안 하는 게 선택지가 될 순 없다는 점을 설득하려면 큰 노력이 필요했다.

엄마의 큰언니, 우리 '칼라' 혹은 이모 모니라는 인종과 다양성 문제를 다루는 분야의 리더다. 모니라 이모는 현재 NHS의 한 대형 조직에서 다양성 부문을 책임지고 있다. 이모의 연설은 자연 부문에 자리한 배타적인 태도가, 비록 의도치 않았다 하더라도, 아동의 선택권과 꿈, 건강에 걸림돌이 될 수 있다는 점을 강조할 예정이었다.

또다른 칼라, 릴리 이모도 발언할 예정이었다. 릴리 이모는 브리스틀종교다양성포럼을 설립했고, NHS 장기기증 부서 같은 조직과 협업하여 이들이 소외된 소수 인종 집단과 연결될 수 있도록 돕는 일을 한다. 이모는 많은 소수 인종 집단 내에서 인종과 종교가 서로 밀접한 관계가 있다는 사실을 잘 알았다. 이모의 일은 나의 믿음과도 통했다. 자연이 종교나 정치적 신념을 뛰어넘어 모두를 융합하는 힘이라고 나는 믿었다.

그리고 당연히 빠질 수 없는 엄마는, 회사에서 사무변호사이자 파트너로 일한 경력이 있었다. 사무변호사 자격을 취득했을 당시 엄마는 브리스틀법조인협회의 평등, 다양성, 포용 위원회 소속이기도 했다.

자매들은 함께 최강의 팀을 이뤘다.

그 전해에 나는 방송인이자 작가, 환경보전 활동가이며 어린 시절부터 탐조인이었던 빌 오디를 브리스틀자연축제에서 잠깐 만난 적이 있는데, 그에게도 연락을 해보았다. 그가 콘퍼런스에서 발언할 의향이 있을까? 그는 있다고 답했다. 그의 회고록 『뻐꾸기 알로 날아든 새』를 읽은 후로, 나는 탐조인으로서 느끼는 것 이상의 동질감을 느끼게 되었다.

우리 엄마처럼 그도 심각한 우울증과 조증을 앓았다. 그의 어머니 역시 그가 어렸을 때 정신과 입원 치료를 받았으며, 병동에서 구 년을 보냈다. 우리 가족처럼 그도 자연에서 얼마간의 안식을 찾았다. 하지만 엄마는 사명을 품는 데서도 위안을 찾았으며, 지금 엄마의 사명은 콘퍼런스였다. 엄마는 후원금을 모으고, 모르는 사람들에게 연락해 조언을 구하고, 참가자 목록을 작성했다. 조증일까? 나는 아빠에게 물었다. 아빠는 아니라고, 그저 오랜 열정이 돌아왔을 뿐이라고 답했다.

아빠는 행사가 순탄하게 치러지도록 힘쓰며 세부 사항을 확정하고, 모두 자기가 있어야 할 위치에 있는지 점검했다. 아빠는 이런 일에 능했는데, 그래야 했기 때문이다. 아빠의 조직과 정리 능력은 아빠가 어떻게 가정생활을 꾸려왔는지를 그대로 보여줬다. 행사 당일, 아빠는 콘퍼런스 전체 영상 촬영도 도맡았는데, 아빠 말로는 그게 본인이 카메라에 안 찍힐 수 있는 유일하고도 확실한 선택지라고 했다.

물론 나는 행사가 악몽으로 끝날까봐 겁에 질렸다. 거대한 행사장에서 무대 위 연사들—바쁜 일정 중 짬을 내서 온 사람들이다—옆에 앉아 기다리는데 아무도 오지 않는 악몽. 내가 보낸 초대장은 예기치 않게 많은 참가자들의 스팸함에 들어가고 말았고, 그래서 초반엔 암울할 정도로 반응이 없었지만, 엄마가 돌린 무수한 확인 전화 덕분에 우리는 텅 빈 콘퍼런스 홀만큼은 면할 수 있었다.

콘퍼런스에는 거의 백 명 가까이 참석했고, BBC, 내셔널트러스트, 문화유산복권기금에서 사람을 보냈지만, CEO급의 지도자는 없었고 그래서 결정권자나 정책입안자는 결과적으로 함께 자리하지 않았다. 그래도 환영사는 해야 했다. 정적이 흐르는 행사장 안에서 내가 연단에 올랐고, 목을 가다듬은 뒤 주로 백인 남성이 지배적인 탐조 커뮤니티에서 나와 비슷하게 생긴 사람을 얼마나 보기 어려운지 이야기했다. 내가 만든 캠프 이야기를, 가시적 소수 인종 청소년이 자연과 교감할 수 있었을 뿐 아니라 적극적으로 즐기며 다시 오고 싶어했던 행사 이야기를 꺼냈다. 자연 부문의 노력은 더욱 개선되어야 하며, 가시적 소수 인종 사람들이 자연 속으로 나가는 것을 차단하는 장벽은 우리가 함께 찾아내서 극복해야 했다. 빈곤, 소외감, 혐오 범죄에 대한 두려움과 같은 장벽들을. '모두를 환영합니다' 하는 식의 두루뭉술한 초대는 소용이 없었다. 자기들만의 공간과 장소에 모여 있는 가시적 소수 인종 집단에 적극적으로 손을 뻗어야 했다.

성공적으로 캠프가 끝나가던 어느 주말, 함께 모닥불에 둘러앉아 자연 속에서 신체적으로, 정서적으로 어떤 기운을 얻는지 이야기한 적이 있었다. 어둠 속 깜박이는 불빛 앞에서 우리는 인종차별, 빈곤, 정체성 문제에 관해 얘기했고, 이 장애물은 하루아침에 사라지진 않을 테지만, 자연과 교감함으로써, 신선한 공기를 만끽함으로써, 삶이 우리에게 던지는 다른 모든 역경에 대처할 수 있도록 지지하고 돕는 도구를 얻는다는 깨달음을 나눴다. 자연 부문에서 빠져 있는 요소는, 자연이 모두에게 이롭지만 어려움에 처한 이들에게 특히나 이롭다는 단순한 메시지였다.

콘퍼런스 날 하루 동안, 우리의 토론 주제는 혐오 범죄에 대한 두려움에서 사회경제적 불평등에까지 이르렀고, 사회 전반의 인종차별에서 정신 건강에 대한 인식까지 아울렀다. 관중은 활기를 띠었고 연사와도 적극적으로 교류했다. 의심의 여지 없이 고무적인 날이었다. 공기 중에 변화가 느껴졌고 희망의 불씨도 보이기 시작했다. 어쩌면 몇 년 안에 주로 남성이, 주로 백인이 다수를 차지한 탐조인 커뮤니티에서 나 말고도 다른 방글라데시 여성의 얼굴이 보이리라는 희망이.

한결 가벼운 마음으로 샌프란시스코로 날아올 수 있었다. 상황은 긍정적으로 보였다. 우리가 논의에 불을 지핀 것이다. 콘퍼런스는 우리가 옳은 방향으로 움직인다면 무엇이 가능할지를 엿볼 수 있는 자리였다. 머지않아 누군가는 우리가 있는 곳으로 다가올 것이었다.

예약한 사륜구동차를 찾으러 갔을 땐 캘리포니아 산불이 여전히 기승을 부리고 있었고, 우리는 더 남쪽으로 이동하려던 계획을 포기해야만 했다. 2016년 말까지 7천 건이 넘는 화재가 일어나 삼림 2500제곱킬로미터를 삼켰고 나무 6200만 그루를 태웠다. 새들과 탐조인에게는 당연히 서식지 파괴라는 재앙이 닥쳤다. 이 산불은 통제가 불가능했지만, 산불이 그 자체로 반드시 나쁜 것만은 아니다.

과거 사람들은 산불을 통제해서 이용하는 법을 알았다. 그렇게 통제된 산불은 대개 삼림 생태 주기의 일부였고, 죽은 나무를 없애고 토지에서 새로운 성장이 가능하게 했다. 시간이 지나면서 이러한 통제 화입이 금지되었으나, 그래도 산불은 여전히 기승을 부리고 있고, 다만 오늘날은 통제되지 않은 상태로 일어난다는 게 문제다. 여름철 강수량 부족과 기온 상승 때문에 단 한줌의 불씨가 도미노 효과를 일으켜 캘리포니아 삼림지대를 불바다로 만들었다. 기후변화의 영향이 이토록 직접적으로 눈앞에 다가온 적은 처음이었다. 마음이 편치 않았다. 집과 숲과 서식지가 불타는 이곳에 나는 휴가를 보내려고 와 있었다.

샌프란시스코에서 빠져나온 우리의 첫 목적지는 앤서니섀벗지역공원이었다. 호수와 목초지, 유칼립투스와 참나무 숲으로 이루어진 이 공원에 도착하니, 대재앙의 불바다에서 빠져나와 탐조인의 천국에 들어온 느낌이었다. 이 전환에 위화감이 들 정도였다.

뜨거운 태양 아래 차를 달려 강변을 따라가고 소나무 숲과 거대한 미국삼나무 숲을 지나가는 동안, 우리는 소인국 사람이 된 기분이었다. 미국에선 정말 모든 게 더 컸다. 청설모에게 먹이를 주지 말라고 관광객에게 알리는 표지판이 있었는데, 지역 내 설치류의 가래톳흑사병 발병 사례 때문이었다. 지금이 무슨 14세기도 아닌데 하는 생각이 들었고, 어쩌다 흑사병에 걸리더라도 항생제가 우리를 빠르게 구해주지 않을까 싶었다. 그러면서도 유칼립투스나무 발치의 쓰러진 나무 기둥 위에 멍하니 서 있던 청설모 한 마리가 이를 갈며 허공에 대고 허우적대던 모습을 발견했을 때, 아빠는 서둘러 발걸음을 옮겼다. 현대 의학이 눈부시게 발전하긴 했지만, 모험은 하지 않는 편이 좋았다.

우리가 여기서 처음으로 본 새 중에 칼리오페벌새Calliope Hummingbird가 있었는데, 나에겐 새로운 종이었고 벌새 목록에서도 희귀한 포상이 될 만한 새였다. 이 작은 생물은 미국에서 번식하는 가장 작은 새로, 에콰도르에 사는 사촌들만큼 온갖 눈부신 총천연색으로 차려입진 않지만 사촌들 못지 않게 아름답다. 몸길이가 겨우 7센티미터밖에 안 되는 이 작은 새가 저 남쪽의 과테말라와 벨리즈까지 이동해 겨울을 보낸다는 사실은 놀랍다. 자그마한 수컷은 부드러운 연회색 배와 부리부터 목까지 덮고 있는 자줏빛 광선 같은 수염이 특징이다. 샌드위치를 먹으려고 길가에 잠깐 차를 대놓았을 때 이 수컷을 발견했다. 다시금 찾아온 길가의 기적이었다!

미국덤불박새American Bushtit 한 무리가 우리를 따라 공원을 가로질렀다. 통통하고 아주 수다스러운 이 새를 보고 있자니, 보송보송한 갈색 테니스공이 공기를 가르는 것만 같았다. 하지만 정말로 깊은 인상을 남긴 건 되새과인 수컷 북미양진이House Finch 성조였다. 이 갈색과 흰색 줄무늬 새는 마치 누군가가 뒤늦게 보고는 색이 너무 흐리다며 붉은 장밋빛 파우더를 머리와 목, 가슴에 흩뿌려 홍조를 더한 것 같은 생김새다. 붉은 색채는 이들이 먹는 베리류와 과일의 색소에서 얻는데, 색소 농도가 짙을수록 수컷의 깃털 색은 더 빨개지고 새끼를 먹일 능력이 있는 번식 파트너로서 암컷에게 선택될 확률도 높아진다. 색소가 옅은 수컷은 주황색, 가끔은 노란색으로도 보인다. 미국 서부가 원산지로, 1940년대 뉴욕의 애완조 시장에 '할리우드 되새'로 팔려던 시도가 실패하면서 결국 도시에 방사되었다. 이후 야생에서 성공적으로 번식하기 시작했고, 오십 년 뒤에는 미국 동부를 건너 캐나다 남부까지 퍼졌다.

CD를 챙겨오는 걸 깜박한 우리는 공원을 나선 뒤 잠깐 음반을 사러 들렀다. 평소와 다름없이 엄마와 아빠는 서로의 음악 취향을 두고 논쟁을 벌였고—엄마는 컨트리음악을 좋아하지만 아빠는 아니다—마침내 우리의 남은 캘리포니아 여행의 배경음악이 정해졌다. 너바나와 로레타 린이 번갈아가며 부조화를 이뤄냈다.

데비 시어워터는 세 가지 이유로 유명하다. 첫째는 바닷새에 관한 방대하고도 놀라운 지식을 갖췄다는 점, 둘째는 시어워터여행사의 설립자라는 점인데, 이곳은 몬터레이만에서 그 유명한 원양선을 타고 출발하는 캘리포니아 해안 바닷새 투어를 제공한다. 셋째는 영화 〈더 빅 이어〉에서 앤젤리카 휴스턴이 연기한 애니 오클릿의 모델이라는 점이다.

우린 지각이었다. 배는 동트기 직전에 떠날 준비를 마쳤으나, 우리는 이제야 부두에서 멀찌감치 차를 대고 있었다. 아빠는 급히 앞서가며 그만 꾸물거리고 서두르라고 호통쳤다. "공원에 산책 나왔어? 뛰어! 사람들이 기다려주는 줄 알아?" 하지만 아빠가 틀렸다. 사람들은 우릴 기다리고 있었다. 그렇게 기꺼워 보이진 않았지만.

바깥 날씨가 좋아 보이긴 했어도 맑은 하늘을 믿기보단 예지력을 발휘해 옷을 두어 겹 더 껴입고 온 상태였다. 비가 휘몰아칠 때 배에 갇혀버리면 끔찍하니까. 추위에 떨면서 동시에 멀미까지 하는 건 생각만 해도 아찔했다. 그리고 내 걱정은 기우가 아니었다.

배가 만을 떠나 이른아침의 거친 바다로 나서자마자, 엄마와 나는 호된 뱃멀미가 시작돼 뱃전을 붙잡았다. 뱃속이 울렁거리는 동안 잿빛 파도 위로 시선을 돌렸는데…… 수면 아래 뭔가가 도사리고 있었다. 하지만 더 자세히 관찰할 시간이—그리고 솔직히 말하면 이 시점에선 그럴 생각이—없었다.

화창한 캘리포니아는 이걸로 끝이었다. 이날 날씨는 최악이었고, 몸부림치는 파도 위 하늘은 무거운 잿빛 지붕 같았다. 구름은 정처 없이 떠도는 일에 완전히 지쳐버린 듯 틈을 열어 폭우를 쏟아부었다. 배에는 약 서른 명이 타 있었다. 만원이었지만, 제대로 된 탐조인이라면 누가 봐도 좁디좁은 선실에 들어갈 생각은 없었을 것이다. 여기 탄 사람들은 죄다 광적인 탐조인이었고, 새를 하나라도 더 보기 위해서라면 뭐든 할 기세였다.

주변을 둘러보며 다른 승객들 면면을 살펴보니 영국 원양선에 탄 것과 별반 다를 게 없었다. 나와 엄마 말고 가시적 소수인종에 속하는 얼굴은 하나도 없었고, 그저 평소에 늘 보던 극기심 강한 젖은 얼굴들뿐이었다. 하지만 콘퍼런스가 끝나고 내가 느꼈던 그 한줄기 희망이 내 흉곽 어딘가에서 잠깐 피어올랐다. 변화는 오고 있었다.

한 시간 후, 날씨가 풀리자 뱃멀미도 괜찮아졌다. 고통은 지나갔다. 비는 그쳤고 푸른 빛줄기가 잿빛 하늘을 뚫고 나오자 검은발앨버트로스Black-footed Albatross도 하늘을 가르며 나타났다. 바람에 머리칼이 마구 휘날렸고, 나는 쌍안경을 들었다. 검은발앨버트로스는 다른 바닷새와 비교하면 크지만, 앨버트로스 중에서는 가장 작은 편에 속한다. 날개는 완전히 펼쳤을 때 길이가 210센티미터쯤 되는데, 마치 U-2 정찰기처럼 파도로 급강하해 날치를 낚아챘다.

잠시 후 윤기가 흐르는 검은 깃털에 목에는 밝은 파란색이 덧칠된 브랜트가마우지Brandt's Cormorant가 파도 사이에서 우리 시야로 떠올랐다가, 먹이를 잡으러 수면에서 바다 깊은 곳으로 입수하면서 모습을 감췄다.

슴새의 영문명 '시어워터Shearwater'는 이들의 뻣뻣한 날개가 파도 표면을 깎는shear 듯하다고 해서 붙여진 이름이다. 우리는 이날 슴새 두 종, 은빛날개슴새Sooty Shearwater와 분홍발슴새Pink-footed Shearwater를 봤다. 세계에서 가장 긴 이동 거리로 기록을 보유한 은빛날개슴새는 한 해에만 6만 4천 킬로미터를 비행한다. 색이 화려한 새는 아니지만, 이들이 물위를 너무도 부드럽게 활강하는 모습은 깃털이 다소 평범해 보인다는 점을 상쇄하고도 남는다. 은빛날개슴새는 데비가 첫 원양선 여행을 떠났을 때 봤던 첫 슴새이고, 데비는 슴새에 너무도 매료되어 성을 '시어워터'로 바꿀 정도였다.

데비 본인도 엄청난 존재감을 자랑했다. 젖은 갑판을 누비면서 "왼쪽 저멀리!" 혹은 "이제 막 구름 밖으로 나왔어요!" 하고 외치며 하늘 위 짙은 회색의 점들을 가리키곤 했다. 데비는 배를 한두 번 항로에서 이탈시켜, 우리 중에서도 더 고집스러운 탐조인들의 분노를 사면서도, 하늘에서 시선을 돌려 부딪치는 파도를 보라고 말했다. 고래들이 그 아래 숨어 있었다. 나는 기뻤다. 고래를 보는 건 언제나 즐거웠다.

구름이 마침내 걷히고 아름다운 태양이 드러나자, 조금 전에 봤던 파도 아래의 짙은 덩어리가 다시 떠올랐다. 거대하고 위협적으로, 배와 나란히 속도를 맞추며 대왕고래가 헤엄치고 있었다. 이 거대한 포유동물은 꼬리의 일격만으로도 우리 배를 뒤집을 수 있을 것 같았다. 그 거대한 등이 파도 바로 아래 맴도는 모습은 바다 위 작은 섬 같았다. 물 아래 비치는 대왕고래는 푸른빛을 내뿜고 있었다. 크기가 얼마나 컸는지는 설명할 길이 없다. 마치 빙산처럼 일부는 눈에 보이지만 실제론 대부분이 물 아래 잠겨 있기 때문이다.

다시 항구로 돌아가는 동안, 바위 위에 자리를 잡은 북미검은머리물떼새Black Oystercatcher 두 마리가 우리 배를 지켜봤다. 빨간 테두리의 노란 눈동자를 빼면 온몸이 갈색빛 도는 검은색인 이 놀라운 새들은 방금 막 해안선에서 잡아온 게를 깨부수기 시작했다. 연한 살이 부리 안에 잠깐 걸렸다가 목구멍으로 금세 넘어가자, 그걸 보는 내 뱃속이 슬슬 울렁거렸다. 그렇게 한바탕 시달리다 육지에 도착하니 살 것 같았다.

하늘을 뚫어져라 바라보는 게 그다지 지치는 일처럼 들리지 않을지 몰라도, 비를 맞으며 파도에 이리저리 치이고 뱃멀미까지 하고 나면 기진맥진하게 된다. “샌드위치 먹을래?” 아빠가 가방에서 포일로 싼 꾸러미를 꺼내며 물었다. 엄마와 나는 고개를 저었다. 우리 둘은 먹는 건 고사하고 똑바로 걷지도 못했다.

아빠가 생일날 무엇보다도 받고 싶은 선물은 심각한 멸종위기종이자 북미 땅에서 가장 큰 새인 캘리포니아콘도르California Condor를 보는 거였다. 이들은 1987년 이전 멸종 직전까지 갔는데, 그 무렵 캘리포니아콘도르 복원 프로젝트가 출범해 야생에 남은 스물두 마리 개체를 포획하여 인공 번식에 돌입했다. 개체수가 감소한 원인으로는 DDT를 꼽는데, 이 살충제는 대형 맹금류의 알껍데기를 얇게 만들어 부화를 방해했다. DDT의 악영향은 현대 환경운동을 촉발했다고 평가받는 레이

철 카슨의 1962년작 고전 『침묵의 봄』에서 강조되었다. 새들은 납 탄약에 죽은 동물의 사체를 먹고 중독되었고, 거기다 밀렵과 서식지 파괴까지 겹쳐 개체수 감소는 더욱 심각해졌다. 프로젝트는 성공했고, 포획했던 콘도르는 1990년대 초 두 개체군으로 나누어 각각 캘리포니아와 애리조나에 방사했다. 오늘날 캘리포니아콘도르의 전 세계 개체수는 오백 마리를 살짝 웃돌지만, 여전히 멸종위기 위급 등급이다.

2000년대 초부터는 아메리카 원주민 유록 부족이 캘리포니아 북부 레드우드국립공원 내 조상 대대로 살아온 자신들의 영토에 콘도르를 다시 맞이하기 위해 강과 숲, 초원의 회복에 적극적으로 힘쓰고 있다. 유록 부족에게 콘도르는 정신적, 문화적 믿음에서 중요한 역할을 한다. 이 새는 신성한 동물이자, 세계를 치유하고자 하는 그들의 사명에서도 고유한 의미를 지녀서, 그 깃털과 울음소리는 부족이 치르는 세계 재건 의식에 활용된다. 또한 유록 부족은 콘도르를 생태계의 중요한 일부로 인식한다. 캘리포니아콘도르는 무시무시한 발톱으로 회색곰의 가죽을 찢어 너구리, 까마귀, 스컹크 등 다른 '청소부' 동물들을 불러모아 포식하게 한다.

이렇듯 현지 원주민 사회가 주도하는 고무적인 프로젝트는 내가 생각하기에 최선의 보전 전략이다. 인간, 야생, 과학, 그리고 문화를 한데 모아 우리 세계에 자연의 조화를 다시 불러오려 노력하는 것이다.

이천삼백만 년 전 여러 화산이 폭발하면서 빚어낸 독특한 지형이 지금의 피너클스국립공원이 되었다. 캘리포니아 중부 설리너스밸리 동쪽에 자리한 이 공원은 105제곱킬로미터에 달하는 초현실적인 암석 지형과 경이로운 삼림, 무성한 관목 덤불을 자랑하며, 숨기 좋아하는 새들에겐 완벽한 서식지다. 그리고 캘리포니아콘도르가 둥지를 치는 곳이기도 하다. 오늘로 이번 여행 일정 중 가장 더운 날씨가 시작되었고, 40도의 건조한 공기가 활활 열기를 내뿜었다.

내가 새라면 이쯤에선 더위를 피해 하는 수 없이 날개를 접고 커다란 참나무 가지 사이로 숨어들 날씨였다. 다행히도 새들은 나처럼 생각하진 않았다. 그랬다면 우리는 캘리포니아콘도르를 절대 보지 못했을 테니까. 가파른 바위투성이 경사를 오르며 땀을 뻘뻘 흘리고 성질을 내면서 우리는 느릿느릿 정상으로 향했다. "그럴 가치가 있을 거야." 아빠가 우리를 안심시켰다. "애쓴 보람이 있을 거야." 이런 상황에서 아빠의 말은 대부분 맞았다. 결국 내가 첫 빅 이어를 완수하도록, 남극의 얼음 위에서 야영하도록 이끈 사람은 아빠 아니었던가?

공기가 펄펄 끓어오르며 아지랑이가 온 사방의 지평선을 뒤덮기 시작했다. 살갗을 벗겨내고 싶은 심정이었고, 얼음 위 나의 '침대'가 애타게 그리웠다. 엄마와 내가 더위에 짜증을 내는 동안 망원경을 설치해놓고 기다리던 아빠가 우리를 불렀을 때, 탈출하고 싶다는 생각은 눈 녹듯이 사라졌다. 캘리포니아 콘도르 성조 네 마리가 하늘을 빙빙 돌고 있었다.

이 새들은 말 그대로 하늘을 가득 채웠다. 경이롭고 장엄하면서도 소름이 끼칠 만큼 무서웠다. 콘도르의 머리는 깃털이 없어 살갗이 그대로 드러나 있었고, 목 둘레에는 풍성한 검은색 러프가 달려 있었다. 옛 엘리자베스시대 사람들의 유화 그림을 연상시키는, 머리부터 발끝까지 기괴한 모습이었다. 새카만 깃털은 날개 아래 커다란 흰색 삼각형 부위와 대조를 이루고, 날개는 3미터 길이까지 펼쳐지는데 끝에는 긴 깃털이 달린 '손가락'들이 있다. 이들이 가장 좋아하는 먹이가 돼지, 소, 사슴 사체라는 걸 떠올리며 나는 몸서리를 쳤다.

"감사합니다." 아빠가 허공에 대고 인사를 했다. "이게 진짜 생일 선물이지."

"그리고 나눔이 곧 사랑이지." 엄마가 덧붙이며, 망원경을 이제 넘기라는 뜻으로 아빠를 쿡 찔렀다. 엄청난 더위에도 우리는 콘도르들이 떠날 채비를 할 때까지 그 자리에 꼼짝도 안 하고 서 있었다. 마침내 새들이 그 까맣고 광활한 날개를 망토처럼 착 펼치고 날아갈 때까지.

불과 얼마 전까지만 해도 콘도르들이 머리 위를 날아가는 장면은 볼 수 없었다. 오늘날 그들은 자연에 돌아왔고, 2019년 현재 주 전역에서 납 탄약 사용이 금지되면서, 콘도르가 우리 하늘에 완전히 돌아오기까지 그들을 방해할 장애물은 거의 없을 전망이다.

요세미티국립공원은 미국의 가장 상징적인 국립공원 중 하나다. 폭포와 광활한 목초지, 고대 세쿼이아 숲을 품은 요세미티는 우뚝 솟은 화강암 거석 하프돔과 엘캐피탄으로도 유명하다. 물론 두 거석 모두 인상적이었지만, 둘 중 어떤 곳에도 올라가고 싶진 않았다. 우리의 목표 새는 산파랑지빠귀Mountain Bluebird였으므로, 이 은둔 성향의 새를 찾기 위해 언덕과 골짜기를 누비는 사흘간의 작전이 시작됐다.

요세미티에서 우리에게 단 몇 시간만이 남았을 때—공원에서 허가받은 시간이 다 되어갔다—마지막으로 들른 곳에서 공원 레인저 두 명을 마주쳤다. 결코 주저할 사람이 아닌 엄마는 그들에게 파랑새에 관해 물었다. 그들은 미소를 지으며 아무렇지도 않게 어느 낮은 언덕마루를 가리켰다. 언덕 아래의 죽은 나무 한 그루를 향해 걸어가는데 얼마 가지도 않아 산파랑지빠귀 두 마리가 죽은 나뭇가지 사이를 포르르 돌아다니는 모습이 늦은 오후의 햇빛 아래 또렷하게 보였다. 작고 둥근 몸에 머리와 날개 모두 선명한 파란색 깃털로 덮인 이들의 통통한 가슴팍에는 남극의 얼음을 연상케 하는 옅은 파란색 깃털이 흩뿌려져 있었다. 새들이 공중에서 춤을 추는 모습을 지켜보며 나는 이 세상 최고의 행운아가 된 것 같은 기분을 느꼈다. 공원에 머물며 다른 새도 많이 봤지만, 내 마음 한구석엔 이 신비로운 파랑새가 자리했다. 목표 새를 찾으러 다닐 땐 항상 그렇다. 갈증은 해소되기 전까지는 해소되지 않는다. 요세미티에서 차를 타고 멀어지며 봤던 하늘은 깊고 진한 분홍빛이었다.

캘리포니아의 소도시 론파인은 광활한 오언스밸리에 자리하며, 서쪽에는 시에라네바다산맥을 두고 있다. 우리는 탐조 앱 이버드eBird를 통해 이곳의 독수리 무리 사이에서 띠꼬리말똥가리Zone-tailed Hawk가 발견되었다는 알림을 받았다. 이 말똥가리는 참으로 똑똑했다. 생김새가 비슷한 독수리들 사이에 몸을 숨기고 있다가, 방심한 도마뱀이나 작은 포유동물을 사냥하는 것이다. 검은빰벌새Black-chinned Hummingbird와 루퍼스벌새Rufous Hummingbird도 최근 이 지역에서 발견되었고, 세이산적딱새Say's Phoebe, 비단털여새Phainopepla, 불럭찌르레기사촌Bullock's Oriole도 관찰되었다. 하지만 위치 설명도 부실했고, 여기서 말하는 지형지물이 대체 어디 있다는 건지 알기가 힘들었다. 가이드 없는 탐조 여행에서는, 게다가 주변에 다른 탐조인도 없는 상황이라면 이런 앱이 필수다. 탐조인들은 희귀종이나 고유종 말고도 일상에서 볼 수 있는 새들까지 기록하고 공유하며, 지역 탐조 명소와 거기서 볼 가능성이 큰 새들을 파악할 수 있도록 훌륭한 밑그림을 그려준다.

우리는 어느새 도시 외곽에 이르러 작은 공터 가장자리에서 막연히 새를 기다리며, 새가 화면을 뚫고 나오기라도 할 것처럼 각자 휴대폰을 뚫어져라 쳐다보고 있었다.

결국 포기하고 차로 돌아가려는데, 현지 탐조인인 러셀이 우리에게 연락해 자기 정원에 멋진 새가 좀 있는데 보러 오겠냐고 제안했다. 두말할 것도 없었다.

그가 현관 포치에 매달아둔 먹이통에는 벌새들이 맴돌고 있었고, 수백 마리의 이 작은 새들이 이리저리 먹이통을 오가는 모습을 보고 있자니 질투심이 솟았다. 적절한 곳에 살면 언덕과 골짜기를 방황하며 이 기적 같은 새를 찾아 헤매지 않아도 된다는 게 부러웠다. 먹이만 내놓으면 기적이 알아서 찾아오는 것이다.

우리는 정원에 머무르며 벌새들을 관찰했다. 루퍼스벌새와 검은뺨벌새가 우리에게 눈 호강을 시켜주는 동안, 러셀은 시에라네바다산맥 동쪽 면의 파이유트-쇼쇼니 원주민 보호구역에서 자랐던 어린 시절 이야기를 들려주었다.

이 시기 나는 아메리카대륙에서 식민 지배가 원주민의 삶을 얼마나 망가뜨렸는지 잘 알지 못했다. 식민 지배는 그들을 빈곤으로 몰아넣고 땅을 빼앗아갔다. 러셀은 힘든 유년기를 보냈다. 그가 살던 보호구역은 방치되었고 주기적인 물 부족을 겪었다. 정규교육을 위한 기반 체계도 거의 없었다. 십대 초반 그는 자연에서 위안을 찾았다. 론파인의 숲과 산, 수풀 사이를 등반하며 러셀은 환경 분야에서 일하고 싶다는 꿈을 키워갔다. 그는 빈곤의 고리를 끊고 나와 교육을 택했다.

아메리카 원주민으로서 대지와 그의 연결고리는 중요한 의미를 지녔고, 그가 이어받은 유산의 일부였다. 이제 생물학자로서 그는 자연을 활용해 다른 이들도 그 연결고리를 되찾을 수 있도록 도왔고, 반감을 품고 사는 현지의 십대들이 자신만의 꿈을 찾을 수 있도록 지원하고 있었다.

이후 수년간 나는 이 만남을 자주 떠올렸다. 그의 단순한 꿈이 어떻게 그를 보호구역에서 끄집어냈는지, 이후 돌아와서는 어떻게 그의 유산과 경력에 의미 있는 활동을 하도록 이끌었는지.

그날 저녁 나는 내 꿈에 대해 생각했다. 가시적 소수 인종에 속한 이들을 자연으로, 전원으로 이끄는 일도 중요했지만, 더 본질적인 것은 참여의 문제였다. 나는 걷고 등반하고 탐조하는 일에서 행복을 찾았지만, 그런 활동을 하며 자란 덕분이기도 했다. 나는 집안에 있기보다는 밖으로 나가는 게 더 좋았다. 시골 지역이 자연과 다소 소원해진 더 많은 대중과 소통할 수 있으려면, 내가 누린 것과 같은 행복을 전해야만 했다. 더 멀리 뻗어나가고 더 많은 일을 해야겠다고 나는 결심했다. 이때 내가 미처 알지 못한 건 단 몇 달 안에, 러셀과의 만남이 환경 분야에서 근본적인 변화를 일으킬 실천으로 나를 이끌 거라는 점이었다.

엄마는 대체로 즐겁게 다녔지만, 숙소 예약에는 여전히 젬

병이었다. 늦은 시각에 그 지역에 도착했을 때 모텔이나 호텔, 혹은 게스트하우스에도 빈방이 없는 상황이 한두 번이 아니었다. 그러면 우린 다시 다른 동네를 찾아가 거기엔 빈방이 있기를 바랄 뿐이었다.

걱정스럽게도 엄마는 오르락내리락하는 양극성장애 증상 중에서 조증으로 향해 가고 있었다. 두어 번인가 엄마는 판단력을 잃은 채 아빠에게 이런저런 희귀종을 찾으러 가자며 계속 운전하라고 닦달했다. 조금만 더 밀어붙이면 우리가 꿈꾸던 새를 볼 수 있을 거라는 확신에 사로잡힌 채. 그리고 아빠는 엄마가 시키는 대로 했다.

한 번도 아니고 여러 번 엄마의 절망적인 방향 감각 때문에 우리는 허허벌판 한가운데 위험한 도로에 떨어졌다. "내가 온종일 운전대를 잡아야 한다면, 차에서 내렸을 때는 식사와 잠자리가 있었으면 좋겠어." 아빠는 여행 내내 같은 말을 수도 없이 반복했고, 아빠 말이 맞았다. 하지만 그건 엄마나 나도 마찬가지였다. 우리가 미국 국도에서 꼼짝도 못하게 된 건 엄마의 의도가 아니었다. 좋든 싫든 이것이 우리 가족의 휴가 레퍼토리였고, 어쩌면 우리 셋이 여행하는 한 계속 되풀이될 일이었다.

우리의 마지막 주요 목적지인 샌타크루즈섬은 캘리포니아 남부 해안의 채널제도에서 가장 큰 섬이다. 산과 깊은 협곡, 샘과 개울, 100여 킬로미터가 넘는 역동적인 해안선을 보유한 이곳은 우리의 목표 새이자 고유종인 섬덤불어치Island Scrub Jay의 서식지다.

우리는 배에서 내려 완벽한 백사장에 발을 내디뎠고, 바닷물이 험준한 절벽을 적시고 있는 장관으로 향했다. 전형적인 캘리포니아 전원 풍경을 담은 엽서가 있다면, 바로 이 풍경이 담겨 있을 것 같았다. 다른 관광객들은 섬을 한 바퀴 가볍게, 느긋하게 거닐었다. 물론 우리에겐 임무가 있었다.

해변을 끼고 걸으며 줄지어 늘어선 왜소한 덤불을 따라 해안길로 올라가니 덤불어치가 등장했다—한 마리도 아니고, 세 마리였다. 수풀 사이에 자리를 잡은 새들의 밝은 파란색 깃털이 햇살 아래 빛났다. 이 섬에 완벽하게 어울리는 새였다. 아랫배는 모래색이었고, 맑은 파란색 깃털은 바다를 닮아 있었다.

임무를 완수한 우리는 다시 다른 관광객들과 합류해 본토로 돌아가는 배를 기다렸다. 이제 한숨 돌리려나? 물론 아니었다. 우리는 쌍안경을 들고 바다를 살피며 늘 그러듯 다음 새를 찾아 헤맸다. 검은꼬리슴새Black-vented Shearwater 두 마리가 파도 꼭대기를 스치며 뻣뻣한 날개를 적시고 몸을 틀더니 우리에게 인사를 보내며 날아갔다.

우리의 미국 탐조 여행은 예상보다도 수확이 좋았다. 현대 정보 기술과 친절하게 도움을 주었던 현지 탐조인들 덕분에—신구의 완벽한 조화였다—나는 세계 탐조 기록에 새로운 새를 거의 200종 가까이 추가할 수 있었다.

도착하기 전 내가 미국에 기대하는 바는 분명했다. 노란 택시, 거대한 피자, 다이너 식사와 상징적인 건축물을 경험할 생각에 들떴었지만, 여행이 끝난 뒤 몇 주, 몇 달이 흐르는 동안 그런 것들은 좀처럼 떠오르지 않았다. 결국 내 기억에 강렬하게 새겨진 건 대자연이었다. 거대한 미국삼나무 숲, 우뚝 솟은 암석 지형, 폭포와 드넓게 펼쳐진 하늘이었다.

새로운 학년이 시작되고 차츰 그 리듬에 적응해가면서도, 나는 여전히 자연 속 인종 평등 콘퍼런스에 참여했던 기관에서 소식이 오기를 기다렸다. 그들에겐 당면한 문제를 해결할 지름길이 주어졌다고 나는 믿었다. 기관에서는 그것을 실천하기만 하면 됐고, 그들에게 너무도 깊은 영감을 주었다던 그 아이디어가 어떻게 구체화되고 있는지 내게 말해주면 됐다.

그러나 기다려도 아무 소득이 없었다. 그들은 자연 부문 내의 다양성 부족을 어떻게 해결할 것인지 청사진을 갖고 돌아갔고, 연사들에게 열의를 보이며 아이디어를 받아들이고 감사를 표하는 듯했지만, 그걸 실제로 밀고 나가지는 않았다. 어쩌면 콘퍼런스 참석이 그들이 실천할 수 있는 노력의 전부였는지도 모른다. 이 순전한 무반응에 냉소적인 생각이, 약간은 순진했다는 느낌이 들었다. 시간과 에너지, 노력을 통째로 갖다 버린 걸까? 후속 노력을 기울이지 않는다면 아무 변화도 일어나지 않을 것이었다.

앞서 언급했듯, 문제의 원인 중 하나는 콘퍼런스에 CEO급 지도자는 아무도 참석하지 않았고, 대신 그들의 부하 직원이 왔다는 점이었다. 자연 부문을 더욱 다양성 넘치게 만들려면 진정한 변화를 이룰 권한이 있는 사람들과 접촉해야 했다. 하지만 자연 부문 내의 다양성 부족에 관해 의식을 끌어올릴 독립적인 기구는 없었다. 나는 이 무기력한 묵묵부답을 뚫고 메시지를 전하려 외로운 목소리를 냈다.

2016년 9월, 나는 '블랙투네이처Black2Nature'라는 자선단체를 설립했다. 우리의 유일한 목표는 가시적 소수 인종이 자연과 더 많이 관계 맺도록 하는 것이다. 자연 부문이 진심으로 해결책을 찾고자 한다면 블랙투네이처가 그 포부를 이루도록 돕는 공식적인 기구이자 자원이 될 것이었다. 블랙투네이처는 이들 조직이 변화에 앞장서도록 촉구하는 데 필요한 플랫폼이었다.

아빠는 내게 우선 '핵심 가치' 목록부터 만들라고 제안했다. 예를 들어, 건강과 안전을 모든 비즈니스 모델의 핵심 가치로 정한다면, 직원들의 복지가 기업의 비전에서 최우선이며 사업 전반에서 고려할 가치가 된다는 의미라고 했다. 그렇다면 다양성이 우리의 핵심 가치가 되어야 했다. 새로운 계획이나 프로젝트가 출범할 때마다, 기금이 배정될 때마다, 새로운 보호 구역이 생길 때마다 다양성이 고려되어야 했다. 그렇게 함으로써 다양성은 우선순위에서 밀려나지 않을 것이고, 조직의 가치에서 필수 요소가 될 수 있을 것이었다.

이쯤 되자 나는 더 활발하게, 필요하다면 힘있는 사람들을 쿡쿡 찔러가면서라도 이 길을 가야 한다는 걸 알게 됐다. 한번 더 지도자 위치에 있는 사람들에게 명확하면서도 확고하게, 단호한 어투로 서신을 써 보냈고, 논의를 끌고 나가고자 내가 한 일을 설명하면서 그들은 무엇을 하고 있는지 물었다. 어느새 나는 적극적인 캠페인에 돌입하는 시작점에 와 있었다. 실망스럽지만 이 과정에는 주저하는 CEO들과의 불편한 교류도 포함되었다. 나보다 나이가 압도적으로 많은 이 백인 남성들은 조직 내의 인종차별을 지적당하는 걸 불편해했다.

캠페인은 좌절을 원동력으로 삼으며, 그 자체로 고유의 힘이 있다. 활동에 나서면 나설수록 나는 여기에 더 깊게 개입했고, 더 밀어붙여야 한다는, 논의에 보탬이 되어야 한다는 집념도 더 커졌다. 내가 벌이는 운동은 본능적이고 강력하게 느껴졌다. 나는 자연 부문의 점점 더 많은 포럼에 참석해 다양성 부족에 관해 논하게 되었다.

2016년, 영국 과학교육학회와 지리학협회 콘퍼런스에서 교사들을 만나 미래 세대의 환경운동가 교육에 관한 이야기를 나눴다. 나는 가시적 소수 인종 학생들이 기후변화 문제에 개입해야 한다고, 그럴 수 있도록 관련 주제를 그들과 밀접하게 연관 지어 전달해야 한다고 주장했다. 예를 들어, 소말리아 아동에게 소말리아의 가뭄과 홍수 문제를 알려주며, 아무런 조치도 취하지 않았을 때 십 년 후 상황이 어떻게 될지를 얘기해 본다면, 이 위기가 즉각 자신과 밀접하게 연관된 일로, 시급한 참여가 필요한 문제로 다가오게 될 것이다. 그 위기를 온몸으로 겪고 있는 친척이라도 있다면 더더욱.

이 시기 나는 기후변화에 관한 인터넷의 반향실 효과를 더더욱 크게 인지하게 되었다. 목소리 큰 사람들이 인터넷 공간에 집단으로 모여 서로를 향해 늘 똑같은 얘기만 하는 것이다. 이들 중에는 유명인, 자연 관련 조직의 장, 이름난 활동가들이 포진해 있었다. 한걸음 물러서서 넓게 보니, 자연 부문 일자리 가운데 겨우 0.6퍼센트만이 가시적 소수 인종을 채용했고, 이는 단체의 청소나 경비 업무를 하는 이들까지 다 포함한 수치였다. 이 부문은 지극히 백인 위주로, 남성 위주로 돌아갔다. 의견이 왜 그토록 획일적인지 이제 확연히 보였다. SNS와 언론에서 같은 목소리가 같은 이야기를 서로를 향해 떠들어대고 있었다. 우리 사회의 주요 핵심 인사라는 사람들이 같은 얘기만 반복하는 동질적인 집단에서 나온다면, 사고의 다양성은 어디에서 찾을 수 있겠는가? 이 동질적인 집단 바깥의 사람들은 어떤 생각을 할까? 누가 그들의 생각과 그들의 경험을 대변하고 있나?

2016년에 나는 SNS상에서 영국 중등교육자격검정시험(GCSE)에 새로운 자연사 과목을 도입하는 정책에 반대의 목소리를 냈다. 얼핏 듣기에는 아주 좋은 생각처럼 들린다. 우리의 자연환경, 야생동물과 그 서식지를 온전히 탐구할 수 있는 과목을 도입하는 게 뭐가 문제일까? 하지만 누가 이 과목 시험을 보게 될까? GCSE에는 이미 과학 교과만 세 과목이 있고, 그중 하나는 필수 과목이다. 이런 새 교과는 정확히 사립학교에서 제공될 법한 과목이고, 이 학교들엔 대개 담당 자연과학 교사를 고용할 자원이 있다. 또한 이런 과목은 이미 자연에 관심이 있는 학생들이 선택할 가능성이 크다. 자원이 한정된 탓에 기존 GCSE 과목조차 제한적으로 다루는 공립학교는 새로운 과목 수업을 제공할 가능성이 적다. 결론은 하나로 이어진다. 선택된 소수만 해당 시험을 치르고 환경 분야에서 진로를 정한다면 자연 부문은 더더욱 일반 대중과 동떨어진 채 엘리트화될 것이다. 그 대신 더욱 바람직하고 지금으로선 가장 합리적인 대안으로 제시할 수 있는 최선의 선택지는 자연과 기후, 환경 관련 교육을 모든 과목에 도입하는 것이다. 예를 들어, 영어 과목에서 자연에 관한 글쓰기를 공부할 수 있게 하는 식이다. 역사나 지리 과목 또한 시대별로 기후변화의 악영향과 관련 운동을 특별히 조명하는 등 여러 방안을 생각해볼 수 있다.

이 예시를 든 이유는 나 자신의 목소리를 찾은 과정을, 내가 흐름을 거슬러 헤엄치는 일을 두려워하지 않았음을 보여주기 위함이다. 캠페인을 벌이고 토론하고 경험을 토대로 발언하면서 키운 자신감을 바탕으로 나는 2017년 '자연을 위한 새로운 네트워크' 콘퍼런스에서 GCSE 자연과학 교과목 도입에 반대하는 연설을 했다. 현실의 상황이 나를 막을 순 없었다.

그해 10월, 나는 미래도시축제에서 환경 및 정치 운동가이자 작가인 조지 몬비오, 녹색당 정치인 캐럴라인 루커스와 한 무대에서 발언했다. 내 주장은 지속 가능한 도시를—시민들이 다 함께 인간이 환경에 미치는 파괴적인 영향을 최소화하고자 노력하는 도시를—구축하기 위해선 그 도시의 모든 주민이 함께 참여해 노력해야 한다는 것이었다. 대중의 의견 합일이 없다면 해결할 방법도 없으며, 애초에 가시적 소수 인종이 그 논의에 참여하지 못한다면 우리의 환경 목표를 달성하는 길에 희망은 보이지 않을 것이다.

소수 인종 집단의 한 사람으로서, 나는 닫힌 반향실 안에서 집요하게 문제를 제기했고, 마침내 내 목소리가 전해지는 듯한 느낌을 받았다.

11장 용이 있을지어다*

월리스극락조(흰깃발극락조)

월리스극락조는 인도네시아의 할마헤라섬과 바찬섬에서만 발견되는 극락조로, 이 새를 묘사한 최초의 유럽인 앨프리드 러셀 월리스에게서 이름을 따왔다. 월리스가 말레이군도에서 진행한 생물학 연구는 같은 시기 다윈이 진화 이론을 발전시키고 있을 때 그 역시 독립적으로 자연선택과 종분화라는 개념을 고안해내는 것으로 이어졌다. 다윈이 『종의 기원』을 출간하기에 앞서 두 사람은 주기적으로 서신을 주고받았다.

수컷은 일부다처제로 번식하며, '렉'이라고 불리는 장소로 모여 경이로운 공중 쇼를 보여준다. 우선 꽥꽥 시끄러운 소리를 내지르며 높이 날아올랐다가, 날개를 펼쳐 낙하산을 타듯 울창한 우림의 나뭇가지 사이를 뚫고 하강한다. 그다음 오색찬란한 녹색 깃털의 흉갑을 뽐내며 자신의 깃발을 흔든다. 날개에 붙은 우승기 같은 길고 하얀 깃털을. 수컷의 이 모든 동작은 주로 렉에서 자기의 우월함을 확고히 해두려는 목적인데, 이를 지켜보는 암컷은 제일 우세한 수컷, 즉 구애 공연에서 가장 중심부를 차지하는 수컷을 고를 것이다.

---

* Here be dragons. 중세에 지도를 제작할 때 미개척지대에 용을 그려넣던 관습에서 유래한 관용구로, 미지의 영토를 의미한다.

가슴이 철렁 내려앉는 기분으로 시선은 하늘에 고정한 채, 삐걱거리는 대나무 탑에 조심스레 발을 올렸다. 숲 위 수십 미터 상공에 떠 있는 것처럼(물론 실제로는 아니다. 내가 고소공포증이 있다고 얘기를 했던가?) 아찔한 이곳은 웨스트발리국립공원이었다. 이제 곧 내 어린 시절 꿈이 이루어질 순간이었다. 발아래 지상은 건조하고 흙먼지가 날렸고 숲은 듬성듬성했다. 흰뿔찌르레기Bali Starling를 보기에는 더없이 좋은 환경으로, 내가 이 새를 처음 본 건 여기서 수천 킬로미터 떨어진 곳, 새장 안에서였다.

브리스틀동물원을 언제 처음 갔는지는 기억나지 않지만, 내 유년기를 떠올리면 자전거 타기나 잠자리에 들기 전 보냈던 시간만큼 이 동물원이 생각날 정도로 자주 갔던 곳이다. 어린 시절의 나는 거기 있는 모든 동물과 각기 조금씩 시간을 보내겠다고 고집을 부려서, 일단 가면 대개 한참이 걸렸다. 몇 년이 흐르면서 자연스레 내 관심은 새 전시관으로 쏠렸다. 다섯 살 때 나는 오색앵무Rainbow Lorikeet에 푹 빠졌다. 작은 용기에 담은 설탕물을 품에 안고 우리 안에 들어가면, 알록달록한 색색깔 앵무새들이 내 손가락에 앉아 머리를 들이밀며 설탕물을 마시곤 했다.

하지만 나를 동물원에 가고 또 가게 만든 건 흰뿔찌르레기였다. 이들이 모여 있는 우리 바깥의 안내판을 읽을 수 있게 되었을 때쯤, 나는 이미 이 빛나는 하얀 새들과 사랑에 빠져 있었다. 날개와 꼬리 끝은 까맣고, 하얀 깃털로 볏을 세운 이 새는 어딘가 제왕다운 느낌을 풍긴다. 법정에서 엄숙히 재판을 관장하는 판사처럼, 고개를 치켜들고 금방이라도 휙 날개를 들이밀며 '유죄!'라고 선언할 것만 같다.

그러나 이들도 위기를 겪고 있는데, 발리섬의 유일한 고유종으로 극소수만이 살아남아 있다. 불법 포획과 전 세계적인 애완조 수요가 이 새의 개체수를 감소시켰다. 그리고 지금, 곧 이 새를 야생에서 볼 수 있게 된 것이다. 드디어 꿈이 이루어지는 순간이 아닌가. 방금까지만 해도 그렇게 생각했다. 대나무 계단을 올라가 지상에서 수미터 떨어진 허공에 발을 디뎌야 한다는 걸 깨닫기 전까지는.

이 인도네시아 조류 관찰탑에서는 새를 보는 것 외에 달리 할 게 없다. 태양은 뜨겁고 발아래 숲 그늘은 시원하고 유혹적이지만, 찌르레기를 볼 가능성이 있는 한 꿈쩍도 안 할 작정이었다.

기다리고 지켜보고 망원경 위치를 조정하고 또 재조정하며 나무 꼭대기를 관찰하던 우리는 마침내 지평선 위 아지랑이를 뚫고 떠오른 세 마리 새를 발견했다. 흰뿔찌르레기일 수도 있었고, 그와 맞먹을 정도로 희귀한 검은날개찌르레기Black-winged Starling 같은 새일 수도 있었다. 구분하기가 어려웠다. 희귀종을 보는 건 중대 사건이다. 동정을 맞게 했는지 백 퍼센트 확신해야 한다. 아지랑이가 시야를 방해해서 우리는 조금 더 기다렸다. 새들이 날아올라 하늘에서 방향을 트는 순간, 다른 아홉 마리가 여기 합류하더니 우리를 향해 곧장 날아오기 시작했다.

우리 가이드는 쌍안경에 눈을 딱 붙인 채 갑자기 꽥 소리를 질렀다. "오고 있어요!"

시야는 완벽했다. 숲을 건너, 저멀리 모래사장을 건너, 먼바다까지 보였다. 미동도 할 수 없었다. 숨을 고르며 찌르레기들이 다가오기를 기다릴 뿐. 숲이 없어지고, 바다도 사라지고, 나와 이 작고 황홀한 새들만 남았다.

2005년에는 이토록 경이로운 새들이 이 공원 전체에 열 마리도 채 되지 않았으나, 2017년 이날 나는 열두 마리를 봤다. 동물원에 갇힌 새들과 극명한 대조를 드러내는 이 위엄 있는 생명체들이 머리 위로 날아가 시야에서 벗어날 때까지 숨도 쉬지 못했다. 이 새들은 정확히 그들이 속해야 할 곳, 하늘에 있었다.

다음 여행으로 인도네시아에 꼭 가고 싶어했던 사람은 그곳에 가본 적이 없던 엄마였다. 아빠는 이미 이 섬나라에 상당한 시간을 쏟아부어 탐조 여행을 다녀온 적이 있었는데, 그래도 더 봐야 할 새는 많았다. 고유종과 희귀종의 숫자 자체도 어마어마하게 많고, 엄마와 내게는 모두 '처음' 보는 새일 것이었다. 인도네시아의 섬을 각기 제대로 탐색하려면 수년이 걸릴 테지만, 우리는 육 주면 핵심 목표 종을 보기에는 충분할 거라고 판단했다.

우리 가족이 특이한 점은 우리끼리 하는 탐조를 선호한다는 것인데, 우리는 교통편과 숙소, 현지 가이드를 직접 구한다. 그러나 다른 세계 탐조인은 대부분 그룹으로 투어를 떠나는 편이다. 엄마와 아빠가 언제나 엄격하게 정해진 일정 없이 자유롭게 코스를 벗어나는 걸 좋아하기도 했지만, 우리끼리 여행하는 걸 선호할 만한 다른 이유도 있었다. 내가 아주 어렸을 때는 부모님이 본격적인 가이드 투어가 내게는 무리일까봐 걱정했었다. 또다른 걱정거리는 물론 엄마였다. 엄마는 우리가 세계를 혼란스럽게 쏘다니는 방식을, 우리가 모든 걸 함께한다는 사실을 좋아했고, 아빠는 엄마가 시간표나 다른 탐조인의 변덕에 제한받지 않았으면 했다. 하지만 난 더는 어린애가 아니었고, 그룹 투어에 대한 엄마의 반응도 나쁘지 않아 보였다.

우리가 삼인조 여행을 아무리 좋아한다 해도, 어쩌면 지금이야말로 새로운 도전에 나서 타인과 함께하는 탐조를 시도해 볼 때일지도 몰랐다. 우리는 핵심 목표 종을 중심으로 여행 계획을 짜고 여기에 합류할 마음 맞는 다른 탐조인들을 물색했는데, 우리 삼인방보다 많지 않게 인원수를 최대 세 명으로 제한했다.

그러는 동안 몇 주가 순식간에 흘러가고 출발 날짜가 다가오자, 엄마의 기분이 다시금 널을 뛰기 시작했다. 이미 스트레스가 많은 상황에서 제삼자를 끌어들이는 일은 위험해 보였다. 다른 사람과 비좁은 장소를 공유하며 함께 새를 관찰하고 여행하는 동안에는 짜증을 돌릴 곳이 거의 없기에 간혹 숨막히는 상황이 벌어지기도 한다. 엄마가 어딘가 '정신 나간' 것 같은 행동이나 말을 하면 어떡하지? 아니면 더 최악으로(나는 열다섯 살이었다), 창피한 행동을 한다면? 사람들 사이 분위기를, 아무 의도 없는 대화를 엄마가 완전히 오해하면 어쩌지? 나나 아빠가 엄마의 행동을 다른 쪽으로 유도하려 할 때 우리한테 어떻게 반응할까? 우리가 어떤 주제에서 덜 논쟁적인 주제로 엄마의 주의를 돌리려 할 때 엄마가 늘 "왜 자꾸 식탁 아래서 발로 차?" 같은 말을 내뱉는 건 우리 가족 내에선 너무도 익숙한 일이었다.

이쯤 되자 우리는 엄마의 성미를 돋우는 요소를 어느 정도 파악하게 되었다. 새를 놓쳤을 때, 약 먹는 걸 빼먹었을 때, 뭔가를 잃어버리거나 잠이 부족할 때. 물론 이번 여행에서도 이 모든 일이 일어날 가능성은 컸지만, 이 분노의 유탄을 맞은 다른 사람들이 어떻게 반응할지는 알 수 없는 일이었다.

생각을 다시 정리하기도 전에 다른 탐조인들이 우리의 제안을 열렬히 반기며 선뜻 합류하겠다고 했다. 아빠가 망설이긴 했지만, 중요한 건 엄마는 전혀 아빠처럼 주저하지 않았다는 점이다. 엄마는 다른 사람들의 합류를 기대하고 있었다.

사실 엄마는 어디론가 떠나는 걸 무척 좋아했다. 여행의 과정, 차로 이동하는 시간, 새를 보기 위한 등반, 함께하는 식사, 이곳에서 저곳으로 옮겨다니기, 분주한 추적과 새를 발견할 때의 짜릿함을 사랑했다. 마음속 깊은 곳에서 나는 알고 있었다. 엄마는 이런 감정을 계속 느낄 수만 있다면, 어떤 것도 엄마의, 혹은 나나 아빠의 모험을 망치도록 내버려두지 않을 거라는 걸. 설령 그 길에 약간의 난관이 기다리고 있다 해도 말이다.

그리고 여행은 일단 아직까진 성공적이었다. 동료 탐조인 세 사람이 우리와 함께했는데, 지난 수년간 영국 내에서 탐조를 하며 여러 번 마주친 얼굴들이었다. 이들은 해가 지기 전에 자고 해가 뜨기 전에 일어나는 상당한 하드코어였으며, 이 또한 우리와 잘 맞았다. 다른 탐조인들과 어울릴 때 제일 성가신 일을 꼽자면 꾸물거리는 것이다. 남들이 따라오길 기다리다보면 속이 타들어간다. 하지만 다른 짜증나는 일도 분명 있다! 목표 새가 드디어 나타났을 때 너무 큰 소리로 떠든다거나, 목표 새가 나타나 나는 아직 찾는 중인데 자기는 봤다며 자축한다거나. 나열하자면 길지만, 이런 단점은 다른 장점이 얼마나 큰지 생각하면 작은 성가심일 뿐이다. 탐조인 사이의 동지애, 커뮤니티의 도움, 희귀종이 나타났을 때 함께 느끼는 즐거움은 물론이고, 모두가 같은 기분을 느끼고 있음을 기쁘게 자각할 수 있다.

다행히도 우리의 동행자들은 우리만큼 탐조에 진심인 사람들이었고, 앞서 말한 면면들은 없었다. 처음으로 우리 가족만큼이나 치열한 사람들과 탐조에 나서는 듯한 기분이었다.

우리의 인도네시아 여행은 술라웨시섬의 로어린두국립공원에서 시작되었다. 우리의 목표 새 중에서 술라웨시코뿔새Sulawesi Hornbill, 술라웨시까마귀Piping Crow, 흰목찌르레기White-necked Myna가 그 섬의 고유종이었다. 이들은 숲속 깊은 곳이나 숲 가장자리에서도 쉽게 눈에 띄었다.

첫날 아침 우리는 새벽 세시에 일어나 차를 몰고 공원으로 출발했다. 숲에 들어섰을 때도 여전히 어두워서, 하이킹의 첫 한 시간 동안은 목이 터져라 새벽 합창을 하는 수많은 새들을 손전등으로 하나하나 식별하려 애썼다. 해가 막 떠올랐을 때 우리는 가파른 언덕 꼭대기에서 나무들 사이를 빠져나와 산길을 걷기 시작했다.

공원은 저지대와 산림, 강, 호수, 심지어 거석 유적까지 끝없는 진풍경을 펼쳐 보였다. 우리는 후끈후끈해지는 열기를 뚫고 길을 따라 걸었다. 이날의 목표 종은 사탄쏙독새Satanic Nightjar로, 1931년 암컷 개체 한 마리가 채집된 이후 1996년에야 공식적으로 재발견된 새였다.

이곳은 인도네시아 같지 않았다. 새하얀 모래사장이나 맑고 깨끗한 푸른 바다, 울창한 우림 같은 유명한 풍경은 온데간데 없었다. 우리는 사진에 썩 잘 나오지는 않을 것 같은 바위투성이 산길을 쿵쿵 오르고 있었다.

쏙독새는 일반적으로 영국에서든 동남아시아의 어느 섬에서든 낮에, 그것도 땅 위에서 자는 것을 선호한다. 이들은 희귀종은 아니지만 특유의 갈색 깃털 때문에 서식지에서도 여간해서는 눈에 띄지 않는다. 크기도 매우 작다. 걷다보니 어느덧 오후가 되었고, 도중에 다른 새들도 볼 수 있었다. 비늘가슴물총새Scaly-breasted Kingfisher와 보라수염벌잡이새Purple-bearded Bee-eater를 만났고, 한참 후엔 노란옆구리휘파람새Hylocitrea를 봤는데, 술라웨시 고유종이며 바로 이 산길에서만 발견된다고 했다. 마침내 어떤 뜬금없는 숲 한쪽의 바위투성이 공터에서, 덤불을 한참 뒤지고 다닌 후에야, 관목 속에서 편하게 자리를 잡고 우릴 기다리고 있던 사탄쏙독새 한 쌍이 보상으로 주어졌다. 새들이 자고 있었다면 못 보고 지나쳤을 텐데, 동그랗게 뜬 눈들이 맑고 까만 공처럼 도드라진 덕분에 찾아낼 수 있었다.

"내가 보기엔 귀여운데." 내가 말했다. "어디가 사탄 같다는 거예요?" 빨간 눈동자도 뿔도 유황냄새도 없고 그냥 작고 땅딸막한 새였다.

"사람 눈동자를 찢고 나오는 것 같은 울음소리를 내거든."

아빠가 친절하게 대꾸했다.

그 순간 쏙독새가 부리를 짝 열고 널따란 분홍색 속살을 드러내며 명랑하게 삐약삐약 소리를 냈다. 아름다운 소리였고, 전혀 피비린내 나게 들리진 않았다.

여행이 시작된 지 일주일이 지났을 때, 나는 우리 그룹에서 약간 불편함을 느끼기 시작했다. 떠나오기 전 나는 몇 주 동안 탐조를 나서지 못한 상태였다. GCSE 시험이 다가오면서 공부에 시간을 쏟아야 했고, 동시에 블랙투네이처 일도 하고 있었다. 인도네시아에 도착해 다른 사람들을 만나고 새를 보러 다니는 일은 다시금 지난 수개월간 내가 했던 일 중에 가장 자연스럽고 자발적인 일로 느껴졌다. 그러면서도 나는 일종의 약한 가면증후군에 시달렸다. 4천 종이라는 대기록을 막 세우고 난 뒤였으니 불안감에 시달리는 건 이상한 일이었지만, 내 자존감은 아주 본격적인 탐조인 무리 사이에서 바닥을 쳤다. 나는 그저 어린 가시적 소수 인종 여자애였고, 백인과 남성이 절대다수인 영역에서 이례적인 존재였다. 처음으로 나는 좀 버거운 느낌이 들었다.

자칭 버드걸이라는 이름 아래 어쩐지 나 자신을 완벽한 새 전문가인 양, 모든 조류 지식의 원천인 양 떠벌린 게 아닐까 싶기도 했지만, 그건 절대 내 원래 의도가 아니었다. 나는 그저 탐조를 사랑할 뿐이었다. 하지만 의도치 않게 내 취미에 다른 사람들이 주목하게 되는 바람에 SNS와 더 넓은 탐조 커뮤니티 앞에서 나라는 사람을 그들의 심판대에 올린 셈이었다. 나는 나 자신 말고는 다른 누구와도 기록을 가지고 경쟁하지 않았는데도—가끔 아빠랑은 했지만.

탐조 커뮤니티는 나보다 나이 많은 남성이 절대다수라, 마음속 어딘가에서는 늘 내가 여기 있으면 안 될 것 같은 기분이 들었다. 하지만 자라면서 점점 더 탐조는 나의 피난처가 되었고, 기록을 남기든 아니든 무아지경으로 하늘을 바라볼 수 있는 안식처가 되어주었다. 이 안식에 경쟁 심리가 침입하는 건 정말로 원치 않았다.

나는 가짜였을까? 어떤 날엔, 아무리 의도가 없었다고 한들, 온라인 공간에 정교한 거짓을 꾸며놓은 듯한 기분이 들었다. 그리고 지금 나는 불안감에 사로잡혀, 언제라도 우리 그룹 중 누군가가 다른 사람들에게 이 여자애한테 더는 속지 말자고, 참을 만큼 참았다고 선언하진 않을까 걱정이 되기까지 했다.

새들은 움직일 때는 알아보기가 쉽지만, 움직이지 않을 때는 찾기가 더 힘들다. 나는 시력이 좋아서 미동도 없는 새를 누구보다 잘 발견했고 거기다 새들의 정확한 위치를 알려주는 데에도 소질이 있었다. 이후 며칠간 나는 이 두 가지 '능력'으로 우리 그룹 내 다른 탐조인들에게 사랑받게 되었다는 사실을 알게 됐다. 아주 천천히, 내 자신감도 돌아왔다. 내가 뛰어난 탐조인인지 형편없는 탐조인인지 아무도 신경 안 쓴다는 사실을 깨달았다. 그들은 그저 나든 다른 누군가든 자기를 방해하지 않기만 바랄 뿐이고, 어차피 나도 같은 입장이니 괜찮았다. 동네에서의 일상과 계속해오던 시험공부를 떨쳐내는 데 시간이 조금 걸렸지만, 며칠이 지나자 다시 나의 안식처로 돌아와 쌍안경을 눈에 고정한 채 새롭고 희귀한 새들을 포착했다. 가면증후군은 어느새 사라졌다.

여행을 통틀어 가장 아름다웠던 새는 월리스극락조Wallace's Standardwing였다. 인도네시아 고유종인 이 극락조를 볼 가능성을 조금이라도 확보하려면 화산섬인 할마헤라섬까지 가야 했다. 극락조는 수컷의 멋진 깃털이 유명해서, 적어도 한 마리쯤은 그들의 무대, 즉 '렉'에서 짝짓기 춤을 추며 깃털을 뽐내는 모습을 꼭 보고 싶었다.

우리는 다시금 산속 우림에 와 있었다. 아직 동이 트기 전이었지만 날은 습했고 짙은 안개가 공기 중에 자욱했다. 우리는 헤드랜턴으로 장애물을 확인해가며 미끄러운 숲길을 따라 내려간 끝에 공터에 다다랐다. 잘 모르는 우리 인간의 눈으로 봤을 때 이 공간은 다른 숲과 특별히 다르지 않았으나, 극락조에게는 최고의 공연을 앞둔 극장이었고, 우리 관중은 새벽 여명이 무대를 밝히길 조용히 기다리며 서 있었다.

윌리스극락조라는 이름은 영국 동식물 연구가 앨프리드 러셀 윌리스를 기리는 의미로 붙여진 것으로, 윌리스는 1858년 이 새를 묘사한 최초의 유럽인이다. 이곳 할마헤라섬은 그가 찰스 다윈에게 진화에 관한 자기 생각을 적어 편지를 보낸 곳으로 유명하고, 다윈은 자신의 자연선택설을 뒷받침할 근거에 관해 그와 논의를 이어갔다.

윌리스는 후속 관찰을 위해 수컷 극락조 사체를 영국으로 가져왔지만, 새가 짝짓기 의식을 어떻게 치르는지는 보지 못했다. 칙칙한 정장을 입은 과학자들이 관절 이곳저곳과 다양한 깃털 부속물을 만져보면서, 이 이상한 부위들은 무슨 목적인지 머리를 긁적이며 의아해하는 장면이 머릿속에 그려진다. 만약 윌리스가 새를 총으로 쏘기 전에 기다렸다가 짝짓기 춤을 추는 모습을 봤다면, 모든 의문이 풀렸을 것이다.

나는 극락조를 보고 싶기도 했지만, 무엇보다도 그 춤이 보고 싶었다.

우리는 나지막한 덤불 뒤에 쭈그려앉아서 꼼짝도 하지 않고 흙먼지가 이는 공터에 시선을 고정했다. 사실 윌리스극락조는 다른 극락조만큼 색채가 화려하지 않으며, 지빠귀 크기의 작은 새로 깃털은 대부분 갈색이다. 내가 아는 건 이 정도였다. 그래서 극락조가 렉에 폴짝 올라섰을 때 놀랄 수밖에 없었다. 내가 본 어떤 사진도 이 새의 진정한 아름다움을 담지 못했다.

우리는 조용히, 감히 숨조차 제대로 쉬지 못하고 극락조가 의기양양하게 무대를 한 바퀴 도는 모습을 지켜봤다. 부리 위에 삐죽 튀어나온 밝은 주황색 솜털이 떠오르는 태양빛을 받아 반짝였다. 여분의 날개처럼 보이는 밝은 녹색의 무언가가 어깨에서 펼쳐지자, 놀라운 일이 일어났다. 길고 하얀 깃이 날개에서부터 마치 나방의 날개처럼 펼쳐지며 춤이 시작된 것이다. 짝을 찾는 새의 시끄러운 울음소리가 나무 사이로 메아리쳤다. 내 눈앞에서 가슴을 부풀리고 태양 아래 오색찬란하게 빛나는 에메랄드색 '날개'를 뽐내는 극락조의 몸집은 네 배나 더 커 보였다. 날 선택해! 나뭇가지 사이를 활강하면서 극락조는 그렇게 외치는 듯했다. 누가 그를 거부할 수 있을까? 이 새는 극락까지도 갈 것 없이 순수한 장관 그 자체였다. 일순간 다큐멘터리 〈애튼버러의 극락조〉 안으로 들어온 것 같았다. 거기서도 이렇게 매혹적인 새가 나오는데, 애튼버러가 말하는 도중 새가 자꾸만 끼어들더니, 입을 다물 줄 모르는 이 남자 말고 자기 공연을 보라고 고집부리듯 춤과 노래를 펼쳐 보이던 장면이 떠올랐다.

공연이 끝난 뒤 기쁨으로 상기된 얼굴로 돌아가던 길, 아빠가 내 행복한 기운을 깨고 언제까지 엄마 아빠와 이렇게 같이 다닐 수 있을 것 같냐고 물어봤다. 어느 순간부턴 부모님이 아니라 친구들이랑 다니고 싶지 않을까? 곧 열여섯 살이 될 테고 그다음해엔 열일곱 살인데……

그때 처음으로 여름을 엄마 아빠와 보내지 않을 수도 있겠다는 생각이 들었다. 대체 어떤 느낌일까? 친구들과 탐조 여행을 떠나는 걸 상상해봤지만…… 어떤 친구랑 간단 말인가? 그렇다면 더는 탐조 여행이 없는 날이 온다는 말인가? 아니면 나 혼자 떠나야 하나? "잘 모르겠어요." 나는 간신히 대답했다. "지금 결정해야 해요?"

아빠는 웃더니 나를 끌어당겨 안아주었다. "엄마 아빠랑 다니는 게 싫어지기 전까지는 쭉 우리랑 같이 다녀도 돼."

그때부터 몇 년 동안 아빠는 한 번씩 내게 그렇게 물었다. 내가 여전히 부모님과 여행하기를 원하는지 확인하는 아빠 나름의 방식이었다. 내게 선택권이 있다는 걸 알려주기 위해. 하지만 그 화산섬에서 나는 영원히 이렇게 다닐 순 없다는 걸 깨달았다. 곧 GCSE 시험을 치를 테고, 그다음엔 A레벨 시험을, 바라건대 그다음엔 대학에 갈 것이다. 열여덟, 열아홉, 스무 살을 먹고도 여름 내내 부모님과 붙어 지내는 사람은 아마 잘 없겠지?

평소처럼 우리는 동트기 전에 출발했다. 차가 출발한 지 십 분쯤 지났을 때 엄마가 쌍안경을 놓고 온 걸 깨달았다. 기사는 아무 말 없이 차를 돌렸다. 이런 실수에 어느새 익숙해진 것이다.

그날 아침 우리의 목표 새는 흰가슴팔색조Ivory-breasted Pitta로, 할마헤라섬과 그 부속 섬들의 고유종이었다. 그런데 지금 우린 숨막히는 침묵 속에서 왔던 길을 돌아가며, 탐조 장소로 향하는 게 아니라 멀어지고 있었다. 수년간 익숙해진 레퍼토리였다. 엄마가 식당이나 호텔, 산장에 물건을 놓고 오는 건, 이번 여행만 해도 처음이 아니었다. 엄마는 평소처럼 아빠에게 짜증을 내며 왜 진작 상기시켜주지 않았느냐고 불만을 터뜨렸다. 우리의 탐조 동지 셋은 어느새 엄마의 건망증에 익숙해져 있었고, 엄마와 아빠 사이에 날카로운 몇 마디가 오갔지만 본격적인 싸움으로 번지지는 않았으므로 그나마 다행이었다. 남들이랑 같이 여행한다는 게 이런 면에서 도움이 되는구나 싶었다.

쌍안경을 되찾은 뒤 우리는 다시 방향을 돌려 숲의 가장자리로 향했다. 거기서부터는 광활한 숲을 가르는 도로 한쪽을 따라 걸으며, 덤불 사이를 살피면서 숨기 좋아하는 팔색조를 찾아 헤맸다. 보통의 은둔형 새들과 달리 팔색조는 아름답다—한번 보려면 몇 시간씩 기다려야 하지만 그럴 가치가 있는 새다.

비탐조인들은 노변 탐조가 꽤나 쏠쏠하다는 점에 곧잘 놀라는데, 외진 곳에서는 도로변이야말로 최대로 많은 새를 볼 수 있는 최적의 장소다. 열대 지역 국가의 빽빽한 삼림지대에는 탁 트인 길이 거의 없고, 일단 안으로 들어가면 시야 확보가 어렵기 때문에, 숲 가장자리에 모여 쌩쌩 지나가는 차들을 감내하는 게 최선이다.

팔색조를 부르는 동안 경적이 울리고 도로가 진동하는 건

쾌적한 탐조에 도움이 되지 않았고, 지나가는 차량 소리에 팔색조 울음소리가 자꾸 묻혔다. "안으로 들어가야 해." 아빠가 결국 인디애나 존스 같은 제안을 했다. "팔색조는 고사하고 녹음된 소리부터가 안 들려."

우리 여섯 명이 가이드를 따라 숲으로 들어가자 일순간 주변은 훨씬 어둡고 습해졌다. 두꺼운 숲지붕이 아침해를 가렸지만 열기는 거의 막아주지 못했다. 여전히 팔색조는 보이지 않았다. 이쯤 되자 우리 모두 약간은 초조해졌지만, (아름다움이나 희귀함, 독특한 행동으로) 가장 짜릿한 순간을 선사하는 새는 대개 가장 보기 힘든 새이기도 하다.

가이드는 휘파람으로 팔색조를 부르기 시작했다. 그의 입에서 새소리가 흘러나왔고, 어떤 녹음된 소리보다 훨씬 훌륭했다. 부르고 기다리고 부르고 기다리고를 반복하다가 마침내, 흰가슴팔색조가 긴 다리로 폴짝 모습을 드러냈다. 숲은 어둑어둑했지만 팔색조는 등불처럼 눈에 띄었다. 나는 숨을 죽이고 경이로움에 잠긴 채, 날개에 덧댄 은청색과 녹색 조각이 그 위의 검은 깃털과 이루는 대조를, 그리고 바로 거기, 뜨거운 석탄이 불타오른 듯 배를 물들이고 흰 가슴팍까지 스쳐올라간 불꽃 같은 빨간 얼룩을 바라봤다. 그때 우리가 자기를 보고 있다는 걸 눈치챈 팔색조가 다시 덤불로 폴짝 뛰어들어갔다. 팔색조처럼 휘황찬란한 새가 어떻게 그렇게 덤불 사이로 사라져 한순간에 녹아 없어질 수 있는지는 매번 봐도 신기하기만 했다.

함박웃음과 포옹이 이어지고, 나는 그날의 더위와 지겨운 습도를 모두 잊고 이 작은 새에게서 다시 기운을 충전했다. 크기가 얼마나 작았든, 우리 눈앞에 얼마나 짧게 있다 갔든, 팔색조의 존재감은 컸고 오랜 여운을 남겼다. 이런 순간이 찾아오면 추밸리는 마치 다른 행성처럼 느껴졌다. 내 일상이 너무도 멀게, 거의 기억나지도 않는 꿈처럼 느껴졌다.

가끔 이런 일을 겪는 동안—목표 새를 보려고 온 노력을 기울이며 걷고 기다리고 지켜보고 새를 부르는 동안—우리 가족이 단순한 유기체처럼 움직이기 시작하는 순간이 찾아온다. 우리 각각이 서로와 연결되어 눈을 맞추고 턱으로 방향을 가리키며 선두를 쫓아 길을 따라가고, 나무 사이로 시선을 던지며 뭘 해야 하는지 직관적으로 이해하는 순간이. 새를 찾아다니며 우리는 한 팀이 된다. 다른 모든 가족들이 그러듯 우리도 가끔 미친듯이 싸우지만, 특별한 새를, 특별히 더 노력을 기울여야 하는 새를 보는 일만큼 그 모든 걸 가치 있게 해주는 건 없다. 두고 나온 쌍안경에 대한 엄마의 분노와 아빠의 짜증은 눈 녹듯이 사라졌다. 두 사람은, 우리 모두가 그랬듯, 자기 자신을 잊고 희귀하고도 지극히 아름다운 새를 발견해야 한다는 사명에 어느 순간 휩쓸렸다. 팔색조처럼 경쾌한 발걸음으로 우리는 차로 돌아왔고, 크레이그 가족 화목 지수는 균형을 되찾았다.

내 경험으로는 다른 동물이 새보다 빛나는 경우는 거의 없지만, 그런 나조차도 코모도왕도마뱀은 인정할 수밖에 없었다. 여행 마지막날, 우리는 탐조 동료들에게 따뜻한 작별인사를 건넨 뒤 코모도섬으로 향했다. 이 거대한 도마뱀들은 새벽엔 몸이 차게 식어 움직이지 않는다. 이후 햇볕이 내리쬐기 시작하면 빠르게 움직여 모든 걸 먹어치우는데, 자기보다 작은 코모도왕도마뱀까지도 잡아먹는다. 우리가 도착했을 땐 이른 아침이었고, 아직은 쫓겨다닐 위험 없이 도마뱀 사이를 지나다닐 수 있는 안전한 시간대였다. 한낮이 되면 이 힘센 도마뱀들이 해변에 자리를 잡고 햇볕을 쬐며 에너지 저장고를 채우는데, 이렇게 채운 에너지로 모래사장을 누비며 해변에 가지 말라는 지시를 무시한 관광객들의 발목을 덥석 물어버린다. 이들은 입안의 강력한 독성 혼합물로 먹잇감을 물어 마비시킨 뒤 다른 먹이를 찾아 나서고, 희생양이 충분히 무력화되어 더는 저항하거나 도망갈 수 없을 때 다시 온다.

섬은 모래사장 위로 뒤엉킨 나무와 죽은 수풀 덕분에 종말을 맞은 풍경처럼 보였고, 반짝이는 초록 바다 가장자리에서 달아오르고 있었다. 여기서 유일하게 살아 있는 생물은 그 거대한 도마뱀뿐인 듯했다. 가이드는 끝이 갈라진 긴 막대기를 들고 다니면서 일찍 일어난 왕도마뱀에게 휘두르는 용도로 썼다. 우리는 조심스레 발을 디뎠다. 왕도마뱀은 사방에 평화롭게 잠들어 있었고, 다른 모습을 상상하기는 힘들었다—적어도 우리가 떠날 때까지는. 열기가 훅 끼치자 우리는 다시 배에 올라탔고, 그때 도마뱀들이 갈라진 혀를 날름거리며 일광욕을 준비하는 휴양객처럼 해변에 줄지어 늘어서기 시작했다. 도마뱀보다는 공룡에 가까운 무시무시하고 오싹한 모습으로 떼를 지어 온 섬으로 먹이를 찾으러 갈 채비를 했다. 우리도 코모도섬과 인도네시아를 떠날 시간이었다.

크레이그 가족 화목 지수는 우리가 떠나올 때 정점을 찍었다. 우리는 수년간 떠나고자 했던 그런 종류의 여행을 만끽했다. 엄마의 기분은 대부분 안정적이었고, 아빠는 기력을 회복했고, 새들은 환상적이었다. 그 이유 중 하나는 우리가 다른 사람들과 함께 여행했기 때문이었다. 남들과 함께 있으니 엄마에겐 또다른 배출구와 주의를 돌릴 일들이 생겼고, 이것이 아빠와 내게는 모험을 편히 즐길 수 있는 기회가 되었음을 우리는 깨달았다. 평소 탐조할 때 엄마는 폭군 같은 기질이 있어서 자기 목록에 있는 새는 전부 봐야 했고 그 외의 새까지도 봐야 직성이 풀렸다. 휴식은 금지였다. 하지만 발리에서는 우리에게 스쿠버다이빙까지 허락해줬다!

엄마는 여행을 마음껏 즐겼지만, 다시 집으로 왔을 때 조증의 첫 조짐이 보이기 시작했다. 늦게까지 안 자고 컴퓨터만 붙잡고 있었고, 흥미가 생긴 거라면 뭐든 파고들어 그날, 그 주, 그달 내내 조사에 파묻혀 살았다. 아빠라고 해서 상황이 크게 나은 건 아니었다. 아빠는 엄마가 잠자리에 들기 전엔 편안히 눕지 못했다. 아빠는 지쳤을 뿐 아니라, 엄마가 아빠 말을 들으려 하지 않아서 낙담했다. 엄마가 붙잡고 있는 일은 뭐가 됐든 우리 누구보다도 중요했다. 마침내 잠자리에 들면 엄마는 바로 곯아떨어졌지만, 아빠는 그 옆에 누워 극심한 긴장 상태로 어떻게든 잠들려고 애를 썼다.

몇 주가 지나고 겨울이 다가오자, 엄마는 병원에 가보자는 아빠의 간청에 더더욱 적대적으로 반응하고는 신경도 쓰지 않았다. 처음으로 나는 아빠의 정신 건강이 심각하게 걱정되기 시작했다. 우리는 여행 동지 삼인방이었고, '세상아 덤벼라' 패거리였다. 아무리 힘든 시간을 지나왔어도 우리는 언제나 우리 문제를 함께 헤쳐나갔다. 여행과 탐조를 대응 기제로 삼아왔지만, 이제 그것마저 끝일 수도 있겠다는 조짐이 아빠에게서 보였다. 더는 가족으로서 여행을 못 간다면 달리 어떻게 대응할 수 있단 말인가?

어떤 면에서 나는 우리를 하나로 묶어주는 접착제 역할을 했다. 부모님 둘 중 한 사람이 엄마의 병이 내게 미칠 영향을 걱정하기 시작하면, 그 문제를 해결해야겠다는 두 분의 의무감이 강해졌다. 내가 없다면 엄마는 어떻게 될까? 아빠는 어떻게 대처할까?

나는 엄마를 많이 사랑하지만, 조울증 환자와 함께 사는 건 지치고 힘든 일이다. 증상이 늘 바뀌고, 문제 하나가 해결됐다고 생각했을 때 다음 문제가 날아온다. 엄마가 우울증을 겪는 시기엔 당연히 속상한 상황이 펼쳐진다. 엄마는 산만해지고 가족과의 연결고리를 잃는다. 엄마가 무슨 생각을 하는지 알 수 없기에 우리는 스트레스를 받는다. 하지만 매번 내 화를 돋우는 건 조증 삽화 때인데, 특히 내가 어렸을 적 엄마가 어딘가에 집착해 컴퓨터를 붙잡고 늦게까지 잠도 안 자고 흥미를 끈 무언가에 점점 더 깊이 파고들 때가 그랬다. 이웃이 겪는 문제나 어떤 사촌의 관계 문제에 빠져서 온 시간을 전부 거기에 쏟기도 했다. 그럴 때면 엄마는 다른 누군가나 다른 어떤 것을 나보다 더 중시해서 나를 적극적으로 거부하는 것 같았다. 싸우고 나면 늘 아빠와 나는 엄마의 행동 때문에 우리가 어떤 기분이 드는지 얘기했다. 하지만 엄마가 조증의 손아귀에 있을 때 상황은 거의 바뀌지 않았다.

전지전능한 헬레나 상태일 때 엄마는 뭐든 해결할 수 있다고 믿는다. 이번에 집중하거나 집착하는 대상이 뭐든 즉각 조사에 뛰어들어, 시간 가는 줄 모르고 그것만 쳐다본다. 대개 환경보전이나 다양성 관련 문제고, 어떤 주제든 뚫고 들어가는 법을 알고 있다. 그리고 시작할 때와 마찬가지로 순식간에, 집착하던 대상을 놓고 바로 다음 목표에 집착하기 시작한다.

하지만 엄마의 조증에는 다른 일면도 있었다. 늘 무언가가 실현되었는데, 그건 엄마가 실현되게 했기 때문이었다. 블랙투네이처가 그랬다. 내가 하는 일에서, 엄마의 원동력은 플랫폼을 세우는 데 더없이 유용했다.

오늘날 나는 엄마가 자기 행동을 인지하고 인정하는 범위와 실제로 거기에 뭔가 조처를 할 능력에는 차이가 있음을 안다. 이제는 충분히 이해하고 어렸을 때도 이해했지만, 그때도 지금도 여전히 화가 나는 이유는 그게 고의적인 것처럼 느껴지기 때문이다.

이 시기 아빠는 구멍난 댐을 막아보려고 애쓰는 것 같은 기분이라고 말했다. 문제 하나를 붙잡고 있으면 다른 문제가 터져나왔다. 아빠는 원래 정돈된 사람이고, 계획을 세우고 지키는 걸 좋아한다. 그게 아빠의 대처 방식이다. 하지만 예민하기도 하고, 엄마의 날카로운 말에 자주 상처도 받는다. 엄마가 갈등을 빚는 순간들이 병의 증상 때문이라는 걸 이해한다고 해도, 그걸 기분 나쁘게 받아들이지 않기란 쉽지 않다. 엄마의 말은 종종 상처를 입혔고, 아빠의 대응 기제, 그리고 내 대응 기제까지도 한계에 부딪히고 있었다.

그해 말, 내게 첫 공황발작이 찾아왔다. 엄밀히는 내가 겪는 게 공황발작이라는 걸 처음으로 인지한 때였다. 과거에도 불안 증세는 있었는데 대개 언론 인터뷰 전이었고, 부모님의 다툼 같은 단순한 사건에도 나타나는 증상이었다.

2017년 말로 향해 가는 때였고 우리 인생 최고의 휴가를 보낸 지 두 달이 지난 어느 날, 나는 부모님이 서로에게 소리지르는 모습을 계단 위에서 보고 있었다. 아빠는 엄마의 처방약에 조정이 필요하다고, 당장 병원에 가야 한다고, 더는 참을 수 없는 지경이라고 했다. 하지만 엄마는 전혀 상대도 하지 않았다. 엄마는 괜찮다고, 사실 괜찮은 수준보다 더 괜찮다고 했다. 인도네시아에서 인생 최고의 시간을 보내고 왔잖아? 이렇게 행복한데, 한 번이라도 같이 기뻐해주면 어디가 덧나나?

새로운 공포가 나를 덮쳤다. 엄마는 눈을 반짝였고, 에너지가 넘쳐흘렀고, 아무리 봐도 자살 충동 같은 건 느끼지 않는 것 같았지만, 아빠는 힘들고 지치고 슬퍼 보였다. 아빠는 외투를 낚아채 집을 박차고 떠나 캄캄한 11월의 밤 속으로 사라졌다. 숨을 제대로 쉴 수 있었다면 울음을 터뜨렸겠지만 대신 내 목이 조여왔다. 가슴이 들썩이기 시작했고, 계단 맨 위 칸에 쓰러져 웅크린 채 온몸을 떨었다. 엄마가 순식간에 계단을 뛰어올라와 내 어깨를 꽉 감싸안고 숨을 깊게, 천천히 들이쉬라고 말했다. 거기 앉아 있던 십오 분 동안 나는 호흡을 다시 가다듬으려 애썼고, 그러는 내내 엄마는 자기가 더 신경썼어야 했다고 말하며 나를 달랬다.

엄마를 돌봐야 하는 스트레스가 대단했는데도 아빠는 늘 어디 가지 않겠다고, 절대 우리를 떠나지 않겠다고 약속했었다. 엄마는 아빠가 가족을 포기하리라고는 전혀 생각해본 적도 없었다. 나도 아빠를 믿었지만, 엄마의 보호자로서 부담을 견디다못해 아빠 본인도 정신적으로 무너져내릴까봐 두려웠다.

"아빠한테 더 잘하라고요." 나는 딸꾹거리며 울었다. "아빠

말 좀 들어요!"

"알았어, 마이아. 우선 진정부터 하고."

"내가 없으면 엄마는 어떻게 되는데요?"

엄마는 여기엔 대답하지 않았고, 조증이었다는 점을 감안했을 때 일반적인 반응은 아니었다. 엄마는 그저 나를 계속 품에 안은 채 앞뒤로 흔들어 토닥이면서 내가 아빠 얘길 하는 걸, 아빠와 내가 어떻게 상황을 함께 간신히 헤쳐왔는지, 아빠에게 내 도움이 어떻게 필요한지 토로하는 걸 들었다. 도움을 줄 내가 없다면 아빠는 어떻게 대처할 수 있을까? 우리 세 사람은 복잡한 퍼즐 그림 같았다. 조각 하나가 없으면 그림은 망가질게 뻔했다.

"우린 괜찮을 거야." 엄마가 말했다. "그리고 여기에 네 책임은 하나도 없어."

내 공황발작은 엄마에게 충격 요법처럼 작용했다. 총 십오분간 지속됐지만, 삼십 초 정도로밖에 느껴지지 않았다. 중간에 기절이라도 했나 싶을 정도였다.

아빠가 집에 돌아오자 엄마는 다음날 아침 병원에 가겠다고 말했다.

엄마는 항정신병제를 더 늘렸고 조증도 가라앉았다. 엄마가 말하길 그날 저녁 사건은 우리가 가족으로서 겪은 최악의 일이었지만, 그래도 깨달은 바가 있다고 했다. 엄마는 자기 행동이 가족에게 미치는 영향에 대해 더 주의를 기울이겠다고, 상황이 극단으로 치닫기 전에 어떤 조처를 취하겠다고 약속했다. 너무도 속상해하는 내 모습에 엄마의 마음도 동요했던 것이다. 아빠와 나는 엄마가 앞으로 상황이 나빠질 조짐을 더 잘 읽어내기를 기대했지만, 이런 약속은 엄마가 과거에도 너무나 많이 했던 다짐이었다. 엄마는 아팠고, 자신을 되돌아보거나 객관적으로 판단해 자신의 반응, 사고, 신념을 바꾸기에는 한계가 있었다. 엄마가 적절한 약을 처방받는 건 그래서 중요했고, 완벽한 조합을 찾아 병에서 조금 더 거리를 두는 게, 그래서 어떤 상황은 자신뿐 아니라 우리 모두에게 상처를 준다는 걸 인지할 여유를 갖는 게 필요했다.

12장 제8의 대륙

큰부리방가

거대하고 휘어진 파란 부리가 인상적인 큰부리방가는 마다가스카르의 방가 중에서도 가장 상징적인 새다. 마다가스카르 북동부 저지대의 훼손되지 않은 습한 우림에서만 발견되는 이 새는 서식지 파괴와 기후변화라는 이중 위협으로 2050년에는 생태적 지위를 완전히 잃을 대단히 실질적인 위기에 처했다. 서식지 숲 바깥에서는 생존할 능력이 없는 큰부리방가는 결국 멸종을 맞을 가능성이 크다. 2050년 나는 마흔여덟이 된다.

2018년, 건조한 마다가스카르 사막의 타는 듯한 열기 속에서 나는 GCSE 시험 성적을 받았다.

"진짜로? 개뻥 아니고?" 나는 휴대폰에 대고 소리를 질렀다. 추밸리에선 아이샤 언니가 우리 학교에 가 있었고, 마침내 우리와 연락이 닿아 내 시험 결과를 큰 소리로 읽어주었다. 뒤에선 잔뜩 신난 십대들이 고성을 지르고 있었다. 나는 내내 초조했었다. 기존의 ABCDE 대신 1등급부터 9등급까지 나누는 제도가 도입된 첫해였다. 엄마 아빠는 언니가 뭐라고 말하는지 들으려고 몸을 기울였다. 우리 가이드까지도 호기심이 동해 보였는데, 내가 팔짝팔짝 뛰면서 비속어를 내뱉은 게 흥미를 돋운 모양이었다. 여태까지 나는 매우 진지하게 탐조에 임하며 착실하게 그의 뒤를 따라 황량한 모래 풍경을 가로질러왔다. 하지만 집안일로 상황이 녹록지 않았는데도 시험 결과는 좋았고, 비속어 한두 개쯤은 쓸 만했다.

마다가스카르의 수도 안타나나리보에서 북쪽으로 한참 차를 달리면서, 우리는 휴대폰 네트워크 신호의 막대가 한두 개만이라도 올라오기를 간절히 바랐었다. 이미 아이샤와 약속한 연락 시각보다 사십오 분이 지난 상태였다. 이 황량한 도로변에서 신호가 뜬 순간 우리는 차문을 박차고 내렸다.

우리는 안카라판치카국립공원으로 향하는 길이었고, 십 주간의 여행 중 구 주째를 지나며 귀국을 단 며칠 앞두고 있었다. 마지막 시험이 끝나고 필통 지퍼를 올린 뒤 머릿속에서 치워버렸던 학교 생각을 다시 떠올린 건 이때가 처음이었다. 아이샤에게 오늘을 최고의 하루로 만들어줘서 고맙다고 말하자마자, 가이드가 우리 셋에게서 몸을 돌려 팔을 치켜들고는 검지를 하늘로 세웠다.

"마다가스카르개구리매Malgasy Harrier다!" 그가 소리쳤다.

엄마 아빠와 나는 곧장 쌍안경을 눈에 갖다댔다. 시험 결과는 순식간에 잊은 채 나는 렌즈의 초점을 맞추고 또 맞추며 우리가 보고 있는 새가 정말로 그 개구리매인지 확인하려 애썼다.

"말도 안 돼." 아빠가 고개를 저으며 감탄했다.

"오늘이 내 인생 최고의 날이야!" 엄마가 말했다. 나는 엄마에게 눈치를 줬다. 조금 전까지만 해도 나를 꼭 껴안으며 성실한 딸아이를 무엇보다 자랑스러워했으면서. 하지만 솔직히, 이 위풍당당한 매가 나타난 마당에 우리 중에서 누가 시험 성적

같은 걸 신경쓰고 있겠는가?

마다가스카르개구리매는 멸종위기의 극히 희귀한 맹금류로, '평생에 한 번' 볼까 말까 한 새다. 순수한 힘을 과시하며 길쭉하고 날렵한 날개로 허공을 가르면서도, 바람을 타고 방향을 바꿀 때는 어딘가 섬세한 우아함마저 느껴졌다. 우리의 환희를 감지하기라도 한 듯, 새는 우리 머리 위를 거듭 돌면서 그 장관을 감상할 시간을 자비롭게 내어주었다. 주변에는 사람 그림자도 보이지 않았고, 문득 여기 없는 다른 모든 탐조인에게 애석한 마음이 들었다. 이 새가 보여주는 저 엄청난 장관을 같이 본다면 좋을 텐데. 하얀색 배가 새파란 하늘 아래 흰 줄무늬가 되어 머리 위를 나는 모습을. 새는 다시 방향을 틀어 마지막 날갯짓을 끝으로 우리에게서 멀어졌다. 저 먼 곳으로 향하던 새는 운수 나쁜 도마뱀을 발견했는지 지상으로 한 번 뚝 떨어지듯 내려오더니 곧 다시 날아올라 마침내 사라졌다.

"네 시험 결과를 축하하려고 왔나봐." 매가 시야에서 사라지자 아빠가 말했다. "전부 9를 받았으면 아마 짝꿍도 같이 볼 수 있었겠지만."

전부 9를 받았으면. 아빠가 씩 웃으며 말했지만 진지하게 한 말은 아니었다. 엄마 아빠는 극성 학부모는 아니었다. 물론 내가 열심히 공부하길 바랐지만 공부보다 중요한 게 있다는 걸 알았다. 예컨대 마다가스카르개구리매라든지. 그래도 그 새는 정말로 포상처럼 느껴지긴 했다. 나의 열여섯번째 해는 만만치 않았으니까.

시험이 끝나면 일 년간 나를 단단하게 옥죄었던 긴장감이 획 풀리고 드디어 숨통이 트이리라 상상했었다. 열심히 시험을 대비하고, 짬을 내서 새를 보고, 자연 부문의 다양성 포용을 위한 캠페인을 동시에 진행했고, 이 모든 일이 감당하기 힘든 수준의 헌신과 조직력을 요구했다. 7월에 떠날 십 주간의 동아프리카 여행만을 기다리며, 나는 나만의 시간을 절실히 원했다.

시험이 끝나자 한시름을 덜긴 했지만 사실 너무 많은 것들이 아직 해결되지 않은 상태였다. 일상에서 벗어나 전혀 익숙지 않은 풍경으로, 다른 행성처럼 느껴지는 곳으로 떠나고 싶다는 내 익숙한 소망을 떨쳐내기 힘들었다.

청소년기를 지나오며 나는 더더욱 타인의 시선을 의식하게 됐다. 다른 많은 십대처럼, 사람들과 어울리다가도 이럴 땐 뭐라고 말해야 할지, 어떻게 있어야 할지조차 몰라 남들 앞에서 자주 쭈뼛거렸다. 온라인에서 수천 명을 대상으로 구조적 인종차별에 관해 발언하는 게 수학시간에 내 옆에 앉은 남자애한테 이슬람 혐오를 그만두라고 말하는 것보다 덜 무서웠다.

나는 바빠도 너무 바빴다. 내 블로그는 잘되고 있었다. 이제 4백만 조회수를 넘긴 상태였다. 트위터 팔로어 수는 1만 5천 명을 향해 갔고, 어느 때보다 더 많은 사람과 접촉하며 새에 관해서, 그리고 자연 부문의 다양성 부족에 관해서 논의하고 있었다. 여러 신문사와 자연 방송 프로그램에서 '방글라데시 십대'와 함께 탐조와 블랙투네이처 이야기를 나누고 싶어했다. 학교를 다니면서 다른 모든 일을 병행하자니 학교생활을 하는 풀타임 직장인이 된 기분이었다.

아무도 내가 얼마나 많은 일을 하는지 모르는 것 같은 기분이 들었고, 그러면서도 탐조나 환경보전, 인종차별 반대에 관해 발언해달라는 요청이 올 때마다 거절할 수가 없었다. 나는 진심으로 BBC 〈컨트리파일〉에 나가서 내가 최근에 한 탐조 얘기를 나누고 싶었고, 〈추밸리 가제트〉에 칼럼을 쓰고 싶었다. 시간이 안 나면 친구들과 놀거나 친구 집에서 자고 오는 시간을 줄였고, 심지어 꼬박꼬박 나가던 하이킹 시간도 뺐다.

탄력을 받은 블랙투네이처는 영향력을 점점 확장해 내게 얼마 남지 않은 시간마저 빡빡하게 채웠다. 우리는 더 많은 행사를 기획해 메시지를 퍼뜨리고 싶었고, 계속 행사를 열 수 있도록 기금 마련에 집중했다. 나는 자연보전 콘퍼런스에 초대받아 우리 목표를 알리고, 자연 분야의 기존 다양성 정책에 조언을 전하며 어떻게 다른 정책 또한 시행할 수 있을지 설명했다. 이런 발표를 앞둔 날에는 대개 신경과민에 시달리며 행사 전마다 나 자신에게 묻던 질문을 똑같이 묻고 또 물었다. 고작 열여섯 살짜리 여자애가 전문가들에게 이들이 모르고 있던 새로운 걸 무슨 수로 알려줄 수 있을까? 하지만 일단 연단에 서면 불안은 사라졌다. 내게도 발언할 이야기가, 중요한 이야기가 있었고, 그들은 내 이야기를 들을 필요가 있었다. 하지만 널뛰

듯 오락가락하는 내 감정은—불안하고 의심이 들었다가, 자신감이 폭발했다가, 다시 또 의심이 돌아오며—나를 갉아먹고 있었다.

십대는 힘든 시기고, 나 또한 십대 특유의 자기중심주의에 빠져 누구나 모든 문제에 어떤 의견이 있을 거라고, 특히 나에 대해서는 부정적인 의견이 있을 거라고 짐작했다. 11학년이 되자 나의 이런 모순적인 사고는 어떤 경지에 도달했다. 미디어에 비치는 내 활동을 친구들에게 굳이 말하지 않는다면 아무도 모르겠지 싶었다. 다른 애들과 똑같이 다들 하는 걸 하고, 다들 가는 방과후 클럽에 나가고, 주말에는 친구들과 어울렸다. 숨바꼭질할 때 자기 눈을 가리고는 자기가 안 보일 거라고 생각하는 어린아이와 같았다. 하지만 불안은 여전히 그 자리에, 표면 아래 머물렀고, 나는 투명 망토가 찢겨 벗겨지는 순간을 각오하며 두려움에 떨어야 했다.

대체 그 아래에 뭐가 있기에?

한마디로 말하자면, 평가받는 일이 두려웠다. 게으르게도 나는 학교의 다른 애들을 멋대로 짐작했는데, 시골보다는 도시 애들이 나의 탐조와 블로그를, 내가 동네 친구들보다 크리스 패컴 같은 사람과 어울리는 걸 더 조롱할 거라고 생각했다. 그 애들은 전반적으로 더 '쿨'해 보였고, 청소년기의 여러 미묘한 부분에 더욱 민감했으며, 내 생각이었지만, 자기들이 판단하기에 어느 범주에 집어넣기 힘든 애들은 가차없는 평가의 대상으로 볼 것 같았다.

친구들에 대한 내 생각이 완전히 틀리진 않았지만 완전히 맞지도 않았다는 게 밝혀진 것은, 한 전국지와 인터뷰하며 내가 트위터에서 받은 이슬람 혐오자들의 공격에 대해 발언했을 때였다. 기사가 나가고 난 다음날 나는 학교에서 기분이 조금 가라앉아 있었다. 누군가가 기사를 읽고 그 얘길 꺼낼까봐 걱정스러웠다. 그런 관심은 내가 원하는 관심이 아니었다. 사실 걱정할 필요는 없었다. 어차피 아무도 그 기사를 안 읽은 것 같았다. 딱…… 한 사람만 빼고. 브리스틀에 사는—나보다 나이가 많고 훨씬 쿨한—어떤 여자애가 점심 줄에서 기다리고 있는 내게 다가왔다.

"네 얘기 기사에서 읽었어. 어떻게 어린애한테 그렇게 심하게 굴 수 있지." 그애가 말했다. "그런 일을 당하다니 너무 안됐다. 네가 뭘 잘못했다고. 넌 잘하고 있어. 그, 네가 하는 일 말이야."

그애의 말을 나는 겨우 알아들었다. 이 '못된 도시 여자애'가 내가 신문사 인터뷰에서 말한 내용이며 블로그에 쓰는 그런 주제들을 거론한 것이다. 학교 내 서열은 잔인한 구석이 있다. 브리스틀에 사는 애들은 어딘가 세련된 느낌이라 우리 같은 나머지 애들이 스스로 약간 촌스럽다고 느낄 때가 있었던 건 맞지만, 어쩌면 실제로 적대감이 존재했다기보단 우리가 그렇게 느꼈을 뿐이었던 것 같다. 누군가가 나를 '이상한 애'라고 놀린다면 그건 도시 애들일 거라 생각했지만, 인제 보니 그 반대인 것 같기도 했다. 동네 친구들은 한 번도 내게 이런 공감을 표한 적이 없었다.

"고마워." 나는 쩔쩔매며 중얼거렸다. 그러고는 다시, 진심을 담아 말했다. "고마워."

그애는 미소 짓더니 내 팔을 살짝 두드리고 지나갔다. 그러자 실감이 났다. 그애도 나처럼 똑같은 십대였다. 트위터, 트롤링,* SNS—이게 우리의 공감대였다. 어느 지역에 사는지가 중요한 게 아니었다. 우리의 언어는 많은 면에서 서로 직관적으로 통했다. 그애도 온라인상의 괴롭힘을 잘 알았고, 우리 모두 그랬다. 그애도 그애의 문제를 겪고 있었고, 내가 내 문제를 겪는 동안 연대를 표해줄 만큼의 공감대가 충분히 있었다. 나의 두 세계 사이를 가르는 선은 분명 나를 지켜주긴 했지만, 내게서 이런 다정한 순간마저도 차단하고 있었다.

학교에서 내가 하는 일에 대해 어떤 식으로든 긍정적인 반응을 얻은 건 그때가 처음이었다. 같은 학교 학생이 내 생각에, 나의 공적인 자아에—남의 시선을 너무도 의식한 나머지 가족 말고는 아무에게도 거의 언급도 안 했던 그런 자아에—찬사를 보냈다는 사실이 내게 생각할 여유를 주었다.

* 인터넷상에서 관심을 끌기 위해 사람들을 일부러 화나게 하는 행동.

모든 걸 완전히 뒤바꾼 순간은 아니었지만, 이후 나는 덜 외로워졌고, 평가받는 기분 역시 덜해졌고, 학교의 다른 애들도 복잡한 사연이 있다는 걸 더 잘 이해하게 되었다. 우리의 청소년기는 우리를 갈라놓기보단 묶어주는 힘이 더 컸다.

교내 이슬람 혐오는 점점 더 참아주기 힘들어졌다. 인종차별적인 언행을 일삼는 애들은 많았지만, 나의 경우 흑인이나 머릿수건을 쓴 여자애들처럼 그애들의 주표적이 되지는 않았다. 나는 머릿수건을 쓰지 않았고, 그래서 다른 아시아계 이슬람교도처럼 인종차별주의자들이 설정한 '타인'의 범주에 딱 들어맞진 않았다.

하지만 8학년 때부터 이슬람을 혐오하는 분위기는 줄곧 느끼고 있었다. 미국 언론인 제임스 폴리가 시리아에서 ISIS에 의해 참수당했을 때부터 남자애 몇몇이 '이슬람교도를 쏴죽이자'는 생각에 사로잡혀 이런 정서를 교실 안에서 아무렇지도 않게 소리치고 다녔다. 나는 한마디도 하지 않았다. 논쟁을 시작하면 이기지 못할 것 같았다. 반이슬람 정서는 너무나 피부에 와닿아서 오히려 사회나 환경 문제보다도 맞서 싸우기 힘들었다.

11학년이 되자 인종차별은 교실 밖에서도 더욱 기승을 부리기 시작했다. 이제는 마초 흉내를 내는 허세라기보다 명백히 의도적으로 혐오를 퍼뜨리는 행위에 가까웠다. 이슬람교도를 다 쏴죽이자던 남자애들은 8학년 때는 그래도 나와 감자칩을 나눠 먹곤 했지만 우리는 이제 더 컸고, 이슬람교도로서 나는 그들의 직접적인 표적이 되진 않더라도 표적 집단의 일원이라는 점을 잘 알았다.

학교 애들이 모인 스냅챗의 어떤 그룹 채팅방에서, 남자애 몇몇이 극우 성향을 자랑스레 표출하기 시작했다. 따지고 보면 이들은 적극적인 인종차별주의자라기보단 그냥 멍청한 애들에 가까웠지만, 신이 나서 머리에 베갯잇을 뒤집어쓴 사진을 올리고 목을 매다니 마니 장난을 쳤으며, 불타는 십자가를 그린 끔찍한 이미지를 공유했다.◆ 얼마 지나지 않아 반이슬람, 반흑인 유머가 채팅방을 가득 채웠고, 결국 나는 두 친구와 함께 이들이 한 일을 교장 선생님께 알렸다.

학교는 직접적인 대응은 하지 않았고, 대신 우리 세 사람을 불러 교사들을 앞에 두고 왜 유색인종 혐오가 나쁜지, 비백인으로서 학교에 다니는 게 얼마나 힘든 일인지 설명하게 했다. 우리는 어떤 새로운 깨달음을 줄 얘기를 꺼낸 게 아니었다. 인종차별을 하는 애들은 자기들이 선을 넘는다는 걸 당연히 알았고, 교사들도 그 선이 어디에 그어져 있는지 알았다. 지금은 2018년이지, 1960년대가 아니었다.

그러나 우리 할아버지 세대와 비교했을 때 대체 무엇이 바

◆ 모두 백인 우월주의 조직인 쿠 클럭스 클랜(KKK)의 상징이다.

뀐 건지 의문을 품을 수밖에 없었다. 오늘날 흑인은 (그리고 아일랜드인은) 버스 기사로 일할 수 있고, 숙박업소에서도 묵을 수 있고, 이 땅의 어느 술집에서도 술을 마실 수 있지만, 그런 세상에서도 흰색 후드를 뒤집어쓴 사진을 공유하며 백인 국수주의 맹신자들의 언어를 옹호하는 건 별문제가 안 된다. 백래시를 걱정하며 단순한 두려움 이상으로 떨고 있는 학생 세 명의 강의보다 더 심각한 대가는 치르지 않아도 되는 것이다.

우리의 설명이 있고 나서 교사들은 인종차별적인 언행이 있을 때마다 '솜방망이식' 교화에 나서도록 지시를 받았다. 이것이 그들이 할 수 있는 최선이었다. 이 효과 없는 처벌 체계 아래에서 무슨 이유 때문인지는 몰라도, 왠지 그래야 할 것 같았는지 선생님들은 혐오를 퍼뜨리는 인종주의자가 잡힐 때마다 내게 알려주었다.

사회시간에 우리는 인종차별적 언어에 관해 배웠다. '파키숍'** 은 적절한 표현일까? 선생님이 물었다. 몇몇 학생들은 그 표현이 전혀 문제가 없다고 생각했다. 실제로 그 구멍가게 주인은 파키스탄 사람 아닌가? 그렇게 따지면 영국에서 태어난 백인은 모두 브릿이라 부르지 않나? 논의는 이 정도 수준이었다. 선생님은 여기에 동의하며, 칭크*** 숍이라는 단어도 구세대 사

** 파키스탄 혹은 다른 남아시아 국가 계열인 주인이 운영하는 작은 가게를 낮잡아 부르는 말.

*** 중국인을 모욕적으로 부르는 말.

람들이 시내 중심가의 다른 상점과 해당 상점을 구분할 의도로 쓰기 시작한 표현이므로 문제가 없다고 설명했다. 인종차별의 의도가 없었다는 것이다. 모순적이게도 당시는 우리 학교가 동성애 혐오에 반대해 LGBTQ 권리를 옹호하는 선도적인 학교로 선정되어 상을 받은 지 얼마 안 됐을 때였다. 학교측이 차별에 관한 인식이 없었을 리가 없었지만, 인종차별에 대해서도 똑같이 엄격한 잣대를 들이밀어야 한다는 의무감은 전혀 없었던 것이다.

KKK단 애들이 들어오자마자 나는 스냅챗 단체 채팅방에서 나갔고 이들은 피하기 쉬웠지만, 내 트위터 피드는 점점 더 무시하기 힘들어졌다. 내가 최근에 나간 탐조 이야기는 순전한 열정과 흥분, 새를 향한 공통의 애정 말고는 다른 어떤 반응도 끌어내지 않았다. 하지만 자연 부문 내의 다양성(의 부족)이나 기후변화에 대해 언급하기만 하면 인터넷의 그늘진 구석에 숨어 있던 키보드 워리어 무리가 어디선가 득달같이 달려나와 십대 여자애를 향해 네가 뭘 아냐고, 어쨌든 너희 나라도 아닌데 신경 끄라고 공격했다. 이 악의적인 메시지는 상처가 됐다. 비록 누군지도 모르고, 앞으로 마주칠 일도 없을 것이며, 기껏해야 유치한 수준의 공격이었지만, 지구 기온 상승을 지적하는 트윗이 어떻게 그들의 화를 그토록 심하게 돋울 수 있는지 그것부터 이해할 수가 없었다. 모든 걸 그만두고 싶다는 오랜 욕구가 올라왔다. 더 큰 공격을 불러올까봐 주저하는 마음과 내가 하고 싶은 말은 뭐가 됐든 할 거라는 단호한 다짐 사이에서 오락가락했다.

GCSE 시험이 다가오면서 나는 SNS를 끊고 시험공부에 몰두했다. 이상하게도 공부가 탈출구처럼 느껴졌다.

시험이 끝나자 나는 이 휴지기를 연장해 트위터, 학교, KKK단 생각은 접어두고 깨어 있는 모든 시간을 탐조에 쏟기로 했다. 가을에 학교로 돌아가면 다시 싸움이 재개될 테지만, 지금은 우리 가족의 이번 아프리카 휴가 첫 목적지인 탄자니아가 나를 부르고 있었다.

우리의 동아프리카 여행은 목표 종으로 가득했고, 새로운 새를 발견할 때마다 이전 새보다 더 흥미로웠다. 마치 보물찾기를 하는 듯한 기분이었는데, 이 게임의 규칙은 단서 찾기가 아니라 기다리기, 지켜보고 귀기울이기였고, 그렇게 찾은 보물은 황금보다도—적어도 이 열여섯 살짜리한테는—훨씬 값졌다. 예컨대 녹색머리꾀꼬리Green-headed Oriole의 색채는 그 어떤 반짝이는 차가운 귀금속보다 더 찬란하지 않았나? 선명한 노란색 깃털을 뽐내던 이 새는 맑은 햇살 같았고, 빨간 눈동자와 부리는 루비보다 눈부시게 빛났다.

우삼바라태양새Usambara Double-Collared Sunbird 또한 두말할 필요가 없었다. 이들 수컷의 깃털은 빨간색과 초록색이 요란하게 시선을 사로잡는다. 길고 구부러진 부리를 지닌 땅딸막한 이 새가 울창한 열대우림의 나뭇가지 사이를 맴도는 모습에 나는 입을 틀어막았다. 상자 안에 무슨 보물이 들어 있든, 이 새가 그걸 다 걸치고 있었다.

탄자니아에 도착한 우리는 우삼바라국립공원의 산악림에서 탐조를 시작했다. 경이로운 새들이 넘쳐나는 곳이라 계획보다도 더 오래 머물기로 했는데, 이 산악지대의 고유종인 우삼바라수리부엉이Usambara Eagle-owl를 반드시 보고 싶었다.

첫번째 숙소에서 우리는 밤늦게 마을 사람들과 함께 불 앞에 둘러앉았다. 시골 지역의 빈곤에 특히 신경을 쓰는 엄마는 여행하면서 사람들에게 나눠줄 옷을 많이 챙겨왔다. 하지만 아직 한 벌이 주인을 찾지 못하고 있었다. 완전히 새것인 리버풀 FC 티셔츠였는데, 아직 리버풀 팬을 한 명도 만나지 못한 탓이었다. 그래서 이날 밤 타오르는 모닥불 불길을 앞에 두고 엄마가 큰 소리로 외쳤다. “혹시 리버풀 응원하는 사람?”

“모 살라!” 한 젊은 남자가 소리쳤고, 티셔츠는 마침내 주인에게 돌아갔다.

여기 오기까지 우리 여행의 중요한 순간들에는 새들 말고 다른 것도 함께했다. 당시는 2018년, 월드컵이 있던 해였고 우리는 잉글랜드 경기가 있을 때마다 무리해서라도 경기를 보러 갔다. 우리가 가는 곳마다, 카페든, 산장이든, 식당이든, 어디든 축구 경기를 틀어두고 있었다. 아무리 오지를 가도 텔레비전소리가 요란했고 모두가 월드컵 이야기를 하고 싶어했다.

이런 대화를 나눌 때면 어느새 국경은 사라졌다. 한쪽 편을 고르고, 그 팀이 지면 다른 팀을 고르면 된다. 출신국은 상관없었다. (사실 나는 〈러브 아일랜드〉에도 지나치게 푹 빠져 있었는데, 여행 후반에 일부러 도심까지 나가서 우승자가 누구인지 확인할 정도였다.)

모닥불은 어느새 작은 불씨로 사그라들었고, 피곤해진 나는 잠자리에 들었다. 희미하게 들리는 부엉이 울음소리가 자장가가 되던 찰나, 아빠가 침대에서 뛰쳐나왔고 엄마가 뒤를 이었다.

"마이아!" 두 사람은 크게 속삭였다. "일어나."

우리 가이드도 이미 문간에서 노크하려던 참이었다. "수리부엉이일지도 몰라요!"

"가자!" 아빠는 재촉했고 나는 급히 옷을 걸쳤다. 우리는 허둥지둥 손전등을 비추며 가이드를 따라 숙소를 둘러싸고 있던 삼림지대 가장자리로 향했다. 부엉이는 울음소리는 곧잘 들리지만 보기는 힘든 새로 악명 높다. 게다가 이 부엉이는 아무 부엉이가 아니라 우리의 목표 부엉이일지도 몰랐다. 나무 사이로 들어가자 가이드가 손을 올렸다. 부엉이가 울음소리를 냈고, 가이드도 울음소리를 냈다. 둘은 주거니 받거니 부르고 답했고, 아빠는 손전등을 높은 나뭇가지를 향해 똑바로 비췄다. 그러자 다른 불빛이 나타났다. 젊은 청년 한 무리도 손전등을 나무에 비추고 있었다. 예감이 좋았다. 이 새는 현지인들에게도 '이벤트'가 될 만큼 희귀한 새였다. 그들이 여기 왔다면, 실제로 굉장한 일이 일어날 가능성이 컸다.

그때 희미하게 날개가 스치는 소리가 들렸다. 가이드가 울음소리를 냈고 아빠의 손전등이 번쩍였다. 부드러운 날개가 공중에서 펄럭이더니, 이 희귀한 부엉이의 호박색 눈동자가 어둠 속에서 우리를 쳐다보았다. 낮은 가지에 내려앉은 부엉이는 유령 같으면서도 고양이를 닮은 머리를 돌려 관중을 바라보았다. 부엉이는 한참을 머물렀고, 손전등 불빛에도, 환희에 찬 우리 표정과 침묵 속 감탄에도 그저 무심했다.

여행이 절반쯤 접어들었을 때 엄마의 약이 문제가 됐다. 더운 지방에서 보내는 긴 휴가라 우리는 이미 약을 차갑게 보관하는 데 어려움을 겪고 있었다. 이 직전까지만 해도 엄마는 즐겁게 여행중이었다. 새를 놓쳐도 그렇게 큰 문제가 되지 않았다. 이는 두 가지 이유에서 다행이었다. 첫째는 약이 변질해도 새로운 약을 구할 방법이 없었기 때문이고, 둘째는 당연한 이유였다. 엄마가 행복하면 우리도 행복하니까.

하지만 이제 엄마의 복용량이 점점 더 불규칙해지면서 급기야 가끔 환각이 오기도 했다.

더운 나라에서 엄마는 에어컨을 최대로 돌려 모든 열기를 바깥으로 몰아낸 뒤 극지방이 된 방에서 담요를 잔뜩 덮고 자는 걸 선호했다. 안 그러면 잠을 이루지 못했다. 아빠와 나는 여기에 익숙했다. 우삼바라 숙소에서 보내는 마지막 밤, 자정이 막 지났을 때 엄마는 너무 더워서 깼고, 우리가 모두 더위에

쪄 죽을 거라고 생각했다. 잠기운에 엄마는 내 모기장을 열고 이불을 전부 끌어내린 다음, 아빠한테 가서 똑같이 하고는 다시 잠자리에 들었다. 나는 잠을 깊게 자는 편이라 엄마가 부스럭거리고 다녀도 깨지 않았다. 아침에 일어나보니 발가락에 감각이 없었다. 엄마가 모기장을 제대로 닫지 않아 모기에게 다리를 전부 뜯긴 것이었다. 나와 아빠가 불만을 터뜨리자 엄마는 그제야 자기가 한 일을 떠올렸다. "더워 죽는 줄 알았다고!" 엄마는 항변했다. "고마워하지는 못할망정."

우리는 엔기카렛종다리평원에 와 있었다. 이름처럼 종다리가 유명한 곳이었다.

관목이 흩어진 단조로운 갈색 풍경을 차로 가로지르는 동안 살아 움직이는 생물이라고는 소떼와 그들을 돌보는 마사이족 목부들밖에 보이지 않았다. 완전히 황량한 땅이지만 종다리에겐 완벽한 서식지다. 우리 마사이족 가이드들이 걸친 전통 로브의 짙은 빨강만이 이 칙칙한 지대에서 유일하게 눈에 띄는 색채였다. 우리가 차를 대고 그들을 따라 관목지로 향하는 동안 새떼가 바람을 타고 이리저리 날아들었다.

아침 시간이 흐르며 지면이 달궈지기 시작했다. 우리는 계속 걸었고, 흐릿한 하늘을 올려다보며 종다리가 나타날 기미를 살폈다. 그렇게 몇 시간이 흐르자 더위로 정신이 혼미해지기 시작했다. 이게 뭐하는 짓이지? 볼 수 있을지 없을지도 모르는 조그마한 새 한 마리를 보려고 이 땡볕에 돌아다니는 게? 우리의 차디찬 침실이 그리워졌다.

"이쪽이야!" 한 가이드가 속삭이자 나는 차렷 상태로 딱 멈춰 고개를 돌렸고 마침 그 순간 메마른 땅을 박차고 하늘 위로 솟아오르는 새 한 마리를 볼 수 있었다. 종다리였다! 하지만 새는 우리가 제대로 살펴보기도 전에 날아가버렸다. 우리는 또 한 시간을 들여 새를 뒤쫓았고, 마침내 짤따란 덤불 위에서 비슬리종다리Beesley's Lark를 발견했다. 새는 늦었잖아! 하고 지저귀며 이리저리 조급하게 종종거렸다. 50제곱킬로미터 반경 안에 아마 백여 개체밖에 살지 않을 매우 희귀한 새였다. 이 고립된 개체군은 한때 남쪽으로 2천 킬로미터 아래에서 발견되는 긴부리종다리Spike-heeled Lark에 속하는 것으로 추정되었으나, 최근 연구에서 독립된 종으로 밝혀졌다. 이들은 현재 서식하는 건조한 미소서식지微少棲息地에서, 오백만 년 전 킬리만자로산과 메루산이 상승하며 기상 패턴이 변화함에 따라 다른 긴부리종다리와 분리되었다. 극도로 보기 힘든 새인데, 사람이 이들을 보기 전에 먼저 사람을 발견하기 때문이기도 하고, 서식지가 너무도 외진 곳이기 때문이기도 하다. 이들을 보는 건 일종의 '이벤트'라, 탐조인이든 비탐조인이든 누구나 기념할 만한 일이다. 이 새의 부드러운 복숭앗빛 가슴 깃털을 보고 있자니 쓰다듬고 싶은 욕구가 올라왔다. 주변의 메마른 환경과 너무도 어울리지 않아 만져보지 않으면 믿을 수 없을 것 같았다. 하지만 물론 바람직한 탐조인답게 그저 가만히 서서 지켜보았다.

빅 이어 동안 아빠는 내게 '디지스코핑' 촬영법을—휴대폰과 망원경을 이용해 사진을 찍는 방법을—알려줬지만 아직 익숙해지지는 못한 상태였다. 어쨌든 우린 사진 장인은 아니었고, 아지랑이와 카메라에 묻은 지문도 방해가 됐다. 하지만 '기록용'으로 꽤 형편없는 사진을 몇 장 건지기는 했고, 비슬리 종다리를 봤다는 사실을 증명할 순 있을 정도였다.

마다가스카르는 아프리카 본토에서 일억 년도 전에 분리되었고 동식물상 대부분이 고유종이다. 이런 이유로 마다가스카르는 '제8의 대륙'으로 불리기도 한다.

뜨겁게 내리쬐는 한낮의 더위 속 안카라판치카국립공원의 외딴 모래투성이 사바나에서 아이샤와 겨우 연락이 닿아 시험 결과를 들었지만, 결국 우리의 관심을 독차지한 건 마다가스카르개구리매였다.

우리는 사막을 떠나 바다로, 섬의 북동부 가장자리에 위치한 마소알라국립공원으로 향했다. 크리스 패컴에게서 이메일을 받은 직후였는데, '자연과 보전 분야의 다양성 장관'이 되어 그가 준비하는 단호한 동원 명령 '야생을 위한 인류 선언문'에 글을 써달라는 요청이었다. 나 외에도 로버트 맥팔레인과 조지 몬비오 등 강경하게 독립적인 목소리를 내온 또다른 열여덟 명이 '내각 각료'가 되어 영국의 자연과 생물종에 닥친 가장 심각한 위기를 한목소리로 강조할 생각이었다. 이 해결책 중심의 선언문은 훌륭한 아이디어였고, 나 또한 기꺼이 참여하고 싶었다.

해변 가장자리의 우림은 소란스러웠다. 낮에는 새와 동물 울음소리가 울려퍼졌고, 밤이면 여우원숭이와 곤충 소리가 허공을 메웠다. 엄마의 쥐 공포증 때문에 아빠는 긴장을 늦출 수 없었고, 나는 베개에 머리를 내려놓으려는 순간 아무렇지도 않게 툭 떨어지는 거대한 거미 때문에 기겁했다. 아빠는 잠자리에 들기 전에, 엄마와 내가 방에 한 발짝도 들이지 않고 기다리는 동안 숙소를 샅샅이 뒤지며 들쥐, 박쥐, 거미가 있나 살펴봐야 했다.

돌이켜보면 좋지 못한 생각이었다. 거미는 아빠가 살피면 살필수록 더 많이 나왔다. 벽이 바닥과 제대로 맞물려 있지 않아, 아빠가 거미를 쫓아내봤자 더 많은 거미가 따라왔다. "그냥 좀 참아!" 더는 안 되겠다 싶었는지 아빠는 소리쳤다. 숙소에는 작은 복층이 있었는데, 거기엔 거미가 훨씬 많았다. 아빠는 거기서 잤고 엄마와 나는 아래층 침대에서 함께 웅크린 채, 설치류도 거미도 절대 못 들어올 만큼 촘촘하게 덮은 이중 모기장 아래에서 안전하게 잠을 청했다. 아빠는 차라리 혼자 자는 게 나았을 것이다.

그래도 환경에 관한 글을 쓰기에는 완벽한 환경이었다. 나는 자연 부문 내의 다양성 부족을 논했고, 그로 인해 어떻게 이 부문이 가시적 소수 인종을 자연으로 끌어들이는 데 처절한 실패를 겪었는지 설명했다. 세계를 정말로 구하고 싶다면, 모든 인종을 여기에 참여시키는 게 급선무다. 그해 말 크리스 패컴은 '야생을 위한 인류의 걷기' 프로젝트를 조직했다. 1만여 명의 군중 앞에서, 젊은 동식물 연구가 다라 매커널티가 시를 낭송하고 내가 연설에 나섰다. 이후 우리는 모두 다우닝 스트리트까지 행진하며 영국 야생 생태계가 마주한 재앙 수준의 역경에 경각심을 가져주길 호소했다.

우리를 둘러싼 이 숲이 여행에서 마지막으로 남은 두 종의 방가를 볼 가능성이 있는 현실적으로 유일한 기회의 장소였다. 첫날 오후, 지대가 울룩불룩하고 숲지붕이 트인 우림을 헤치고 다니다 마주친 큰부리방가Helmet Vanga는 밝고 선명한 파란색의 커다랗고 구부러진 부리와 적갈색과 검은색 깃털 덕분에 꽤 찾기 쉬웠다. 처음엔 한 마리가, 그러다 한 쌍이, 그다음엔 여섯 마리가 무리를 이뤄 뿌리깊은 고목나무들의 잎사귀와 가지를 오가며 커다란 곤충을 쪼아먹었다. 더 희귀하고 작은 베르니에방가Bernier's Vanga는 찾는 데 더 애를 먹었다. 마침내, 한창 먹이를 먹느라 바쁘던 그들보다 더 큰 사촌 격 새들 무리에서 한 쌍을 발견했다. 불그스름한 몸에 자잘한 검정 줄무늬가 들어간 암컷의 생김새는 온통 새까만 수컷보다 돋보인다. 이들은 잠깐씩 멈춰서 썩은 나무껍질과 나무에 난 이끼를 들추며 끝없이 먹이를 찾아 헤매다 어느 순간 가버렸다. 방가 두 종 모두 화전 농업과 기후변화의 이중 위협으로 멸종위기를 겪고 있다. 컴퓨터 모델링으로 예측한 바에 따르면 이들의 생태적 지위는 2050년경 완전히 사라진다고 한다.

여행을 시작한 지도 벌써 십 주 가까이 되었다. 우리는 제각기 피로의 조짐을 보이기 시작했다. 마침 폭우가 찾아와 휴식을 주었고, 어쩔 수 없이 매일 두 시간쯤은 실내에 있어야 했다. 물론 거미도 (쥐도) 은신처를 찾아오기에 최적인 날씨였으므로, 아빠는 계속 분주하게 주변을 살펴야 했다.

우리가 마다가스카르에 도착했을 때 엄마는 기분이 최고조였고 조증도 아니었지만, 조금씩 흐트러지기 시작했다. 엄마가 먹는 약 일부에서 이상한 냄새가 나기 시작해 버려야만 했던 것이다.

다행히도 여행은 거의 마지막에 다다랐다. 진정으로 특별한 새를 만나는 것보다 이상적인 피날레가 있을까? 귀국 비행기를 타러 수도로 향하기 이틀 전 오후, 아빠와 나는 이메일 수신함을 정리하겠다는 엄마를 숙소에 남겨두고 우림 안으로 들어갔다. 인도네시아의 울창한 밀림 같은 곳은 아니었다. 산뜻하고 바람이 잘 들고 밝은 숲이었고, 비 온 뒤라 날도 시원했다. 우리는 집으로 돌아가기 전 보상으로 딱 한 마리만 더 보고 싶었다.

"저기 위를 봐." 아빠가 속삭이며 나를 쿡 찌르더니 나무 사이를 가리켰다. 심장이 멎는 줄만 알았다. 아주 잠깐, 그 장엄한 하피수리를 보는 줄로 착각한 것이다. 하피수리는 여덟 살 때 에콰도르에서 '꼭 봐야 할 새' 목록에 올렸던 새로, 간결하지만 노련하게 작성한 나의 목록에서 중요한 새였음에도 결국 우리의 눈을 피해갔다. 그것도 두 번이나. 여긴 남미가 아니잖아. 나는 스스로 상기했다. 하피수리일 리가 없지. 대신 우리가 본 건 극도로 희귀한 마다가스카르뱀독수리Madagascan Serpent Eagle로, 멸종으로 간주되다 1993년 '재발견'된 새다. 중간 크기의 육식조인 이 뱀독수리 또한 마찬가지로 강력한 존재감을 자랑했다. 벨벳 같은 짙은 회색과 갈색 깃털이 등과 날개를 장식했고, 배와 목, 허벅지에는 검은색과 흰색 격자무늬가 수놓아져 있었다. 나뭇가지에 날카로운 발톱을 박아넣고 앉은 독수리는 노란색 눈동자로 눈싸움을 하듯 우리를 뚫어져라 바라봤다.

"와." 아빠가 속삭였다. "정말 말도 안 돼." 우리는 시선을 교환했다. 우리 중 한 사람이 빨리 이 숲을 나서야만 한다는 사실을 조용히 인정하며.

"내가 갈게." 아빠가 말했다. "물론 네가 가고 싶다면—"

"괜찮아요." 나는 독수리로 다시 시선을 돌리며 말했다. "아빠가 더 빠를 테니까."

"정말 그럴까? 그치만 네가 더 어린데……" 아빠는 핑계를 찾아보려 했지만 내가 슬쩍 밀치자 곧 헐레벌떡 사라졌고, 이제 숲을 빠져나가 해변으로, 다시 우리 숙소로 가서 엄마를 찾아 서둘러 이곳으로 데려올 것이었다. 엄마가 이 새를 놓친다면 그 대가는 어마어마할 터였다. 크레이그 가족 화목 지수가 무너져내려 회복이 불가능할지도 몰랐다.

십오 분 뒤 엄마와 아빠가 돌아왔을 때 독수리는 여전히 그 자리에 있었고, 엄마는 이성을 잃은 상태였다. 새가 어디 가지 않아서 아빠와 나로선 천만다행이었다. 탐조인 사이의 암묵적인 규칙은 발견한 새를 다른 사람과 늘 공유하려고 노력해야 한다는 것인데, 일행 중 한 사람이 이메일을 확인하겠다며 숙소에 남아 있다 해도 예외는 없었다. 우리가 노력하지 않았다면 엄마는, 그리고 탐조인이라면 누구라도 분노했을 테고, 그 분노는 완벽히 정당한 것이었다.

여행은 흥분 속에 끝났다. 우리는 집에 갈 준비가, 휴가의 다음 단계로 나아갈 준비가 되어 있었다. 이제 목록을 자세히 들여다보며 친구나 동료 탐조인과 사진을 공유하고, 환상적인 탐조 모험의 가장 멋진 대목들을 생생히 되새길 차례였다.

이 무렵에 새롭고 강력한 목소리가 기후변화 저지 운동 현장에 등장했다. 나보다 한 살 어린 기후정의 운동가 그레타 툰베리는 스웨덴 의회 건물 앞에서 '기후를 위한 학교 파업'이라고 적은 간소한 팻말을 들고 시위를 시작했다. 그레타의 직접적인 접근법은 전 세계 젊은이들의 공감을 끌어냈고, 2019년까지 나를 포함한 학생 수백만 명이 그레타의 호소에 호응해 금요일마다 학교에 빠지는 결석 시위를 벌였다.

일 년 후 2020년 2월, 나는 브리스틀 도심의 칼리지그린에서 열린 '기후를 위한 브리스틀 청소년 파업' 집회에 초청받아 그레타와 한 무대에 섰다. 학생과 성인 수천 명 앞에서 지구적 기후정의에 관해 발언했다. 변화를 위한 간절한 열망으로 가득했던 이 열광적인 시위에서 나는 더 큰 그림을, 기후변화 담론 뒤에 숨은 의제인 지구적 기후정의를 강조했다. 이에 얽힌 딜레마를 조명하기 위해 패스트 패션을 예시로 들었다. 북반구의 선진국 사람들은 탄소, 물 소비, 쓰레기 발자국을 줄이기 위해 방글라데시에서 제조된 저렴한 옷을 그만 사야 한다고 주장하지만, 우리가 기억해야 할 사실은 방글라데시가 기후변화를 일으키는 데 가장 책임이 적은 국가에 속한다는 점이다. 우리가 이들의 생산품에서 등을 돌리면 이 노동자들은 어떻게 될까? 기후변화에 있어서 잘사는 우리 북반구 사람들의 행동에 최대의 책임이 있음을 생각한다면 우리가 공장의 용도 변경 프로젝트를 추진해 노동자들이 기술을 다양화하고 저임금과 열악한 환경에서 벗어날 수 있도록 지원해야 하지 않을까?

큰 무대에서, 내가 몸담은 캠페인의 미래가 확고해지고 있었고, 이 시기가 더없이 중요한 순간으로 느껴졌다.

엄마는 조증일 때 한 가지 대상에 집착하곤 하는데, 아프리카에서 돌아온 이후 그 대상은 바로 나였다. 나는 엄마의 무한한 생산성과 딸을 지극히 자랑스러워하는 마음을 두고, 농담으로 엄마가 아니라 무슨 매니저 같다고 말한 적도 있다.

블랙투네이처를 설립한 이후 나는 다양성을 위해 더욱 적극적으로 목소리를 내는 활동가가 되었고, 동시에 여전히 열정적인 탐조인이자 기후변화 저지 운동가였다. 사람들은 나의 주장에 관심을 보였고, 나는 자주 자연 콘퍼런스에 초청받아 연설했으며, 가끔 〈스프링워치〉나 〈컨트리파일〉에 출연하기도 했다. 지역과 전국 언론사에서 탐조나 환경 둘 중 하나의 주제로—아니면 둘 다에 관해—기사를 싣고자 연락해왔고 인터뷰 요청도 쇄도했다.

엄마는 내 일정 관리를 맡았고, 종종 내게 시간이나 의향, 에너지가 있는지 확인하지도 않고 여러 일정을 끼워넣었다. 하지만 엄만 적어도 우울증은 아니었고, 어쩌면 나는 순전히 그 이유만으로 일정표에 적힌 모든 일에 순순히 응했는지도 모른다. 내가 아주 어릴 때부터 엄마는 어린 딸에게 하고자 하는 의지만 있다면 세상에 못할 일은 없다고 강조해왔다. 하지만 내가 어느 순간 그 일을 즐기고 있지 않다면, 이제 그만둬야 할 때가 아닌지 스스로 질문을 던져야 한다고도 했다. 나는 이 과로를 즐기고 있지 않았고, 엄마는 내가 버거워한다는 신호를 읽지 못했다. 엄마를 기쁘게 해주고 싶다는 생각은 상황을 점점 더 악화시키기만 할 뿐이었다.

해는 점점 짧아졌고, 학교에서 집으로 돌아올 때쯤이면 탐조는 물론이고 시골 깊은 곳까지 돌아다니기에 이미 너무 어두웠다. 누구나 그렇듯 나 또한 가끔은 주말에 딱히 아무것도 안 하고 싶었고, 그러다 주말을 앞둔 어느 날 나 혼자 멘딥힐스를 산책하고 싶어졌다. 캘린더 앱을 확인해본 순간 숨이 막혔다. 엄마가 나한테 물어보지도 않고 바로 그 주말에 라디오 인터뷰를 끼워넣은 뒤였다. 울고 싶었다.

한 시간 뒤에 발레 수업이 있었고, 지난 며칠간 책상 앞에 구부정하게 앉아 있으면서 팔다리를 쭉 뻗을 수 있기만을 고대하던 참이었다. 지금은 그럴 의욕을 모두 잃어버렸지만, 그래도 내겐 운동이 필요했다. 발레 슈즈와 레오타드를 가방에 던져넣고 아래층으로 뛰어내려갔다. 엄마가 날 데려다주기로 되어 있었지만, 엄마는 온데간데없었다.

"엄마!" 나는 소리질렀다.

"지금 가." 엄마는 머그잔에 남은 차를 후루룩 들이켜며 계단을 내려왔다.

"이러다 늦어요!"

엄마와 함께 차에 타자마자 나는 폭발했다. "토요일엔 진짜 아무것도 안 하고 싶다고 했잖아요!" 엄밀히 말해 이건 사실이 아니었다. 이미 주말에도 인터뷰에 나간 적이 있었지만, 논리 정연한 말로 설득될 기분이 아니었다.

"하지만 그쪽에서 너를 기다리고 있는걸." 엄마는 참을성 있게 말했다. "지금은 피곤해서 그래. 아직 며칠 남았잖아. 그때 가면 또 마음이 달라질지 모르지. 게다가," 엄마는 덧붙였다. "너도 동의했잖아."

내가 그랬던가? 문득 이틀 전 아침 급하게 문을 나서면서 엄마와 나눈 짧은 대화가 생각났다. 까먹은 것이다.

이때쯤 발레 수업엔 이미 늦어버렸고, 사실 엄마 때문에 육 주나 연속으로 지각이었다. 엄마는 내가 나갈 준비를 마쳤을 때 준비가 됐던 적이 거의 없었고, 게다가 데리러 오는 것도 학부모 중에서 제일 늦었다. 엄마의 시간 개념은 아빠와는 전혀 달랐다. 아빠는 늘 시간을 엄수할 뿐 아니라 가끔은 짜증이 날 정도로 일찍 서두르기도 했다. 어느새 화가 머리끝까지 난 나는 울기 시작했고, 엄마에게 차를 돌려 집에 데려다달라고 했다.

"그냥 찬물로 세수하고 들어가." 엄마는 발레 수업이 있는 동네 커뮤니티센터 주차장에 차를 세우며 말했다. "운동해야지."

엄마 말이 맞다는 게 분했지만, 차에서 뛰쳐나와 곧장 화장실로 향했다. 순순히 얼굴에 물을 끼얹고 호흡 요법에 돌입했다. 공황발작을 일으킬 순 없었다. 코로 숨을 들이마시면서 칠까지 세고, 입으로 내쉬면서 칠까지 세기. 열 번 반복. 심박수가 느려졌다.

명랑한 피아노 음악과 반복되는 동작은 진정 효과가 있었고 나는 기분이 나아졌지만, 어두운 창문에 비친 내 모습이 눈에 들어왔을 때 의지가 무너졌다. 얼굴은 빨갰고 온통 땀범벅이었다. 묶지 않은 머리카락이 어깨 위로 밧줄처럼 축 늘어져 있었다. 나는 비참해 보였다. 목구멍이 조여오는 게 느껴졌지만 여기서 울고 싶진 않아서, 연습실에서 나가 감정을 추스르려 다시 화장실로 갔다. 그냥 엄마가 데리러 올 때까지 거기서 기다릴까 싶었다.

연습실에서 누군가가 나를 따라 나왔지만, 미처 알아채지 못했다.

열네 살 때 테드 토크의 초청을 받아 '열정, 우선순위, 그리고 인내'라는 주제로 연설을 한 적이 있다. 그때 나는 자신의 목표를 깨닫는 것, 즉 나의 목표를 깨닫는 것에 관해 말했다. 여태껏 그랬고 앞으로도 그럴 것이지만 언제나 새를 보고, 피부색과 상관없이 모두가 자연에서 함께할 수 있게 독려하겠다고.

차가운 화장실에서 내 어깨를 감싸고 꼭 끌어안는 따뜻한 팔의 감촉이 느껴졌다. 리브는 나와 학교에서 같은 반이었고, 정말 쿨하고 인기 많은 여자애였다. 리브가 발레 수업을 듣다 말고 나를 확인하러 와주어 감동했다. 안아줘도 내 기분이 그다지 나아지지 않았음을 알아챘는지, 리브는 얘기를 꺼내기 시작했다. 내 테드 토크 영상을 봤고 감명을 받았다고 했다. 평소처럼 나는 학교 애들이 내가 '활동'하는 모습을 봤다는 게 너무도 수치스러웠다. 나는 그때 내가 얼마나 어설퍼 보였는지 스스로 비웃으며 농담거리로 삼았다. 하지만 리브는 내가 그런 식으로 말하는 걸 좋아하지 않았다. 연설에 감동했다고, 나 자신을 자랑스러워해야 한다고 말했다.

리브가 유튜브에서 나를 '스토킹'했고 트위터 계정을 팔로우한다고 말했을 때는 더 창피했다. 리브는 내 삶의 공적인 면을, 친구들에겐 안 보일 거라고 내가 고집스레 믿었던 모습을 인정해주고 있었다. 보통 이쯤 되면 대화를 끝내려고 하는 편이었지만 나는 다시 울고 있었고, '응' 정도만 겨우 입 밖에 꺼낼 뿐 아무 말도 하지 못했다. 리브는 물론 내 이런 불안감에 관해 아무것도 몰랐겠지만, 내 자존심을 살려주려고 하지도 않았고 오지랖을 부리는 것도 아니었다. 그저 아주 단순히, 내 기운을 북돋아주고 싶어했다.

리브가 얘기하는 동안 내 머릿속에서 뭔가가 아주 천천히, 오래된 자전거의 뻑뻑한 기어에 기름을 칠해준 것처럼 바뀌기 시작했다. 즉각적인 변화는 아니었지만 일종의 시작이었고, 큰 변화로 이어질 작은 계기였다. 이 대화를 계기로 나는 나 자신을 있는 그대로 좋아하려고 노력하기 시작했고, 내 삶에 구분선을 긋는 데 좀더 조심스러워졌다. 리브는 식스폼◆ 내내 나를 응원했다. 조용하면서도 조심스러운 태도로, 학교 복도나 이런 저런 곳에서 나를 볼 때마다 내 기사를 읽었다거나, 내가 나온

◆ 영국 중등학교에서 대학 진학을 목표로 거치는 과정으로 12학년과 13학년에 해당하며, 대학 입학시험인 A레벨을 준비한다.

라디오방송을 들었다거나, 내 트윗에 좋아요를 눌렀다는 얘기를 건넸고, 우리는 잠시 대화를 나누었다.

이제 나의 불안감의 둥지를 떠날 때가 됐음이 분명해지기 시작했다.

나는 어쨌든 버드걸이었다. 내가 그 이름을 선택했고, 블로그를 열었고, 활동을 시작했다. 아주 천천히, 나는 교제하는 친구 범위를 넓히기 시작했다. 결국 그렇게 겁나는 일도 아니었는데, 어차피 우린 타인의 삶보다는 우리 자신의 삶에 훨씬 관심이 많기 때문이다. 미디어에 얼굴을 내비치고 캠페인을 벌이고 탐조에 열심인 모습은 내 삶의 한 부분이었다. 친구들도 그걸 알았고 이미 나를 좋아했으며, 내가 그 다른 면을 받아들이기 시작해도 당황하지 않았다. 어차피 다 알고 있었으니까. 유일하게 바뀐 건 내가 내 본연의 모습을 마침내 점점 더 편하게 받아들이기 시작했다는 점이었다.

그 주 토요일, 나는 라디오 인터뷰에 참여했고 시간을 내 멘딥힐스에도 올랐다—엄마와 함께. 우리는 쌍안경을 하늘로 치켜들고 찌르레기떼와, 어둑어둑해지는 하늘을 배경으로 모양을 바꾸는 구름을 경이에 차서 바라봤다. 함께 걷는 동안 엄마에게 말했다. 새들에 관해, 자연과 환경 부문 내의 다양성에 관해 들어주려는 사람들과 얘기할 수 있어서 기쁘지만, 계속해서 얘기할 수 있도록 속도를 늦추고 이런 시간을 더 많이 갖고 싶다고. 우리를 에워싸는 황혼 속에서 언덕을 활보하는 동안 엄마는 말했다. 세상은 놀라움으로 가득찬 곳이라고. 세상이 주는 모든 걸 누리면서 살았으면 좋겠다고. 가끔 엄마가 너무 몰아붙이는 건 바로 그 이유 때문이라고. 내가 더 많은 걸 실천하고, 배우고, 말할 수 있는 어떤 기회도 놓치지 않기를 바라는 마음에서라고.

엄마의 목소리에서 약간 슬픔이 느껴졌던 건 내 착각일까? 정신질환 때문에 엄마는 '삶'에서 그런 적극적인 역할을 할 기회를 박탈당했던 걸까? 엄마는 그렇게 말하진 않았고, 나도 그렇게 묻지 않았다. 어차피 대답을 듣는 건 결코 쉬운 일이 아니었을 것이다. 우리는 계속 걸었고, 한 번씩 쌍안경을 높이 들며 새들이 시야에 들어왔다 나갔다 하는 모습을, 밤을 보내기 위해 둥지로 날아가는 광경을 눈에 담았다.

"네 마음 알아, 마이아." 집으로 가는 막다른 길에 들어섰을 때 엄마는 말했다.

사람들이 길에서나 학교 복도에서 "안녕, 버드걸" 하고 내게 말을 걸 때마다 여전히 어색하고 민망하지만 이제는 안다. 하나의 몸안에 두 사람이 있을 순 없다는 걸. 십대는 내게 그다지 즐거운 시기가 아니었다. 대개 나는 내 머릿속 세계에만 갇혀 있었고, 다른 사람이 날 어떻게 생각할지 걱정했고, 그러면서 엄마의 병과 아빠의 불안을 함께 안고 살아야 했다.

엄마의 조울증은 언제나 우리 삶에 스트레스를 줄 것이다. 엄마의 병은 엄마라는 사람의 일부고, 우울증이나 조증이 찾아올 때마다 우리는 엄마가 이제 영원히 헤어나오지 못할지도 모른다는 그 익숙한 좌절감과 두려움에 던져질 것이다.

하지만 우리 셋이 함께 희귀한 새를 볼 때면, 그게 헤브리디스제도든 마다가스카르든 서머싯평원이든 크레이그 가족 화목 지수는 활기를 찾을 것이고, 나는 이 세상에서 다른 누구와도, 다른 어떤 곳에도 있고 싶지 않을 것이다. 우리의 유대감은 언제나 강했다. 그리고 목표 새에 집중할 때, 말 한마디 꺼내지 않고도 우리가 아주 특별한 순간을 공유하고 즐기고 기념하고 있음을 느낄 때, 훨씬 더 강해졌다.

에필로그

하피수리

하피수리는 이들이 서식하는 신열대구 지역에서 가장 큰 수리일 뿐 아니라 전 세계에서 가장 큰 수리다. 암컷은 수컷 무게의 두 배까지도 나간다. 서식지인 열대우림에서 가공할 만큼 커다란 발톱으로 나무늘보와 원숭이를 잡는다(그리고 먹는다). 낮에도 거의 빛이 들지 않는 울창한 숲지붕 아래에서도 하피수리는 뛰어난 시력으로 먹이의 위치를 포착하는데, 여기에는 예민한 청각도 한몫한다. 얼굴의 안면판을 이루는 깃털들을 세워 소리를 귀에 전달할 수 있는데, 이는 부엉이종에서도 흔히 볼 수 있는 특징이다.

나는 폭풍 없는 삶이나 메마르고 숨막히는 계절이 없는 삶이라는 개념을 버린 지 오래다.

케이 레드필드 제이미슨, 『소란한 마음』(1995)*

오늘날 나는 나 자신을 버드걸이라고 자랑스레 칭하지만, 이를 받아들이게 되기까지 우여곡절이 많았다. 열아홉의 나이, 이제 나는 누구라도 듣고 싶은 사람이 있다면 탐조, 여행, 다양성, 기후변화, 그리고 정신질환에 관해 기꺼이 이야기를 꺼낼 수 있다.

나의 마스코트 새를 딱 하나 골라야 한다면, 그건 하피수리다. 무시무시한 육식조로, 그리스신화에 등장하는 괴물 하피에

* 국내에는 '조울병, 나는 이렇게 극복했다'라는 제목으로 출간되었다.

서 이름을 따왔는데, 그 괴물은 반은 여자고 반은 새이며 소름끼치게 공포스러운 존재다. 마스코트로서는 이상한 선택일지 모르겠지만, 이 위엄 있는 새는 생존을 위해 필사적으로 싸우며 자식을 돌보는 부모이기도 하다. 우리 가족도 생존을 위해 필사적으로 싸워왔다.

여덟 살 때 떠난 에콰도르 여행에서 나는 하피수리를 보지 못했다. '꼭 봐야 할 새' 중 하나였지만 나를 피해갔던 것이다. 남미에서 육 개월을 여행하는 동안에도 볼 기회를 또 놓쳤는데, 2019년 여름 코로나19로 전 세계가 빗장을 잠그기 전 브라질에 갔을 때 비로소 이 새를 보겠다는 내 꿈이 이뤄졌다.

우리는 최고의 시간을 보내고 오 주간의 일정 막바지에 와 있었다. 대서양에 면한 브라질 남동부 우림에서 여행을 시작했고, 이어서 아마존을 탐험했다. 놀라울 정도로 새로운 새를 많이 만났고 그 수가 총 350종이나 됐지만—정말 대단한 성취였지만, 그래도—여전히 한구석이 찜찜하게 남아 있었다. 이번 남미 여행이 내게 세번째 실패를 안겨주게 될까?

활동중인 둥지가 있다면 그게 그나마 이 위엄 있는 새를 만날 수 있는 최적의 기회였지만, 우리 경로에는 둥지가 없었고 경로에서 200킬로미터가량을 벗어나도 없었는데, 우리가 대비해둔 이탈 범위가 그 정도였다. 첫 산란 후 어린 새 한 마리가 마침내 둥지를 떠날 때까지는 일 년이 넘게 걸린다. 여행 일정을 잘 잡기만 한다면 이건 좋은 소식이다. 하피수리 성조는 이

삼 년에 한 번씩만 번식하는데, 내가 느끼기엔 정말 인정머리 없게도 그해 여름은 번식기 사이에 낀 시기였다.

전날 우리는 보스케다시엔시아를 방문했는데, 이곳은 브라질 아마조나스의 주도 마나우스 바로 바깥에 있는 연구센터다. 우리가 몰랐던 건 이 센터에서 삼십 분만 걸으면 하피수리 둥지가 있다는 사실이었고, 이는 좋은 소식이었다. 나쁜 소식은 어린 새가 성장해서 이미 육 개월 전에 둥지를 떠났다는 거였다. 그러니 더는 활동중인 둥지가 아니었다. 이번에도 우리는 '사막에서 바늘 찾기' 영역에 있었다. 하피수리는 이 부근 45제곱킬로미터 안 어디에도 있을 수 있었다. 센터의 연구진에게 확인해본 결과, 이 새가 가장 최근에 발견된 오 주 전에 둥지에 잠깐 들렀다 갔다는 사실을 알게 됐다. 다시 돌아올 수도 있다는 미미한 가능성에 기대를 품고 가이드는 우리를 데리고 우림으로 들어가 진창길로 안내했는데, 길이라기보단 길로 위장한 개울에 가까웠다. 이십 분이 지나도록 우리는 여전히 나무 사이를 질벅질벅 헤쳐나가고 있었다.

둥지에 가까워지자 가이드는 우리에게 기다리라고 한 뒤 먼저 살펴보러 갔다. 바로 지금이 내가 기다리던 그 순간일까? 어떤 기분이 들까? 결국 실망으로 끝날까?

"새는 안 보이네요." 가이드가 돌아와 말했다.

찬물을 맞은 것 같은 순간이었고, 나는 익숙한 실망감을 느꼈다.

"그래도 둥지라도 볼 수 있을까요?" 내가 물었다.

키도 크고 둘레도 엄청난 거대한 나무가 우리를 맞이했다. 나중에 보니 나무 몸통을 감싸려면 우리 세 사람이 손을 잡고 서야 할 정도였다. 그만큼 커다란 나뭇가지 위에 자리한 둥지는 거대했고, 정말이지 다리가 후들거릴 정도로 거대했고, 다 큰 어른이 들어가 앉아도 자리가 남을 것 같았다.

그런데 저건 뭐지?

나무 밑동을 감싼 그물망에 두개골과 뼈가 걸려 있는 게 눈에 들어와 소름이 쫙 끼쳤다. 나무늘보 뼈대였다. 분명 하피수리가 최근에 만족스럽게 식사를 마친 흔적이었다. 나무늘보가 아니라면 원숭이였다. 이 맹금류 새가 특히나 좋아하는 또다른 포유동물이 원숭이니까. 여기 수리가 왔다 갔다는 확실한 증거가 있었지만 지금 이 순간엔 나타나지 않았고, 결국 우리는 다시 절벅거리며 우림을 빠져나와야 했다.

다음날 영국으로 돌아갈 예정이었으므로 한번 더 기회가 남아 있었다. 다음날 아침, 여전히 젖어 있는 부츠를 신고 우리는 마지막 시도에 나섰다. 이쯤 되니 가는 길도 익숙하게 느껴졌다. 차에서 내려 연구센터에 방문 신고를 하고, 주 통행로를 따라 내려가다 왼쪽으로 꺾어 진흙과 물을 헤치고 걷는 것이다. 신발이 이보다 더 젖는 게 가능할까? 보아하니 가능했다. 가이드는 이번에도 우리를 남겨두고 둥지를 탐색하러 갔다. 기대는 없었고 내 정신은 다른 데 팔려 있었다. 임박한 귀국길, 새

학년의 시작—

잡념에서 깨어나 다시 숲으로 돌아온 건 나무 사이로 나직하지만 격한 목소리가 들렸던 순간이었다. "이쪽으로! 빨리!" 가이드가 속삭였다.

무슨 일인지 파악하기도 전에 아빠가 길이 난 곳으로 나를 밀어주고 있었고, 그 뒤에서는 엄마가 아빠를 떠밀고 있는 게 분명했다. 우리는 빠르면서도 천천히, 넘어지지 않게 주의하며 걸었지만, 이 순간을 절대 놓치고 싶지는 않았다. 새가 우리를 기다려줄지 아닐지 어떻게 알고?

우뚝 솟은 나무 앞에서 나는 숨을 헉 내뱉었다. 하피수리 아성조가 둥지 위 나뭇가지에 앉아 있었다.

이 순간을 어떻게 설명할 수 있을까? 환희, 놀라움, 안도, 불신 등 온갖 감정이 한꺼번에 세차게 밀려들었다. 긴장은 물러가고 흥분이 찾아왔다. 천천히 숨을 고르며 새에 집중했고, 넋을 잃고 빠져들었다. 구 년 동안 나는 이 멋진 생명체를 보려고 애타게 기다려왔고, 지금 이곳에 그 새가, 그녀가 있었다. 수컷보다 훨씬 큰 암컷 하피수리를 올려다보는 동안 아찔한 전율이 흘렀다. 그녀도 나를 뚫어져라 쳐다보고 있었다. 그렇게 높은 곳에선 우리도 원숭이 고기처럼 보이지 않았을까?

하피수리는 세계에서 가장 큰 수리다. 시력은 인간의 여덟 배에 이르고, 발톱은 회색곰보다 크며 로트바일러 개의 턱보다도 강력하다. 이 아성조의 깃털은 흰색이었고 가슴에는 회색 무늬를 띠처럼 두르고 있었는데, 가장 인상적이었던 건 기묘하고 위협적인 얼굴이었다. 마치 부엉이와 수리를 섞어놓은 것 같았다. 눈처럼 하얀 볏을 이루는 깃들은 머리 위에 평평하게 누워 있다가, 흥분하면 끝이 바짝 서서 무시무시한 왕관 모양이 된다.

하피수리의 깃털이 확 일어섰을 때 겁을 먹었어야 했겠지만, 나는 그저 흥분에 사로잡혀 아이처럼 신나기만 했다. 위아래로 펄쩍펄쩍 뛰면서 허공에 주먹질하고 소리지르고 싶었지만, 도리를 지키는 탐조인답게 말하지도 움직이지도 않았다. 곧 숨도 거의 쉬지 못했다. 젖은 발과 진흙과 다른 모든 걸 잊은 채, 내 시선은 오로지 눈앞에 있는 이 환상적인 생명체에만 집중했다.

그렇게 몇 분 내내 우리는 서로를 들여다보았다. 그러다 이만하면 됐다 싶었는지, 그녀가 날개를 펼치고 육중한 몸을 들어올려 허공으로 날아갔다.

하피수리? 체크. 현재까지 관찰 조류 5천 종 달성? 체크. 브라질은 내게 이 기념비적인 마법의 숫자를 선물했다. 이제 전 세계 조류의 반을 본 것이다.

2020년 A레벨 시험 대비에 한창일 때 코로나19가 전 세계를 휩쓸었다. 3월 말의 어느 날, 우리는 학교에서 모두 귀가 통보를 받고 집으로 왔다. 그리고 학교로 돌아가지 못했다. 다가

올 갭이어에 몽골 횡단 열차를 타고 중국에서 열릴 유엔 생물다양성협약 당사국총회에 참석할 생각으로 기차 여행을 꿈꾸던 나는 꼼짝없이 부모님과 함께 몇 달 동안 집에 틀어박히는 신세가 됐다.

8월에 그린피스에서 이메일이 왔는데, 북극으로 떠나는 과학 탐사에 나를 초대하고 싶다는 내용이었다. 그린피스의 30×30 캠페인을 홍보할 SNS 대변인 역할에 관심이 있냐고? 당연히 있었다. 캠페인의 목적은 2030년까지 전 세계 바다의 30퍼센트를 보호구역으로 확정하는 것이었다. 북극의 얼음이 녹으면서 새로운 바다가 드러나고 있고, 그린피스의 목표는 이 새로운 해역에도 생명이 존재한다는 증거를 수집해 이 바다에 보호가 필요함을 증명하는 것이었다.

그전 육 개월간 나는 점점 더 많은 시간을 쏟아 기후변화에 맞서는 운동에 참여하면서, 기후변화 운동 내에서도 지구적 평등을 확보하려면 남반구의 저개발국에 발언권을 주어야 한다고 목소리를 높이고 있었다. 줌이나 인스타그램 라이브 스트리밍, 유튜브 라이브 방송을 통해 수많은 인터뷰에 응했고 기사를 썼으며 가능한 모든 플랫폼을 활용해 기후변화에 관해, 특히 지구적 기후정의에 관해 발언했다.

이전에 그린피스에서 일하는 사람들 앞에서 같은 주제로 발표한 적이 있는데, 그 목적은 환경 부문 내의 무지와 싸우는 것이었다. 활동가들에게 자신들의 편견을 돌아보게 하는 건 힘든 일이었다. 이 부문에서 목소리를 내는 일이 생물다양성 감소 문제와 더불어 내 운동의 핵심이 되었고, 이는 탐조 여행을 다니며 내가 하나하나 직접 경험한 바에 힘입은 것이다.

코로나19로 각종 제한이 걸려 있어, 북극으로 향하기 전 독일에서 열흘간 자가격리를 해야 했다. 내가 쿡스하펜에 있을 때 그레타 툰베리가 기후변화에 맞서는 국제 행동의 날을 발표했다. 그때 처음 떠오른 것은 브리스틀이었다. 친구들과 함께 시위에 나갈 기회를 놓치게 될 터였다. 아쉬움도 잠시, 곧 내가 꼭 있어야 할 곳에 가 있으리라는 깨달음이 스쳤다.

바다에서 닷새를 보내고 나서 북극권에 도착했을 때 맞닥뜨린 장면은 너무나 큰 충격이었다. 모든 게 녹고 있었고, 빙상이 둥둥 떠다니다 우리가 다가가면 멀어졌다.

북극을 방문하는 동안 본토 빙상에는 가보지도 못했고, 대개는 거대한 그릇 속에서 진창이 된 눈 위를 떠다니는 느낌이었다. 이처럼 빠르게 녹는 빙하가 지구 반대편 사람들의 생명에, 예컨대 심각한 홍수 피해를 봤던 방글라데시 같은 곳에 그토록 파괴적인 영향을 미친다는 사실은 상상만 해도 절망적이고 기이한 일이다. 기온이 약간만 높아져도 지구온난화의 파급력은 더 빠르게 확산할 수 있다. 이 모든 게 서로 얼마나 긴밀하게 연결되어 있는지 생각하니 언짢음이 어느새 분노로 바뀌었다.

기후 행동의 날인 9월 25일 아침, 로이터의 한 기자와 극지방의 빙하가 녹으면서 발생할 일들에 관해 인터뷰를 하고 있을 때 새 한 마리가 내 시선을 사로잡았다. 북극에 올 때도 어김없이 목표 종 목록을 챙겨왔는데, 그중 하나였던 꼬마바다오리Little Auk였다. "잠시만요." 나는 그렇게 말하며 쌍안경을 눈에 갖다댔다. 꼬마바다오리는 희귀종은 아니고 경험 많은 탐조인이라면 대부분 이미 봤을 테지만, 어떻게 된 일인지 하피수리처럼 나를 계속 피해가던 새였다. 그리고 지금, 내 눈앞에서—찌르레기보다 별로 크지 않은 크기에, 온몸이 까만 와중에 꼭 배 부분만 눈처럼 새하얬다—세찬 날갯짓으로 날아가고 있었다.

그날 오전의 끝자락, 나는 열몇 겹의 옷을 껴입고 녹아내리는 얼음들 사이 부빙 위에 자리를 잡고는 '기후를 위한 청소년 파업'이라고 적은 간단한 팻말을 들었다. 로이터 취재진이 이를 촬영해 전 세계 뉴스 플랫폼에 사진을 올렸다. 몇 분 안에 내 휴대폰에서 알림이 울려대기 시작했다. 사진이 그새 온라인에 퍼진 것이다. 그 사진은 전 세계 신문 1면에 실리고 방송을 탔으며, 오프라인과 온라인을 가리지 않고 저 먼 곳의 사람들에게까지 기후변화에 대한 전 지구적 메시지를 전했다.

그렇게 놀랍진 않았다. 수년간 캠페인에 몸담아오면서 극적으로 연출한 장면 하나가 공들여 쓴 블로그 글보다 훨씬 큰 영향력을 미칠 수 있다는 점은 익히 알고 있었다. 어떤 결정적인 순간처럼 느껴졌다. 나는 간소한 팻말을 손에 들고 얼음 섬들을 건너다니며 거기서 다섯 시간을 보냈다.

독일로 돌아가기 전, 빙하가 떠다니는 북극의 바다에서 수영하며 남극에서 수영했던 때를 떠올렸다. 그때만큼 추웠냐고? 물론 그랬다.

영국을 떠날 때는 봉쇄 조치가 풀리고 있었지만, 돌아올 무렵에는 제한이 다시 강화되었다.

이십대에 접어든 나는 미래에 대한 기대와 희망을 품고 있다. 엄마가 평화로운 시간을 더 길게 누릴 수 있기를, 아빠가 더 많은 여유를 찾아 새와 언덕, 맑은 공기와 여행을 즐길 수 있기를.

대학생활이 나를 부르고 있고, 내 삶의 새로운 무대가 열릴 것이다. 블랙투네이처는 내게 가장 중요한 우선순위로 남아 있으며, 기반을 튼튼히 세워 내가 조금 물러서더라도 우리의 메시지가 널리 전달될 수 있도록 할 것이다. 내가 어린 십대일 때 세운 이 플랫폼은 어느덧 독립적인 자선단체가 되어, 자체적인 힘과 목소리를 내고 있다. 우리의 메시지는 변함없이 강력하다. 우리는 소수 인종 커뮤니티에도 자연 공간에 대한 동등한 접근권을 보장할 것을 요구한다. 우리는 이 커뮤니티 내에서도 특히나 자연이나 기후변화 및 환경문제와 관계 맺지 못하는 가시적 소수 인종의 참여를 계속해서 독려할 것이다. 전체 인구의 20퍼센트가 가시적 소수 인종에 속한다고 할 때,

이 20퍼센트가 배제되는 한 우리는 당면한 환경문제를 온전히 파악할 수 없을 것이다. 우리는 계속해서 발언하고, 글을 쓰고, 자연 부문의 사람들과 접촉해, 인종차별을 몰아내지 않으면 자연이 적극적이고 섬세하며 의지 있는 개인들이 만나는, 진정으로 평등한 공간이 될 수 없음을 강조할 것이다.

기후변화를 향한 메시지는 단순하다. 탄소 발생을 줄이라는 것이다. 이는 분명 맞는 얘기지만, 동시에 너무도 좁은 접근이다. 나를 훼방꾼이라고 비난해도 좋다. 내 목표는 언제나 암울한 결과를 고려하지 않는 게으른 신념에 도전하는 것이니까. 나는 지구적 기후정의를 위한 캠페인을 지속할 것이다. 서식지를 보호하겠다는 의도도 중요하지만, 그 의도가 어떻게 실행되는지는 또다른 문제다. 예컨대 콩고에서 세계자연기금(WWF)의 금전적 지원과 훈련을 받은 공원 레인저들이 국립공원을 조성하는 과정에서 바카족 사람들의 인권을 침해해, 사람들을 그들의 땅에서 쫓아내고 이들이 저항하자 구타하고 구금한 일이 있었다. 밀렵에 대한 내 입장을 다시 생각해보게 된 계기도 있었다. 카메룬과 네팔에서 WWF의 자금을 지원받은 준군사요원들이 현지 밀렵 행위를 단속했다는 소식이 들렸다. 이 '밀렵꾼'들은 그들의 터전에서 세대를 이어 뿌리내리고 살며 사냥해왔지만, 그 땅이 보전 프로젝트의 일환으로 '환수'되고 말았던 것이다.

보전이라는 명목하에 자신들의 땅에서 쫓겨난 원주민들이 겪는 인권침해는 명백한 인종차별이다. 나는 '공정한 전환' 캠페인을 시작해, 지구를 구하기 위해 꼭 필요한 급진적 변화를 시도할 때 남반구의 저개발국에 동등한 기회와 지원을 보장하자는 운동을 벌이고 있다. 서바이벌 인터내셔널의 홍보대사로서, 원주민 인권 보호를 위한 나의 대변인 역할은 계속될 것이다.

어떤 말도 필요 없을 만큼, 나는 내가 했던 모든 경험에 감사한다. 일곱 대륙의 사십 개국을 여행하며 5천 종이 넘는 새를 보았고, 내가 가장 사랑하는 하피수리도 만났다. 그러나 나는 일 초 만에도 이 모든 걸 포기할 수 있다. 엄마가 나아질 수 있다면, 아빠가 하고 싶은 일을 할 시간을 더 가질 수 있다면, 두 아이의 싱글맘인 아이샤가 더욱 균형 있는 삶을 살 수 있다면. 하지만 엄마는 아직도 많이 아프고 아빠는 피로와 가끔은 우울감을 오간다.

탐조 여행을 떠올리면 두 단어가 계속 맴돈다. 휴식과 재충전. 여행은 새를 향한 우리의 욕구를 채워주었고, 우리는 주기적으로 새를 보고 싶은 열망에 사로잡혔다. 희귀종이든, 고유종이든, 우아한 극락조든, 나무보다 덤불을 선호하는 땅딸막한 갈색 새든. 땀범벅이 되어 건조한 사바나를 헤매든 축축한 우림을 지나든, 산을 오르든, 눈밭에서 야영을 하든, 우리는 자연 속에서, 태양 아래서 또는 달 아래서, 있는 그대로의 맑은 공기를 마시며 임무에 나섰다. 이 여행이 일상에서 벗어난 휴식이자 재충전 기간이 아니라면 또 무엇이겠는가?

삼 주, 육 주, 육 개월씩 떠나 있는 동안 우리는 여전히 본질적으로는 우리 자신이었지만, 일상이라는 맥락에서 뚝 떨어져 나올 수 있었다. 엄마는 서재에 틀어박혀 충혈된 눈으로 모니터만 들여다보고 있지 않았고, 아빠는 엄마가 자러 오기를 기다리거나 매일 아침저녁으로 엄마가 약을 삼키는지 매의 눈으로 지켜보지 않아도 됐다. 그리고 나는, 잠시 동안이긴 했지만, 내 청소년기의 너무 많은 부분을 차지했던 이중의 정체성을 내려놓을 수 있었다.

여행하는 동안에도 물론 치유와 유대감을 얻었지만, 여행의 효과는 실제로 떠나 있는 기간보다 훨씬 더 긴 시간 동안 이어졌다. 휴가를 떠나기 몇 주 전부터 우리는 부푼 마음으로 목표종 목록을 작성하고, 서식지를 조사하고, 가이드를 예약하고, 광활한 나라들을 통과하는 경로를 연구했다. 여행이 끝난 후에는 기억 속에 살면서, 이 목록을 정리하고, 블로그에 글을 올리고, 탐조 커뮤니티에 우리의 경험을 공유했고, 이런 시간에 힘입어 겨울을 났다.

정신질환은 우리가 여행을 떠나게 된 계기였으나, 여행을 계속할 수 있었던 건 함께였기 때문이다. 엄마는 우리 가족이 함께 특정한 공간 안에 있을 때 활기를 얻었고, 그게 차나 밴이든, 텐트, 침실, 탁 트인 전원이든 상관 없었다. 그리고 떠나 있는 동안 가족이라는 보호막 안에서 매분 매초를 만끽했다. 길을 못 찾거나 캠프장이 다 차서 아빠와 서로 소리를 질러도 상관없었다. 엄마는 주의를 다른 데 돌리면서도 본래의 자기 영역 안에 온전히 있을 수 있었다.

"폭풍 없는 삶……?" 우리 가족의 서사는 '그래서 행복하게 잘 살았답니다'로 끝나는 감동 서사가 아니다. 우리는 수많은 마법 같은 경험을 함께했고, 엄마의 조증이 다시 찾아올 조짐이 티끌만큼도 보이지 않는 날들도 종종 있었고, 부엉이 무리가 별이 빛나는 하늘 위로 날아가는 모습을 바라보며 여러 밤을 보냈다. 하지만 우리는 언제나 우리 자신으로, 가족 중 한 사람은 어쩌면 완전히 병에서 낫지 못할 수도 있고 또다른 한 사람은 무거운 짐을 진 채 툭하면 휘청거리는 일상의 무게로 돌아왔다. 요즘은 아빠가 한계에 부딪힐 때마다 내가 하루이틀 아빠의 일을 도맡고 아빠는 친구와 함께 다른 주의 언덕을 오른다. 내가 엄마의 침대에서 함께 자며 엄마가 약을 챙겨 먹는지 확인하고, 가끔 밤중에 불쑥 찾아오는 엄마의 야경증을 달랜다. 우리는 이런 식으로 살아나간다. 그러다보면 하루, 일주일, 한 달이 흐르고 어느새 일 년이 흐른다. 그러나 폭풍은 언제나 우릴 찾아올 것이다.

아빠의 역할은 회복력과 우리 가족을 지키려는 투지로 설명된다. 가족이 위기를 맞았을 때, 아빠는 종종 우울감에 빠지긴 했으나 절망하진 않았다. 아빠는 한 번도 멈춘 적이 없었고, 목표를 향한 아빠의 전진이 우리를 계속 나아가게 했다. 아빠는 우리 삶의 장애물을 파악하고 우리가 그걸 극복할 수 있게 돕는다. 내게 언제나 소유보다는 경험을 중시하도록 가르쳤으며, 우리가 어떻게 여가를 보내는지가 곧 우리를 규정한다고 강조했다. 아빠에게 이건 단순한 균형 찾기의 문제였다. 아빠는 쌍안경을 들고 언덕을 오르는 데 자신의 귀중한 시간을 기꺼이 투자할 것이었다. 내게 삶의 균형을 위해 점점 중요해지는 일은 더 공정한 세계를 위한 운동이다. 내가 아빠에게 배운 것 중 하나는, 어떤 상황도 겉으로 보이는 것만큼 대단하지 않다는 점이다. 오늘날 나는 한걸음 물러서서 잠깐 시간을 가지며 문제를 분석하고 답이 저절로 드러날 때까지 기다리는 일에 더 능숙해졌다. 환경 의제에 더 잘 대비하고 더 잘 실천하려고 노력을 기울이면서 내 목소리는 더욱 커졌고 더 큰 확신이 깃들었다. 나는 아빠에게서 호기심을 배웠고, 언제나 더 많은 볼 것이, 더 멀리 갈 곳이, 목표를 이루기 위해 기울여야 할 더 큰 노력이 있다는 걸 배웠다.

엄마는 내게 생각하는 방법을, 생각을 여러 개로 쪼개고 논의를 계속 더해가는 법을 가르쳐주었다. 엄마는 관계란 쌓아갈 가치가 있는 것이며, 그러기 위한 최고의 방법은 좋아하는 무언가를 함께하는 거라고도 믿는다. 그리고 그 '무언가'는 모두가 행복하게 참여할 수 있을 활동이어야 한다. 관심사의 벤다이어그램에서 가운데 겹치는 부분을 의미하는 것이다.

내가 새를 좋아하지 않았다면 오늘날의 내 삶은 없었을 것이다. 우리가 함께 새를 찾으러 여행하지 않았다면 엄마와 아빠는 더는 함께하지 않았을지도 모른다. 어린 시절 새를 보러 하늘을 살피면서 그토록 동질적인 집단에 노출되지 않았다면, 나는 자연 속 다양성을 위한 캠페인을 벌이지 않았을 것이다.

새들의 단순하고도 본능적인 삶의 방식이 오랜 시간에 걸쳐 나를 귀기울여 듣고, 자세히 보고, 끈기를 발휘하도록 이끌었다. 쓰고 보니 이것도 삶의 신조로 삼기에 좋은 원칙 같다.

감사의 말

우선, 누구보다도 엄마와 아빠께 감사드린다. 두 분이 아니었다면 오늘날의 나는 없었을 것이다. 너무나도 멋진 수많은 탐조 여행과 경험을 나와 함께해주어서, 사회적, 환경적 정의와 정치, 동물권, 사회운동과 관련된 생각으로 내 머리를 채워주어서, 지난 수년간 내 개인 조수와 비서, 기사가 되어주어서, 열심히 노력한다면 내가 마음에 담은 일이 무엇이든 전부 이룰 수 있다는 믿음을 심어주어서 감사하다. 십대 시절 내가 자연 캠프와 콘퍼런스를 열고 싶어했을 때, 그후 우리 단체 블랙투네이처를 설립하고자 했을 때 지지해주어서, 음악과 책, 영화를 향한 내 욕구를 채워주어서 감사하다. 아빠에겐, 내가 탐조에 관해 알고 있는 모든 것을 열정적으로 가르쳐주어서, 아홉 살의 내가 조류 가락지 부착에 관심을 보였을 때 주말마다 시간을 쏟아 함께 공부하러 다녀준 데에도 감사드린다. 엄마에겐, 방글라데시에 관한 모든 걸 알려줘서, 영화 〈퓨어 하트〉에 맞춰 발리우드 스타일로 노래하고 춤추는 기쁨을, 인종차별에 반대하며 평등과 공정을 위해 싸울 방법을 가르쳐주어서 감사드린다.

언니 아이샤에겐 젊은 여성 대부분이 만나기 힘든 쿨한 탐조 롤모델이 되어주어서, 언니이자 제2의 엄마가 되어주어서, 따로 말하지 않아도 언제나 아낌없는 조언을 해주어서, 지난 칠 년간 가시적 소수 인종 청소년을 위한 자연 캠프를 조직하고 운영하는 데 셀 수 없이 많은 시간을 쏟아부어줘서 고맙다고 말하고 싶다.

라일라와 루커스에게도 고마움을 전한다. 어린이라면 누구나 대장 놀이에 따라와줄 조카가 필요하니까. 또 캠프를 위해 아낌없이 쏟아준 열정과 도움에도 고마움을 전한다!

할머니와 나누에게, 애정과 지지를 아끼지 않은 우리 가족의 우두머리들께 감사드린다. 할아버지와 나나바이에게도 감사를 전한다. 두 분 모두 내가 만나뵙기도 전에 너무도 일찍 돌아가셨지만 두 분의 유산은 새를 향한 나의 사랑과 사회운동을 향한 나의 열정 속에 살아 있다.

나의 정신없이 끝도 없는 이모와 삼촌, 사촌 들에게도 고마움을 전한다. 멋지고 어수선하고 복잡한, 그야말로 모든 가족의 모범이 아닐 수 없다. 우리 '보로 칼라' 모니라 아메드 초두리, '추토 칼라' 릴리 캉드케르에게, 온 삶을 바쳐 인종차별과 맞서 싸우고 소수 인종과 소외된 집단의 평등을 위해 힘써주어서, 나 또한 그 길을 가도록 영감을 준 것에 감사드린다. 아동 전문 간호사인 페니 고모에게도, 이타심과 연민을 가르쳐 준 것에 감사드린다. 우리 '차차' 하산과 파이살에게도, '제국의 역사'나 '오늘날의 식민주의' 같은 주제로 나를 교육해준 것에 감사드린다. 이분들의 배우자와 나의 사촌들, 다른 가족들에게도 내게 응원을 보내주어 고맙다는 말을 전한다.

이 책은 『버드걸』팀의 애정과 보살핌으로 탄생했다. 이분들이 아니었다면 책을 펴내지 못했을 것이다. 출판 에이전트 클레어 패터슨 콘래드에게, 열여덟 살의 내게서 나조차 상상하지 못했던 가능성을 발견해줘서, 내 이야기에 믿음을 보여주어서, 멋모르는 십대와 그 부모를 출판의 세계로 인도해주어서 감사드린다. 탁월한 편집자이자 이제 가족의 평생 친구가 된 아르주 타신에게, 내 제안서를 실제 책으로 탄생시키는 여정에서 나를 지원해주고 『버드걸』을 구성하고 창작하는 데 도움을 줘서, 또 그 과정을 재미있게 즐길 수 있게 해주어서 감사하다. 조너선케이프의 발행인 미할 샤비트에게, 흐릿한 단어의 안개 사이에서 내가 말하고자 하는 핵심을 꿰뚫어봐줘서, 『버드걸』을 믿어줘서 감사하다는 말을 전한다. 그리고 물론 케이프팀의 다른 분들에게도 감사를 전한다. 조 피커링, 로재나 보스카웬, 올리버 그랜트, 앨리슨 데이비스, 클로이 힐리, 베선 존스, 셔배나 초, 세라 데이비슨앳킨스, 비 헤밍, 데이비드 밀너, 애나 플레처, 루스 월드럼, 저스틴 워드터너, 크리스티나 어셔, 데이지 와트, 세실 핀, 사샤 콕스에게, 그리고 멋진 표지 팀의 표지 디자이너 수잰 딘, 그림작가 믹 매닝, 사진작가 맥 브리든에게, 내 이야기를 재료로 아름다움을, 이 책을 창조해 주어서, 책이 세상에 나올 수 있게 해주어서 고맙다는 말을 전한다.

『버드걸』 최강의 팀이었던 ITG의 조지핀 설리, 플로라 웨버, 메건 존스에게도, 맡은 역할을 훨씬 넘어선 지지와 도움을 주어 고맙다는 말을 전하고 싶다. 특히 왓츠앱 메시지 건에 대해서도 감사를 전한다. ('일정표에 줌 링크 걸어놨어요' '회의 아직 로그인 안 했어요?' '사람들 기다려요!') 또한 라이엇 커뮤니케이션스의 프리나 개더와 팀원들, 케이틀린 앨런, 에밀리 서더스, 에인절 피어스에게도, 이메일도 메시지도 잘 안 읽는 정신없는 Z세대를 떠맡아 관리해주어 고맙다고 말하고 싶다.

내게 책임 있는 직책을 맡겨주고 나를 지지하고 교육해준 조직과 사람들에게, 서바이벌 인터내셔널, 그린피스, 야생동물재단, 왕립조류보호협회, 프로그라이프, 비버재단, 번스프라이스재단, 브리스틀글로벌골스센터, 크리에이티브 UK, 더서머캠프에 감사인사를 드린다.

전설인 빌 오디에게, 책 사인회에서 어린 여자애와 얘기를 나누고 어머니의 정신질환 문제를 겪었다는 공통의 경험으로 즉각적인 유대감을 느낄 수 있게 해주어서, 2016년 열네 살이던 나를 아는 사람이 거의 없었을 때 나의 첫 '자연 속 인종 평등' 콘퍼런스의 기조연설을 기꺼이 맡아주어서, 오랜 시간 조울증의 영향에 관한 얘기를 나눌 상대가 필요할 때마다 내 곁에 있어주어서 감사하다는 말을 전한다. 크리스 패컴에게, 처음부터 나를 믿어주고 지지해주어서, 내가 하이드파크에서 1만여 명의 군중 앞에 서서 발언할 수 있다고 믿어줘서, 내 '펑크록 애티튜드'를 받아들여줘서 감사하다고 말하고 싶다. 리즈 보닌에게, 수년간 지속적이고 조용한 지지와 공감, 이해를 보내준 것에 감사드린다. 〈사나운 녀석들〉의 스티브 백셜에게, 내가 어렸을 때 보고 또 돌려봤던 이 방송의 주인공에게, 전 세계를 돌아다니며 야생을 탐험하고자 하는 열정을 심어주어서 고맙다는 말을 전한다. 물론 만나뵙게 되어 기뻤던 데이비드 애튼버러에게도, 오랜 세월 수많은 사람에게 자연을 향한 사랑과 존중을 심어주어서 감사하다고 말하고 싶다.

엠마 왓슨에게, 나의 목소리에 힘을 실어주어서 감사드린다.

두 명의 리처드, 벤웰과 팬코스트에게, 오랜 시간 나의 의견을 옹호하고 두 분의 의견을 공유해주어서, 내 생각이 발전하고 성장할 수 있게 도와주어서 감사드린다. 특히 리치 팬코스트에게, 브리스틀대학에서 '가상의' 명예 박사학위를 받도록 지지해주어서—결국 정말로 받게 되었다!—고맙다는 말을 전하고 싶다.

조류 가락지 부착 훈련사 마이크 베일리에게 가락지 부착의 과학을 열성적으로 가르쳐주어 감사하다는 말을 전하며, 추밸리조류가락지센터의 모든 분께도 감사인사를 전한다. 영국의 희귀 새 발견자들에게, 희귀종 발견의 기쁨을 나눠주신 데 감사드린다. 그리고 전 세계의 훌륭한 조류 가이드에게, 고국의 새들과 역사를 알려주고 이야기를 들려주고 원주민의 경험과 문화를 공유해주어 감사하다. 특히 안드레스 바스케스에게, 보여주신 새들은 '꽤 멋진 새였다'고 말하고 싶다.

나의 친구들에게, 그 모든 애정과 지지에 고맙다는 말을 전한다.

그리고 마지막으로, 아직 전해지지 않은 이야기를 품은 지구의 모든 활동가에게 전하고 싶다. 계속 신념을 갖고 더 나은 세상을 위해 싸워주시길.

옮긴이의 말

새로운 이야기를 번역할 때마다 무지의 장벽과 맞닥뜨린다. (평소에 야구를 좀 봐둘걸, 사격을 배워둘걸, 경제 공부를 미룬 대가를 이렇게 치르는구나……) 이번엔 새 이야기였다. (평소에 새를 좀 봐둘걸!) 탐조 문외한으로서 탐조에 관한 책을 번역하기란 쉽지 않았다. 구분할 수 있는 새는 까치, 까마귀, 참새 정도 되는 평범한 비탐조인으로서.

경험의 한계도 집요한 검색으로 극복이 가능한 세상이니 얼마나 다행인지. 모니터 앞에 앉아 새 사진을 찾아보고, 울음소리를 듣고, 구애의 춤을 관찰하며, 방구석 탐조인이 된 기분으로 몇 달을 살았다. '위대한 대자연'과 너무도 먼 대도시의 방 한 칸에서 아메리카대륙과 아프리카, 마다가스카르와 남극을 쏘다녔고, 새로운 새를 검색할 때마다 그 색채와 경이로움에 매료되었다. 작년 봄과 여름 내내, 방에 틀어박혀 모니터에 코를 박고 있으면서도 내 정신은 어느 때보다도 광활한 세계를 탐험했다.

생각해보면 번역은 언제나 그런 순간을 선사한다. 언어의 경계를 오갈 때, 타인의 시선으로 세상을 바라볼 때, 내가 알던 세계의 외벽이 허물어지고 새로운 풍경이 펼쳐지는 순간.

탐조인들이 새를 동정하며 이름을 찾듯, 나 또한 영문으로 된 새 이름을 우리말로 일일이 이름 붙여야 했다. 나 역시 스프레드시트를 작성했고(이후 교정과 편집을 거쳐 업데이트되며 여러 사람의 노고가 더해진 소중한 자료가 되었다), 240여 종의 조류명을 영어와 한국어로 빼곡히 기록했다. 책에 희귀종이 많이 나오는 탓에 등장하는 새들의 정식 국명이 없는 경우가 많아, 스프레드시트의 비고란에는 나의 당혹감과 고민이 고스란히 담겨 있다. 일례로, 'Bright-rumped Yellow Finch'의 국문명을 고민하다, '-rumped'가 새 명칭에서 보통 '허리'로 번역된다는 사실을 알게 됐다. 직역하면 '밝은허리노랑되새'인 셈. 그런데 사진을 아무리 들여다봐도 정확히 어느 부분이 그 '밝은 허리'인지 모르겠는 거다. (비고란에는 '허리가 어디일까?'라고 적혀 있다.) 이 '밝은 허리'를 가졌다는 '노랑 되새'는 감수를 거쳐 결국 '안데스노랑핀치'로 결정되었다.

치열한 작업이었던 만큼, 이 책을 번역하고 나면 새에 대한 지식이 쌓여 생소한 새를 보더라도 단번에 식별할 수 있게 되지 않을까 하는 기대가 사실 조금은 있었다. 물론 책 한 권을 번역했다고 그런 능력이 갑자기 생길 리 없었다. 하지만 새들의 이름을 궁금해하고 안녕을 바라는 마음이 생겼다. 미래의 세계 탐조 목록이 더는 빈곤해지지 않기를. 더 많은, 더 다양한 사람들이 새들의 단순한 몸짓에서 위안을 찾을 수 있기를. 폭풍 없는 삶은 없을지라도, 장벽 없는 자연을 누릴 수 있기를.

아쉬우니 덧붙이자면, 나의 '방구석 탐조 스프레드시트'의 이백번째 새는 칼리오페벌새다. 자줏빛 광선 같은 수염이 특징인 벌새로, 캐나다와 미국에서 서식하는 새 중 가장 작은 새이자 세계에서 가장 작은 장거리 이동 철새라고 한다. 마이아와 가족들이 샌드위치를 먹으려고 길가에 잠깐 차를 대놓았을 때 발견한 새다. '길가의 기적'처럼. 언젠가 기적처럼 이 새를 마주치는 순간을 상상해본다. 그 작은 경이로움이 얼마나 큰 기쁨으로 나의 세계에 각인될지.

2024년
여름의 초입에서
신혜빈

옮긴이 신혜빈

이화여자대학교에서 영문학을 전공했고, 같은 대학 통번역대학원을 졸업한 후 현재는 강사로서 번역을 가르치고 있다. 출판, 문화, 예술 및 다양한 콘텐츠 분야에서 번역가로 활동중이며, 옮긴 책으로는 『사랑을 담아』 『나이츠 갬빗』 『세상은 둥글다』 『사파 구하기』 등이 있다.

감수자 최순규

서울에서 태어났고 대학에서 생물학을 전공하였으며 조류행동생태학으로 박사학위를 받았다. 현재는 우리나라 멸종위기동물의 서식실태와 서식지 특성 그리고 개발행위에 따른 야생 동물 보전과 관리 방안에 관한 연구를 하고 있다. 쓴 책으로는 『우리나라 탐조지 100』 『우리동네 새 사전』 『화살표 새 도감』 『딩동 새 도감』 『나의 첫 생태도감_동물편』 『형태로 찾아보는 우리 새 도감』 등이 있고 감수한 책으로 『새들의 밥상』 이 있다.

버드걸

초판 인쇄 2024년 6월 17일 | 초판 발행 2024년 6월 28일

지은이 마이아로즈 크레이그 | 옮긴이 신혜빈 | 감수자 최순규
책임편집 박효정 | 편집 여승주 윤정민 이희연
디자인 이혜진 | 저작권 박지영 형소진 최은진 서연주 오서영
마케팅 정민호 서지화 한민아 이민경 안남영 왕지경 정경주 김수인 김혜원
김하연 김예진
브랜딩 함유지 함근아 고보미 박민재 김희숙 박다솔 조다현 정승민 배진성
제작 강신은 김동욱 이순호 | 제작처 한영문화사

펴낸곳 (주)문학동네 | 펴낸이 김소영
출판등록 1993년 10월 22일 제2003-000045호
주소 10881 경기도 파주시 회동길 210
전자우편 editor@munhak.com | 대표전화 031) 955-8888 | 팩스 031) 955-8855
문의전화 031) 955-1927(마케팅) 031) 955-2685(편집)
문학동네카페 http://cafe.naver.com/mhdn
인스타그램 @munhakdongne | 트위터 @munhakdongne
북클럽문학동네 http://bookclubmunhak.com

ISBN 979-11-416-0012-9 03840

잘못된 책은 구입하신 서점에서 교환해드립니다.
기타 교환 문의 031) 955-2661, 3580

www.munhak.com